KB236788

한국현대시연구

국립중앙도서관 출판시도서목록(CIP)

한국 현대시 연구 / 손병희 著. -- 서울 : 국학자료원, 2003
    p. ;   cm

ISBN 89-541-0092-9 93810 : ₩19000

811.609-KDC4
895.7109-DDC21   CIP2003000831

한국현대시연구

손병희

국학자료원

책머리에

　문학연구/비평의 출발점은 문학 텍스트이다. 문학 텍스트야말로 작가나 사회 등과 같은 문학 텍스트의 폭넓은 맥락에 대한 연구자의 관심을 정당화시켜 주는 유일한 실체이기 때문이다. 그러나 문학 텍스트는 불안정한 언어가 유동하는 공간이며, 텍스트와 대면한 모든 독서의 주체 역시 이미 다양한 욕망과 잡다한 흔적으로 뒤범벅이 된 의식/무의식이다. 따라서 부동의 의미를 내장한 텍스트나 그에 대한 순정한 읽기는 어차피 기대할 수 없다. 그런 까닭에 문학 텍스트 읽기는 떠도는 기호들과 그 명멸하는 의미를 나름대로 고정하고 거기에 어떤 질서를 부여하려는 안타깝고도 불순한 시도에 그칠 따름이다.

　굳이 롤랑 바르뜨에 기대지 않더라도, 모든 텍스트 읽기는 동시에 텍스트 쓰기이기도 하다. 읽는 주체의 의식/무의식이 텍스트에 투여되는 까닭에, 모든 읽기는 읽는 주체에 의해 수행되는 새로운 텍스트 구성, 즉 일종의 글쓰기가 된다. 텍스트 내적 의식의 분석이나 해명을 넘어서, 텍스트 읽기는 마침내 읽는 주체의 욕망이나 무의식의 표출과 재구성에 이른다. 그런 뜻에서 문학연구/비평은 독서 주체의 의식/무의식이 대상 텍스트에 의해 읽히고 활성화되는 역동적 현장이자 계기이다. 결국 텍스트와 그것을 읽는 주체는 서로를 읽고 서로에게 읽힌다.

이 책 역시 그 동안 나름대로 지속된 이러한 읽기의 시도와 그 과정의 집적이다. 성격이 다른 몇 편의 글이 동거하고 있기는 하지만, 이 책의 중심은 문학 텍스트, 특히 그 중에서도 언어의 긴장과 모호성이 한층 강화된 시 텍스트 읽기의 과정과 내용이다. 그것은 시 텍스트의 언어적 의미를 밝히려는 일종의 원전비평에서부터 텍스트의 내적 체계와 의식을 살피는 구조주의 비평과 의식비평, 그리고 막연하지만 그것을 넘어서려는 잠재적인 노력까지를 포함한다.

발휘할 수 있는 설득력과 무관하게, 이 책에서 보인 시 텍스트 읽기는 무엇보다 개별적인 시 텍스트의 짜임과 의미를 좀더 뚜렷이 드러내기 위한 것이다. 따라서 가능한 한 시 텍스트를 꼼꼼히 읽고 미시적인 분석을 통해 해석의 심화가 이루어지기를 희망했다. 그러나 지금으로서는 이러한 바람에 바탕을 둔 시 읽기가 행여나 쇄말주의에 빠지지나 않았는지 자문하게 되고, 분석 대상이 된 작품들 역시 매우 제한적이었다는 점을 돌이켜 보게 된다.

이 책에 실린 글들은 씌어진 시기에서 큰 차이가 있고, 분석의 대상이나 글쓴이의 관심과 방법에서도 통일성이 부족할 수 있다. 이 책이 대상 텍스트에 대한 문학사적 이해를 겨냥한 것이 아니므로, 실린 글의 배치 또한 문학사의 흐름과는 무관하다. 더구나 제2부에 실린 글들은 당대 지역문학에 대한 글쓴이의 관심을 일정하게 반영하기 위해 덧붙인 것이다. 따라서 각 글들은 독자적인 성격을 지닐 수밖에 없으며, 다만 읽기의 대상이 된 텍스트와 시인들에 대한 구체적인 분석을 통해 글쓴이의 지향과 방법이 어느 정도 드러날 수 있기를 기대할 따름이다.

손 병 희

2003년 초여름

차 례

제2부

제1부

존재와 슬픔
— 김춘수의 「눈물」과 비극적 의식

1. 머리말

한 편의 시는 그 자체로서 하나의 독자적인 세계이다. 한 작품은 자신의 내재적 관계에 의해서 구축되고 규정되는 독특한 구조와 의미, 그리고 가치의 실현으로 존재한다. 그런 뜻에서 하나의 작품은 다른 어떤 것으로도 치환될 수 없는 완결된 구조, 의미, 가치로서 있다. 그러나 동시에 한 작품과 그 구조, 의미, 가치는 그 작품을 생산한 시인과 그의 삶, 그리고 그의 전 작품들과의 관계 속에서 규정되고 뜻을 지니며, 나아가 한 작품의 탄생과 연관되는 문화적, 정신적, 사회적, 경제적 맥락 속에서 존재하며 이해된다. 한 작품이 독자적인 세계의 실현으로서 존재하면서 동시에 그것을 에워싸고 있는 다양하고도 복합적인 관련 속에서 위치하면서 이해된다는 것은, 한 작품에 대한 이상적인 이해와 해명이 작품의 내재적 관계에 의해서 추구되는 동시에 작품과 그 외적 세계와의 상호 규정적인 연관관계를 밝히는 지적 노력에 의해서 이루어질 수 있음을 뜻한다.

　따라서 한 편의 시를 올바로 이해하기 위해서는 작품과 관련된 광범하고도 복잡한 작품 외적 관련 전체에 대한 이해가 언젠가는 요구된다. 그러나 이러한 작품 외적 관련 전체에 대한 이해가 정당하게 이루어지기 위해서는 동시에 그를 구성하는 부분들과 작품에 대한 이해가 이루어지지 않으면 안 된다. 작품과 그 외적 세계와의 이러한 관계는 한 작품 내에 있어서는 부분과 전체의 관계에 대응한다. 한 작품에 대한 이해는 부분에서 전체로 나아갈 수밖에 없고, 그런 까닭에 전체를 부분으로 분해하는 분석의 절차가 뒤따른다. 그러나 부분의 의미는 부분 그 자체로서 해명될 수 있는 것이 아니라, 전체와의 관련 아래에서만 정당하게 밝혀질 수 있다. 그러므로 전체에 대한 이해가 전제되지 않는 한, 부분의 의미는 올바로 파악되지 않는다. 마찬가지로 전체 또한 부분들의 의미가 규정되지 않는 한, 그에 대한 이해가 증진되지 않으므로 이른바 해석학적 순환은 피할 수없는 일이 된다.

　그러나 이러한 해석학적 순환은 악순환은 아니다. 딜타이W. Dilthey에 따르면, 전체에 대한 점진적인 생각과 그 구성 부분들에 대한 소급적인 이해 사이의 상호작용과 상호제약이 이루어지는 가운데 타당한 해석을 성취할 수 있기 때문이다.[1] 헤르나디P. Hernadi는, 텍스트의 부분과 전체가 상호 조명한다는 해석학적 순환이나 특정한 텍스트와 특정한 독자 사이를 왕래하는 해석학적 북shuttle이 비평적 이해의 점증하는 통찰 능력에 대한 적절한 공간적 메타포가 되지 못한다는 이유에서 해석학적 나선 *hermeneutic spiral*이란 용어로써 이러한 상호 진행성 상호 작용을 훌륭히

---

1) M. H. Abrams, *A Glossary of Literary Terms*, 권택영 · 최동호(편역), 새문사, 1985. 266쪽.

기술할 수 있다고 믿는다.[2]

따라서 한 작품에 대한 이해는 작품 자체 내의 질서에 따라 부분과 전체가 서로 되비추며 제한하고 규정하는 가운데서 이루어진다. 그러한 과정은 나아가 한 작품 내에서 머무는 것이 아니라 작품과 그것을 에워싸고 있는 다채로운 연관의 상호조명에까지 확대되고 지속될 수 있다. 이러한 지속적이고 확장되는 되비추기의 활동 속에서 한 작품에 대한 비평적인 이해가 이룩된다고 볼 수 있다. 물론 그렇다고 해서 한 작품에 대한 이상적이며 완결된 이해가 이루어진다고 할 수는 없다. 작품에 대한 이해는 그 자체가 이미 역사적, 문화적, 개인적 제약 속에서 이루어지는 것이므로 여러 시대와 많은 사람들에 의하여 늘 새롭게 이루어지면서 누적되고 그러한 가운데 심화되어야 할 것이기 때문이다. 따라서 작품에 대한 하나의 이해는 또 다른 이해에 의해서 추가되고 보완되는 미완의 것이며, 그런 뜻에서 하나의 이해는 늘 좀더 폭넓고 깊이 있는 이해를 위한 예비적인 것이라고 할 수 있다.

이 글은 김춘수의 시 「눈물」의 이해를 위한 것이다. 김춘수의 많은 시들 중에서 단 한편 「눈물」만을 분석의 대상으로 삼고, 그것도 그 구조와 의미를 작품의 내적 관련 아래에서만 검토하고자 하는 이 글은, 김춘수의 시를 이해하기 위한, 말 그대로 하나의 예비적인 작업에 지나지 않는다. 그의 많은 작품 중에서 굳이 이 작품을 분석의 대상으로 삼는 것은, 이 작품이 김춘수 시의 전개 과정 속에서 어느 특정 시기의 특성을 잘 드러내고 있기 때문이 아니다. 오히려 「눈물」은 김춘수의 시적 역정 속에 일관된 것으로 가정할 수 있는 의식의 한 특징적인 면을 드러내 보인다고

---

2) P. Hernadi, *What Is Criticism?*, 최상규 옮김, 정음사, 1984. 18-19쪽.

생각하기 때문이다. 그것을 잠정적으로 <비극적 의식>으로 규정하고자 하는데, 이에 관해서는 뒤에서 구체적으로 언급할 것이다.

「눈물」은 시선집『處容』(민음사, 1974.)에 처음 실렸다. 그 후『김춘수시선집』(정음사, 1976.),『꽃의 소묘』(삼중당, 1977.)와『김춘수전집1 시』(문장사, 1982.)에 다시 실리게 된다. 「눈물」이 씌어진 시기는 정확히 알 수 없으나, 이 작품이 처음 실린 시집의 출간 연도를 생각하면 1969년에서 1974년 사이로 추정할 수 있다. 물론 그 이전에 씌어졌을 가능성을 전혀 배제할 수는 없다. 1969년은 "場打슈이 가진 넋두리와 리듬을 現代 韓國의 狀況下에서 再生"시키고자 한『打令調·其他』(문화출판사)가 출간된 해이다. 이후 그는「處容斷章」, 그리고 無意味詩의 세계로 나아간다. 김춘수 시의 전개과정을 간단히 요약할 수는 없으나,「눈물」이 씌어진 시기라고 가정할 수 있는 이 때는, 그의 독자적인 시론의 구체화라고 할 수 있는 이른바 <무의미시>에 대한 집중적인 탐구와 실천에 몰두하게 되는 시기에 해당한다. 70년대 우리 시론의 대표적이고도 독자적인 문제 제기이며 수확이라고 할 수 있는 그의 <무의미시론>이 집중적으로 발표되었던 것이 바로 이 시기이기 때문이다.3) 그러나 「눈물」 한 편을 분석의 대상으로 삼고 있는 이 글에서는 관심을 무의미시와 시론까지 확장하지는 않는다.

---

3) 「한국 현대시의 계보」(『시문학』, 1973. 2.),「대상·무의미·자유」(『시문학』, 1973.4.),「의미에서 무의미까지」(『문학사상』, 1973.9.),「이미지의 소멸」(『심상』, 1973. 11.),「대상의 붕괴」(『심상』, 1975. 6.) 등이 이 시기에 발표된 대표적인 무의미시론이다.

2. 「눈물」의 전체적인 짜임새

「눈물」[4] 전문은 다음과 같다(앞의 숫자는 행을 나타내기 위해서 필자
가 붙였음.).

    1 男子와 女子의
    2 아랫도리가 젖어 있다.
    3 밤에 보는 오갈피나무,
    4 오갈피나무의 아랫도리가 젖어 있다.
    5 맨발로 바다를 밟고 간 사람은
    6 새가 되었다고 한다.
    7 발바닥만 젖어 있었다고 한다.

노골적으로 드러나든 그렇지 않든, 시의 제목과 본문은 통일적인 전체
를 위하여 서로 밀접한 관련 속에 있다. 제목이 본문을 직접적으로 설명하
는 것과 같이 그 연관성이 뚜렷이 드러나는 경우도 있고, 그 관련성이

---

4) 『처용』(민음사, 1974.)에 실린 「눈물」은 두개의 연으로 되어 있다. 곧 1—4행
  이 한 연으로 되어 있고, 5—7행이 또 하나의 연으로 되어 있다. 그러나 정음
  사의 『김춘수시선』 이후 전집에 이르기까지 이러한 연 구분은 사라졌다. 전
  집 일러두기에 따르면, 출판과정에서 있을 수 있는 오류를 바로잡기 위해서
  전 작품을 원전과 대조하고 시인의 확인을 받았으며, 시집 사이에 있는 차이
  점이나 시인이 수정한 것은 전집에 실린 시 끝부분에 각주를 달아 그 내용을
  밝힌다고 했으나, 이 부분에 대한 언급은 없다. 따라서 이것은 민음사판의
  오류이거나, 시인이 뒤에 고쳤다고 보는 것이 옳을 것이다. 연을 구분하지
  않은 것이 작품의 미적 구조와 효과에 어떻게 작용하며 그것이 가지는 의미
  가 무엇인가 하는 것도 함께 생각해 볼 수도 있으나, 일단 논외로 하고 전집에
  실린 작품을 텍스트로 다룬다.

숨겨져 있어 탐색되어야 할 경우도 있다. 어떤 경우든, 제목과 본문은 일단 그것이 환기하거나 의미하는 바가 상호 침투하고 내통하는, 유추적 동질성의 관계에 있다고 할 수 있다.

그러나 이 시에서는 그러한 관계가 얼른 눈에 띄지 않는다. 제목이 본문을 직접적으로 설명하고 있지 않고 있기 때문이다. 눈물이 대체로 슬픔과 비애의 정조를 환기한다면, 이 시의 본문 중 어떤 부분도 이러한 슬픔의 정조를 직접적으로 가리키거나 토로하고 있지 않다. 눈물이라는 제목이 연상시키는 슬픔의 정서가 본문의 표면에 드러나지 않음으로써, 제목에서 연상되는 독자의 일반적인 기대 지평은 허물어지고 만다. 이 시에는 제목이 환기하는 비애의 정서를 직접적으로 표현하는 형용사나 동사가 전혀 없다. 슬픔뿐만이 아니라 어떤 감정도 그것을 곧바로 불러일 으키는 언어를 보여주지 않고 있다. 화자의 감정적 태도를 직접 표시하는 감탄사도 전혀 없다.

따라서 제목과 본문을 이어주는 단서가 표면적으로는 보이지 않는다. 그런 뜻에서 이 시는 제목이 본문을 설명하고 있는 시에 익숙한 독자들의 상투적인 접근을 가로막는다. 시에 대한 상식적인 이해의 틀이 깨지는 데서 당혹스러움과 가벼운 놀람을 경험하지만, 독자의 감각은 이러한 낯 선 사태에 직면해서 오히려 기민해져 제목과 본문의 보이지 않는 관계를 발견하기 위하여 노력한다. 직접적으로 시인의 감정을 토로하는 시를 읽 을 때와는 다른 지적인 흥미가 생겨나고 시를 이해하기 위한 적극적인 과정이 시작되는 것이다.

물론 이 시에 제목과 본문을 이어주는 실마리가 전혀 없는 것은 아니다. 눈물의 물질적 속성이 본문의 "젖어 있"는 상태, 그리고 "바다"의 이미지 등과 잠재적이고도 정서적인 동질성 내지는 유추적 관계를 함축하고 있다고 가정할 수도 있다. 그러나 이 시의 구조 속에서 그 내재적 관계가 해명되지 않는 한, 이 실마리는 표면적이고도 막연한 것에 지나지 않는다. 따라서 본문을 이루고 있는 부분들의 내적 체계를 분석하고 그 관계 양상을 밝혀 보는 일이 우선적인 일이 된다.

이 시의 본문은 4개의 문장으로 이루어져 있는데, 마지막 문장인 넷째 문장을 제외한 세 개의 문장이 모두 2행으로 구성되어 있다. 두 행이 한 문장을 이루고 있는 제1행에서 6행까지의 행구분은 제7행에 와서 변화를 보여, 한 행이 하나의 문장을 이룬다. 제7행이 6행의 부연이며 강조라고 생각한다면, 1행에서 6행까지 한 문장이 두 개의 행을 구성한 것과는 달리, 7행이 독립된 하나의 문장으로 이루어져 변화를 보이고 있는 것은 이 행의 의미 강화와 관련된다고 볼 수 있다.

네 개의 문장으로 이루어진 이 시의 본문은 크게 두개의 상황이 나란히 놓여 있는 것으로 볼 수 있다. 즉 1—4행과 5—7행이 그것이다. 구체적으로 말한다면, 1—4행은 "아랫도리"가 젖어 있는 상황인데 비하여, 5—7행은 그 젖음이 극소화 된 것을 표현하고 있다. 또한 앞의 상황은 시적 화자가 보고 있는 것이라면, 뒤의 상황은 들었던 것을 진술하고 있는 것으로서 시제와 화법의 차이가 있다. 1—4행이 시적 화자의 직접적 체험을 드러내는 방식이라면, 5—7행은 발언된 것을 전제로 하는 설화적 방식의 화법으로 나타난다. 따라서 5—7행 속에는 비록 문법적으로는 시적 화자에 통합되어 있지만 또 다른 하나의 화자와 그의 목소리가 숨겨져 있는 것이다. 따라서 이 나란히 놓인 두개의 상황은 나란히 놓임으로써 변별적인 의미를 구체적으로 그리고 한층 뚜렷이 드러내며 아울러 상호 대립적인 지위를 갖게 된다.

1—4행도 내부에서는 동일한 상황을 보여 주는 두개의 장면이 나란히

놓여져 있다. 일반적으로 이러한 병치는 서로를 은유의 관계에 놓이게 하거나 대립의 관계에 놓이게 한다. "젖어 있다"라는 서술어를 공유하는 2, 4행은 같은 서술어를 공유함으로써 그 주부가 유사성을 기본 원리로 하는 은유적 관계를 형성하고 있다. "남자와 여자"(1행), "오갈피나무"(3, 4행)는 나란히 놓이되 대립이 아닌 은유적 관계를 이루고, 나아가 "맨발로 바다를 밟고 간 사람"(5행)도 같은 서술어를 공유함으로써 은유적 관계를 맺을 가능성을 보여준다.

그러나 "맨발로 바다를 밟고 간 사람"은, "남자와 여자"와 "오갈피나무"가 은유의 관계에 있는데 반하여, "새"가 됨으로써 그것들과는 대립적 관계를 이루게 된다. 다시 말하여, "남자와 여자"는 인간으로서 식물인 "오갈피나무"로 표상되지만, "맨발로 바다를 밟고 간 사람"은 인간이라는 점에서 위와 동류를 구성하면서도 "새"로 표상됨으로써 식물적 존재와는 대립적 관계에 놓이게 되는 것이다. 따라서 다같이 젖어 있음에도 불구하고 "남자와 여자", "오갈피나무"와 "맨발로 바다를 밟고 산 사람" 사이에는 질적인 차이가 강화되어 대립적 의미를 한층 분명하게 드러낸다.

일곱 행으로 이루어진 이 시는 "젖어 있"음을 하나의 고리로 하여 주체들의 동질성과 이질성을 형성하고 그에 따라 대립에 의한 시적 의미의 기본적인 뼈대를 축조한다. 제목 "눈물"은 이들의 상호 대립과 상호 침투를 통하여 획득되는 시적 인식의 결과이며, 그 표현이라고 할 수 있다. 본문은 각각 한 행을 단위로 하여 젖어 있음의 주체와 젖어 있음의 상태가 교체되는 짜임새를 하고 있다. 곧 1, 3, 5행은 젖어 있음의 주체를 나타내고, 2, 4, 7행은 젖어 있음의 상태를 나타낸다. 마지막 일곱째 행이 한 문장을 이루고 있는 것을 예외로 하고는 모두 두 행으로 나누어지고,

그 중 첫 행은 "젖어 있"음의 주체를, 다음 행은 "젖어 있"음의 상태와 젖은 신체 부위를 나타내는 것으로 되어 있다. 5, 6, 7행은 이러한 규칙적이고 단순한 교체를 약간 변형하여 효과적으로 형태적 변화를 주고 있다. 이 경우 한 행 건너 독립된 문장으로 "젖어 있"음의 상태와 신체부위가 제시된다.

위에서 말한 바와 같이, 이 시는 1—4행과 5—7행이 각각 하나의 상황을 구성하여 병치됨으로써 그 대립적 의미를 제시하고 있는 구조이다. 두 개의 서로 다른 상황이 나란히 놓여 시의 전체적인 상황을 만들고 있다. 이 때, 전체로서의 시는 그것을 구성하는 두 개의 상황 중 어느 하나가 다른 하나에 종속되어 있지 않고 비슷한 힘을 가짐으로써 균형을 유지하고 있다. 어느 하나가 다른 하나를 지배하지 않고 종속되지도 않으면서 나란히 놓임으로써, 지양을 위한 운동보다는 팽팽한 긴장 그 자체를 효과적으로 지속시킨다. 결국 이러한 구조는 이 두 개의 상황이 다른 수준으로 통일될 수 없으며, 이 둘의 대립이 해소될 수 없음을 뜻하는 것이다. 이러한 대립적인 요소의 형태적 짜임은 시제, 화법, 인간의 표상 등에 의해서 뚜렷이 파악된다.

3. 통사 구조

위에서 말한 바와 같이, 「눈물」은 네 문장으로 구성되어 있다. 넷째 문장을 제외한 나머지 세 문장은 각각 두 행씩으로 나누어져 있다. 이 네 문장을 각각 차례에 따라 제1, 2, 3, 4문장으로 나타내면, 제1문장과 제2문장은 의미상 등가, 혹은 은유의 관계를 이루어 제3, 제4문장과 병치되면서 대립적 의미를 형성하는 것이 전체적인 구조이다. 또한 1, 3, 5행

은 의미 상의 주체를 나타내고, 2, 4, 7행은 주체(문법적 주체)의 상태나
행위를 나타낸다. 의미 상 주체와 주체의 신체부위, 그리고 상태를 나타내
는 언어의 반복은 리듬 형성에 기여하고 낭독에 속도감을 부여할 뿐만
아니라5), "젖어 있다"의 반복은 형식적 안정감을 주면서 이 시의 각 부분
들을 전체와 묶어 주고 서로 비춰주는 몫을 하고 있다. 그것을 간단히
요약해서 나타낸다면 다음과 같다.

[제1문장]　　1 남자와 여자
　　　　　　　2 아랫도리　　　　　젖어 있다
[제2문장]　　3 오갈피 나무
　　　　　　　4 아랫도리　　　　　젖어 있다
[제3문장]　　5 사람　　　　　　　밟고 가다
　　　　　　　6 새가　　　　　　　되었다
[제4문장]　　7 발바닥　　　　　　젖어 있었다

위에서 보면, 주체와 주체의 신체부위, 그리고 "젖어 있음"이 교체되고
있음을 볼 수 있다. 또한 1—4행의 서술어가 "젖어 있"는 상태를 표시하
고 있다면, 5—7행의 서술어는 주로 행위와 존재의 변화를 표시하고 있음
을 쉬 알 수 있다. 앞의 것을 정태적인 것이라고 한다면 뒤의 것은 동태적
인 것이라고 할 수 있다. 정태성/동태성은 각각 사람을 표상하는 <"오갈
피나무"—식물>와 <"새"—동물>에 대응한다. 따라서 여기에서 이 시

---

5) 서우석은 김춘수 시의 리듬이 사변적이고 사색적인 것이며, 관념들이 서로
　　연관될 때 얻어지는 일종의 사고의 속도와 관련된 것이라고 말한다. 또한
　　이러한 속도가 그의 시에 나타나는 방법은 동어 반복이라는 점도 지적되었
　　다. 서우석, 「金春洙: 리듬의 속도감」, 『시와 리듬』, 문학과 지성사, 1981.
　　128쪽 이하 참조.

의 구조를 이루는 대립항의 하나로서 정태성/동태성을 발견할 수 있으며, 아울러 반복되는 "젖어 있"음의 해명이 시적 의미를 열어 보이는 하나의 열쇠가 되리라는 암시를 받을 수 있다.

한편 네 문장의 통사적 특성을 드러내기 위하여 그 기능에 따라 분석해 보면 다음과 같다.

      [제1문장]   1 관형어구
                    2 주어+서술어
      [제2문장]   3 관형어절 [(주어)+부사어+목적어+서술어]
                    4 관형어구+주어+서술어
      [제3문장]   5 관형어절 [주어+부사어+목적어+서술어]
                    6 (주어1)+주어2+서술어1+서술어2
      [제4문장]   7 (주어1)+주어2+서술어1+서술어2[6]

문장의 표층구조 상으로 보면 네 문장은 모두 동일한 구조를 가지고 있다. 즉 네 문장은 관형구절에 주어와 서술어가 결합되어 한 문장을 이루는 통사적 구조를 가진다. 제4문장은 짜임새가 다른 것 같이 보이지만, 그것 또한 제3문장의 5행과 호응함으로써 동일한 심층구조에서 5행이 생략된 형태에 지나지 않는다. 제2문장 또한 제1문장에 관형어절이 첨가되어 문장이 확장된 것에 지나지 않으므로 그 둘은 구조적으로 차이가 없다. 제4문장은 제3문장에서 관형어절이 생략되어 축소된 것으로서 이 두 문장은 동일한 통사 구조를 가지고 있다. 3, 4행, 곧 제2문장은, 1 ,2행, 곧 제1문장의 부연이며 강조라고 한다면, 7행, 곧 제4문장은 5

---

6) 괄호 안의 성분은 문장의 표면에는 드러나지 않는 것을 표시하고, 주어, 서술어 다음의 1, 2 숫자 표시는 복합문에서의 문장 성분을 나타내기 위한 편의적인 방법이다.

,6행, 곧 제3문장의 부연이며 강조라고 할 때, 앞의 것은 관형어절이 첨가되어 문장이 확장되는 형태를 취하고, 뒤의 것은 관형어절이 생략됨으로써 문장이 축소되는 형태를 취한다. 관형어절이 첨가되어 문장이 확장되는 경우는, 첨가된 관형어절이 수식하는 체언을 한층 구체화하게 되며, 생략되어 축소되는 경우는, 동일한 관형어절의 동어반복을 생략함으로써 불필요한 문장의 확장을 효과적으로 배제한다고 할 수 있다. 또한 이는 각각 1, 2행(제1문장)과 5, 6행(제3문장)을 변형함으로써 동어 반복적인 통사구조에 변화를 주어 시적 구조의 탄력성과 역동성을 확보하는 데 이바지한다.

그러나 제1, 2문장과 제3, 4문장 사이에는 뚜렷한 차이가 발견된다. 제3, 4문장에는 제1, 2문장과는 달리 서술어가 하나씩 첨가된 구조를 보이고 있기 때문이다. 이러한 통사 구조의 차이는 앞서 말한 두 개의 상황이 병치되어 대립적 의미를 보여 주고 있는 것에 대응하고 있다. 따라서 이러한 통사구조의 차이가 의미의 대립을 낳고, 의미의 대립을 축조함으로써 시적 구조를 확보한다. 혹은 두 개의 서로 다른 상황이 가지는 의미의 대립이 이러한 통사구조를 필요로 하고 그에 따른 시적 구조를 건축한다고 말할 수도 있다.

표층구조에 입각한 위의 문장들은 변형의 과정을 겪은 것이다. 그 심층구조를 본다면 표층구조로 변형되기 이전의 문장을 다음과 같이 가정할 수 있는데, 이럴 경우 문장의 구조는 훨씬 복잡해진다. 이러한 복잡한 문장을 시의 본문에서 드러난 바와 같이 변형함으로써 표면적으로는 단순화, 생략의 과정을 밟게 되며 시의 함축성은 마땅히 증가된다. 심층구조를 복원한다면 다음과 같이 될 것이다.

[제1문장]   [(나는 느낀다/본다.)] S1
                [남자와 여자의 아랫도리가 젖어 있다.] S2
[제2문장]   [(나는) 밤에 오갈피나무를 본다.] S1
                [오갈피나무의 아랫도리가 젖어 있다.] S2
[제3문장]   [(누가) 말한다.] S1
                [사람이 맨발로 바다를 밟고 갔다.] S2
                [(그 사람은) 새가 되었다.] S3
[제4문장]   [(누가) 말한다.] S1
                [(사람이 맨발로 바다를 밟고 갔다.)] S2
                [(그 사람은) 발바닥만 젖어 있었다.] S3

　본문의 문장을 심층구조로 환원해 보면, 제1, 2문장은 두 개의 기본문이 하나의 문장으로 변형, 생성되어 나타난 것이고[7], 제3, 4문장은 세 개의 기본문이 하나의 문장으로 변형, 생성되어 나타난 것이다. 이러한 변형의 과정을 거치면서 괄호 부분이 생략됨으로써 문장의 축소가 이루어진 것이다. 생략된 문장은 그것이 생략되어도 의미를 구체화하는 데 아무런 지장을 주지 않으며, 화법의 차이를 인지하는 데에도 장애가 되지 않는다. 결국 제1—4행과 제5—7행 사이에는 문장의 표층구조에서나 심층구조에서 통사적인 차이를 드러낸다. 다만 심층구조로 문장을 환원함으로써 통사구조의 차이가 분명히 나타나고, 화법의 차이 또한 한층 분명해진다고 할 수 있다.

　심층구조로 환원할 때 분명히 드러나는 것은, 제1, 2문장(1—4행)과 제3, 4문장(5—7행) 사이에 존재하는 발언의 주체인 <나/누구>의 대립

---

7) 제1문장을 두 개의 기본문으로 보는 것이 문제가 될 수도 있겠으나, 여기서는 함축되어 있는 시적 화자를 분명히 드러내기 위한 한 방법으로 시도했다.

과 체험의 <직접성/간접성>의 대립이다. 표층구조에서도 젖어 있는 신체 부위의 대립이라고 할 수 있는 <아랫도리/발바닥>, 상태 표시 서술어와 행위 표시 서술어의 대립인 <젖어 있다/밟고 갔다―(새가)되었다>, 그리고 화법의 차이에서 오는 대립이 보이지만 심층구조에서 그것이 더욱 뚜렷이 나타난다. 신체부위는 양적인 차이가 아니라 질적인 차이를 드러내는 역할을 함으로써(이것은 제3문장에서 사람이 새가 됨으로써, 곧 존재의 변성이 이루어짐으로써 단순한 양적 차이 이상을 상징한다.) 대립항으로서의 몫을 감당하고 있다. 아울러 이것은 서술어의 성격과 상 *aspect*에 따라 <정태성/동태성>, <상태의 지속/행위의 완료>라는 대립항으로 의미화할 수 있는데, 시제에서는 <현재/과거>의 대립으로 표시된다. 현재형으로 표시된, 젖어 있는 상태의 지속은 엄연한 현실성을 한층 확인시키고 있으며, 앞으로 있을 수 있는 상태의 변화에 대해서는 아무런 시사를 하고 있지 않다. 반면에 존재의 변화는 과거형으로 표시되어 그것이 이미 이루어진 일이며 또한 그 사실이 다른 사람에 의해서 발언된 것이라는 점이 화법에 의해 밝혀짐으로써, 존재의 변화는 구체적 현실로서 경험할 수 있는 것이 아니라 설화성으로 제시됨을 보여준다. 따라서 여기에서 <현실성/설화성>이라는 대립항을 추가할 수 있게 된다.

4. 음성적 특질

언어는 시의 실체이자 수단이다. 따라서 모든 개별적인 작품은 하나의 독특한 언어구조를 실현하고 그것으로 존재한다. 한국어로 씌어지는 한, 모든 작품은 한국어가 가지고 있는 언어 규범과 구조를 근본적으로 벗어날 수 없으나, 개별적인 작품은 그 한도 내에서 음성의 배열, 형태와 통사

구조의 변형을 통하여 독자적이고 개성적인 방식으로 존재한다. 위에서 살펴 바와 같이, 「눈물」의 경우 통사적인 국면에서는 몇 개의 기본 문장이 결합되어 관형구절화 변형이 이루어진다. 이것이 김춘수 시의 전반적 특성인지 그렇지 않은지는 아직 확인할 수 없다. 또한 이러한 변형의 방법이 이 시에서 일관되게 이루어지는 까닭과 그 의미의 해명은 여기서 추구되지 않고 그 사실만 지적하는 데 그친다. 이에 대한 해명은 그의 전 작품에 대한 통사론적 분석과 병행해서 이루어질 문제이기 때문에 다음 과제로 미룰 수밖에 없다.

「눈물」은 독특한 음성 구조를 가지고 있다. 「눈물」의 음성적 특성은 우선 유성음의 비율이 압도적인 데 있다. 전체적으로 보면 유성음은 이 시에서 70% 가까이 사용되고 있는데, 아무리 비율이 낮은 경우에도 50% 이상을 차지한다.[8] 국어의 음절구성 상의 특성이 (자음)+모음+(자음)으로 되어 있으므로 첫소리에 무성 자음이 오고 가운데 소리가 와서 하나의 음절을 구성하거나, 첫소리에 어떤 자음도 오지 않고 가운데 소리가 오고 받침에 무성 자음이 온다면, 유성음과 무성음의 비율은 반반이 될 것이다. 그러나 그러한 경우가 한두 음절에서는 가능하지만 여러 개의 문장으로 이루어지는 한 편의 시작품의 경우에는 유성음과 무성음이 균등한 상태를 유지하는 것은 현실적으로 어려워 전체적으로 유성음이 많거나 적거나 할 것이다. 그러나 그 많고 적음을 판단할 수 있는 현실적 준거가 마련되어 있지 않은 상황에서는 특별히 이 사실 하나만으로 이 작품이

---

8) 이것은 물론 철자 상으로 볼 때 그러하다. 실제 음성적으로 실현(낭독)될 때 이 비율은 변화될 것이 틀림없다. 이를테면, <관광>과 같은 경우에 <광>의 무성음 "ㄱ"이 실제로는 유성음으로 소리나는 것과 같은 다양한 변화에 대해서는 전혀 고려하지 않았다.

그의 다른 작품들이나 다른 시인들의 작품과는 다른 독특한 음성적 실현을 보이고 있다고 말하기는 어렵다. 그러나 이 작품에서 이 사실이 하나의 특이성으로 말해질 수 있는 것은 유성음이 무성음과의 대립을 통하여 이 작품이 구현하는 미적 구조와 효과에 봉사하고 있기 때문이다.

유성음의 비율이 높은 차례대로 보면 1, 3, 5, 4, 2, 7, 6행의 순으로 되어 있다. 마땅히 무성음의 비율을 기준으로 할 때에는 그 반대의 순서가 된다. 하나의 문장이 두 개의 행으로 나누어져 배열된 점을 감안하면, 한 문장에서 첫 행은 그 다음 행보다 유성음의 비율이 높게 나타나, 결과적으로 두 번째 행은 무성음의 비율이 첫 행보다 높게 된다. 첫 행이 의미 상의 주체를 나타내고 그 다음 행이 신체부위와 상태, 혹은 행위를 나타내는 것과 유무성음의 이러한 배열이 어떤 관련을 맺고 어떤 효과를 만들어내는가는 정확히 판단하기는 힘들다. 그것은 이러한 음성적 특질이 어떤 명확하고 구체적인 의미를 생성한다기보다는 울림에 의해서 환기되는 정서나 무드를 암시한다고 볼 수 있기 때문이다. 대체로 유성음은 부드럽고 여성적인 느낌을 줌으로써, 유성음의 비율이 압도적으로 높은 이 시의 경우, 맑고 부드러우며 여성적인 정조를 주조로 만드는 데 기여하고 있다고 할 수 있다.

이 작품에서 압도적인 비율을 나타내고 있는 유성음, 특히 그 중에서 유성 자음은 부드럽고 여성적인 느낌을 주며, 콧소리의 반복적인 울림은 그러한 분위기를 더하고 있다. 그것은 제목 “눈물”이 모두 유성음으로 구성되어 있는 것과 서로 조응하면서 여성적이며 연약함, 혹은 눈물이 환기하는 감상과 비애와 같은 시적 분위기를 형성한다. 시 전체적으로 볼 때는 유성음의 비율이 단연 높지만, 한 문장 내에서는 행을 교체하면서 유성음과 무성음의 상대적 비율의 높낮이가 서로 바뀜으로써(곧 1행은 유성음의 비율이 가장 높지만 2행은 무성음의 비율이 상대적으로 높다.)
유성음과 무성음의 대립을 형성한다.

통사적인 국면 외에도 제1, 2문장(1—4행)과 대조되는 제3, 4문장(5—7
행)의 특이성은 음성적인 측면에서도 뚜렷이 드러난다. 이 작품의 음성적
인 특성은 위에서 말한 바와 같이 우선 유성음의 비율이 압도적인 데
있다. 유성음의 압도성은 그러나 6행에 와서 역전된다. 6행은 무성음의
비율이 가장 높고 그 문장도 심층구조에서 가장 복잡한 형태를 이루고
있다. 이 시의 전체적인 분위기가 유성음의 부드러움에 싸여 있다면, 무성
음의 비율이 가장 높은 것은 그와 대응하여 그 부분이 상대적으로 강조되
는 효과를 생성한다. 이 사실은 이 시의 의미론적 국면과는 어떻게 연관되
는가. 6행이 존재의 질적인 변화가 일어나고 있음을 보여주고 있는 것이
라면(사람→새)음성과 의미의 기묘한 연관을 알아차릴 수 있을 것이다.
형태적인 면에서도 이 점은 "젖어 있다"가 짝수 행(2, 4행)에 자리하고
있어 이것이 6행에서도 나타나 규칙적인 배열을 보일 것이라는 무의식적
인 기대를 깨어버리고 7행에 나타남으로써 결과적으로 6행의 특이성을
강조한다는 점에서도 뚜렷이 드러난다.

결국 <정태성/상태의 지속>이 유성음의 압도적인 비율에서 형상화된
다면, <동태성/행위의 완료 혹은 존재의 변화>는 무성음의 우위에 의해
서 돋보이게 된다고 할 수 있다. 유성음이 부드럽고 여성적이며 무성음은
상대적으로 강하며 남성적인 울림이라고 할 수 있다면, 이러한 음성적
대립은 <정태성/동태성>이라는 의미의 대립 형성에 효과적으로 기여한
다고 볼 수 있다. 이렇게 본다면, 대립항의 체계는 <유성음/무성음>,
<정태성/동태성>, <현실성/설화성>, <현재/과거>, <식물성/동물
성>, 체험의 <직접성/간접성> 등으로 훨씬 복잡해지지만, 그것들의 관

계는 결코 우연적이고 우발적인 것이 아니라 체계적이고 본질적인 것임을 알 수 있다.

음성적 장치와 의미론적 국면과의 대응을 6행에서 발견할 수 있듯이, 이와 유사한 대응관계를 예사소리와 된소리의 대립에서 또한 발견할 수 있다. 그것은 예사소리의 지배적인 환경 속에서, "아랫도리"와 "발바닥"이 된소리로 실현됨으로써 상대적으로 청각인상이 강화된다. 그것은 젖어 있는 신체부위가 강조되면서 "아랫도리"와 "발바닥"의 대립(젖음의 정도와 그로 인한 질적 대립)을 이중적으로 보여주고 있다. 예사소리가 이 시의 배경이 되어 있다면 이러한 배경 때문에 된소리가 두드러지게 느껴진다. 된소리가 돋보이게 되는 이러한 전경화*foregrounding*는 "아랫도리"와 "발바닥"의 의미를 강화시켜 준다. 전경화가 이루어진 "아랫도리"와 "발바닥"은 동시에 젖은 부위의 차이가 양적인 것이 아니라 질적인 것임을 선명히 부각시킨다. 사람이 새로 존재의 변환을 이룩하고 있기 때문이다. 존재의 질적 변화와 대응한다는 점에서 그것은 양적 차이라기보다 질적 차이라고 보는 것이 적절할 것이다. 따라서 이 시의 음성적인 측면에서 드러나는 대립항은 <예사소리/된소리>의 대립이라고 할 수 있다. 음성적 국면에서 드러나는 <유성음/무성음>, <예사소리/된소리>와 같은 대립적인 자질들은 서로를 변별적인 것으로 만들어 상호 강화하고 한층 뚜렷이 함으로써 서로의 의미를 획정하고 시적 무드를 불러 일으킨다.

5. 「눈물」과 비극적 의식

「눈물」은 네 문장, 일곱 행으로 이루어진 시이다. 그리고 그것은 각각 두 문장이 두 개의 서로 대립적인 상황을 이루어 병치되고 있는 짜임새를 하고 있다. 곧 1—4행과 5—7행이 대립적 구조를 이루고 있다. 지금까지 이러한 대립적 구조를 음성, 통사, 서술의 구조를 분석함으로써 좀더 분명히 드러내려고 하였다. 음성적 국면에서 <유성음/무성음>, <예사소리/된소리>의 대립, 통사적 국면에서 관형구절화 변형을 통한 <확장/축소>의 대립, 서술적 국면에서 시제(<과거/현재>), 화법과 진술 내용(<직접성/간접성>), 서술어의 성격(<지속/변화>), 화자(<단일성/복합성>), 인간의 표상(<나무/새>) 등의 대립을 좀더 뚜렷이 볼 수 있다. 지금까지 드러난 것을 의미론적 국면에서 다음과 같이 추상화할 수 있다.

1—4행	5—7행
정체성	동태성
식물성	동물성
고착성	운동성
직접성	간접성
현실성	설화성
한계성	초월성
하강	상승

이 시의 1—4행을 전반부라고 하고 5—7행을 후반부라고 한다면, 이 둘은 서로가 대립하여 나란히 있음으로 해서 서로의 의미를 규정하고 제한한다. "아랫도리"가 젖어 있는 전반부의 "남자와 여자", "오갈피나무"는 "발바닥만" 젖어 있는 "사람"과 대립됨으로써 그 의미가 규정된다. "발바닥만 젖어 있었다"는 사람은 "맨발로 바다를 밟고 간" 사람이다. 맨발로 바다를 밟고 간다는 것이 상식적 인간 행위를 벗어난 것이라는

점에서, 이러한 행위의 주체는 인간을 넘어선 인간임을 암시한다. 맨발로 바다를 건너 간 "사람"은 "새"가 됨으로써 식물적 존재로 표상된 인간 존재와 대립하면서 인간의 한계성을 넘어 선 인간의 모습을 상징적으로 표현한다.9)

인간 존재의 존재방식이 전반부에는 "오갈피나무"와 같이 식물적인 표상을 통하여 상징된다. 식물의 존재방식은 그 자체로서 이미 하나의 모순이다. 식물적 존재가 이미 하나의 모순으로 있다는 것은, 분열된 욕망과 의지가 식물적 존재의 근거가 되고 있음을 뜻한다. 식물은 지상에 고착되어 있으며, 자신의 존재를 지속하기 위한 자양을 끊임없이 대지로부터 얻는다. 대지는 그가 떠날 수 없는 영원한 생명의 근원이며 어머니이자 자신의 존재를 지속시키는 존재의 샘이다. 식물의 뿌리는 생명의 근원인 대지에 굳게 자리하기 위한 것이며, 뿌리의 끊임없는 하강을 통하여 자신의 존재를 지속시킨다. 그러나 자신의 존재를 지속시키고 존재의 샘으로 하강할수록 그는 한층 대지에 고착되며 그 자리에 못박힌다. 그와 동시에 대지에서 벗어나고자 하는 상승의 꿈은 가열되어 지상을 거부하고 하늘을 향한 열망에 가득 찬 몸짓을 하게 되는 것이다. 대지에 굳게 뿌리 내리려는 의지와 하늘로 뻗어 오르려는 이 분열되고 모순된 욕망의 동시성과 긴장, 이것이야말로 식물이 표상하는 존재의 모순성이다.

전반부에서 인간 존재는 시적 화자에게 "남자와 여자"로 불려지고 "오갈피나무"로 변주된다. 이와 같은 변주를 통하여 "남자와 여자"가 "오갈

---

9) 시인의 말에 따르면, 예수를 염두에 두고 쓴 것이다. 후반부는 예수의 기적을 구성한 것이고, 전반부는 시인의 유년 체험과 관계된다. 더 자세한 시인의 말은, 김춘수, 『하느님의 아들 사람의 아들』, 현대문학사, 1985. 45쪽 이하를 참조할 것.

피나무"와 같은 방식으로 존재하며, 이 식물적인 존재 방식이야말로 "남자와 여자"가 모순되고 분열된 방식으로 존재하고 있음을 암시한다. 식물적 존재에게 "젖어 있음"이야말로 생명의 근원인 대지에 가까이 있음을 뜻하는 동시에 거기에서 결코 벗어날 수 없음을 의미한다. "젖음"은 존재의 지속 가능성인 동시에 지상에 못박힘이다. 식물적 존재는 대지와 젖음의 상태로부터 떠날 수 없다. 그것이 그의 조건 지워진 운명이다. 식물적 존재는 하늘로 뻗어 오르려는 상승에의 분열된 열망을 오로지 한층 깊이 땅에 뿌리내림을 통하여 역설적으로 실현할 수 있을 뿐이다.

식물적 존재로 표상된 인간 존재는 그 자체가 제한성과 한계성으로 규정된다. 그의 이름은 "남자와 여자"와 같이 성적 범주에 의해서 불려지거나 파악된다. "남자와 여자"는 하나의 언어 기호이며, 이 언어 기호는 대상이나 대상의 의미를 지시하는 것이 아니라 또 하나의 기호를 지칭한다. 인간은 생물학적 범주에 따라서 동물, 포유류 등으로 파악될 수도 있고, 정신적 실체의 범주에 따라 사람으로 지각될 수도 있으며, 사회 계급적 범주에 의해 부르조아지, 프로레타리아 등으로 이해될 수도 있다. 따라서 "남자와 여자"라는 언어 기호는 "남자와 여자"라는 성적 범주에 의해서 지각된 현상을 가리킨다. "남자와 여자"는 기호에 의해서 지각된 현상으로서 성적으로 구별되고 조건 지워진, 그런 의미에서 완전성이 결여된 존재, 한계에 차있는 존재이다. "남자와 여자"가 성적 범주에 의해서 파악되었다고 하더라도 그것은 단순히 성적인 분열만을 의미하는 것이 아니다. 성적인 분열에 의해서 암시되고 상징되는 인간 존재의 모순성과 분열, 그리고 한계성을 폭넓게 함축한다.

따라서 이 시의 전반부는 인간 존재의 이러한 모순성과 한계성이 식물적 표상에 의해서 제시되고 있다고 할 수 있다. 모순과 한계에 차 있는 인간 존재의 이러한 현실을 시적 화자는 경험적인 사실을 서술하는 방식으로 표현한다. 문장의 심층구조에서 드러나듯이, "젖어 있다"가 반복되는 문장 속에는 "젖어 있"는 "남자와 여자"와 "오갈피나무"를 보고 있는 시적 화자의 목소리가 발견된다. 이 목소리는 "젖어 있"음의 상태와 상황이 경험적이고 실제적인 사실로서 현존하는 것이라는 것을 화법과 시제를 통하여 알려 준다. 후반부에는 시적 화자의 목소리 이외의 또 하나의 목소리가 화자의 목소리 속에 문법적으로 통합되어 있으나 전반부는 그렇지 않다. 이 단 하나의 목소리는 바로 이 목소리의 주체가 진술하고 있는 내용이 그에 의해서 직접적으로 인식되었음을 뜻한다. 인식의 내용은 위에서 말한 바와 같이 식물적 존재로 표상되는 인간 존재의 한계성과 모순성이다.

이렇게 조건 지워진 인간 존재의 모습은 오히려 어둠 속에서 화자에게 드러난다. "남자와 여자", 그리고 "오갈피나무"의 "젖어 있"음은 "밤에" 보여진다. 대낮의 햇빛 속에서 볼 수 있는 것이 아니라 오히려 어둠 속에서 그것을 볼 수 있다는 것은 하나의 역설이라고도 할 수 있다. 밤에 본다는 것이 우발적인 사태인지 그렇지 않은지는 알 수 없다. 우발적이든 그렇지 않든, 밤이라는 어둠과 정적의 시간 속에서 사물이 열어 보이는 새로운 모습을 본다는 것은 일상의 타성에서 벗어난다는 뜻으로 볼 수도 있다. 일상적인 활동이 중지되고 정적이 온 세상에 가득 찬 어둠 속에서 사람들은 즐거운 휴식에 취하기도 하고 내성의 눈을 뜨기도 하기 때문이다. 밤은 일상적인 번거로움과 분주하고 타성화된 행위에서 사람들을 사색과 몽상으로 이끌어 간다. 빛이 스러진 시간에 오히려 사람들은 사물들에게서 일상성의 장막을 들추어 새롭게 드러나는 그들의 모습을 통하여 자신을 새롭게 의식한다.

후반부는 전반부에서 제시된 인간의 한계성이 극복되는 상황을 보여준다. "맨발로 바다를 밟고" 가는 행위는 인간적 행위로서는 상식적인 이해에 반하는 것이다. 그런데 그 행위의 주체는 신이 아니라 "사람"이다. 따라서 "맨발로 바다를 밟고 간 사람"은 사람이면서 동시에 사람이 아니다. 그는 인간이면서 인간을 넘어서 있다. 그의 이름은 이미 "남자와 여자"와 같이 성적 범주에 의해서 불리지 않는다. 그는 이와 같은 한계에 의해서 조건 지워진 인간이 아니다. 그는 인간의 한계성을 초월함으로써 "새"가 된다. 그는 오갈피나무와 같이 아랫도리가 젖어 있는 상태를 지속하는 존재가 아니다. 그는 더 이상 "남자와 여자"로 불리는 식물적 존재의 한계성 속에 있지 않다. "새"는 인간 존재의 한계성에서의 초월이며, 그것은 인간 존재의 모순성이 극복되었음을 암시하는 것이다.

따라서 "맨발로 바다를 건너"가는 행위는 인간 조건을 초극하는 행위이며, 그것은 "새"가 됨으로써 완성된다. "새"의 상징적 의미는, 전반부에서 "남자와 여자"가 "오갈피나무"로 변주되는 것과 대응되면서 구현된다. 새의 비상이 구속에서의 해방, 완전한 자유라면, "새"가 되는 것은 식물적 존재로 표상된 인간 존재의 한계성으로부터 벗어난 것을 암시한다. "발바닥만" 젖어 있음은 그런 뜻에서 젖어 있음을 통하여 젖어 있음에서 해방된 것을 의미한다고 볼 수 있다. "발바닥만" 젖어 있음은, 축어적으로는 젖어 있음의 극소화로서 젖어 있음에서 완전한 해방이라고 할 수 없으나, 전반부와 대립하면서 젖어 있음에서 벗어남이라는 의미를 실현한다고 할 수 있다.

이러한 벗어남을 초월성의 실현이라고 한다면, 그러나 초월은 이 시 속에서는 오로지 설화성으로만 존재한다. 시 속에서 서술된 초월은 과거 사실로 제시되며, 그것도 시적 화자가 아닌 다른 사람에 의해서 이미 발화된 것으로 나타난다. 누군지 알 수 없는 어떤 사람에 의해서 발화된 내용을 독자는 시적 화자를 통해서 다시 듣게 되는 것이다. 내용의 진실성과 정확성 여부, 그리고 목소리의 주체를 확인할 수 없는 이 발화는 시적 화자의 발화 속에 내포되어 초월적 인간에 대한 진술을 이루고 있는 것이다. 초월적 인간은 지금 시적 화자가 직접 확인하고 대면할 수 있는 것이 아니라 타자에 의해서만 확인되고 진술되는 형식으로만 존재한다.

인간 존재의 한계성이 전반부에서 시적 화자 앞에 현전하는 것으로 제시되었다면, 그 지양으로서의 초월성은 후반부에서 현전하지 않는 것, 부재로서 나타난다. 후반부에 제시된 초월은 설화성으로 존재하기 때문이다. 설화성으로 <존재함>으로써 초월성은 후반부에서 실현된 것이지만 동시에 <설화성으로만> 존재함으로써 그것은 또한 현전하지 않는 부재이다. 따라서 초월성은 현전하면서 부재하는 것이라고 할 수 있다. 초월성의 부재는 그러나 그 현전 이상으로 끊임없이 시적 화자의 영혼을 자극한다. 과거 시제에 의해서 진술됨으로써 초월이 어느 한 때, 어느 한 사람에 의하여 이루어졌다는 사실은 단순히 그것이 있었다는 사실만을 뜻하지는 않는다. 그것은 인간 존재의 초월적 가능성을 함축하고 동시에 그 실현 가능성에 대한 열망을 내포한다. 인간 존재의 초월성이 설화성으로 존재한다 할지라도, 현존하고 의심할 수 없는 한계성 이상으로 실재성을 지닌다. 한계성은 늘 초월에의 욕구, 관심, 의지 속에서만 확인되는 동시에 초월성은 언제나 초월의 가능성으로서, 한계성의 인식 속에서 오히려 실재하기 때문이다. 이와 같이 현전하면서 동시에 부재하는 인간 존재의 초월성은, 초월성에 대한 긍정이면서 동시에 부정인 시적 화자의 독특한 관점을 드러낸다. 그것을 비극적 의식이라고 부를 수 있다.[10]

이러한 비극적 의식은 인간 존재의 한계성과 초월성을 긍정하면서 동시에 부정한다. 인간 존재의 한계성과 초월성은 늘 현전하는 것이면서 동시에 부재하는 것이기 때문이다. 인간은 자신의 한계성 속에서 부단히 초월을 의욕하고 감행하는 주체로서 초월이 늘 문제되는 의식 존재이다. 자신의 한계성이 확인되지 않는 한 초월은 의도되지 않고, 초월을 꿈꾸지 않는 한 한계성은 인간 조건으로 인식되지 않는다. 초월을 꿈꾸는 만큼 한층 더 한계성에 직면할 수밖에 없으며, 그럴수록 초월의 갈망이 불탈 수밖에 없다는 것은 인간 존재의 비극적 현실이다. 한계성만을 인간의 현실성으로 받아들이고 초월성이 부정될 때, 혹은 초월성만이 실재성으로 긍정되고 한계성이 외면될 때, 비극적 의식이란 있을 수 없게 된다. 인간 존재의 한계성과 초월성 중에서 어느 하나를 절대적으로 신봉하는 사람에게는 분열로 인한 비극적 의식이란 존재하지 않을 것이며, 있다고 하더라도 해소될 수 있는 가능성이 있는 것이다. 그러나 어느 하나를 긍정하지도 부정할 수도 없는 의식에게 이러한 인간 현실은 비극적인 것이 될 수밖에 없다.

전반부와 후반부가 균형과 긴장을 이루면서 대립적으로 병치되어 있는 이 시의 구조는 이와 같은 비극적 의식을 그대로 보여주는 것이다. 비록 부재의 방식으로 존재한다고 하더라도 후반부는 초월성이 제시된 것이며, 전반부는 식물적 존재로 표상된 인간 존재의 한계성이 구체화된 것이라면, 이 둘은 어느 하나가 어느 하나를 지양하는 관계라고 할 수 없다.

---

10) 이러한 태도를 비극적 의식으로 규정한 것은 루시앙 골드만의 『숨은 신』(송기형, 정과리 옮김, 연구사, 1986.)에서 암시받은 것이나, 비극적 의식이 위 책의 핵심적 내용인 비극적 세계관과 반드시 일치한다고는 할 수 없다. 루시앙 골드만이 파스칼의 팡세와 라신느의 비극을 분석하면서 그 핵심을 "비극적 세계관"이란 개념으로 요약하고, 나아가 이것을 17세기 프랑스 사회에 연결시킨 것은 잘 알려져 있다.

그들의 관계는 지속되고 해소될 수 없는 대립의 관계임을 암시한다. 이와 같이 치유될 수 없는 분열로서의 인간 존재의 현실은 비극적인 것이라 할 수 있으며, 이에 대한 시적 인식의 결과가 제목으로 제시된 "눈물"이라고 볼 수 있다. 이러한 비극성에 대한 관심은 김춘수의 경우 이미 초기 시에서도 보여[11] 그 뿌리가 상당히 깊은 것임을 알 수 있다. 따라서 김춘시의 시에서 비극적 의식의 지속성과 그 시적 변용은 앞으로도 계속적인 탐구의 대상이 될 수 있겠다.

(1987)

---

[11] 김현은 김춘수의 초기시인 「집」, 「갈대 2」 등을 예로 들면서 육체와 의식의 분열이라는 인간 조건의 인식으로부터 그의 시가 시작되고 있음을 지적한 바 있다. 김현, 『상상력과 인간』, 일지사, 1973. 148쪽.

정지용의 시 「파라솔」 분석

1. 머리말

「파라솔」은 「明眸」라는 제목으로 『中央』 32호(조선중앙일보사, 1936. 6.)에 처음 실렸다. 정지용의 두 번째 시집『백록담』(1941, 문장사)에 이 시가 실릴 때, 그 제목이 「파라솔」로 바뀐 듯하다. 그 동안 「파라솔」에 대한 별도의 작품론이나 적극적인 분석은 거의 이루어지지 않았다. 그것은 「파라솔」이 정지용의 시적 성취를 가늠할 만한 대표작이라고 할 수 없을 뿐더러 독자의 관심을 끌 만한 어떤 문제성을 지닌다고 보지 않은 탓일 것이다.

그러나 「파라솔」은 정지용 시의 한 특질을 좀더 뚜렷이 드러낸다는 점에서, 정지용 시 전체의 이해와 평가에 이르기 위해서는 일단 분석할 만한 가치가 있다. 특히 「파라솔」의 단순한 구조는 정지용의 시 텍스트 구성방식과 수사구조, 시의 주체 문제 등을 검토하는 데 오히려 도움이 될 수 있다고 생각한다. 이 글은 그 점에 착안하고 그 가능성을 살피기

위한 것이다. 서술의 편의를 위해 아래에 시 전문을 들고, 본문 앞에 연을
나타내는 숫자를 붙였다. 시 전문은 다음과 같다.[1]

1　蓮닢에서 연닢내가 나듯이
　　그는 蓮닢 냄새가 난다.

2　海峽을 넘어 옮겨다 심어도
　　푸르리라, 海峽이 푸르듯이.

3　불시로 상긔되는 뺨이
　　성이 가시다, 꽃이 스사로 괴롭듯.

4　눈물을 오래 어리우지 않는다.
　　輪轉機 앞에서 天使처럼 바쁘다.

5　붉은 薔薇 한가지 골르기를 평생 삼가리,
　　대개 흰 나리꽃으로 선사한다.

6　월래 벅찬 湖水에 날러들었던것이라
　　어차피 헤기는 헤여 나간다.

7　學藝會 마지막 舞臺에서
　　自暴스런 白鳥인양 홍청거렸다.

8　부끄럽기도하나 잘 먹는다
　　끔직한 비―으스테이크 같은것도!

---

1) 정지용, 『백록담』, 백양당, 1946. 66-69쪽.

9 오넥스의 疲勞에
   태엽 처럼 풀려왔다.

10 람프에 갓을 씨우자
   또어를 안으로 잠겄다.

11 祈禱와 睡眠의 內容을 알 길이 없다.
   咆哮하는 검은밤, 그는 鳥卵처럼 희다.

12 구기여지는것 젖는것이
   아조 싫다.

13 파라솔 같이 채곡 접히기만 하는것은
   언제든지 파라솔 같이 펴기 위하야 ―

2. 텍스트 구성방식

「파라솔」의 형태와 수사구조는 매우 단순하다. 한 연이 두 줄로 된
열 세 개의 연이 텍스트를 구성하고 있다. 두 줄이 한 연을 이루는 연
구성방법은 정지용의 비교적 다양한 시형태 중에서 두드러진 한 유형이
다. 이러한 연 구성법은 시인의 심미적 전략이나 의식과 관련하여 그
자체가 밀도 있는 검토의 대상이 될 만한 가치가 있다. 일종의 정형성에
대한 정지용의 집착은 그의 개성과 내밀한 의식을 엿볼 수 있는 실마리일
뿐만 아니라, 시인이 접촉하고 내면화한 문학전통의 면모를 살필 수 있는
길이 될 수도 있기 때문이다.

　　연이 리듬, 심상, 의미의 단락이라면, 「파라솔」에는 연의 수만큼 일정하고 잠정적인 휴지가 존재한다. 그것을 다시 꿰고 묶어 텍스트의 의미를 (재)생산하는 것은 시읽기가 감당할 몫이다. 「파라솔」에서 각 연은 독자적인 심상과 의미를 형성한다. 다시 말해 각 연은 "그"로 지칭된 시적 대상의 정황이나 "그"에 대한 심상을 독자적으로 제시하며, 그 완결성은 거의 모든 연이 마침표에 의해 마감되는 것에서 뚜렷이 드러난다. 따라서 「파라솔」은 표면상 상호관계가 뚜렷하지 않은 각 연이 부분의 독자성을 지닌 채 병치된 짜임새를 하고 있다. 다만 1과 2는 다른 연들에 비하여 훨씬 직접적인 연관을 문면에 노출하고 있다. 1과 2의 관계는, 시의 대상 "그"를 "연(蓮)"이 매개하는 까닭에 2에서 "海峽을 넘어 옮겨다 심어도"라는 표현이 가능해지는 데서 알 수 있다.

　　「파라솔」은 연의 수준에서 대상에 대한 다양한 인상을 병치시켜 그 집적을 통해 시의 의미를 형성하는 방법을 뚜렷이 보여주고 있다. 이것은 정지용이 보여주는 시 텍스트 구성방식의 하나라고 할 수 있는데, 그것은 동일한 대상에 대한 다각적인 묘사이자 심상의 지속적인 변주라고 부를 만하다. 그 구체적 양상은, 시의 대상 "그"에 대한 보조관념이 "연닢", "해협", "꽃", "천사", "백조", "태엽", "조란", "파라솔" 등의 심상으로 옮겨가는 것에서 구체적으로 드러난다. 시에 동원되고 있는 각각의 심상은 시 형태상 공간적으로 인접해 있지만 서로 별다른 연관성 없이 제시되어 일단 비약과 단절을 드러내는 것으로 보인다.

　　이러한 텍스트 구성방식은 정지용이 시의 대상을 각각의 단편적인 인상과 독자적인 장면으로 해체해 재구성하는 데 치중한다는 것을 뜻한다. 대상에 대한 단편적이고 감각적 인상을 배치하고 완결시키는 층위가 연으로 설정됨으로써, 각 연은 시의 호흡, 심상, 의미의 단락으로서 자체를 완결시키는 기능을 명시적으로 수행한다. 시의 대상 "그"에 대한 인상은 이렇게 연의 수준에서 분절되어 단편적으로 제시되지만, 대상의 동일성이 각 연의 상호관계를 구축하고 분절된 장면과 다양한 인상을 통합시킨다.

각 연의 상호관계는 동일성과 유사성이며, 각 연의 내부에서 그것을 가능케 하는 수사의 방식은 직유이다. 그러나 「파라솔」에서 이루어지는 대상묘사는 대부분 범상한 직유에 의존하고 있어 참신하거나 놀랍다고 할 수 없다. 유사성이 바깥으로 드러난, 범상한 직유의 거듭된 사용은 새로운 세계인식의 미학적 계기가 될 수 있는 수사의 역동적 가능성을 약화시키고 있다. 「파라솔」의 이 압도적인 빈도의 직유는 시의 대상을 손쉽게 인지시키는 대신 지적 흥미는 약화시킨다. 따라서 2행 1연의 정형적(整形的) 시형태와 더불어 「파라솔」의 단순하고 반복적인 수사구조는 시를 입체적으로 만들기보다 단순하고 평판하게 만드는 것이 사실이다.

각 연의 통사구조는 대체로 묘사대상(주어)(a)과 직유를 구성하는 부사구/절(b), 그리고 서술어(c)의 결합으로 단순화시킬 수 있는데, 그것은 원관념(a), 보조관념(b), 그리고 원관념과 보조관념을 매개하는 상사성(c)에 각각 대응한다. 즉 「파라솔」의 각 연은 그 통사구조가 "그는 鳥卵처럼 희다"에서 보듯이 a+b+c의 형태이고, 연을 구성하는 단위 중 b와 c는 대체가능한 기표의 목록들로 구성되어 있다. 구조주의 언어학을 원용한다면, 「파라솔」에서는 수직적 혹은 계열체의 축*paradigmatic axis*과 수평적 혹은 통합체의 축*syntagmatic axis*[2]이 연의 수준에서 구성된다고 말할 수

---

2) Antony Easthope, *Poetry as Discourse*, Methuen Co. Ltd, N.Y., 1983. 36쪽.

있다. 다시 말하면, a+b+c는 문장의 서로 다른 구성요소인 a, b, c의 수평적인 결합을 뜻하는 통합의 축을 나타내고, b1……bn, c1……cn은 b와 c의 단위에서 수직적인 대체가 가능한 계열의 축을 형성하는 셈이다. 이 구조를 다음과 같이 구체적으로 보일 수 있다. 영문자 아래의 숫자는 해당 연을 표시한다.

	b1 연닢내(가 나듯이)	c1 蓮닢 냄새가 나다
	b2 海峽(이 푸르듯이)	c2 푸르다
	b3 꽃(이 스사로 괴롭듯)	c3 성이 가시다
a 그는	b4 天使(처럼)	c4 바쁘다
	b7 自暴스런 白鳥(인양)	c7 홍청거리다
	b9 태엽(처럼)	c9 풀리다
	b11 鳥卵(처럼)	c11 희다
	b13 파라솔(같이)	c13 접히다/펴다

3. 대상이 드러나는 방식

「파라솔」에서 각 연을 계열체적 관계로 묶고, 부분을 전체로 통합하는 실질적이고 주된 구실을 하는 것은 묘사대상의 동일성이다. 그것은 「파라솔」에서 "그"란 대명사로 지칭된다. 대명사는 어떤 사람/사물의 고유한 본성이나 그것을 가리키는 이름이 아니며, 단지 '말하는 주체'가 가리키는 어떤 대상을 표시할 뿐이다. 따라서 "그"는 타자('말하는 주체')에 의해 막연히 지시된 존재로서 자신의 내용이나 본질이 규정되지 않은 어떤 것이다. 다시 말하면 "그"는 자신의 정체성 없이 비어 있는 존재이다.

「파라솔」은 이러한 무규정성, 내용 없는 공백으로서의 "그"가 점차 나름
의 본질을 획득하는 언어구조, 혹은 '말하는 주체'가 "그"에게 나름의
정체성을 부여하는 시적 담론이다.

막연한 대상인 "그"의 정체성은 다른 사물을 가리키는 기호들의 연쇄
에 기대어 간접적으로 드러난다. 곧 "그"는 다른 존재자를 지칭하는 기표
들에 의해 자신의 본질을 획득해 간다. "그"를 대체하는 기표들은 $b_1 \cdots$
b_n, 즉 "연닢", "해협", "꽃", "천사", "백조", "태엽", "조란", "파라솔"
등이다. 이 타자들과의 동일화를 통하여 "그"는 자신의 모습을 나타낼
수 있으며, 그것에 기대어 "그"가 구성된다. 다시 말해 "그"의 자기동일성
은 '이미' '거기에' 주어져 있는 것이 아니라 타자에 기대어, 그리고 타자
와의 동일화를 통해서만 구성된다. $b_1 \cdots b_n$은 "그"의 동일화 대상인
타자의 목록이며, $c_1 \cdots c_n$은 타자와의 동일화를 통해 드러나는 "그"의
구체적인 성향과 반응들이다. 그것은 "蓮닢 냄새가 난다", "푸르다", "성
가시다", "바쁘다", "삼가다", "헤다", "흥청거리다", "먹다", "풀리다",
"잠그다", "희다", "싫다", "접히다", "펴다" 등으로 제시된다.

다르게 말한다면, 「파라솔」은 시의 대상 "그"에 대한 단편적이고 단일
한 인상들의 병치구조이다. 단순히 병치된 인상들을 통합할 수 있는 것은,
부챗살의 중심처럼 그것들을 한 지점에 모으는 시의 대상이 존재하기
때문이다. "그"로 지칭된 시의 대상은 마치 "파라솔"의 꼭지점처럼, 단편
적이고 독립적인 인상을 전체로 집약할 수 있는 구심점이다. 그것을 좀더
뚜렷이 보이기 위하여 각 연을 다음과 같이 고쳐 보일 수 있다.

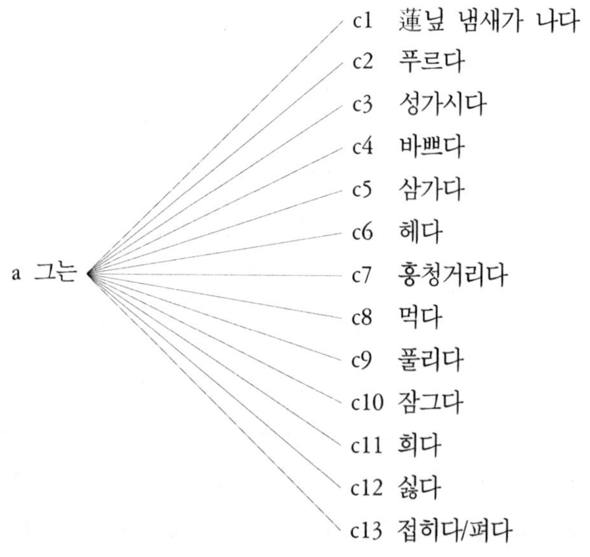

결국 「파라솔」의 언술구조는, 묘사대상 "그"(a)와 "연닢", "해협", "꽃", "천사", "백조", "태엽", "조란", "파라솔" 등(b)을 동일성/유사성 $(a=b_1\cdots b_n / a\fallingdotseq b_1\cdots b_n)$으로 파악해 그 공유하는 각종 자질(c)을 서술하는 형태이다. $c_1\cdots c_n$은 a와 b의 동일성을 가능하게 하는 속성/자질이자 그 직접적인 표현이므로, 「파라솔」의 언술구조는 결국 $a=b_1\cdots b_n=c_1\cdots c_n$이 된다. 그러므로 묘사대상 "그"는 $b_1\cdots b_n$에 기대어 인상이 구체화, 강화, 환기되며, $c_1\cdots c_n$을 통해 "그"의 정체성을 구성하는 구체적 사실이 드러난다.

그런데 $b(b_1\cdots b_n)$와 $c(c_1\cdots c_n)$는 그 내부가 각각 의미상 서로 대립적인 심상의 무리들로 구성되어 있다. 곧 b와 c는 각각 긍정적이고 적극적인 심상들(b+, c+)과 부정적이고 소극적인 심상들(b-, c-)들의 대립적 구성물이다. 따라서 「파라솔」이 묘사의 대상으로 삼고 있는 "그"(a)의 정체성은 하나의 성향/자질로 통일되어 있는 단순성이 아니라, 상반되는 성질을 함께 가진 복합성으로 제시된다. "그"는 b1("연닢 냄새"), b2("해협")에서처럼 신선하고도 무한한 생명력이기도 하지만 동시에 b9("태엽"), b11("조란")에서처럼 수동적이고 연약한 존재이기도 하다. 이것을 요약해 보이면 다음과 같이 될 것이다.

b	
b+	b-
b1　蓮닢 냄새	b3　꽃
b2　海峽	b9　태엽
b4　天使	b11　鳥卵
b7　白鳥	b13　파라솔
b13　파라솔	

　　b의 심상들은 그 자체로서 b+와 b-로 나누어질 수는 없다. 비록 각각의 심상들이 어느 정도 일반적이고 보편적인 의미를 지닐 수 있다 하더라도, 그 배치에 따라 그것이 환기하는 의미와 효과는 상당히 달라질 수밖에 없기 때문이다. 따라서 "蓮닢 냄새", "꽃"은 그 자체로서 긍정적이거나 부정적인 지위를 가진다고 볼 수 없고, 다음에 오는 c와의 관계에서 그 가치가 규정될 수 있을 뿐이다. 13에서 "파라솔"의 심상이 그 위치에 따라 b+와 b-로 상반되게 규정될 수 있는 것도 그런 탓이다. c를 다음과 같이 나타낼 수 있다.

c	
c+	c-
c1 蓮닢 냄새가 나다	c3 성가시다
c2 푸르다	c5 삼가다
c4 바쁘다	c9 풀리다
c6 헤여 나가다	c10 잠그다
c7 흥청거리다	c11 희다
c8 먹다	c12 싫다
c13 펴다	c13 접히다

따라서 「파라솔」의 "꽃"은 아름다움의 표상이라는 일반적인 관념을 환기하기보다 그에 덧붙여진 긴장, 수줍음, 괴로움 혹은 아름다움에 내재한 고통이 문맥상 두드러지게 암시된다. 그것은 "불시로 상긔되는 뺨"에서 시사되듯이, "그"의 긴장과 소극성을 부각시키기 때문이다. 또한 "鳥卵"의 심상은 "咆哮하는 검은 밤"에 선명하게 대비되어 흰색이 강화되면서 "그"의 순결성이 한층 뚜렷하게 지각되게 만든다. 그러나 이 흰색은 결핍된 색으로서 어둠의 공격성과 난폭함에 포위되어 있어 위기와 불안, 무기력과 연약성을 동시에 환기한다.

b와 c를 통해 파악되는 "그"의 성향을 다음과 같이 추상화할 수 있다.

"그"	
+	-
동태성	정태성
능동성	수동성
적극성	소극성
개방성	폐쇄성

「파라솔」에서 묘사의 초점이 되고 있는 "그"는 위에서 보듯이 모순된 성향으로 분열되어 있다. 삶에 대한 열정과 혐오, 의욕과 피로, 활기와 무기력, 흥분과 침울, 활동과 수면, 쾌락의 추구와 억압, 심리적 이완과 긴장 등 상반된 욕망, 성향, 상태가 "그"의 안팎을 축조하며 동거하고 있다. 대립적 성향과 욕망의 주체로서 "그"가 분열되어 있는 것은 "그"의 행위와 성격을 묘사하는 서술어들($c_1 \cdots c_n$)이 능동성($c+$)과 수동성($c-$)을 교체함으로써 구체화된다.

"그"의 이러한 분열은 자신의 현실을 전폭적으로 긍정하거나 부정할 수 없다는 데서 생긴다. "그"의 현실은 "湖水"와 "검은 밤"으로 제시되는데, 각각 "월래 벅찬"과 "咆哮하는"이라는 관형어의 수식을 받고 있다. "월래 벅찬 湖水"는 "그"가 감당하기 힘든, 그러나 '이미' 주어져 있는 것으로서의 현실을 표상하며 그 본래적인 우위성을 암시한다. "咆哮하는 검은 밤" 또한 현실의 야수성과 폭압성을 환기한다. "咆哮하는 검은 밤"의 시간은 피에 굶주린 짐승의 시간이다. 이 현실에 직면한 "그"는 "鳥卵처럼 희다." "검은 밤"과 "鳥卵처럼" 흰 "그"의 대조는 현실의 야수성과 존재의 순결성을, 그리고 현실의 공격성과 존재의 연약함을 극적으로 대비하고, 그에 따른 존재의 위축, 불안, 긴장을 일깨운다.

'이미' "벅찬" 것으로 전제된, 그리고 공격적이고 야수적인 형상을 하고 있는 현실 안/앞에서 "그"의 활동과 자세는 수동적이고 수세적이다. "그"의 현실대응은 "어차피 헤기는 헤여나간다"고 표현된다. "어차피"라는 부사가 비록 "그"의 현실 헤쳐나가기, 혹은 현실극복 가능성에 대한 낙관적 비전을 함축한다 하더라도, 그것이 현실에 대한 "그"의 적극적인 대응과 능동적인 극복을 암시하거나 "그"의 수동성을 온전히 은폐하지는 않는다. 그것은 오히려 "벅찬" 현실에 최소한 압도되지 않고 그것을 견디려는 존재의 수세적인 노력, 혹은 그 안간힘을 환기한다.

"벅찬" 현실은 "그"의 "피로"("오엑스의 疲勞에/태엽 처럼 풀려왔다")를 야기하거나 자기방기적인 쾌락("自暴스런 白鳥인양 흥청거렸다")을 부추긴다. 야수적인 현실에서 비롯하는 질서의 훼손과 주체의 오염은 "구기어지는것 젖는것"이라는 간결하고도 감각적인 표현에서 선명하게 환기된다. "구기어지는것 젖는것"에 대한 혐오감은 "아조 싫다"와 같이 직접적이고도 노골적으로 토로된다. 그것은 수세적인 위치의 주체가 억압적 현실에 대해 드러내는 강한 적대감의 표현이며 동시에 자신의 순결성을 지키며 현실에 오염되지 않으려는 욕망의 드러냄이다. 현실과 "그"의 이러한 관계를 무엇보다 상징적으로 보여주는 것은 "파라솔"의 심상이다.

4. 〈파라솔〉 심상과 경쾌한 역동성

"파라솔"은 시의 중심 심상이다. 시의 제목으로 선택된 점에서도 그렇고, 시의 의미가 이 심상에 응축되어 있다는 점에서도 그렇다. 시인이 사물과 더불어 사고하는 자이고 심상이 사물에 관한 "조직화 된 의식"[3]이라면, 중심 심상은 텍스트의 의미와 텍스트 안팎의 의식을 해명하는 통로가 될 수 있다.

"파라솔"의 심상은 풍부한 함의를 지닌다. 사물로서의 '파라솔'은 햇빛

---

3) 사르트르에 따르면 '이미지'는 "지향적 구조를 가지"며 대상에 대한 "조직화 된 의식의 한 형식"으로서 "작용이지 사물이 아니다." 따라서 이미지는 무엇인가에 대한 조직화된 의식이라고 할 수 있다. Jean Paul Sartre, *L'Imagination*(1936), 이문호 옮김, 『상상력』, 대양서적, 1975. 384~393쪽 참조.

을 가리는 양산이면서 동시에 비를 피하는 우산이기도 하다. 그 근본적인 용도는 햇빛이나 빗줄기를 가리고 막는 데 있다. 그런 점에서 '파라솔'의 '펴짐'은 '파라솔'의 본성이다. 그런데 실용적인 도구로서 '파라솔'은 언제든지 펴기 위해 접고 또한 접힌 후에야 펴진다. '파라솔'의 휴대성 또한 그 본성을 이룬다면 그것 역시 '접힘'에서 가능하다.

따라서 '접힘'과 '펴짐'은 상호부정이지만 동시에 서로를 가능하게 하는 조건이기도 하다. '접힘'과 '펴짐'은 서로의 타자이지만 동일한 '파라솔'의 서로 다른 양태로서, 서로의 연기(緣起)이며 서로를 연기(延期)한다. '파라솔'이 '파라솔'일 수 있는 것은 이 '접힘'과 '펴짐'이라는 운동(緣起)의 잠재적 가능성에 있다. 그 가능성이 차단되어 어느 하나가 어느 하나를 일방적으로 지연시키기만 할 때, '파라솔'은 자신의 기능과 가치를 상실한다.

"파라솔"의 심상이 이러한 '펴짐'과 '접힘'의 상호연기(相互緣起)의 잠재적 운동성을 표상한다면, 그 상징성을 존재의 신축성과 의식의 역동성으로까지 확장할 수 있다. 마지막 연에 등장하는 '파라솔'의 심상이 그것을 보여준다. 무엇보다 이 "파라솔"에는 '능동'과 '수동'이 맞물려 있다. 여기에서는 '접힘'과 '펴짐'이 아니라 '접힘'과 '폄'의 관계가 나타난다. '파라솔'의 '접힘'과 '펴짐'은 그것을 접고 펴는 주체가 전제되어 있는 까닭에 '파라솔'은 주체의 행위가 미치는 수동적인 대상일 따름이다. 그러나 마지막 연에 나타난 '접힘'과 '폄'의 관계에서는 그렇지 않다. 여기에서 "파라솔"은 주체에서 대상으로, 그리고 대상에서 주체로 전환하는 운동을 표상한다. "파라솔"의 '접힘'은 '주체의 대상화'의 결과이지만, '폄'은 '대상의 주체화'의 결과이다. 그것은 각각 "그"의 수동성과 능동성에 대응한다.

　　그런데 "파라솔"의 '접힘'과 '펴짐', 그리고 "그"의 수동성과 능동성은 상호대립과 상호부정에 머물지 않고 '접힘'과 수동성이 '펴짐'과 능동성의 계기가 된다. '접힘'과 수동성은 '펴짐'과 능동성으로 극적인 전환을 이룩하려는 의도를 품고 있어, 대상화와 수동성은 주체화와 능동성을 예비하는 반전의 산실이 된다. 따라서 이 '접힘'과 수동성은 그 축어적인 뜻을 넘어서는 적극성을 함축할 수 있다.

　　그것은 "**채곡** 접히기**만** 하는 것"이 '아무렇게 접히기만 하는 것'의 부정이자 동시에 일회적이고 우발적으로 '채곡 접히는 것'의 부정이기 때문이다. 그것은 "구기여지는것"의 부정이며 주체의 일방적인 대상화, 전면적인 능동성 상실의 부정이다. 거기에는 '접힘'과 수동성에 대한, 그리고 조야하고 훼손된 세계에 대한 주체의 반성과 저항이 내포되어 있다. 따라서 오히려 "구기여지는것"의 부정으로서 "**채곡** 접히기**만** 하는 것"은 나름의 순결한 질서와 규범의 세계를 지향한다. 여기에는 현실의 조야함과 무질서, 그리고 우연한 질서와 남루하고 훼손된 현실에 대한 주체의 혐오와 저항이 내장되어 있다.

　　거기에서 둥지를 틀고 있는 것은 "언젠든지" 자신을 활짝 "펴기 위하야" 내밀한 능동성으로 뒤척이는, 운동하는 의식이다. 의식의 이 내밀한 능동성은 '파라솔'의 본성이라고 할 수 있는 활짝 '펴짐'을 회복하려는 근원적인 동력이기도 할 것이다. 가지런히 접히고 활짝 펼쳐지는 '파라솔'이 환기하는 시각적 인상의 선명함과 운동의 경쾌함은 의식주체의 이러한 내부적 움직임을 훌륭히 시각화한다. 그런 뜻에서 "파라솔"은 이러한 역동성을 생동감 있게 드러내는 심상으로서, '접힘'과 '펴짐', 수동성과 능동성, 주체의 대상화와 대상의 주체화, 그리고 수동성에 깃든 내밀한 능동성을 적절하고도 폭넓게 환기한다.

이 경쾌한 역동성의 표상으로서의 "파라솔"이 보여주는 '접힘'과 '폄'의 주체가 시의 묘사대상 "그"임을 상기할 필요가 있다. "그"를 표상하는 다른 사물들, 이를테면 "연", "해협", "천사", "백조", "조란" 등이 보여주는 색조는 푸른색과 흰색이다. 이 색깔은 고상함과 순결한 세계를 표상하며, "구기여지는것 젖는것"으로 드러나는 현실의 오염과 남루함에 대립된다. "그"의 내적 분열이 현실과의 관계에서 비롯한다면, "파라솔"의 심상은 수세적이지만 조야한 현실에 대한 주체의 내밀한 저항과 거부를 표현함으로써 그 통합의 가능성과 지향을 일러준다. 그것은 "海峽을 넘어 옮겨다 심어도/ 푸르리라, 海峽이 푸르듯이"와 같이 "그"의 자기동일성과 그 지속에 대한 낙관적 기대를 통해 '이미' 암시되고 있다. 아울러 "鳥卵"의 심상 또한 연약하지만 존재의 전환을 이룩할 가능성을 표상한다는 점에서, 수동적 '접힘'이 능동적 '폄'의 계기가 되는 "파라솔"의 심상과 적절히 호응한다는 점을 덧붙일 수 있다.

5. 주체의 겹침과 뒤섞임

모든 텍스트에서 그러하듯이, 「파라솔」에는 '말하는 주체'와 '말해진 주체'가 있다. '말하는 주체'는 서정시의 경우 흔히 시적 화자/자아, 서정적 주체/자아로 불린다. 시텍스트를 하나의 발화*utterance*로 간주할 때, 시적 화자는 이를 전개시키는 주체이다. 무카로프스키는 이를 "작품의 주체"*the subject of the work*[4]라고 부른다. 이 주체는 텍스트 내부에서 '말하는 주체'이자 텍스트가 내포한 서정을 전달하는 주체이다. 이 일인칭은 텍스

---

4) John Burbank & Peter Steiner(trans., & ed.), *The Word and Verbal Art : Selected Eassays by Jan Mukařovský*, Yale Univ. Press, New Haven & London, 1977. 149쪽.

트 바깥에 존재하는 시인의 역사적이고 경험적인 자아와 구별될 수 있는 것으로서, 이인칭이나 삼인칭으로 표현될 수 없이 "절대적으로 사용된 일인칭" 곧 서정적 자아(*lyrisches Ich*)[5]이기도 하다.

'말하는 주체'는 "언술(행위)의 주체"*subject of enunciation*이고, '말해진 주체'는 언술 상의, 곧 "언술내용의 주체"*subject of enounced*[6]이다. 시 텍스트에서 '말하는 주체'와 '말해진 주체'는 일치할 수도 있고, 그렇지 않을 수도 있다. 김소월의 「진달래꽃」이 '말하는 주체'와 '말해진 주체'의 일치를 보인다면, 정지용의 「파라솔」은 그 불일치를 보인다. 일치가 고백의 양식이라면 불일치는 관찰과 보고의 형태라고 할 수 있지만, 타자의 경험을 고백/전달하는 형식이나 자신을 대상화한 관찰에서는 그 관계가 표면상 역전될 수 있다. 이와 같이 '말하는 주체'와 '말해진 주체'의 관계가 구현되는 다채로운 양상은 그 자체가 하나의 미학적인 문제가 될 수 있음을 시사한다.

지금까지 이 글에서는 "그"를 문장의 주어, 곧 '말해진 주체'로 전제했다. "그"는 1과 11에서만 명시적으로 제시되고 그 밖의 연에서는 생략된 것으로 본 까닭이다. 그래서 각 연의 통사구조를 대체로 a("그")+b+c의 형태로 파악하고, 이에 따라 "그"는 b1……bn에 기대어 자신의 구체적 성향 c1……cn을 드러낸다는 논리가 가능했다. 그러나 11에서는 그런 논리가 가능하지 않게 되어, '말하는 주체'와 '말해진 주체'의 문제가 제기된다. 곧 11의 "祈禱와 睡眠의 內容을 알 길이 없다"에서 '말해진 주체'는 "그"라고 할 수 없기 때문이다.

이 부분은 바깥의 일상적인 활동에서 돌아와 잠에 든 "그"에 대한 묘사

---

5) 위르겐 링크, 『기호와 문학』(고규진 외 옮김), 민음사, 1994. 465쪽.
6) Antony Easthope, 앞의 책, 42쪽.

이다. "그"가 주체라면 자신의 "기도"의 내용을 모른다는 것은 논리적으로 적절하지 않다. 따라서 그 주체는 "그"를 관찰하고 "그"에 관하여 묘사하고 있는, 숨어서 말하는 주체일 수밖에 없다. 따라서 여기에서는 '말하는 주체'와 '말해진 주체'가 일치한다. 다시 말하면, '말하는 주체' '나'는 "그"에 관한 묘사를 진행하다가 이 부분에 와서 자신에 관해서 말하는 것이다. 그 동안 '말하는 주체'는 자신을 가리키는 어떤 기표로도 문면에 등장하지 않고 "그"를 냉정하게 관찰하는 시선으로서만 숨어 있다가 여기에서 불쑥 자신의 얼굴을 내밀고 있는 셈이다.

'말하는 주체'의 직접적인 출현을 가정할 수 있는 것으로 이 부분 외에 12와 13을 들 수 있다. 이 두 연을 드는 것은 그것이 무엇보다 덧붙여진 듯한 느낌을 주는 탓이다. 달리 말하면 그 앞 연들 사이에서 보이는 것 이상의 단절이 11과 12 사이에 있다고 할 수 있다. 이것은 주관적인 것일 수 있으나, 다음과 같은 설명이 가능하기도 하다. 즉 11까지는 주로 "그"의 일상적인 외부활동을 다루고 있으며 대체로 대상에 대한 외면적 묘사에 치중하고 있다. 그에 비하여 12는 내면의 직접적인 표현이며 13은 어떤 사태에 대한 설명에 가깝다. 또한 11까지의 외부묘사가 일상생활의 시간적 경과에 대응한다면, "수면"(11)은 그 흐름의 끝인 까닭에 이 지점이 시를 자연스럽게 완결할 수 있는 곳이라는 점이다. 그렇게 본다면 12와 13은 그 이전에 비하여 다소 돌발적이고 덧붙여진 것이라는 느낌을 준다고 하지 않을 수 없다.

12-13이 '말하는 주체'의 자기고백이라면, 이와 같이 대상묘사에서 자기고백으로 이행하는 '말하는 주체'의 말하기 방식의 변화는, 그것을 가능하게 하는 또 하나의 주체를 상정하도록 한다. 그것은 '말하는 주체'와 '말해진 주체'의 관계를 심미적 전략에 따라 선택, 조절, 통어하는 주체이

다. 그것은 텍스트 바깥에 실재하는 시인이라고 말할 수 있지만, 엄밀하게 말한다면 그와는 구별될 수 있다. 그것은 시인의 일부이지만, 그의 일상적이고 경험적인 자아와 구별되는 심미적 자아이다. 이 심미적 자아는 '말하는 주체'와 '말해진 주체'를 선택, 창조하고 그 관계를 조정, 통제하는 주체이다.

12-13에서 이 '심미적 주체'는 조정자로서의 자기 역할을 포기한 채 '말하는 주체'와 겹치고 뒤섞여 하나가 된다. 또한 다른 곳에서도 '심미적 주체'는 '말하는 주체'의 눈길을 통해 자신의 흔적을 텍스트 곳곳에 드러낸다. '말하는 주체'의 눈길이 '말해진 주체'의 외부에만 머물러 있지 않고 내부에까지 침투하는 것은 그 때문이다. 8의 "부끄럽기도하나 잘 먹는다"에는 '말하는 주체'의 시선이 '말해진 주체'의 내면에 이미 깊숙히 스민 것을 보여 준다. "부끄럽기도하나"는 "먹는다"는 행위에 수반된 '말해진 주체'의 내면에 관한, '말하는 주체'의 해석과 판단의 개입이다. 거기에서 '말하는 주체'와 '말해진 주체' 역시 뒤섞여 동거한다.

텍스트 안팎을 넘나드는 주체들의 이 겹침과 뒤섞임은, 결국 텍스트 안팎의 어떤 주체도 다른 주체의 절대적 외부로 남아 있을 수 없기 때문이다. 모든 주체는 타자를 보면서 타자에게 자신을 보이고, 타자를 읽으면서 스스로가 읽힌다. 따라서 텍스트의 '말해진 주체' 또한 부분적으로든 전체적으로든 '말하는 주체'와 '이미' 섞여 있고, 그 점에서는 '심미적 주체'와 시인과의 관계에서도 '이미' 그리하다고 할 것이다. '말해진 주체'는 '말하는 주체'가 구성한 것이며, '심미적 주체' 또한 텍스트 바깥에 실재하는 시인의 역사적, 경험적 자아와 끝내 무관할 수 없는 탓이다. 결국 모든 구성과 기획의 주체 또한 자신의 구성과 기획을 통해 형성된다면, 텍스트의 '말하는 주체', '말해진 주체', '심미적 주체'는 서로 구별되기보다 오히려 서로에게 스며 모호한 중첩성으로 존재할지 모른다.

(1996)

정지용의 시와 타자의 문제

1. 주체와 타자

'타자'*Other*는 어떤 것에 대립하고 있는 다른 어떤 것을 포괄적으로 뜻한다. '나'를 중심으로 말한다면, 타자는 '나'가 아닌 '남'을 가리킨다. 사르트르는 "타자는 내가 아닌 자이며, 내가 그것으로 아니 있는 자이다." 라고 했다.[1] 곧 타자는 나와 구별되는 타인이나 사물 혹은 현실을 폭넓게 지시할 수 있다. 그런 뜻에서 타자는 '차이'와 '다름'에 기반하고 그것을 생성한다. '차이'와 '다름'에 의해 발견되고 그것을 생성하는 타자는 동일 성으로서 자기를 경험하는 주체에게는 낯설고 이질적인 것으로 드러난다.

그러나 주체의 형성이 타자의 부정이나 타자와의 관계 속에서 이루어 진다는 점에서 타자는 주체 형성의 조건이기도 하다. '나'는 '남'이 아닌 점에서 '나'이지만, 동시에 바로 그러한 점에서 '나'는 '남'과 '이미' 연루

---

1) Jean Paul Sartre, *L'être et le néant*, 1943, 손우성 옮김, 『존재와 무』(10판), 삼성출 판사, 1978. 406쪽.

되어 있기 때문이다. 또한 '나'는 '남'과의 이러한 관계 속에서 '나'에 대한 '남'의 반응과 태도를 통해 '나'의 정체성을 형성하는 까닭에, '나'의 정체성은 '남'에 의해서 부여되거나 규정된다고 말할 수 있다. 따라서 미드G. H. Mead는 "다른 사람들의 태도가 조직화되어 '나'(me)를 구성하고, 그것에 대해서 주격으로서의 내가 반응한다."고 주장한다.[2] 곧 "나에 대한 다른 사람들의 반응을 통하여 비로소 나 자신을 의식하게 된다"는 점에서 '나'의 정체성과 자의식은 궁극적으로 사회적 산물이다.[3]

한편 타자는 주체 바깥에서뿐만 아니라 주체 내부에서도 경험될 수 있다. 주체 내부에서 타자가 경험되는 것은 주체의 분열에서 비롯한다. 프로이트Sigmund Freud에게 주체는 의식과 무의식적 동기로 분열되어 있는 주체이다. 주체의 분열은 유년기의 정신적 외상과 관련되는데, 무엇보다 외디프스 콤플렉스Oedipus complex를 거치면서 주체는 의식과 무의식 사이에서 불안정하게 찢어진 주체가 된다.[4] 더구나 시 텍스트에서 주체는 언어 기호에 의해 표상되는 까닭에 필연적으로 자신의 일부나 일시적인 현실만을 재현하게 된다. 결국 주체가 언어 체계 속으로 들어가는 순간 주체의 분열은 피할 수 없는 것이 된다.[5] 이렇게 본다면, 정신적

---

2) 손봉호,『고통받는 인간』, 서울대학교 출판부, 1995. 68쪽에서 재인용. 한편 사르트르는 "나의 의식의 존재는—타인에게 의존하는 것이 된다. 내가 타인에게 나타나는 대로, 그러한 것으로 나는 존재한다."고 했다. Jean Paul Sartre, 앞의 책, 414쪽.

3) 위의 책, 67쪽.

4) Terry Eagleton, *Literary Theory: An introduction*, Oxford: Basil Blackwell, 1983, 김명환 외 옮김,『문학이론입문』, 창작사, 1986. 193쪽. 한편 무의식의 타자성을 강조한 프로이트를 다시 주목한 라캉에게 무의식의 생성과 주체의 형성은 언어와 깊이 관련된다. 특히 라캉은 "무의식은 언어처럼 구조화되어 있다."는 말로써 언어와 무의식의 구조적 일치를 간명하게 밝힌 바 있다.

5) 라캉에 따르면, 이러한 분열은 필연적이며 이러한 "주체의 분열은 곧 담론

외상에 의한 것이든 언어에 의한 것이든 주체의 분열은 필연적인 것이 되고, 주체의 자기동일성이나 통일성은 하나의 환상이 될 뿐이다. 따라서 분열된 주체는 자기 내부에서 스스로를 타자로서 경험하게 될 것이다. 이러한 경험은 주체의 자기소외, 즉 주체의 타자화를 초래할 수 있다.

모든 주체 또한 타자인데,[6] 이는 주체가 "타자의 타자"[7]인 점에서 그러하다. 한 주체는 다른 주체의 타자이며, 다른 주체의 타자라는 점에서 모든 주체 역시 "타자의 타자"일 수밖에 없다. 따라서 모든 주체는 분열된 주체라는 점에서 자신을 자신의 타자로서 경험할 수 있으며, 모든 주체가 타자와 대립해 있다는 점에서 모든 주체는 주체이면서 타자이다. 이와 같이 타자는 주체의 안팎에 다양한 양상으로 존재할 수 있고, 주체가 이를 경험하는 방식이나 주체가 타자와 맺는 관계의 양상 역시 매우 복잡하고도 다채로울 수 있다.

이러한 주체와 타자 관계를 바탕으로, 이 글에서는 정지용의 시에 나타나는 타자의 양상과 성격을 분석하고자 한다. 정지용의 시에 나타난 타자

속에 나타나는 주체의 소외를 의미"하는 것으로서, "주체가 언어체계 속에 들어가는 순간 겪게 되는 최초의 분열에 의해서 생겨난 결과"이다. 주체의 형성이 언어에 기반하며 그 효과임을 주장하는 라캉은 이러한 주체의 분열을 <I said, "*I am lying*">의 예를 통해 말한 바 있다. 곧 위 문장에서 두 'I'는 일치하지 않는데, 그것은 거짓말을 하는 'I'와 그것을 밝히는 진실한 'I'로 분열되어 있기 때문이다. Anika Lemaire, *Jacques Lancan*, 이미선 옮김, 『자크 라캉』, 문예출판사, 1994. 117-119쪽.

6) 사르트르에 따르면, 나의 의식의 존재가 타인에게 의존하고 있는 까닭에 "나는 나 자신이 <하나의 타인>일 뿐이다."라고 했다. Jean Paul Sartre, 앞의 책, 414쪽. 한편 주체는 타자의 흔적인 까닭에 데리다는 "우리 안에는 다른 것들, 타자들이 있다."고 말한다. 김형효, 『데리다의 해체철학』, 민음사, 1993. 370쪽.

7) '같음'은 '다름의 다름', 곧 '타자의 타자'라는 데리다의 논리를 따랐다. 김형효, 위의 책, 209쪽 참조.

의 양상을 주체의 연장으로서의 타자와 주체와 대립하는 타자, 그리고 주체의 절대적 외재성으로서의 타자로 나누어 살피고, 각각의 서술 내용에서 타자의 구체적인 모습인 타인, 사물(자연), 한계 상황(죽음) 등에 대한 시적 주체[8]의 타자 의식을 밝힐 것이다.

2. 주체의 연장으로서의 타자

당신은 내맘에 꼭 맞는 이.
잘난 남보다 조그만치만
어리둥절 어리석은척
옛사람 처럼 사람좋게 웃어좀 보시오.
이리좀 돌고 저리좀 돌아 보시오.
코 쥐고 뺑뺑이 치다 절한번만 합쇼.

호. 호. 호. 호. 내맘에 꼭 맞는 이.

「내 맘에 맞는 이」[9] 일부

---

8) 텍스트를 하나의 발화로 간주할 때, 텍스트 내부에서 텍스트가 내포한 서정을 전달하고, 텍스트를 하나의 발화로서 전개시키는 주체를 이 글에서는 시적 주체라고 부른다. 서정시의 경우, 그것은 일인칭으로 표시되며 이 일인칭은 이인칭이나 삼인칭으로 표현될 수 없이 "절대적으로 사용된 일인칭" 곧 서정적 자아*lyrisches Ich*이기도 하다. 따라서 서정시의 경우, 시적 주체는 흔히 시적 화자/자아, 서정적 주체/자아로 불린다. 한편 무카로프스키는 이를 "작품의 주체*the subject of the work*"라고 부른다. 여기에 관해서는 위르겐 링크(고규진 외 옮김), 『기호와 문학』, 민음사, 1994. 465쪽과 John Burbank & Peter Steiner(trans., & ed.), *The Word and Verbal Art: Selected Eassays by Jan Mukařovský*, New Haven & London: Yale Univ. Press, 1977. 149쪽을 참조할 수 있다.
9) 『정지용시집』, 시문학사, 1935. 120쪽. 이 글에서 연구 대상으로 삼는 시 텍스트는 원칙적으로 『정지용시집』과 『백록담』(문장사, 1941.)에 실린 것으로 한

타자가 '차이'와 '다름'에 기반하고 그것을 생성한다면, 「내 맘에 맞는 이」는 '나'와 '남' 사이에서 발견될 수 있는 그러한 '차이'를 무화시킨다. "당신"으로 지칭된 타인은 시적 주체 속에 완전히 흡수되면서, 타인은 시적 주체의 요구에 저항하지 않고 그것을 전폭적으로 수용한다. 시적 주체는 타인에게 지시하고 타인은 그에 복종한다. "호. 호. 호. 호. 내맘에 꼭 맞는 이."는 시적 주체의 요구를 수용한 타인에 대한 만족감의 서술이다. 이 때 타인은 자신의 타자성을 상실한 채 자신의 타자인 시적 주체의 욕망을 욕망하며, 시적 주체는 타자를 자신의 연장이나 확장으로 간주한다.

시적 주체에게 타인은 더 이상 낯설거나 신비로운 존재가 아니라, 자신의 욕망을 욕망하는 존재일 뿐이다. 타인은 자신의 욕망에 부응하는 것이 아니라, 자신의 타자인 시적 주체의 욕망을 욕망하고 거기에 따름으로써 자신으로부터 소외된다. 이것은 주체(타자 역시 하나의 주체이다.)의 타자화로서 타자("당신")의 자기소외이다. 이 때 시적 주체의 자유는 확보되지만 타인은 시적 주체의 자유에 예속되며,[10] 이렇게 시적 주체에 의해 장악되고 소유되는 타인은 마침내 자신을 상실하고 더 이상 타자로 남아있지 않게 된다.

다. 그렇게 하는 까닭은 이 두 시집에 실린 시의 언어와 형태는 정지용에 의해 최종적으로 확정·정착된 것으로 보기 때문이다. 이 경우에 따온 시집과 쪽 수만을 표시한다.

10) 레비나스는 타자(타인)를 "자유로서, 즉 의사 소통의 실패를 안고 있는 특성인 자유로서 타인을 애시당초 자리매김하지 않는다는 사실을 주목해야" 한다고 말하는데, 그 까닭은 "자유에는 복종과 예속의 관계 외에 또 다른 관계가 있을 수 없기 때문"이며, "이 경우에는 어느 한 쪽의 자유는 반드시 없어"지기 때문이다. Emmanuel Levinas, *Le Temps et L'Autre*(Fata Morgana, 1979.), 강영안 옮김, 『시간과 타자』, 문예출판사, 1996. 106쪽.

그런데 「내 맘에 맞는 이」의 경우, 이러한 예속이 사랑을 획득하기 위한, 다시 말해 타자("당신")가 시적 주체의 욕망의 '대상'이 되기 위한 타자의 선택이라면, 그것은 예속이 아니라 타자가 자신의 자유를 행사한 것이라고 할 수도 있다. 그러나 타자의 이러한 자발적인 예속에 의한 사랑이 성취될 때 '일종의 희극'이 일어나는 게 "사르트르식의 사랑"이다. 즉 내가 한 여자의 전세계가 되는 것, 즉 그녀의 의식의 유일한 대상이 되고자 그녀에게 자신을 예속시킴으로써 사랑을 성취하면, 이제는 상황이 반전되어 그녀가 자유를 상실하게 되기 때문이다. 그녀는 내가 자신에게 그랬듯이, 그녀는 나를 자신에게 예속시키기 위하여 그녀 자신을 나에게 예속시키며 나의 전세계가 되려고 하기 때문이다.

또한 내가 자신을 그녀에게 예속시키는 것은 그녀를 노예로 만들지 않고 그녀의 자유를 소유하고자 하는 것이었지만, 그녀가 나에게 예속됨으로써 나는 그녀의 자유를 소유할 수 없게 될 뿐만 아니라 이제는 그녀가 나의 자유를 소유하려고 한다. 따라서 "타인의 자유를 포획할 목적으로 나 자신을 하나의 대상으로 격하시킴으로써 나의 자유를 내팽개치려고 함에 있어서 이 목적이 성취될 때 나의 자유는 나에게로 반환되지만 그때 나는 딱하게도 타인의 자유를 잃어버리게 된다." 그런 점에서 사랑하는 사람은 "끊임없는 불만"에 빠지게 된다.[11]

어쨌든 「내 맘에 맞는 이」에서 타인은 자신의 타자성을 상실하고 시적 주체의 연장이나 분신이 된다. 시적 주체와 타인과의 이러한 관계는 일시적이고 상상적인 동일화에 따른 것[12]이겠지만, 동시에 그것은 다른 각도

---

11) 이 내용은 Arthur C. Danto, *Jean-Paul Sartre*, N.Y.; the Viking press, 1975, 신오현 옮김, 『사르트르의 철학』, 민음사, 1985. 166-167쪽을 정리한 것임.
12) "타자를 주체의 변형으로 보려는"(Elizabeth Wright, *Psychoanalytic Criticism:*

에서 살피면 타인을 주체의 동일성으로 환원하는 일종의 폭력의 세계이
기도 하다. 「내 맘에 맞는 이」에서는 시적 주체와 타인의 분열 가능성이
전혀 제시되지 않음으로써, 시적 주체에게 타인의 타자성은 전혀 인식되
지 않는다. 이것은 타인의 타자성에 맹목인 시적 주체가 지닌 낭만적
동일화의 성향 탓이다.

　시적 주체와 타인의 공감과 일치에 따른 이러한 동일화는 정지용의
「바다 1」이나 「넷니약이 구절」에도 잘 드러나 있다. 그러나 「바다 1」과
「넷니약이 구절」의 동일화는 「내 맘에 맞는 이」와는 그 양상과 성격이
다르다. 「내 맘에 맞는 이」에서 타인은 자신의 주체성을 상실한 채 시적
주체에게 예속되지만, 「바다 1」과 「넷니약이 구절」에서는 타자가 타자성
을 상실하지 않으면서 시적 주체에게 반응한다. 이러한 상호관계가 형성
될 수 있는 까닭은 주체가 일방적으로 자신의 요구를 타자에게 부과하거
나 그를 통해 타자의 자유를 구속하려는 의지를 갖지 않기 때문이다.
따라서 「바다 1」과 「넷니약이 구절」에서 이루어지는 주체에 대한 타자의
공감은 자발적인 것이며, 타자의 행위는 자신의 자유를 근거로 한다.

　　오· 오· 오· 오· 오·소리치며 달려 가니
　　오· 오· 오· 오· 오·연달어서 몰아 온다.

　　(가운데 줄임)

Theory in Practice, N.Y.: Methuen, 1984. 권택영 옮김,『정신분석비평』, 문예출
판사, 1989. 188쪽에서 재인용.) 나르시스적 욕망은 늘 좌절의 가능성에 직면
해 있다. 타자는 주체에 대립하는 또 하나의 의식-주체이기 때문이다. 이
좌절감은 정지용의 <람프>에서 읽을 수 있다. 손병희, 「정지용의 <밤>과
<람프> 분석」,『문학과 언어』 12, 문학과 언어연구회, 1991. 332쪽 참조.

철석, 처얼석, 철석, 처얼석, 철석,
제비 날어 들듯 물결 새이새이로 춤을추어.

「바다 1」[13) 일부

나가서 어더온 이야기를
닭이 울도락,
아버지께 닐으노니—

기름ㅅ불은 쌈박이며 듯고,
어머니는 눈에 눈물을 고이신대로 듯고
니치대든 어린 누이 안긴데로 잠들며 듯고,
우ㅅ방 문설쑤에는 그사람이 서서 듯고,

큰 독 안에 실닌 슬픈 물 가치
속살대는 이 시고을 밤은
차저 온 동네ㅅ사람들 처럼 도라서서 듯고,

「넷니약이 구절」[14) 일부

따라서 「바다 1」에서 시적 주체와 바다는 서로 호응하지만, 바다는
시적 주체와 분리되어 "철석, 처얼석, 철석, 처얼석, 철석,/ 제비 날어 들듯
물결 새이새이로 춤을추어."와 같이 자신의 존재를 자신의 방식으로 실현
한다. 따라서 자연 사물로서의 바다는 시적 주체의 행위에 공감하고 반응
하지만 타자로서 자신의 타자성을 상실하지는 않는다. 또한 「넷니약이
구절」에서 타자들(주체의 이야기를 듣는 사물이나 타인들)은 자신의 타자
인 시적 주체의 호소(이야기)에 자발적으로 귀를 기울인다. 시적 주체를

---

13)『정지용시집』, 84쪽.
14) 김학동 엮음,『정지용전집 1 시』(수정증보5판), 민음사, 1991, 31쪽.

둘러싸고 있는 타자들이 시적 주체의 호소에 귀를 기울이는 것은 시적
주체의 이야기가 텍스트에서 명시되어 있듯이 삶의 '고달픔'을 내용으로
하기 때문이다. 시적 주체의 타자들은 자신들의 타자인 시적 주체의 이야
기에서 호소하는 타자의 "얼굴"[15]을 보면서 거기에 반응하는 것이다. 이
러한 호소와 반응에서 타자가 주체로 환원되는 것은 아니다. 그것은 타자
를 주체의 동일성으로 환원하는 폭력의 세계가 아니라 주체와 타자가
서로를 서로의 타자로서 이해하고 공감하는 현상이며 친밀함의 세계이
다.[16]

　　이외에 「甲板 우」, 「꽃과 벗」, 「뻣나무 열매」, 「엽서에 쓴글」 등에서도
시적 주체와 타인 사이에는 공감과 친밀함이 지배적인 정서로 자리잡고
있다. 그러나 이 텍스트들 역시 주체와 타인 사이에는 공감과 친밀함이
지배적인 정서로 제시되지만, 타인이 주체로 환원되거나 타인의 자유가
주체에 예속되지 않는다는 점에서 「내 맘에 맞는 이」와는 다르다. 따라서
"두리 함끠 굽어보며 가비얍게 웃노니"(「甲板 우」)와 같이 시적 주체와
타인은 공감하지만, 하나가 아닌 "두리"(둘)로서 각자의 주체성을 잃지
않은 상태로서 나란히 존재한다.

---

15) 레비나스에게 타인은 "얼굴"로 나타나는데, "얼굴은 바라보고 호소하며 스스
　　로 표현한다." 강영안, 앞의 글, Emmanuel Levinas, 앞의 책, 134쪽.
16) 레비나스에게 타자와의 관계는 "외재적"이며 "하나의 신비(Mystère)"와의 관
　　계이다. 따라서 타자의 타자성은 교감이나 친밀함을 초월하는 절대적인 외재
　　성이며, "향유를 통해 자신의 것으로 동화시킬 수 있는 잠정적 규정으로서의
　　타자성이 아니라 그것의 존재 자체가 곧 타자성인 그런 의미의 타자성"이다.
　　Emmanuel Levinas, 위의 책, 84-85쪽. 따라서 이 글에서 서술된 타자와 타자성,
　　그리고 그에 따른 주체성의 이해는 레비나스의 그것과는 문맥에 따라 일정한
　　차이와 거리가 있다.

　　그날밤 그대의 밤을 지키든 삽사리 괴임즉도 하이　 짙은 울 가시사립
굳이 닫히었거니　 덧문이오 미닫이오 안의 또 촉불 고요히 돌아 환히
새우었거니　 눈이 치로 싸힌 고삿길 인기척도 아니하였거니　 무엇에
후젓허든 맘 못뇌히길래 그리 짖었드라니 어름알로 잔돌사이 뚫로라
죄죄대든 개올 물소리 긔여 들세라　 큰봉을 돌아 둥그레 둥긋이 넘쳐오
든 이윽달도 선뜻 나려 설세라 이저리 서대든것이러냐　 삽사리 그리
굴음즉도 하이　 내사 그대ㄹ 새레 그대것엔들 다흘법도 하리　 삽사리
짖다 이내 허울한 나룻 도사리고　 그대 벗으신 곷은 신이마 위하며
자드니라.

「삽사리」[17] 전문

　「내 맘에 맞는 이」와는 달리, 「삽사리」에서는 시적 주체와 타인의 관계
가 역전되어 있으며, 그 정서도 일방적인 예속에 따른 것이 아니라 좀더
승화되고 순화된 상태로 제시된다. 「삽사리」에서는 타인에 대한 주체의
사랑이 뼈대를 이루고 있지만, 여기에서 타인은 주체와 동일화된 존재도
아니며 주체의 자유를 탈취하는 위협적인 존재도 아니다. 오히려 타인은
이상화됨으로써 자신의 타자성을 유지하고, 주체는 타인의 타자성을 현
실로서 수락함으로써 지금까지와는 다른 형태의 대타관계對他關係를 형
성한다. 이러한 대타관계는 타인의 낭만적 이상화와 주체의 수동성을 전
제한 것이다. 그것은 「내 맘에 맞는 이」와 같은 대타관계에서 보이는,
타자를 주체로 환원하는 폭력성을 순화하고 자신의 맹목적인 열정을 주
체가 무용한 것으로 만듦으로써 획득되는 관계이다. 자신의 열정을 순화
한다는 것은 자신에 대한 일종의 억압이지만, 그것은 타인의 자유를 구속
하지 않으려는 태도의 소산이기도 하다. 그런 점에서 그것은 타자 의식의

---

17) 『백록담』 43쪽.

심화라고 할 수 있다. 「삽사리」에 이르러 타자에 대한 시적 주체의 의식
은 타인에 대한 동일화의 열망을 유지하면서도 그것을 순화함으로써 타
인을 주체의 외재성과 초월성으로 수락하게 된다. 「삽사리」처럼 이상화
된 타인의 주변을 지키며 배회하는 시적 주체의 이미지는 「슬픈 偶像」에
서도 일부 반복된다.

3. 주체와 대립한 존재로서의 타자

타인과의 관계가 언제나 동일화나 공감, 친밀함과 애정의 세계에만
머물지 않는다. 그것은 타인이 시적 주체의 의지와 욕망을 초월해 있기
때문이다. 근본적으로 자유를 본질로 하는 인간 존재로서의 타인이 자신
의 타자인 시적 주체의 욕망에 늘 부응할 수는 없다. 타인의 떠남이나
부재가 시적 주체에게 불안과 슬픔을 야기하는 것은 이와 같이 타인의
욕망이 시적 주체의 욕망과 어긋나기 때문이다. 그것은 친밀한 타인의
영상 속에 가려진 타인의 타자성의 출현에 따른 상처 입은 주체의 현실이
다. 이를 통해 시적 주체는 타인의 타자성에 비로소 좀더 눈뜨게 된다.
타인의 떠남이나 그로 인한 타인의 부재와 상실을 야기하는 시적 주체
의 부정적 정서들은 「슬픈 印像畵」, 「柘榴」, 「五月消息」, 「산소」, 「산
에서 온 새」, 「병」, 「지는 해」, 「무서운 시계」, 「風浪夢 2」, 「鴨川」,
「幌馬車」, 「종달새」, 「바다 4」, 「琉璃窓 1」 등에서 비애, 고독, 공포
등으로 다양하게 나타난다. 친밀한 타인의 떠남이나 그로 인한 부재와
상실은 시적 주체에게 세계의 소모를 뜻하는 것으로, 시적 주체는 세계를
향유하는 주체가 아니라 향유의 대상을 상실함으로써 자신을 결핍된 주
체로서 체험하게 된다. 이 때 타인은 주체의 욕망에 대립하는, 주체와

구별되는 또 하나의 주체로서, 남겨진 주체에게 세계의 결핍과 상실을
경험하게 하는 존재이다.

> 한길로만 오시다
> 한고개 넘어 우리집.
> 앞문으로 오시지는 말고
> 뒤ㅅ동산 새이ㅅ길로 오십쇼.
> 늦인 봄날
> 복사꽃 연분홍 이슬비가 나리시거든
> 뒤ㅅ동산 새이ㅅ길로 오십쇼.
> 바람 피해 오시는이 처럼 들레시면
> 누가 무어래요?

「무어래요」[18] 전문

「무어래요」는 시적 주체의 욕망에 부응하지 않는 타인에 대한 가벼운
원망이 토라진 어조를 통해서 구체화한다. 타인이 주체의 욕망을 욕망할
때, 그리고 그것이 주체의 욕망이 일치할 때, 주체는 타인을 자신의 일부
로 느낄 수 있다. 이러한 공감과 동일화의 정서는 타인의 타자성을 일시적
으로 빼앗는다. 그러나 타인은 주체와 대립되는 또 하나의 주체로서 본질
적으로 자유롭다. 이 자유로서의 타인은 역시 자유로서의 주체와 그 욕망
과 행위에서 언젠가 필연적으로 대립할 수밖에 없다. 이러한 대립은 주체
와 타인의 공감과 동일화의 정서를 순식간에 하나의 환상으로 만들 수
있다.

또한 의지와 욕망의 주체로서 주체의 바깥에 대립해 있는 타인은 주체
를 대상화함으로써 주체의 주체성을 앗아가고 주체가 소유한 세계를 탈

---

18) 『정지용시집』, 122쪽.

취한다. "타인의 눈길*le regard d'autrui*"은 주체에게 자신의 존재를 뚜렷이 의식하게 하지만,[19] 동시에 주체가 타인의 시선 속에서 그 대상이 됨으로써 주체의 지위는 객체로 전락된다. 곧 타인은 자신이 구성하는 세계의 일부로서 주체를 대상화하고 객체화함으로써, 주체를 중심으로 구성된 세계를 주체로부터 빼앗는 것이다. 이러한 관계는 주체 역시 '타인의 타인'인 까닭에 타인을 대상화하고 그의 세계를 탈취하는 존재가 될 수 있다. 따라서 사르트르에게 주체와 타자는 자신의 눈길과 응시를 통해 자신의 타자로부터 세계를 앗아가고 그의 주체성을 위협하는 타자이다.[20]

　　나ㄹ 눈 감기고 숨으십쇼.
　　잣나무 알암나무 안고 돌으시면
　　나는 샅샅이 찾어 보지요.

　　숨ㅅ기 내기 해종일 하며는

---

19) 그래서 "내가 나로 되기 위해서는 다른 사람이 나를 바라보는 것으로 충분하다."고 사르트르는 말한다. 손봉호, 앞의 책, 69쪽에서 재인용. 또한 이와 관련하여 열쇠 구멍을 통해 안을 들여다보는 행위와 타인의 출현을 예고하는 발자국 소리가 불러일으키는 주체의 수치감에 대한 사르트르의 유명한 예화를 상기할 수 있다. 수치심은 주체가 타자에 의해 대상으로 구성되는 데서 발생한다. 이에 대해서는 Jean Paul Sartre, 앞의 책, 443쪽 이하, 그리고 Arthur C. Danto, 앞의 책, 159쪽 이하를 참조할 수 있다.

20) "<타자의 시선>은 나를 위한 모든 객관성의 파괴이다. 타자의 시선은 세계를 통해서, 나를 엄습한다. 타자의 시선은 다만 나 자신에 변형을 가져올 뿐만 아니라, <세계에> 전체적 변모를 가져온다. 나는 하나의 응시당한 세계 속에서 응시당하여 있다." Jean Paul Sartre, 앞의 책, 458쪽. 한편으로 "각자는 타자에게서 <일차적 필요의 물질적 대상을 소모시킴으로써 자기 자신을 소멸케 할 물질적 가능성>을 발견"한다는 점에서 타자는 위협적인 존재가 된다. Arthur C. Danto, 앞의 책, 173쪽.

나는 슬어워 진답니다.

슬어워 지기 전에
파랑새 산양을 가지요.

떠나온지 오랜 시골 다시 찾어
파랑새 산양을 가지요.

「숨ㅅ기내기」[21] 전문

「내 맘에 맞는 이」가 타인이 시적 주체 속에 완전히 흡수되어버린 동일화의 대타관계를 보여 준다면, 「숨ㅅ기내기」에서는 그 관계가 그렇게 단순하지 않다.[22] 여기에서 타인은 숨고 시적 주체는 찾는다. 그것이 내기, 곧 승부의 형태로 제시된다는 점에서 두 의식 주체의 긴장을 암시한다. 시적 주체가 술래를 자원하고 숨은 타인을 찾는다는 발상이나, 이 내기가 "해종일" 이루어지고 그 결과 "슬어워 진"다고 말하는 것이 예사스럽지 않다. 그것은 타자의 출현과 그에 따르는 주체의 통증을 예고한다. 곧 타인의 시선 앞에서 자신과 자신의 세계가 타인의 대상으로 응고되는 것을 피하려는 지속적인 움직임과 그 좌절의 예감을 동시에 환기한다. 따라서 이 「숨ㅅ기내기」의 세계는 이미 '놀이'가 아니라 시적 주체와 타자 관계에서 벌어지는 두 의식 주체의 긴장된 겨룸의 세계이며, 시적 주체의 시선 앞에서 끝없이 자신을 은폐하는 타자와 그러한 타자에 대한 집요한 탐색을 시도하는 시적 주체 사이의 숨바꼭질의 세계이다. "슬어

---

21) 『정지용시집』, 123쪽.
22) 「숨기 내기」에 대한 분석은 손병희, 「정지용 시의 현상학적 연구」(『문학과 언어』 14, 문학과 언어연구회, 1993.)에서 이루어진 바 있다. 여기서는 그것을 일부 보완했다.

워"지는 것은 끝내 그 긴장되고 집요한 '숨고 찾는 내기'가 근본적으로
실패할 운명에 처해 있기 때문이다.[23]

이러한 주체와 타인의 숨바꼭질에서 드러나듯이, 주체에게 타인은 자신을 은폐하는 존재로서 나타난다. 한편 타인의 처지에서 보면 타자로서의 주체 역시 자신을 포획하려는 위협적인 타자이다. 이러한 숨바꼭질에서 숨는 자 역시 찾는 자를 자신의 시선 아래 두고자 하며, 찾는 자 또한 그러하다. 찾는 자의 시선을 의식하지 않고 숨을 수 없으며, 숨는 자의 눈길을 의식하지 않고서는 찾을 수 없다. 따라서 숨는 자나 찾는 자 모두 시선의 주체인 까닭에 자신의 시선을 통해 타자와 타자의 세계를 응고시키게 될 것이다.

그러나 타자의 타자성에 근거한 이 대타관계의 비극성에 시적 주체는 정면으로 맞서지 않는다. "슬어워 지기 전에"처럼 시적 주체는 방어적인 자세로 문제를 회피한다. 두 의식 주체가 서로를 타인에게 정위시키려는 의식의 운동이 좀더 치열하게 전개되지 않는 것은 시적 주체의 이러한 도피의 결과이다. 그것은 시적 주체가 예상되는 심리적 불안정을 감당할 수 없다는 것을 뜻한다. 그럴 때, 시적 주체는 "떠나온지 오랜 시골 다시 찾어/ 파랑새 산양을 가지요."와 같이 현실적 대타관계에서 발생하는 비

---

23) 모든 주체는 타자의 시선 아래서 자신이 객체로 응고되는 것을 피하려고 하며, 모든 주체 역시 이러한 시선으로서의 타자에 저항하여 하나의 시선으로서 타자를 응시하거나 타자의 시선으로부터 자신을 은폐하려고 할 것이기 때문이다. 이 의식 주체들 사이의 이러한 겨룸은 타자를 대상으로 만듦으로써만 자신의 자유를 확보할 수 있는 의식 주체의 운명일 것이다. 서로가 타자에게 대상화되지 않으려는 이러한 겨룸을 아더 단토는 "그의 의식이 나의 의식을 무장해제하는 것과 상호교환적으로 내가 그의 의식을 무장해제한다"고 말한다. 또한 홉스Hobbes의 표현을 빌려 "오직 죽음에서만 종식되는 힘에 대한 쉬임없는 추구"라고도 했다. Arthur C. Danto, 앞의 책, 165쪽.

극적 주제를 치유하기 위한 방법으로 '귀향'과 "파랑새 산양"을 제시한다. '파랑새'는 우리 문화에서 신령스럽고 상서로움을 표상하는 길조이고, 벨기에의 극작가 메테를링크Maurice Maeterlick의 동화극 「파랑새」에서는 행복을 상징한다. 따라서 여기서 파랑새 사냥은 대타관계에서 예상되는 서러움을 해소하거나 벗어나는 한 계기라고 볼 수 있다. 그와 함께 주목할 것은 시적 주체의 예상되는 대타관계에서의 상처가 "오랜 시골"을 "다시 찾"는 행위, 곧 귀향을 통해서 그 치유의 가능성이 제시된다는 점이다. 이것은 정지용의 시편들에서 '고향'과 '과거'가 특별한 의미를 갖는다는 것을 암시한다.[24]

> 바독 돌 은
> 내 손아귀에 만져지는 것이
> 퍽은 좋은가 보아.
>
> 그러나 나는
> 푸른바다 한복판에 던졌지.
>
> 바독돌은
> 바다로 각구로 떠러지는 것이
> 퍽은 신기 한가 보아.
>
> 당신 도 인제는
> 나를 그만만 만지시고,

---

[24] 「汽車」에 나타난 귀향이 그러하고, 고향의 이상화라고 할 수 있는 「향수」, 그리고 주체의 정체성 위기를 암시하는 「말」, 「말 2」, 「카페 쯔란스」 등이 역시 이와 관련될 수 있다.

귀를 들어 팽개를 치십시오.

나 라는 나도
바다로 각구로 떠러지는 것이,
픽은 시원 해요.

바독 돌의 마음과
이 내 심사는
아아무도 모르지라요.

「바다 5」[25] 전문

「바다 5」에서 시적 주체와 타인의 관계는 그와 동질적인 시적 주체와 "바독 돌"과의 관계가 전도되면서 대비되어 있다. 즉 시적 주체와 "바독 돌"의 관계에서 주체는 사물로서의 타자인 "바독 돌"을 만지고 던지는 행위의 주체이다. 그러나 시적 주체와 "당신"으로 지시된 타인과의 관계에서 시적 주체는 행위의 주체가 아니라 대상이 된다. 이렇게 대비된 대타관계에서 암시되는 것은 사랑과 자유의 문제라고 부를 수 있는데, 곧 그것은 사랑의 구속성과 그로부터의 해방의 욕망이라고 부를 만하다.

1연에서 제시된 "나"와 "바독 돌"의 관계는 시적 주체인 "나"의 사랑과 그 사랑이 함축하고 있는 타자의 구속이다. "바독 돌 은/ 내 손아귀에 만져지는 것이/ 픽은 좋은가 보아."가 환기하는 것은 사랑의 애무와 그것이 생성하는 촉각적 쾌락이다. "바독 돌"은 시적 주체의 애무에 자신을 맡김으로써 시적 주체의 손아귀로 상징되는 세계를 자신의 전세계 혹은 유일한 세계로 한정하고 거기에 예속된다. "바독 돌"에 대한 시적 주체의

---

25) 『정지용시집』, 88-89쪽.

사랑은 결국 "바둑 돌"이 자신에게 예속됨으로써 그의 자유를 탈취하게
되는 셈이다.

2연은 이러한 현실에 대한 시적 주체의 반성, 혹은 가학적 욕망이 구체
적인 행위로 나타난 것이라고 할 수 있다. 2연의 "그러나"가 암시하듯이,
시적 주체가 "바둑 돌"을 던지는 행위는 "바둑 돌"의 욕망을 배반한 것이
거나 그것을 부정하는 행위라고 볼 수 있기 때문에, 그것은 "바둑 돌"의
처지에서는 주체의 가학적인 행위일 수 있다. 그럴 경우 "바둑 돌"의
던져짐은 사랑하는 타인으로부터의 버려짐이 된다. 그러나 한편으로 3연
에서 "바독돌은/ 바다로 각구로 떠러지는 것이/ 퍽은 신기 한가 보아."와
같이 서술되듯이, "바둑 돌"의 던져지고 거꾸로 떨어짐이 좌절이나 고통
의 체험이 아니라 새로운 세계의 경험으로 제시된다는 점을 주목한다면,
이는 시적 주체의 손아귀에 자신의 세계를 한정함으로써 자신의 자유를
구속한 "바둑 돌"이 자신의 자유를 돌려 받는 것으로 이해할 수 있다.
이 때 "바둑 돌"을 던지는 주체의 이 행위는 타자의 자유를 반송하는
것일 수 있다.

4, 5연의 상황과 정서, 그리고 시적 논리는 1, 2, 3연의 반복이다. "당신
도"에서 "도"는 시적 주체와 "바둑 돌"의 관계가 시적 주체와 타인의
관계에 그대로 전이되어 있음을 명시한다. 특히 4연의 "인제는"이나 "그
만만 만지시고"에서는 타인에 대한 시적 주체의 불만과 권태가 암시되어
있다. 그것은 "귀를 들어 팽개를 치십시요"와 같이 타인의 가학성을 자극
하는 서술 속에서 좀더 격렬한 양상으로 드러난다. 그것은 시적 주체가
자신의 피학적 욕망을 드러내는 방식이기도 하다. 그 점은 "바둑 돌"을
던지는 시적 주체의 행위가 "푸른바다 한복판에 던졌지."로 서술되는 것
과 비교될 때 좀더 분명해진다. "나 라는 나도/ 바다로 각구로 떠러지는

것이,/ 퍽은 시원 해요.”는 타인의 애무, 그리고 그것이 상징하는 사랑으로 부터 벗어나는 것에 대한 시적 주체의 해방감을 직접적으로 표현한다.

그런데 이러한 해방감은 자신의 자유가 반환되는 데서 오는 것일 수도 있지만, 타인의 사랑이 시적 주체에게 사랑으로 체험되지 않는 사랑, 혹은 시적 주체에게는 사랑의 결여태일 뿐인 타인의 사랑에서 비롯할 수도 있다. 특히 4연의 “인제는”이나 “그만만 만지시고”에서 타인의 사랑이 사랑의 결여태일 수 있는 가능성이 암시되어 있다. 그럴 경우, “당신 도 인제는/ 나를 그만만 만지시고,/ 귀를 들어 팽개를 치십시요.”와 같이 시적 주체의 피학적인 음영을 지니는 요구는 자신의 욕망과는 무관하게 행사되는 타인의 자유에 대한 저항과 겨룸이 될 수가 있다. 이 때 시적 주체와 타인은 겨룸과 싸움의 주인공들이 되고, 서로에게 자신의 방식을 요구하고 행사하는, 따라서 서로의 자유를 위협하는 존재들이 된다.

정지용 시가 보여 주는 사물에 대한 즉물적 감각의 재현 역시 시적 주체와 타자의 문제와 관련된다.

바다는 뿔뿔이
달어 날랴고 했다.

푸른 도마뱀떼 같이
재재발렀다.

꼬리가 이루
잡히지 않었다.

흰 발톱에 찢긴

珊瑚보다 붉고 슬픈 생채기!

가까스루 몰아다 부치고
변죽을 둘러 손질하여 물기를 시쳤다.

이 앨쓴 海圖에
손을 싯고 떼었다.

찰찰 넘치도록
돌돌 굴르도록

회동그란히 바쳐 들었다!
地球는 蓮닢인양 옴으라들고……펴고……

「바다 2」[26] 전문

정지용 시가 보여 준 대상에 대한 탁월한 감각적 번역은 그의 시를 당대의 감상적 낭만주의 시들과 구별시키며 그의 시적 재능을 남다르게 부각시킨 측면이다. 「바다 2」는 그 점을 아주 뚜렷하게 보여주는데, 여기에서는 자연적 사물인 "바다"의 감각적 인상이 선명하게 제시되어 있을 뿐 시적 주체의 인간적 감정은 깨끗하게 배제되어 있다. 시적 주체의 내면을 투사하고 있는 것을 굳이 찾자면 "珊瑚보다 붉고 슬픈 상채기!"의 "슬픈"이라는 단어 정도일 것이다. 이 부분에서 시적 주체의 내적 정서가 타자인 사물에게 옮겨지지만, 그 외에는 시적 주체와 타자 사이에는 일정한 거리가 유지되고 있다. 주체와 타자 사이에 개재된 이 거리는 주체의

---

26) 『정지용시집』, 5-6쪽. 바다를 제목으로 삼고 있는 시편들 중에서 발표 시기가 가장 늦은 작품이다. 따라서 김학동/1991, 앞의 책에서는 제목이 「바다 9」로 되어 있다.

주체성과 타자의 타자성이 확보되는 거리이다. 이 거리가 단축되어 주체와 타자가 겹치게 될 때 동일화가 발생하고, 그 결과가 "슬픈"과 같은 주체의 정서가 타자에게 침투되는 현상으로 나타난다.

「바다 2」에서 타자로 제시된 자연 사물인 "바다"는 주체를 대상화함으로써 주체를 객체의 지위로 전락시키지 않는다. 그것은 사물로서의 타자인 "바다"는 의식의 주체가 아니기 때문이다. 따라서 의식 주체들 사이에서 벌어지는, 타자의 시선에 의한 주체의 주체성과 세계의 탈취는 의식 주체와 자연 사이에서는 일어나지 않는다. 주체는 다른 의식 주체인 타인들과의 관계에서 발생할 수 있는 대상화의 위험에서 벗어나 있고, 타자로부터 자신의 자유를 앗길 염려에서 해방되어 있다. 자연은 거기 그렇게 있는 존재로서 의식 주체를 억압하거나 의식 주체에게 어떤 것을 요구하지 않는다. 그런 까닭에 자연 앞에서 의식 존재는 다른 의식 주체의 시선으로부터 벗어나는 해방감을 느끼며, 자신이 대상으로 얼어붙는 위험으로부터 벗어나는 데서 오는 기쁨을 누릴 수 있다.

때로 자연의 예측 불가능한 힘과 비인격성 자체가 인간에게 위협이 될 수도 있지만, 본질적으로 자연은 타자를 포획하는 시선을 가지지 않으므로 의식 주체들 사이에서 벌어지는 그러한 위협은 행사하지 않는다. 타자로서의 자연은 주체와 대립하지만 주체를 위협하지 않는 타자이다. 이러한 주체와 타자와의 관계는 주체가 타자를 동일화의 대상으로 삼지 않는 데서 가능해진다. 「바다 2」에서 주체는 자신의 주체성과 함께 타자의 타자성을 온전히 보호한다. 그것은 사물로서의 타자를 사물 그 자체로 보존하고, 타자를 주체의 정서를 투사하는 대상이나 주체의 연장으로 간주하지 않는 태도이다. "찰찰 넘치도록/ 돌돌 굴르도록// 회동그란히 바쳐들었다!/ 地球는 蓮닢인양 옴으라들고⋯⋯펴고⋯⋯"와 같이, 자연 앞에서 의식 주체의 자유가 확장될 수 있지만, 그것이 세계를 주체의 동일성으로 환원하려는 폭력으로 나타나지는 않는다.

　주체와 타자의 이러한 관계 속에서 주체 역시 자신의 정서를 자연에 투여하거나 자연을 주체의 의지에 따라 변형하고 동일화하려는 자신의 자유를 스스로 제한한다. 그것이 시적 방법으로 나타난 것이 감정의 절제이며, 이러한 절제가 이루어지면서 말하는 주체는 텍스트의 문면에서 후퇴한다. 정지용의 후기 시에 속하는 「九城洞」, 「玉流洞」 등의 텍스트는 그러한 미적 논리와 방법이 구축한 타자의 세계이다. 따라서 시적 주체의 내면은 이제 비어 있는 거울이 되어 타자를 감각적으로 재현하는 매체가 된다. 시적 주체는 자신의 내면을 비움으로써 사물에 대한 '현상학적 경험'을 하고 그 신선한 감각적 인상을 그 자체로 제시하게 된다. "바다"는 시적 주체의 경험과 사적 감정에서 해방되어 새롭게 자신의 존재를 이미지로 드러낸다. 그것은 시적 주체가 발견한 새로운 "바다"이며, 정지용의 예술적 주체가 창조해 낸 "바다"이다.

　따라서 "바다"에 대한 새로운 이미지들은 어떤 관념을 암시하기 위한 수단이 아니다. 그것은 감각적 주체의 순수 지각과 사물 체험이 이루어 낸 구체의 세계이자 자족적인 감각의 세계라고 할 수 있다. 관념을 암시하는 수단이 된 이미지들은 기능을 수행한 후 마침내 소멸되지만, 「바다 2」에서 제시된 이미지들은 그 자체로서 자족적이며 자신을 소멸시키지 않고 자신의 존재를 주장하고 환기한다. 그것들은 하나의 사물로서 거기에 있는 것이다. 곧 그것은 의미하는 것이 아니라 존재한다. 그리고 그것에 의해 환기되는 사물인 타자는, 주체와 대립한 타자로서 자신의 타자성을 온전히 유지하지만 결코 주체를 위협하지 않는다.

4. 주체의 절대적 외재성으로서의 타자

죽음은 살아 있는 생명을 소멸시켜 무로 만든다. 죽음은 주체의 자유를
원천적으로 제거하고 주체로부터 모든 것을 앗아가는 근본적인 폭력이다.
이러한 폭력으로서의 죽음이야말로 주체의 경험을 초월하는 절대적인
외재성이며, 그런 의미에서 가장 극단적인 타자이다. 따라서 의식 주체인
인간은 누구도 죽음을 자신의 사실로서 경험할 수 없다. 죽은 자는 이미
경험할 수 없으며, 죽어 가는 과정에서 자신의 죽음을 의식하는 자에게
죽음은 여전히 도래하지 않은 미래의 사실이기 때문이다.

> 고흔 肺血管이 찢어진 채로
> 아아, 늬는 山ㅅ새처럼 날러 갔구나!
>
> 「琉璃窓 1」[27] 일부

> 아아, 이 애 몸이 또 달어 오르노나.
> 가쁜 숨결을 드내 쉬노니, 박나비 처럼,
> 가녀린 머리, 주사 찍은 자리에, 입술을 붙이고
>
> 「發熱」[28] 일부

죽음이 주체의 경험을 초월하는 절대적인 외재성이며 극단적인 타자인
까닭에, 주체는 위의 「琉璃窓」이나 「發熱」에서 보듯이 오로지 타인이나
자신이 아닌 생명 있는 존재의 죽음이나 질병을 통해서만 죽음에 관한

---

27) 『정지용시집』, 15쪽.
28) 위의 책, 38쪽.

자신의 의식을 구성할 수 있을 뿐이다. 따라서 죽음에 관한 주체의 의식은 직접적인 경험에 의해 주어진 것이 아니라 타자의 죽음에 의해서 주체의 가능성으로 예고된 것이다. 죽음은 주체를 완전히 소멸시키는 폭력인 까닭에 주체에게 예고된 주체의 부정적인 미래이자 가능성이다. 부정적 미래이자 가능성으로서의 죽음은 주체를 억압하고 불안에 빠뜨릴 수 있다.

정지용의 경우, 자신의 산문 「람프」[29]에서 죽음에 대한 불안의식을 좀더 직접적으로 드러낸다. 죽음에 대한 불안은 자신의 존재가 무화되는 데서 오는 불안이다. 인간은 죽음에 이르는 존재이며, 타인의 죽음을 통해서 자신의 미래인 죽음을 상상하는 존재이다. 그러나 죽음은 애초부터 인간에게 부착되어 있는, 삶의 자매이다. 「람프」에서 정지용은 무화에 대면한 자신의 불안을 응시하면서 거기서 벗어나기 위해 신에게 의지하는 길을 선택한다. 따라서 「람프」는 다음과 같은 "祈禱"로 마감된다.

「天主의 聖母마리아는 이제와 우리 죽을때에 우리 죄인을 위하야
비르소서 아멘」[30]

죽음은 인간을 무력화시키는 절대적인 폭력이지만, 살아 있는 인간에게 그것은 연기되어 있는 미래이기도 하다. 죽음은 미래의 사실로서 잠재적인, 그러나 필연적인 위협이므로 살아 있는 자는 누구나 미래에 죽은 자이다. 그러나 죽음은 인간이 살아 있는 현재 자신의 것으로 경험할 수 없는 까닭에, 죽음의 위협은 연기되거나 미래의 사실로 상상될 뿐이다.

---

29) 「람프」는 원래 『가톨닉 靑年』지 4호(1933. 9.)에 「素描·5」란 제목으로 발표되었던 것이다. 『정지용시집』에 실릴 때 맞춤법을 고치고 어휘를 몇 개 교체하는 정도의 손질을 했지만, 근본적으로 달라지지는 않았다. 「람프」에 대한 좀더 자세한 분석은 손병희/1991, 앞의 글을 참조할 수 있다.
30) 『정지용시집』, 155쪽.

그러나 정지용에게 죽음이라는 이 극단적이고 절대적인 타자는 "소리"로
서 자신의 존재를 드러내고, 「람프」에서 보듯이 정지용은 그것을 '듣고'
있다. 죽음에 대한 이러한 청각적 '예민성'은 죽음에 대한 정지용의 강박
적 사고obsession를 시사하는 것으로 볼 수 있다. 강박적 사고는 "스스로
통제할 수 없이 지속적으로 일어나는 불안을 유발시키는 생각"[31]이다.
이러한 강박적 사고는 죽음의 "발옴김이 또한 표범의 뒤를 따르듯 조심스
럽기에" (자신의, 혹은 자신과 같은 예민성으로) "가리어 듣는 귀가 오직
그의 노크를 안다."(「悲劇」)고 말하는 데서도 확인될 수 있다.

이러한 죽음에 대한 강박적 사고가 어디로부터 오는지 뚜렷이 알 수는
없다. 다만 그것이 실존의 한계 상황인 죽음에 대한 정지용의 구체적인
체험과 연관될 수 있다는 점은 분명하다. 죽음에 대한 경험을 직접적으로
말하고 있는 시 텍스트는 「悲劇」이다. 여기에서 시적 주체는 "일즉이
나의 딸하나와 아들하나를 드린 일이 있"다고 직설적으로 말함으로써
"비극"이 죽음의 다른 이름이거나 그 결과임을 뚜렷이 밝힌다. 레비나스
에 따르면, 자식은 "타자가 된 나(moi étranger à soi)"[32]이다. 따라서 자식
은 부모[33]에게 자신의 육체적 연장이며 계기적 연속체일 수 있기 때문에

---

31) David A. Statt, *The Concise Dictionary of psychology*, 정태연 옮김, 『심리학 용어
사전』, 끌리오, 1999. 11쪽.
32) 강영안, 앞의 글, Emmanuel Levinas, 앞의 책, 147쪽에서 재인용. 따라서 자식을
통해 "나는 아버지가 됨으로써 나의 이기주의, 나에게로의 영원한 회귀로부
터 해방된다. 자아는 이제 타자와 타자의 미래 속에서 자신의 한계를 초월한
다. 레비나스는 이러한 미래와의 관계를 '생산성(비옥성)'이라고 부른다." 같
은 책, 147-148쪽.
33) 레비나스는, 주체가 "아버지가 되는 길"을 통해서 자기 중심적인 주체에서
벗어날 수 있음을 다음과 같이 말한다. "어떻게 나는 너 안에 흡수되지 않고
나를 잃지 않으면서 너의 타자성 안에서 나로 남아 있을 수 있는가? 어떻게
자아는, 나의 현재 속에 있는 자아가 아니면서, 너 안에 나로 남아 있을 수

자식의 죽음을 통해서 시적 주체는 자신의 죽음과 인간의 보편적 한계 상황을 경험할 수 있을지 모른다. 존재의 무화는 시적 주체에게 회복할 수 없는 상실감과 실존의 불안정성에 대한 비극적 인식을 가져오고, 죽음의 보편성은 시적 주체에게 깊은 고통과 함께 그것을 실존의 조건으로 감수하게 할 것이다.

실존의 근원적 내재성으로서의 죽음과 그 비극성에 대한 정지용의 인식은 죽음이 "나의 거름을 따르는 그림자"(산문 「밤」)라고 말하거나, 「람프」에서 보듯이 "죽음 이란 벌서 부터 나의 聽覺안에서 자라는 한 恒久한 한 黑點"이라고 말하는 데서도 확인된다. 존재의 무화, 죽음에 민감한 의식은 그것을 자신에게 부착된 것으로 받아들이고, "귀를 간조롱이하야" 그 소리를 듣고 있다.

> 「悲劇」의 힌얼골을 뵈인적이 있느냐?
> 그 손님의 얼골은 실로 美하니라.
> 검은 옷에 가리워 오는 이 高貴한 尋訪에 사람들은 부질없이 唐慌한다.
> 실상 그가 남기고 간 자최가 얼마나 香그럽기에
> 오랜 後日에야 平和와 슬품과 사랑의 선물을 두고 간줄을 알었다.
>
> 「悲劇」[34] 일부

그러나 시적 주체는 죽음이나 실존의 비극성을 오히려 '高貴한 尋訪'으로 받아들인다. 존재의 무화를 실존의 비극적 내재성으로 기꺼이 수락함으로써 죽음에 대한 역설적 인식이 가능하고, 나아가 그것을 "맞이할 예비가 있다"고 의연하게 말할 수 있을 것이다.[35] 그러나 죽음에 대한

있는가? 어떻게 자아는 자신에게 타자가 될 수 있는가? 아버지가 되는 길 외에는 길이 없다." 위의 책, 112쪽.
34) 『정지용시집』, 9쪽.

이러한 여유와, "禮儀를 가추지 않고 오량이면/ 문밖에서 가벼히 사양하겠다!"는 오연한 자세는 오히려 죽음에 대한 공포를 은폐하기 위한 무의식적인 반동 형성[36]일 수 있다. 죽음에 대한 초연함이나 죽음을 "고귀한 심방"으로 간주하는 것이 오히려 죽음에 대한 공포를 위장한 것일 수 있다는 것은 다음의 시편들이 보여 주는 시간 의식에서 드러나는 죽음에 대한 불안 의식과도 무관하지 않다.

　　어린아이야, 달려가쟈.

---

35) 하이데거적인 의미에서, 이러한 태도는 무의 가능성에 대항하는 실존의 자유로 이해할 수도 있다. 이 점에 대해서는 다음 인용을 참고할 수 있다. "하이데거는, 죽음은 결코 사실로서 경험하지 못하고 다만 가능성으로서만 경험할 수 있다는 사실을 강조하였다. 이것은 불가능의 가능성이요, 무의 가능성이다. 불가능의 가능성을 경험하는 데 바로 자유의 핵심이 있다. 왜냐하면 죽음이라는 극단적인 가능성에 직면할 때 나는 죽음에 대항하여 나의 존재를 기획하고, 스스로 나의 존재에 대해서 책임져야 한다는 강요를 받는다. 이런 의미에서 인간은 불가능의 가능성, 즉 무의 가능성에 직면해서 스스로 자신의 자유를 주장할 수 있다."
그러나 레비나스에 따르면, "죽음에 접근할 수 있는 길은 고통의 경험이다. 고통 속에서 우리는 우리와 다른 것, 우리 밖에서 침입하여 우리를 무력하게 하는 힘을 경험한다. 고통 속에서 직면하는 죽음은 불가능의 가능성이 아니라 모든 가능성의 불가능성이다." 따라서 레비나스는 "<죽음은 하이데거에게 자유의 사건이지만, 우리에게는 고통 속의 주체가 가능한 것의 한계에 도달하는 사건이다>라고 말한다. 죽음은 자유의 기초가 아니라 인간의 무력과 부자유에 대한 경험이다. 죽음 앞에서 인간은 주도권을 완전히 상실한다. 죽음은 본질적으로 알 수 없는 신비요, 절대적 타자성으로부터 나를 지배하는 미래이다." 강영안, 앞의 글, Emmanuel Levinas, 앞의 책, 143쪽.
36) 막스 밀레르Max Milner는 반동형성이 "욕망이 낳는 반대의 것에 의한 어떤 것의 대체에서 생겨나는 효과"라고 규정했다. Max Milner, *Freud et l'interprétation de la littérature*, Paris: SEDES et CDU, 이규현 옮김, 『프로이트와 문학의 이해』, 문학과지성사, 1997. 210쪽. 이러한 반동형성을 통해 인간에게 가장 적대적인 현실인 죽음도 오히려 아름답고 숭고한 것으로 대체될 수 있게 된다.

두빰에 피여오른 어여쁜 불이
일즉 꺼저버리면 어찌 하쟈니?
줄 다름질 처 가쟈.

「새빩안 機關車」[37] 일부

한밤에 壁時計는 不吉한 啄木鳥!
나의 腦髓를 미신바늘처럼 쫏다.
일어나 쫑알거리는 「時間」을 비틀어 죽이다.
殘忍한 손아귀에 감기는 간열핀 모가지여!

「時計를 죽임」[38] 일부

「새빩안 機關車」에서 시간은 존재를 갉아먹는 존재로 나타난다. "두빰에 피여오른 어여쁜 불이/ 일즉 꺼저버리면 어찌 하쟈니?"는 시간에 의한 존재의 침식에 대한 불안 의식을 암시한다. 현실적으로 불가능한 일이기는 하지만, 이러한 시간의 존재 침식에서 벗어날 수 있는 방법의 하나는 시간보다 더 빨리 움직이는 것이다. 따라서 "줄 다름질 처 가"는 행위는 존재의 질주에 따른 시간의 지체와 연장을 통해 시간의 풍화작용으로부터 존재를 보호하기 위한 달리기라고 할 수 있다. 그런 점에서 「새빩안 機關車」에서의 질주는 시간으로부터의 탈출이라고 말할 수 있다.

「時計를 죽임」에서 시간은 노동에 의해 영위되는 일상적 삶의 피로와 일차적으로 관계된다. 그러나 그 시간 역시 주체의 소모와 소진에 이르는 하는 까닭에 결국 시간은 주체를 죽음으로 이끈다. 따라서 "쫑알거리는 「時間」"이야말로 주체에게 끊임없이 노동을 촉구하고 요구함으로써 주

---

37) 『정지용시집』, 66쪽.
38) 위의 책, 10쪽.

체를 소진하게 하는 위협이라고 할 수 있고, 그것을 "비틀어 죽이"는 것은 시간에 대한, 그리고 시간에 의해 암시되는 죽음에 대한 주체의 불안이 공격적인 양상으로 드러난 것이라고 할 수 있다.

 골작에는 흔히
 流星이 묻힌다.

 黃昏에
 누뤠가 소란히 싸히기도 하고,

 꽃도
 귀향 사는곳,

「九城洞」[39] 일부

또한 「구성동」에서는 그 공간이 절대적인 정적의 세계로 묘사되고 시간의 흐름은 "사슴"의 움직임을 통해 간접화됨으로써 지각의 이차적인 대상이 된다. 따라서 여기에서는 마치 시간이 정지된 것처럼 느껴지고, 시간에 근거한 모든 생성과 운동도 함께 정지되는 것처럼 보인다. 이러한 시간의 정체停滯 현상은 마침내 「忍冬茶」에서 시간을 초월하는 상태에 이른다. "山中에 册曆도 없이/ 三冬이 하이얗다."에서 "책력"이 없음은 그 불필요성을 함의하면서 동시에 시간의 구속에서 초월한 존재, 곧 무시간적인 존재와 그 상황을 환기한다. 그것은 시간의 구속과 위협에서 해방된 존재의 상황을 표상하며, 이러한 무시간적 상태는 시간이 가져 올 주체의 죽음에 대한 불안을 해소할 것이다.

---

39) 「백록담」, 20-21쪽.

이와 같이 정지용의 시 텍스트는 시간에 대한 불안에서 그 초월과 해방
에 이르는, 시간과 죽음에 대한 의식의 다채로운 전개를 보여 준다. 그러
나 이와 같은 시간·공간 의식과 죽음에 관한 의식은 한편으로 죽음의
본능*Thanatos*[40]을 암시하는 것일 수도 있다. 시간으로부터의 탈출과 시간
의 정체 현상, 그리고 "時計를 죽임"이나 무시간적인 상황을 통한 시간의
초월, 그리고 시간에 의해 소진되는 삶에 대한 비관적 인식과 예민한
감각은 현재적 삶을 끝없이 무화하려는 무의식적 욕망을 그 밑바닥에
거느리고 있는 것으로 볼 수도 있기 때문이다.

5. 마무리

이 글에서는 정지용 시에 나타난 타자의 양상과 성격, 그리고 그 내용
과 의미를 구체적으로 살폈다. 타자 의식은 정지용 시에 내재한 '언어화
된 의식'의 중요한 한 부분을 구성하는 까닭에 이 분석이 정지용 시를
이해하는 한 통로가 될 수 있기를 기대하며, 지금까지 이루어진 분석
내용을 요약·정리하는 것으로 결론을 대신한다.

정지용 시에서 타자는 주체의 연장, 혹은 주체와 대립한 존재, 그리고
주체의 절대적 외재성으로 나타난다. 「내 맘에 맞는 이」가 보여 주듯이,

---

40) 프로이트는 "정신 생활에는 재현하고 되풀이하려는 억제할 수 없는 경향,
쾌락 원칙을 고려하지 않고 쾌락 원칙을 넘어서 나타나는 경향이 있"으며
"동일한 것으로 되돌아가려는 그러한 경향"을 '죽음의 본능', 혹은 '타나토
스'라고 불렀으며 이를 삶의 본능 또는 '에로스'와 대비시켰다. "에로스는
개인을 더욱더 넓은 전체로 통합하면서 새로운 상황을 빚어내는 데 반하여,
죽음의 본능은 동일한 것의 반복을 통해 개인을 무기물적인 것, 무생물적인
것으로 되돌아가게 하는 경향이 있다." Max Milner, 앞의 책, 254쪽.

타자가 자신의 타자성을 상실하고 주체와 동일화될 때, 타자는 주체의 연장이나 분신이 된다. 이러한 동일화는 주체가 타자를 자신의 변형으로 간주하려는 나르시스적 욕망에서 비롯한다. 그러나 주체의 동일화의 욕망에도 불구하고 주체와 타자 사이에는 해소할 수 없는 틈과 균열이 발생하며, 이것은 주체의 정서를 비애에 물들게 하지만 타자 의식의 심화를 보이기도 한다. 「삽사리」를 그러한 예로 들 수 있다.

또한 「숨ㅅ기 내기」에서 볼 수 있듯이 일부 시편에서 타자는 주체를 대상화함으로써 객체로 전락시키고, 주체의 주체성과 세계를 앗아가는 위협적인 존재로 나타난다. 그러나 「바다 2」에서 보듯이 정지용의 사물시의 경우, 타자는 주체와 대립하지만 위협적인 존재가 아니라 주체와 공존하면서 자신의 타자성을 잃지 않은 채 존재한다. 그것은 사물이 의식 주체가 아닌 까닭에 의식 주체 사이에서 벌어질 수 있는, 타인의 '시선'에 의한 주체의 대상화가 일어나지 않는 탓이다.

타자를 주체의 절대적 외재성으로서 의식하는 것은 무엇보다 죽음에 대한 시적 주체의 의식에서 구체화되어 있다. 죽음은 살아 있는 주체가 경험할 수 없는 절대적이고 극단적인 타자이다. 정지용의 시에서 죽음은 타인의 죽음을 통해서 드러나지만, 그 경험은 시적 주체에게 죽음에 대한 일종의 강박적 사고와 감각적 예민성을 갖게 한다. 정지용의 시에 나타난 시간 의식 역시 죽음의 타자성에 대한 변주이며, 이것은 '죽음의 본능'과 관련될 가능성도 있다.

(2002)

「황혼」, 낭만적 자아와 우주적 사랑

1. 「黃昏」의 의의

위당 정인보의 집에서 우연히 이육사를 알게 되어 "죽마고우"처럼 절친하게 지냈다고 회고한 신석초는 이육사의 초기 문단활동에 대한 다음과 같은 기록을 「이육사의 인물」(『나라사랑』 16집, 100쪽, 1974.)에 남겼다.

신조선사는 이 외에 월간 잡지 <신조선(新朝鮮)>을 발행하고 있었는데 역시 경영난으로 허덕이고 있었다. 어엿한 편집인이나 기자를 쓰지 못하고 사주(社主) 혼자서 원고 청탁과 편집, 경리 등을 꾸려나가고 있었다. 위당 선생으로 하여 가끔 그 곳에 들렀던 우리 두 사람(육사와 석초 : 인용자)은 어느덧 그 잡지의 편집일을 돌봐 주게 되었었다. 그래서 전혀 잡지의 지면을 메우기 위하여 우리의 시작품을 서로 고선하여 싣게 된 것이 말하자면 우리가 시작(詩作) 활동을 하기 비롯한 최초의 걸음마로 된 것 같다. 이 잡지에 실렸던 육사의 작품이 「황혼」, 「춘수(春愁)」 등이 아니었던가 한다. 그러나 우리는 거기에 실린 작품들이 우리의 데뷔작이라고는 생각지 않았다. 보다 본격적인 발족은 조금 뒤에

<자오선(子午線)>이나 <시학(詩學)>, <문장(文章)> 등에서였다고
하면 알맞을 것이다.

신석초는 위의 글을 통하여 이육사가 『신조선』지의 편집에 관여했다
는 것, 그리고 그것이 그의 시작활동의 "최초의 걸음마"에 해당한다는
것을 밝히고 있다. 또한 그는 이육사가 그 시기에 발표한 「황혼」(『新朝
鮮』, 1935. 12.) 등이 본격적인 시작활동의 소산이라기보다는 일종의 준
비기의 산물이며, 따라서 이육사의 본격적인 창작활동의 전사에 가까운
것으로 간주하고 있는 듯하다. 실제로 이육사는 「황혼」을 발표하기 전까
지 대체로 기사, 평문들을 발표했을 따름이다. 「대구사회단체개관」, 「신
진작가 장혁주군 탐방기」, 「자연과학과 유물변증법」, 「국제무역주의의
동향」 등등이 그것이다.

그러나 시 창작이 창작활동의 중심이 되고 이후 지속된다는 점에서,
「황혼」을 발표하던 이 시기를 이육사의 시 창작활동의 본격적인 출발기
로 보는 것이 타당하다고 생각한다. 「황혼」의 시적 수준 또한 그 이후의
작품들에 비하여 결코 손색이 없고 습작 수준의 「말」(『조선일보』, 1930.
1. 3.)과는 분명한 질적 수준의 차이를 지니고 있기 때문이다. 또한 「황혼」
은 거의 같은 시기에 발표된 「春愁三題」(『신조선』, 1935. 6.)에 비해서도
단연 뛰어나 이육사 시의 출발기를 대표하는 작품이라고 할 수 있다.

2. 시의 구조

다음은 「황혼」 전문이다.

黃昏

내 골방의 커-텐을 것고
정성된 맘으로 黃昏을 마저드리노니
바다의 힌갈메기들 갓치도
人間은 얼마나 외로운것이냐

黃昏아 네 부드러운 손을 힘끚내미라
내 뜨거운 입술을 맘대로 맛추어보련다
그리고 네품안에 안긴 모-든것에
나의 입술을 보내게 해다오

저-十二星座의 반ㅅ작이는 별들에게도
鍾소리 저문 森林 속 그윽한 修女들에게도
쎄멘트 장판우 그만흔 囚人들에게도
의지할 가지없는 그들의 心臟이얼마나 떨고잇슬가

『고비』沙漠을 끈어가는 駱駝탄 行商隊에게나
『아푸리카』綠陰속 활쏘는『인데안』에게라도
黃昏아 네부드러운 품안에안기는 동안이라도
地球의 半쪽만을 나의타는 입술에 맛겨다오

내 五月의 골방이 아늑도 하오니
黃昏아 來日도쏘 저-푸른 커-텐을 것게하겠지
情情이 살어지긴 시내물 소리갓해서
한번 식어지면 다시는 도라올줄 모르나부다

—五月의 病床에서—

위에서 보듯이,「황혼」은 다섯 연으로 구성되어 있으며, 각 연은 모두

네 줄로 되어 있다. 형태의 이러한 가지런함은 이육사 시의 한 특성을 보여주는 예가 될 수 있으나, 이렇게 하는 것이 「황혼」에서는 반드시 효과적이라고 보기는 어렵다. 첫 연과 끝 연은 전후반을 나누는 것이 그 인상을 강화하고 의미의 음영을 더하는 데 효과적이라면, 「黃昏」의 형태적 정제성은 작위적이고 기계적이라는 느낌을 줄 수 있다.

그러나 2연과 3연을 가른 것은 나름의 효과를 가지고 있다. 이것은 8행이 문법론적, 의미론적으로 7행과 호응하면서 동시에 다음 연 전체와 연결되기 때문이다. 8행은 2연과 3연을 갈라주면서 동시에 이어주는 구실을 떠맡는 이중적 역할을 자연스럽게 하고 있어, 3연 전체가 적절한 휴지를 동반한 채 7행의 구체화와 시상의 계기적인 전개를 적절히 감당한다고 할 수 있다.

이 시의 구조는 1, 5연과 2, 3, 4연의 대립을 그 바탕으로 하고 있다. 그와 함께 1연과 5연은 시간의 흐름을 내포하면서 "황혼"의 현존/부재라는 의미 상의 대립을 형성한다. 동시에 1연과 5연은 각각 내부적으로 "황혼"의 현존/부재에 따르는 복합적 감정의 공존을 통해 전후반의 자체 내 대립을 형성할 가능성을 가지고 있어 단순해 보이지만 비교적 복잡한 짜임새를 하고 있다. 특히 5연은 전후반의 그 대립적 구조를 선명히 하고 있다.

한편 1연은 서정적 자아의 열망을 구체화하는 2, 3, 4연의 계기가 되고 5연은 그 경과를 보여줌으로써 서로 호응하고 있다. 일종의 수미상관의 구조이다. 다르게 말한다면, 1, 5연은 2, 3, 4연의 입·출구 역할을 하는 하나의 액자 구실을 하며 동시에 그것들 사이의 의미론적 대립을 선명히 한다. 이러한 대립은 1, 5연이 화법의 측면에서 서정적 자아의 독백, 혹은 방백의 양식을 하고 있어 작품 내적 발화의 특정한 지향대상(수신자)을 상정하지 않는다면, 2, 3, 4연은 인격화한 "황혼"을 발화가 지향하는 대상으로 삼고 있다는 점에서도 분명히 드러난다. 곧 2, 3, 4연은 서정적 자아(발신자)가 수신자에게 일방적으로 호소하는 형식을 하고 있지만, 일종의 대화의 양식을 보여 주고 있는 셈이다. 그밖에도 1, 5연이 자아의 행위와 인식을 드러내고 있다면, 2, 3, 4연은 자아의 욕망을 표현하고 있는 점에서도 그 대립은 뚜렷하다. 그것들은 시간의 흐름/공간의 확산이라는 시간/공간의 대립을 보여주면서 정조와 어조에 있어서도 우수/열망의 대립을 보여준다. 따라서 시의 전체적 의미는 1, 5연과 2, 3, 4연이라는 두 개의 서로 다른 의미론적 국면이 서로를 비추고 대립하는 운동에 의해서 산출된다. 이러한 상호조명과 대립은 서정적 자아의 내밀한 자기집중과 우주적 자기확산 —그것은 "골방"과 "황혼"이라는 공간적 심상으로서 표상된다.—의 순환이라는 시적 의미를 형성한다.

2, 3, 4연이 서정적 자아의 욕망을 변주, 반복, 열거함으로써 공간적 확산과 팽창을 이루고 있음에 비하여, 1, 5연은 시간의 경과를 통해 인간과 인간적 삶의 문제에 대한 자아의 직관과 인식을 주고 받는다. 곧 이 시의 시작과 끝을 이루는 1, 5연은 서로 호응하면서 의식의 순환과 그 내적 근거를 예비한다. 2, 3, 4연이 자아의 공간적 팽창을 통하여 인간애의 우주적 확산의 가능성과 실존적 고독의 치유를 말하고 있다면, 1, 5연은 시간적 흐름을 통해 인간과 인간적 삶의 근본적인 조건인 고독의 단속적 지속성을 보여주고 있다. 시간의 흐름이 이 시에서 1연과 5연의 대립에서만 분명해지는 것도 그 때문일 것이다. 따라서 1연과 5연은 시간의 측면에서 전후(혹은 상하) 대칭의 구조를 이루며, 서로를 유발하고 호응함으로써 서로 이어지는 하나의 둥근 고리를 형성하고 있다.

이러한 구조는, 「황혼」이 드러내는 서정적 자아의 인식과 욕망이 지속적인 순환운동의 과정 속에 놓여 있음을 뜻한다. 곧 외로움을 인간의 조건으로 직관하고 그것을 해소하려는 미래에 대한 욕망(기대)이 시의 시작과 끝을 이루면서 의미 상 서로 물려 있다는 뜻이다. 결국 시의 형태적 완결성과는 무관하게 외로움의 직관과 그 해소에의 욕망이 지속될 수밖에 없음을 이 시의 구조가 효과적으로 환기하고 있는 것이다.

한편 2, 3, 4연은 "골방"에서 나아가 외부세계를 품에 안으려는 서정적 자아의 욕망을 구체화하고 있다. 그 욕망은 곧 개체적 고독을 실존의 보편적 현실로 직관하며 "황혼"을 매개로 실존적 고독을 감싸안는 우주적 사랑을 실현하려는 기도이다. 고독한 실존의 다양한 형태들을 껴안는 "황혼"이라는 이 우주적 품과의 일체화의 열망은 입맞춤이라는 신체적 접촉의 수사적 표현을 이루고 있다. 그 열망의 강도는 "뜨거운 입술", "타는 입술"에서 보듯이 강렬하고도 내연하여 폭발할 정도이다.

낭만적 서정시가 본질적으로 자아의 내적 세계를 표현하는 것이라면, 「황혼」을 구성하는 시행들에서 서정적 자아가 문법론적, 의미론적 국면에서 그 주어가 되는 것은 당연한 일일 것이다. 이러한 서정적 자아의 주체화는 「황혼」이 외부세계를 재현하는 것이 아니라 서정적 자아의 내부세계를 표현하는 데 그 초점을 두고 있음을 다시 한번 확인시킨다.

곧 "황혼"은 세계를 자신의 체온으로 품으려는 서정적 자아의 강력한 내적 욕망의 대치물, 하나의 비유이며, 우주적 팽창을 염원하는 서정적 자아의 "타는 입술"의 공간화이다. 자연적이며 물리적 현상인 "황혼"은 서정적 자아의 내적 욕망의 상관물이며, "황혼"의 색채감이 불"타는" 욕망의 강렬성과 열기를 효과적으로 환기한다. 동시에 그 "황혼"의 광활함이 고독에 떠는 모든 존재자들을 싸안으려는 서정적 자아의 끝없는 애정의 높이와 넓이를 적절히 감당한다. 따라서 자연적·물리적 현상인 "황혼"

은 서정적 자아의 "입술"과 서로 내통하고 뒤섞이면서 고립되고 소외된 존재자들에게 스며 그들에게 모성적 애정의 품에 안긴 존재 충일의 행복감을 불러일으킨다.

자아의 내적 욕망의 대치물로서의 "황혼"은 근본적으로 모성적·여성적이다. "황혼"의 "손"과 품은 "부드러"운 어머니의 품처럼 세계를 감싸고 있다. 세계의 모습은 다양하게 나타나지만, 12행에서와 같이 존재의 추위와 두려움으로 나타날 때, 불타는 빛으로서의 "황혼"의 따뜻한 열기는 그것을 녹여주는 체온이 되고 있다. 존재의 추위를 녹이는 "황혼"의 순화된 빛, 따뜻한 온기야말로 추위와 두려움에 떠는 모든 존재의 표면을 스쳐가지 않고 그 속으로 깊숙이 스며 그 일부가 될 것이다.

"골방"으로 표상된, 내밀하게 응집된 자아는 2, 3, 4연에서 "地球의 ꜰ쪽"까지 팽창된다. 그 구체적인 모습은 "저-十二星座의 반ㅅ작이는 별들"에서 "『아푸리카』綠陰속 활쏘는『인데안』"에게 이르는 무한한 높이와 넓이로 나타난다. 내밀한 "골방"이 우주적 부피로 팽창하는 것과 함께 자아의 의식은 응축된 개체적 내밀성에서 확장된 우주적 충일성으로 나아가기를 열망한다. 이 우주적 자아에 대한 열망이야말로 자아의 무한한 가능성을 전폭적으로 긍정하는 낭만적인 태도이다. 「黃昏」은 바로 이러한 낭만적 자아의 의식이 자기응축의 구심력과 자기확장의 원심력을 바탕으로 지속적인 자기 순환의 운동을 구조화하고 있다.

3. 의식의 운동과 공간화

「황혼」의 중심 심상은 "황혼"이다. "황혼"은 이 시의 제목이 되고 있을 뿐만 아니라 서정적 자아가 맞아들이며 손잡고 입맞추려는 대상이며, 바

같으로 확산하려는 서정적 자아의 욕망과 연결되어 있다. "황혼"은 자아의 외부에 있는 대상이지만, 그를 지향하고 그에 동화되려는 자아의 욕망이 투영되어 자아화한다. 그 때 자연적·물리적 풍경인 "황혼"은 자아의 욕망으로 물든다. 서정적 자아의 욕망은 그 밑바탕에 인간 존재의 근원적인 조건에 대한 깨달음이 자리하고 있다. 그 깨달음은 "바다의 힌 갈메기들 갓치도/ 인간은 얼마나 외로운 것이냐"와 같은 우수 어린 어조를 동반하고 있다. 이러한 깨달음이 시인의 자전적 체험과 결부되어 있다는 암시를 이 시의 끝에 덧붙여진 "—五月의 病床에서—"라는 데서 받을 수도 있다.

서정적 자아의 이러한 어조는 인간적 고독을 내밀한 체험 속에서 겪은 사람의 목소리이다. "바다의 힌 갈메기"에 비유된 인간의 외로움이 시적으로 특별히 효과적이거나 인상적이라고 말할 수는 없다. 「황혼」에서 외로운 존재의 표상으로 나타나는 갈메기가 특별히 신선하거나 탁월한 비유라고 느껴지지는 않기 때문이다. 정지용의 경우, 갈매기는 인간의 존재론적 근거와 결부되어 실존적 깊이를 가지면서 비교적 다채롭게 변주되고 있으나, 이육사의 경우에는 "갈멕인양 떠도는 심사"(「獨白」)와 같이 표랑성과 직접적으로 닿아 있어 그 비유가 시적 깊이를 두드러지게 드러내지는 않는다.

"바다의 힌 갈메기들"에서 고독한 존재로서의 인간을 발견하는 서정적 자아의 직관은 "내 골방의 커-텐을 것"는 시각의 개방, 그리고 자폐적이고 내밀한 "골방"으로부터 외부의 풍경("황혼")을 향한 자신의 열림을 동반한다. 그 열림은 "정성된 맘으로 黃昏을 마저드리노니"와 같이 진지하고 적극적인 것이다. 이러한 "정성된 맘"이야말로 개체적 실존의 고독을 보편적 현실로 깨닫는 인식의 개방과 확대, 그리고 그와 동시에 고독한 존재자들을 감싸안는 우주적 품을 열망함으로써 고독이라는 질병을 치유하고 넘어서려는 의식의 진지성일 것이다.

　사적이고도 은밀한 공간, 타자와 외부세계로부터 일정한 거리를 유지하고 있는 자폐적이며 소외의 공간인 "골방"이 내밀한 자의식의 세계라면, "커-텐을 것고" "정성된맘으로" 맞아들이는 외부의 풍경인 "황혼"은 자연의 세계이자 자아와 타자와의 친밀성의 세계, 교섭의 세계이다. 이제 외부세계를 받아들임으로써 자신의 내부로 응집하는 자의식의 영토인 "골방"은 하늘 한 쪽을 차지하고 있는 "황혼"으로 물들고, 비좁고도 구석진 공간은 광활한 대자연의 드넓은 품으로 전환된다. 서정적 자아 또한 자연에 대립하여 자연으로부터 떨어져 나앉은 밀폐된 공간("골방")에 칩거하고 있는 의식이 아니라 어머니인 대자연의 품 속에 동화되며 자연의 일부가 되고자 한다. 그 열망의 강도는 1연과는 다른, 아니 차라리 돌발적이라고 할만큼 급속한 어조의 변화와 고조된 감정을 드러내는 2연에서 짐작할 수 있다. "黃昏아 네 부드러운 손을 힘씃내미라/ 내 뜨거운 입술을 맘대로 맞추어보련다"라고 말하는 서정적 자아의 어조는 우수에 찬 1연과는 얼마나 큰 차이를 보여주고 있는가.

　고독한 존재로서의 자아는 "황혼"과 일체화를 이루고자 함으로써 세계 속의 모든 타인과 사물들에게 자신의 애정을 확산시켜 나가려고 한다. 이미 자아는 자의식의 성채 속에서, 고립된 개체로서 고독을 반추하는 존재가 아니다. 그는 이제 모든 고독한 존재들의 고독을 그들과 함께 살며 그들을 향하여 자신의 내부로부터 풍요로운 사랑과 따스한 체온을 뿜어내고 함께 그 실존의 늪을 뛰어넘고 싶어한다. 그는 이제 존재의 추위를 녹이는 하나의 어머니, 대자연이고자 열망하는 것이다. 그래서 "네품안에 안긴 모-든 것에/ 나의 입술을 보내게 해다오"라고 간구한다.

세상의 외로운 모든 것들에게 미치는 이 풍요한 사랑의 감정은 "타는 입술"로 표상되고, 2, 3, 4연에서 일종의 열광과 도취상태로 지속된다.

이 열렬하고도 드넓은 사랑의 품은 무엇을 감싸고자 하는가. 그것은 "저-十二星座의 반ㅅ작이는 별들"로부터 "鍾소리 저문 森林 속 그윽한 修女들", "쎄멘트 장판우 그만흔 囚人들"에게, 그리고 "『고비』沙漠을 끈어가는 駱駝탄 行商隊", "『아푸리카』綠陰속 활쏘는『인데안』에게" 까지 이르는 무한한 높이와 넓이를 가지고 그들을 품에 안고자 한다. "별들"과 "수녀들"이 지고한 이상과 신성함을 상징한다면, "수인"들은 부자유를, 그리고 사막을 횡단하는 "행상대"는 고립과 인고를, 그리고 "『인데안』"은 문명으로부터의 소외를 환기시킬 것이다. 곧 신성한 것에 서부터 세속적인 것에 이르기까지, 고립되고 소외되어 고독한 모든 존재들을 서정적 자아는 넘치는 사랑으로 품으려고 한다. 우주적 사랑을 실현하려는 서정적 자아의 내적 공간은 이제 우주적 부피를 가지고 있으며, 그는 자신의 열망 속에서 우주적 사랑의 주체가 된다.

"황혼"으로 표상되는 우주적 자아가 꿈꾸는 이 크나큰 사랑은 "황혼"의 물질적·시간적·공간적 속성과 무관하지 않다. 황혼은 해거름의 빛이며, 그 시각적 느낌은 따스한 불을 연상시킨다. 또한 그것은 일몰 직전의 빛, 소멸하기 직전의 빛으로서 자신의 최후에 비로소 온 세상을 따스한 체온으로 싸안음으로써 절대적 가치를 실현하는 존재다. 그러나 "황혼"은 순간적인 존재이며, 이와 같이 영원성의 결여태로서 제시된 "황혼"은 근본적으로 그 고귀함과 아름다움에 비극성이 내재되어 있다. 아름다움의 순간성, 그것이야말로 비극적 황홀감, 황홀한 비극성이라고 할 수 있지 않겠는가. "황혼"의 심상은 이렇게 우주적 사랑이라는 초월적 가치와 비극성이라는 심미적 가치가 탁월하게 결합되어 있는 심상이다. 서정적 자아는 이 우주적 사랑과 그 비극적 황홀감을 꿈꾸고 거기에 도취하며 순간이라도 그것을 실현할 수 있기를 갈망한다. 그래서 "黃昏아 네부드러운 품안에안기는 동안이라도/ 地球의 半쪽만을 나의타는 입술에 맛겨다오"라고 말한다.

4. 마무리

「황혼」은 우주적 사랑이 빚어내는 비극적인 황홀경과 그에 대한 서정적 자아의 열망과 도취를 표현하고 있다. "황혼"의 우주적 사랑에 대한 열망과 도취는 존재의 고독을 자각하는 1연에서 그 계기가 이루어지고, 서정적 자아의 열망이 폭발하면서 2, 3, 4연에서 집중적으로 표현된다. 그러나 이 시의 종착지인 제 5연에서는 "황혼"의 부재와 현존에 대한 기억으로부터 비롯하는 우수와 함께 "來日"의 도취를 기대하고 예감하는 복합적인 감정이 병존하게 된다.

서정적 자아는 "황혼"에 대한 도취-우주적 사랑의 실현에 대한 열망에서 깨어나 다시 "아늑한" "골방"으로 돌아온다. 아니 "황혼"의 사라짐, 부재, 그 현존의 순간성이 우주적 공간으로 팽창되었던 "골방"을, 그리고 자아를 평상시의 그것으로 돌려놓는다. 2, 3, 4연에서 확장된 "골방"과 자아는 이제 평상시와 같이 수축된다. 이러한 수축에서 비롯하는 정서가 "情情이 살어지긴 시내물 소리갓해서/ 한번 식어지면 다시는 도라올줄 모르나부다"와 같은 "황혼"의 부재와 순간성에 대한 우수와 비애의 감정이다. 동시에 그것은, 서정적 자아의 열정을 매개하는 외부의 구체적 풍경("황혼")이 스러지면서 지향과 확산의 방향을 잃어버린 열정의 쓸쓸하고도 고적한 내면풍경이다. 이것은 존재의 고독을 다시 환기하며 자연스럽게 제1연으로 연결되는 의식의 순환운동을 가능하게 한다.

그러나 그와 함께 우주적 팽창과 확산을 자신의 열망 속에서 경험한 자아는 "황혼"의 황홀경과 그에 대한 도취가 지속될 것을 기대하고 예감한다. "黃昏아 來日도쓰 저-푸른 커-텐을 것게하겠지"라고 말하는 자아는 자신의 "골방"이 비록 "病床"이라 하더라도 이제 "아늑도 하"다고 느낀다. 형태적 완결성에도 불구하고 이 단속적인 지속성에 대한 기대와 예감이 이 시를 5연에서 종결시키지 않고 의미 상 제1연으로 이어지게 한다. 그 순환운동이야말로 서정적 자아의 의식이 본질적으로 수축과 팽창, 응집과 확산의 운동임을 적절히 환기하며, 동시에 "골방"과 "황혼", 개체적 자아의 공간과 우주적 자아의 공간으로 그 부피를 줄이고 늘이는 공간적 심상의 양극화 현상이 「황혼」의 시적 주제와 감동을 효과적으로 구축한다고 할 것이다.

(1993)

「絕頂」의 구조와 앎의 추구

1. 머리말

「절정」은 상황의 절박성과 그에 대한 시적 화자의 태도와 인식을 압축된 형식에 담은 작품이다. 일찍이 김종길의 "비극적 황홀"[1]이란 탁월한 해석을 낳게 한 이 작품은, 민족적 삶을 억압하는 식민지 상황의 압도적 횡포와 그에 맞서는 자아의 비극성과 영웅성을 절제된 언어로 보여 주는 것으로 평가된다. 육사의 지사적 삶은 종종 그의 작품에 대한 해석을 정치적 방향으로 이끌어 가기는 했지만, 이 작품의 경우 그러한 해석이 결코 잘못되거나 과장된 것이라고 할 수는 없다. 그러나 한 작품을 당대 정치 상황에 대한 단순한 알레고리나 상징으로만 이해할 때, 작품에 대한 고정된 독법을 피하기 어려울 것이다. 이럴 경우, 작품이 겨냥하고 있는 풍부하고 다층적인 의미를 캐내는 일은 진전되기 힘들며, 시인에 대한 평가 역시 동어반복에 그칠 공산이 크다.

---

1) 김종길, 「한국시에 있어서의 비극적 황홀」, 『심상』 11월호, 1973.

「절정」은 『文章』1940년 1월호에 실려 있다. 육사의 작품 중 상당한 수가 부분적으로 훼손된 채 오늘날 간행되는 육사 시집에 실리지만,[2] 「절정」은 맞춤법의 변화 외에는 발표 당시의 모습을 온전하게 유지하고 있다. 「절정」은 네 연으로 이루어져 있고 두 행이 하나의 연을 구성하고 있는데, 조창환에 따르면, 이러한 시 형태의 정형성(整型性)은 육사 시의 한 특징이다.[3] 특히 「절정」은 시상을 네 개의 의미 단락으로 조직하고 있는데, 이러한 시형식은 우리에게 비교적 친숙한 것으로서 육사 시형식의 고전성을 말해 준다고 할 것이다.

단순한 형식에도 불구하고, 이 작품은 매우 역동적이며 극적인 의미 구조를 가지고 있다. 시적 구조의 역동성과 극적 성격은 「절정」이 현실에 대한 진정한 '앎의 추구'를 기도하는 데서 비롯한다고 믿는다. 현실에 대한 시적 화자의 <앎>은 마지막 줄에 비유로서 제시되어 있으며, 「절정」은 이러한 앎에 이르는 하나의 도정이자 앎 그 자체의 시적 형상화이기도 하다. 그런 뜻에서 「절정」의 구조를 '예지의 플롯'이라고 부를 수 있다. 상황의 압도성에 마주하면서 현실 인식에 이르게 되는 과정은 긴장으로 충만하며, 그것을 지탱하는 극적 구조를 「절정」은 가지고 있다. 이 글이 밝히고자 하는 것은 「절정」의 이러한 구조적 특성과 그에 지지되는 <앎>의 내용이며, 이를 통하여 육사 시의 한 핵심적인 부분에 이르고자 한다.

---

2) 육사의 시를 해석할 때 고려해야 할 몇 가지 문제들을 필자가 검토한 바 있다. 손병희, 「육사 시 해석의 몇 문제」, 『안동문화』 9집, 안동대 안동문화연구소, 1988.
3) 조창환, 「육사론」, 『1977년 국어국문학 연감(II 현대문학편)』, 이우출판사, 1980. 380쪽 참조.

2. 강요된 삶

　모든 비극은 자신의 모습과 성격을 바로 드러내지 않는 법이다. 사태의 정점에 도달하여 자신의 참모습을 드러내기 전까지는 오로지 언뜻언뜻 옆얼굴만을 비춰줄 뿐이다. 폭풍우가 닥치기 전에 어두운 구름 몇 조각이 하늘을 천천히 덮으며 무언가를 예시하듯이.「절정」은 시작부터 어두운 예감을 불러일으키는 이미지들을 동반하고 독자 앞에 나타난다. 그러나 제1연에 동원된 언어들은 매우 상징적이고 막연하여 몰려오는 어둠의 성격을 뚜렷이 암시하지는 않는다.

> 매운 季節의 챗죽에 갈겨
> 마츰내 北方으로 휩쓸려오다

　「절정」의 시적 화자persona는 자신의 처지를 아주 간결하게 말하고 있다. 그는 "휩쓸려"오게 되었다고 말한다. '쓸리다'는 '쓸다'의 피동형이다. 피동형의 주체는 다른 행위자의 행위에 의해서 어떤 처지가 되어버린다. '휩'(휘)이라는 강세 접두사는 타인의 힘이 작용한 강도를 적절히 전달해 준다. '쓸리다'라는 말이 빗질의 대상이 당하는 어떤 상태만을 지시하는 것은 아니다. '물살에 (휩)쓸리다'와 같이 주체의 의지가 감당할 수 없는 바깥의 힘에 의해서 어떤 상황에 이른 것을 뜻하기도 하지만, '나쁜 애들과 (휩)쓸려 다니다'와 같이 무리 속에 있는 개인의 무자각적인 상태나 무리에 대한 동조성을 뜻하기도 한다. 하여튼 "휩쓸려오다"라고 말하는 시적 화자는 그 행위가 자기 외적 요인에 의해서 강제되었음을 알려 주고 있다.

　　"북방"은 북쪽 지방일 터이지만, 북쪽이 연상시키는 한랭성은 척박하고 결핍된 삶의 환경을, 그리고 나아가 거기서 이루어지는 삶의 불모성과 불구성을 넌지시 일러준다. 그것은 귤이 익는 남쪽 지방이 암시하는 삶의 충족성이나 넘치는 생명력과 대비된다. 「절정」의 첫 연에서 곧바로 제시된 이 "북방"은 그 앞에 "마츰내"라는 부사에 의해서 그 부정적인 성격이 훨씬 강화된다. 바라던 것을 성취한 자의 기쁜 목소리가 이 "마츰내"에는 섞여 있지 않다. "북방"에 오는 것이 바라던 바가 아님은 앞뒤 문맥에 기대지 않더라도 분명하지만, 시적 화자의 목소리는 담담하다. 이 "마츰내"는 미묘한 음영을 지닌다. 불행한 사태의 도래에 대한 단순한 암시에서부터 그를 예기한 자의 준비된 자세와 태도까지 싸안을 수 있을 정도로 그 숨은 뜻이 넉넉하다.

　　"북방"이 척박한 불모의 상황을 상징한다면, 이 불행한 사태에 던져지기를 누구도 원하지 않을 것이다. 그리고 누구나 자신의 삶을 일구어 갈 터전이 자아에게 우호적이기를 바라는 법이다. 그러나 우호적인 세계만을 꿈꾸는 것은 환상에 사로잡힌 미숙한 의식이다. 세계는 자아에게 늘 우호적이거나 적대적인 하나의 얼굴만을 가지고 있지 않기 때문이다. 성숙한 의식은 세계의 횡포가 언제든지 있을 수 있음을 자각한다. 성숙한 의식은 세계의 이러한 성격을 알고 있으며, 세계에 의해서 자행되는 폭력을 예기할 수 있다. 이것을 예지라고 부를 수 있다면, 예지에 찬 의식은 결코 놀라거나 참담한 상태에서 세계의 폭력을 맞지 않는다. 그리하여 「절정」의 시적 화자는 어려운 현실 속에서 오히려 담담한 어조로 말하고 있다. 그것은 의연하기까지 하고, 이 의연함이 비극적 정조를 자극한다.

　　세계의 횡포는 "매운 계절의 챗죽"으로 표상된다. 채찍의 폭력성과 폭압성은 살갗이 터지는 촉각적 연상을 환기하며, 감내할 수 없는 세계의 횡포와 그 강도에 대한 감각적 인상을 효과적으로 제시한다. 채찍을 휘두르는 행위의 언표는 폭력에 대한 인간의 근원적인 공포심을 자극하고, 폭력에 대면한 자의 통증과 비명을 호소한다. 폭력의 주체는 "계절"로 상징되는데, "매운"이라는 수식어가 "계절"의 성격을 규정한다. '매움'의 미각적 인상은 '자극성, 강렬함, 단호함, 준렬함' 등을 폭넓게 일깨운다. 이것은 때로 '손끝이 맵다'와 같이 '야무지고 단단함' 등과 같은 긍정적인 속성이나 성향을 부각시키기도 하지만, 대체로 부정적인 '강렬함, 혹독함' 이라는 성질이나 느낌을 환기한다. "매운"은 "계절"의 혹독함을 일러주는 구실을 한다. 혹독함을 그 특질로 하는 "계절"은 자아, 곧 시적 화자에 대한 폭력을 행사하는 주체이다. 이 "계절"은 마지막 연, 마지막 행에 제시된 "겨울"과 호응관계에 있다. 첫 연, 첫 행에서 자아의 삶을 억압하는 폭력의 주체를 비유적으로 그 첫머리에 제시하는 한편, 마지막 연, 마지막 행의 첫머리에 그에 대한 명료화, 구체화를 시도하고 있음은 주목할 만한 짜임새이다. 이것은 이 작품이 '앎의 추구'를 구조의 중심에 두고 있음을 시사한다.

폭력의 주체가 "계절"로 상징된 것은, 그것이 하나의 시간의 비유임에 착안할 것을 깨우쳐 준다. 동시에 이 시간은 자연의 순환 원리에 바탕을 두고 있다는 점도 아울러 일깨운다. 시간으로서 "계절"은 좀더 포괄적이고 거대한 역사의 한 시기, 곧 '시대'를 암시한다고 할 수 있다. 이 시간은 한 개인의 삶에 한정되는 고립적인 시간이 아니라, 개인들의 삶이 얽히고 설켜 하나의 거대한 전체를 이루고 있는 복잡하고도 다층적인 역사의 한 장에 작용하고 있는 한 시대의 시간, 곧 역사적 시간이다. 이 역사의 시간은 「絶頂」이 씌어지던 1940년대, 곧 이민족의 폭압적인 통치가 그 극점에 이르던 때이자 동시에 이 시대로 상징되는 암울한 식민지 기간 전체로 해석하는 것은 자연스럽다.

이 역사적 시간은 그러나 순환성을 그 원리로 하고 있는 "계절"로 표현됨으로써 특정한 역사적 시간이면서 동시에 비역사적이고 신화적이며 초월적인 시간이 된다. "계절"은 자연의 순환 원리를 바탕으로 하며, 자연의 순환은 시간의 반복과 회귀성을 본질로 하기 때문이다. 반복하고 끊임없이 회귀하는 시간에서는 역사적 특수성보다는 보편적인 생명 현상 혹은 삶의 원리가 오히려 강조된다. "계절"이 역사의 시간으로서 한 시대를 상징하는 것은 「절정」의 '드러난 구조'를 이루지만, '반복·순환'하는 시간으로서의 "계절"의 의미는 '숨겨진 구조'를 이룬다. 드러난 것과 숨겨진 것이 서로 되비추면서 형성하는 의미 구조의 복잡성은 이 시의 내면을 훨씬 더 풍부하게 만든다. 그와 동시에 그것은 이 시의 역설적인 주제를 형상화하는 하나의 예비적인 장치가 된다.

3. 하나의 결단

시적 화자가 첫 연에서 현 상황에 이르게 된 경위와 경과를 간결하고도 상징적으로 제시하고 있다면, 둘째 연에서는 자신이 처한 상황 혹은 사태를 서술하고 있다. 둘째 연의 구실을 좀더 명확하게 말한다면, 첫 연에서 상징적으로 표현된 자아의 현재적 상황, 곧 "북방"의 구상화와 그 상황 속에서 이루어지는 자아의 행위를 뚜렷이 하는 일이다. 그것은 다음과 같은 표현을 얻는다.

하늘도 그만 지쳐 끝난 高原
서리빨 칼날진 그우에서다

둘째 연의 중심적인 의미는 "고원"과 그 위에 "서"는 자아의 행위에 의해서 형성된다. "고원"은 산의 한 형태이고, 산 또한 땅의 한 얼굴이다. "고원"과 산은 땅의 다른 모습에 지나지 않는다. 땅은 상징적인 의미에서 이중적인 뜻을 가질 수가 있다. 그것은 자기 충족과 자기 결핍이다. 평원이 땅의 존재 충일을 표현한다면, 산은 땅의 존재 결핍을 역설적으로 표상한다. 존재의 충일이 평원의 정태성과 안정감에서 드러난다면, 존재의 결핍은 산의 역동성과 운동감에서 드러난다. 안정이 자족과 화해를 바탕으로 한다면, 운동은 자기 부정과 자기 초월을 지향한다.

평원과 산은 땅의 서로 다른 형태이자 이질적인 욕구의 표상이다. 그런데 "고원"은 평원이면서 산이다. 그것은 상징적인 의미에서 "고원"이 곧 땅이 가진 이중적인 욕구의 동시적 실현임을 뜻한다. "고원"은 산의 수직적인 욕구와 평원의 수평적인 욕망을 함께 지닌다. 하늘을 향한 수직적인 욕구가 자기 초월의 불안정한 꿈이라면, 수평적인 욕망은 자기의 존재 지속을 희구하는 안정의 열망이라고 할 수 있다. 따라서 "고원"은 안정과 초월이라는 상호 모순적인 욕구의 공존이라는 상징적 의미의 가능성을 가지고 있다.

그러나 「절정」의 둘째 연에 제시되어 있는 "고원"은 우선적으로 "북방"의 한 지점으로서 "북방"의 구상화라는 점이 지적되어야 한다. "북방"은, 앞에서 말한 바와 같이, 삶의 척박성과 불모성을 상징한다. "고원"은 시적 화자가 직면한 삶의 상황이자 그가 자리한 한 지점의 상징이다. 이 국면의 압도성은 "하늘도 그만 지쳐 끝난" 것이라는 묘사에 함축되어 있다. 하늘의 소진이 환기하는 "고원"의 역천성은 자아를 압도하는 상황의 중압감을 전달해 준다. 이러한 중압감은 이미 첫 연에서 그 전조를 보이고 있지만, 이 부분에 와서, 그리고 그 다음에 오는 "서리빨 칼날진 그 우"에서 한층 강화된다. "서리빨 칼날"로 비유되는 고원의 정점은 그 감각적 인상의 강렬함이 첫 연의 "챗죽"에 호응한다. "챗죽"이 통증과 비명을 연상시킨다면, "서리빨 칼날"은 섬뜩한 자상과 생명의 파멸과 같은 위해의 강도를 환기시킨다. 그리고 마침내 이것은 그 다음 연의 전율을 동반하는 상황 인식을 예비하는 길목이 된다.

"고원"은 상황의 위압성이라는 의미를 지니지만, 그것은 시적 서술의 표면에 쉬 드러나는 의미이다. 그러나 서술의 이면에서 이것은 또 다른 의미를 형성하는 계기가 된다. "고원"은 자아의 비장한 대결 의식과 결단을 촉발하여 그에 대립하는 자아의 영웅성을 부각시키는 훌륭한 배경이 되기 때문이다. "고원"의 "서리빨 칼날진 그우"에 기꺼이 "서"는 행위와 함께 자아는 자기를 주장하고 상황과 대결한다. 자아의 자기 주장과 상황과의 대결 의지는 외부에 의해서 강제되는, "휩쓸려" 온 삶을 더 이상 지속하지 않겠다는 결단이다.

이러한 결단은 지금까지의 자기를 부정하고 초월하려는 자세이다. 여기에서 "고원"(혹은 산)이 가진 "자기 초월성"이라는 상징적 가능성이 자아에게로 전이되고 실현된다. 근본적으로 "고원"은 자아를 억누르는 훼손된 삶의 공간으로 제시되지만, 동시에 그와 대결하는 자아의 행위와 그 비장한 결의를 부각시키는 구실을 하고 있다. 자아에게 가해지는 횡포가 크고 가혹할수록 그에 맞서는 의지의 영웅성과 비극성은 강화된다. 그런 뜻에서 "고원"은 자아의 비장한 의지를 드러내는 역설적인 기능을 함께 수행한다.

"고원"의 상징이 안팎으로 드러내는 의미는 위압적인 상황 자체와 그에 맞서는 의식의 준열함을 표상하는 이중적인 것이다. "서리빨 칼날"도 마찬가지다. "칼날" 위에 섬으로써 "칼날"에 의한 예리하고도 깊은 상처를 감당하는 정신의 단호함과 준열함이 드러난다. 맞서는 자는 맞섬의 대상이 가지는 힘과 강인함을 자신에게로 옮겨 싣게 됨으로써 자신의 굳셈을 역설적으로 표현한다. 그런 점에서 "고원"과 "칼날"은 자아에 대한 위압의 강렬성을 드러내면서, 역설적으로 그에 맞서는 자아의 단호한 의지를 부각시킨다. 둘째 연에서 세계와 자아, 현실과 의지의 긴장 관계는 뚜렷이 확립되고 한층 고조된다.

"고원"은 자아의 비장한 결단이 이루어지는 자리이다. 자아의 실존적인 결단이 이루어지는 자리는 엄숙하고도 성스럽다. "고원"은 그러므로 자아를 억압하는 정황으로 그 본질적인 구실을 하지만, 동시에 그것이 자아의 실존적 결단을 마련하는 역설적인 계기라는 점에서 이중적인 상징의 가능성을 실현한다. 마치 그것은 통과제의에 참여하는 자에게 제공되는 시련의 정황과도 같다. 그는 자신 앞에 놓인 상징적인 시련의 문을 통과함으로써 지금까지의 자신의 존재 방식을 상징적으로 멸각하고 새로운 존재로 날 수가 있다. 그러므로 자기 앞에 놓인 시련의 의식은 그것 자체가 시련이자 영광이라는 양가적인 상징성을 지닌다. 곧 '죽음과 재생'의 모티프가 그것이다. 이것은 하나의 상황, 하나의 사태에 대한 역설적이며 양가적인 인식을 보여 주며, 이러한 인식의 중심에 자리하는 것이 시의 언어이다. 일찍이 엘리오트가 「네 사중주」에서 "우리의 유일한 건강은 병이다.……회복하자면 우리의 병은 점점 악화되어야 한다."[4]고 한 역설을 상기할 수가 있다.

---

4) Eliot, T. S., 『엘리옽선집』, 이창배옮김(을유문화사, 1974.). 148쪽.

4. 방법적 질문

> 어데다 무릎을 꾸려야 하나?
> 한발 재겨디딜 곳조차 없다

　「절정」의 첫 연과 둘째 연은 상황의 서술에 초점이 놓인다. 그것은 상황과 의지, 세계와 자아의 긴장 관계의 구체화이지만, 시적 화자는 자신의 내면을 독자에게 드러내지 않는다. 둘째 연에서 자아의 결단과 행위를 보여줌으로써 내면을 암시하지만, 그것을 직접적으로 언명하지는 않는다. 그러나 셋째 연에서는 시적 화자의 내면이 직접적으로 노출된다. 이것은 자아의 상황 인식의 서술이면서 상황에 대한 자아의 태도를 직접적인 형태로 표백하는 것이다. 이 장면은 독백의 형태로 제시된다.

　독백은 참으로 쓸쓸한 물음이다. 누구도 자신의 물음에 답하지 않는다는 것을 묻는 자는 알고 있다. 물음의 답변을 밖으로부터 구할 수 없음을 깨닫고 있는 자는 얼마나 고독할 것인가. 아무도 자신의 물음에 관심을 갖지 않고 답하지도 않을 때, 묻는 자의 고독은 그 깊이를 더할 것이다. 오로지 자신의 결단에 의해서 자신의 존재 의미를 구해야 하는 이 벅찬 실존의 자유는 동시에 인간 존재의 근원적인 짐이기도 할 것이다. 하나의 메아리로 되돌아 올 수밖에 없는, 묻는 자의 몫일 수밖에 없는 이 물음은 마침내 인간의 자유와 짐을 함께 확인시켜 준다. 이 실존적인 자기 질문은 시적 화자의 복잡한 자기 내면을 함축하게 된다.

> 어데다 무릎을 꾸려야 하나?

시적 화자의 목소리는 첫 연과 둘째 연에서 우리가 들을 수 있던 목소리가 아니다. 담담하게 그리고 때로는 단호하게 자신의 처지와 그에 대한 행동을 절제된 언어로 감정의 내비침이 없이 말하던 목소리가 아니다. 그러나 그렇다고 해서 그의 목소리에, 상황에 압도된 자에게서 느낄 수 있는 두려움이 서려 있는 것은 더욱 아니다. 오히려 시적 화자는 자신에게 물으면서 자신의 상황을 다시 확인하는 눈빛을 하고 있다. 이 물음에서 주위를 조망하는 자아의 시선을 느낄 수 있다. 이 물음의 시간은 자아로 하여금 세계에 대한 폭넓은 전망을 가능케 할 것이다. 이 물음은 사태에 대한 새로운 전망을 획득하는 앎의 통로로서 존재한다. 마지막 연은 이 물음이 현실에 대한 새로운 인식으로 향하는 길임을 암시한다.

"칼날" 위로 상징되는 "고원"의 정점은 "평원"의 안정을 제공하지 않는다. 평원의 부재는 첨예한 불안정, 존재의 흔들림을 함축한다. 그러나 자아의 물음은 이러한 불안정의 자기 표백이 아니다. 자신에게 향한 물음을 던지고 있는 자아는 그 물음이 불안정에 대한 자기연민이기를 바라지 않는다. 이 물음은 절체절명의 위기에 직면한 자아가 이끌릴 수도 있는 투항의 유혹을 암시하는 것이 아니다. 오히려 그것마저 불가능하다는 것을 확인하는 방법적 물음이다. "무릎"을 꿇을 곳이 없음을 자신에게 다시금 되새기는 질문이다. 이 부분은 적대적인 상황에 스스로를 대립시킴으로써 빚어진 실존적 위기 앞에서 이루어지는 상황 인식의 철저성을 확인시켜 준다. 시적 화자는 상황의 절박성을 거듭 확인하는 방법으로 자신에게 되묻는 물음을 던지고 있을 뿐이다. 그러므로 그의 물음은 상황의 절박성을 거듭 강조하는 수사적 의문이 될 것이며, 이 물음을 통하여 세계의 참모습, 혹은 상황의 비극성을 다시 확인한다. 따라서 그의 물음은 근본적으로 상황에 대한 앎을 추구하는 한 방법으로서 존재한다. 그가 확인시켜 주는 현실은 다음과 같다.

　　한발 재겨디딜 곳조차 없다.

　상황에 대한 앎은 여기에 와서 간결하고도 확고한 표현을 얻는다. 순간
의 방심도 허용치 않을 상황의 긴박성은 아주 적확하고도 압축된 언어에
의해서 명료하게 제시된다. 상황의 절박성은 "재겨"라는 부사어에 의해
서 한껏 강화된다. "재겨"라는 말은 '재다'에서 온 듯하다.5) '재다'에는
여러 뜻이 있지만, 여기서는 '물건을 차곡차곡 포개어 쌓다'라는 뜻이다.6)
따라서 "재겨" 디딘다는 것은 한 발 위에 다른 한 발을 포개어 디딘다는
것을 뜻한다. 이것은 불안정한 자세여서 오래 지속하기 힘들게 마련이다.
그러나 화자는 그런 자세마저 용납되지 않는 현실에 직면해 있다.
　상황의 이러한 절박성은 고조된 긴장을 한층 더 상승시킨다. 일종의
전율을 동반하는 이러한 절박성과 긴장은 한국시가 보여줄 수 있는 흔치
않은 예이기도 하다. 여기에 와서 긴장감과 공포심은 정점을 이룬다. 공포

---

5) 「<절정>, 극적 구조와 앎의 추구」(『문학과언어』 10집, 문학과언어연구회,
　1989.)에서는 이 말을 안동의 지역어로 보고, 비좁은 곳을 디디거나 지나갈
　때 발을 젖혀 발바닥의 일부를 사용하는 동태를 지시하는 것으로 파악했다.
　그리고 유창돈(『이조어사전』, 연세대학교 출판부, 1964.)을 참고하여 그 어원
　이 발소리를 내지 않고 걷는다는 뜻의 옛말인 '쟈기 걷다'와 관련이 있을지도
　모른다고 추정하면서 동시에 '젖히다'의 방언 '제끼다'와 관련될 수 있음도
　덧붙였다. 그러나 이제 이와 관련된 부분을 수정하면서 여기서 새로운 해석
　을 제시한다.
6) 육사의 수필 「청란몽」 중에 이에 대한 용례가 있다. "어느 때는 불에 타는
　열사의 나라 철수화나 선인장들이 가시성같이 무성한 우에 황금사복같이
　재겨붙힌 적은 꽃들(뒤 줄임)"이 그것이다. 이럴 경우 '재다'는 '쟁이다'와
　같은 뜻인데, '재다'의 규범적인 어미 활용은 "재겨"가 아닌 '재어'가 되어야
　한다. 그런데 "재겨"가 된 것은 부정확한 언어사용이나 방언 탓인 듯하다.

와 연민이 비극의 본질이라면, 「절정」이 이 부분에서 이루고 있는 정서가 바로 그러하다. 시적 화자가 제시하는 이 상황은, 비록 발언하고 있는 자의 목소리가 의연하고 흔들림이 없다고 하더라도, 아니 그렇기 때문에 한층 더 듣는 이들을 공포와 연민 속으로 몰아 넣는다. "한발 재겨디딜 곳조차 없"는 상황 속에서 자아가 어떻게 자신을 지탱할 수 있을 것인가. 이러한 상황이야말로 세계의 압도성과 그에 따른 존재의 위기를 극명하게 표현한다. 시적 화자는 이 위기 상황을 독백을 통하여 스스로 확인하고 있다. 이것은 비극적인 앎이다. 이 앎이 비극적인 것은 자아의 외부가 존재의 위기를 초래하며 그것을 피할 수 없다는 사실을 거듭 확인하기 때문이다.

근거 없는 낙관적 상황 분석은 환상을 낳는다. 환상이 비록 고통을 일시적으로 완화해 주고 비극적 감정에서 벗어나게 한다 하더라도, 그것은 거짓된 위안에 지나지 않는다. 이 기만적인 자기 위안을 거절하고 사태 자체의 참모습을 직시하려는 것이 진정한 앎이며, 그로 인한 위기감과 대면할 수밖에 없는 것이 참된 앎의 비극성이기도 하다. 「절정」의 화자는 외부에 대한 이 비극적이지만 진정한 앎을 위하여 독백의 형태로 자신에게 물음을 던진 것이다. 외부에 대한 철저한 확인은 대면한 현실을 올바로 알고자 하는 노력이다. 단련된 정신이야말로 이러한 노력을 지탱할 수 있을 것이다. 자기 물음을 통해서 앎에 도달하는 「절정」의 도정은 마침내 발견*discovery*에 이르고, 그 깨우침이 이 시의 종착점이 될 것이다.

5. 앎의 구조

「절정」이 하나의 '앎의 도정'이라면, 그 도정은 공포의 극점을 거치는 극적인 구조를 지니며, 마침내 대단원에 이른다. 셋째 연이 수사적 질문을 통한 철저한 현실 확인이었다면, 「절정」의 마지막 연은 확인된 현실에 대한 해석이라고 할 수 있다. 해석은 대상에 대한, 해석하는 자의 의미 부여이다. 여기서는 존재의 위기에 직면한 자아가 자신과 맞서 있는 상황, 현실, 혹은 세계라고 이름할 수 있는 것을 규정하는 행위이다. 이 세계 규정은 사유, 혹은 사색을 통하여 이루어진다. 시적 화자는 다음과 같이 말한다.

　　이러매 눈깜아 생각해볼밖에

　참담한 현실에 대한 자기 확인은 시적 화자에게 하나의 계기를 마련한 다. "한발 재겨디딜 곳조차 없"는 것으로 묘파된 위기 속에서, 시적 화자 는 "눈깜아 생각"함으로써 오히려 현실을 규정하고자 한다. 자신을 규정 하는 현실을 오히려 규정하고자 하는 행위 속에서 인간의 인간됨의 본질 이 드러난다. 인간은 세계에 의해서 규정되지만, 인간은 세계를 또한 규정 하는 존재이다. 인간과 세계는 이러한 상호 규정의 관계에 있다. 의식 존재로서 인간 존재는 의식이 세계로부터 자유로울 수 없음을 알고 있지 만, 동시에 의식이 거기에서 해방되어야 할 것임을 늘 관심하고 있다. 자아의 "생각"하는 행위는 현실을 규정하는 인간 정신의 드러냄이며, 이 와 함께 자아는 현실을 새롭게 구성할 것이다.

　눈을 감는 행위는 현실의 외면, 혹은 현실에서의 도피가 아니다. 현실 의 외면은 자아 앞에 엄존하는 현실의 의도적인 망각이며, 이것은 세계에 의해서 규정되면서 동시에 세계를 규정해야 하는 인간 존재의 본질을 망각하는 것이기도 하다. 그것은 존재의 포기라고 할 수 있다. 여기서 시적 화자는 이러한 존재의 포기를 기도하는 것이 아니다. 의도적인 현실 망각이 아니라 오히려 명확한 현실 규정을 위하여 그의 눈감음이 이루어진다. 따라서 눈을 감는 행위는 오히려 현실에 대한 눈뜸을 기도하는 것이라고 할 수 있다. 그것은 현실에 대한 새로운 개안을 준비한다. 사유, 혹은 사색은 그래서 사태 그 자체로 돌아가는 행위이며, 사태에 대한 새로운 통찰에 이르는 구체적이고 진정한 방법이다. "생각"한다는 것이 참으로 뜻하는 것이 그것이다. 현실에 대한 올바른 규정, 참다운 해석, 진정한 앎을 획득하는 방법이 오로지 사태 그 자체로 돌아가는 사유밖에 없음을 시적 화자는 말하고 있다.

그래서 시적 화자는 "생각해볼밖에"라고 말한다. 이 부분은 그 앞부분 "이러매"—이것은 앞 연에서 제시된 시적 화자의 상황을 지시한다.—와 호응하여 사유가 현재 선택 가능한 유일한 것임을 암시한다. 그러나 이 유일한 선택 가능성으로서의 사유는 패배적이거나 관념적인 현실 대응이 아니다. 오히려 사태 그 자체를 새롭게 반성함으로써 그 진정한 면모를 보려는 주체의 적극성이며, 이 적극성이야말로 참된 사유의 본질이다. 다음 행에서 "겨울은 강철로된 무지갠가보다."라는 현실에 대한 새로운 앎과 규정이 이루어지는 것은 그런 연유이다. "사유"를 통한 현실 인식, 세계 규정은 사유가 참으로 탁월한 인간 행위임을 증거한다. 창조적이고 진지한 사유는 어떤 하나의 사태에 작용하는 데 그치는 것이 아니라, 세계 자체를 근본적으로 변모시키는 힘을 발휘하기 때문이다.

겨울은 강철로된 무지갠가보다.

여기에서 시적 화자는 사유를 통한 인식의 극적 전환을 시도하고 있다.

고조된 긴장은 여기에 와서 완화되면서 시적 화자는 안정을 되찾는다. 앞 세 연이 단정적이고 급박한 호흡의 종결형 어미를 가지는 데 비하여, 이 부분은 사색이 주는 여유와 안정감을 반영하는 종결형 어미를 가진다. 사유를 통한 인식의 전환은 발견, 곧 사태에 대한 어떤 앎을 수반하면서 「절정」을 완결짓는다. 따라서 유독 이 줄의 마지막 부분에만 마침표가 놓이는 것도 그런 까닭이다. 「절정」은 이 끝 연, 끝 행에서 '앎의 추구'를 완결한다. 그러니까 「절정」의 앞부분들은 모두 이 부분이 의미하는 것—곧 새로운 현실 규정, 세계에 대한 앎—을 구축하기 위해서 존재하는 것이 된다.

마침내 앎의 추구 과정을 마무리하는 이 부분이 제시하는 내용은 무엇인가. 그것은 "겨울"이 "무지개"라는 인식이며, 이것은 하나의 비유로 제시된다. 비유적 표현은 다채로운 해석을 허락하는 열린 언어이다. 그러나 동시에 자체의 논리에 충실할 것을 요구함으로써 해석의 자의성을 무턱대고 허용하지는 않는다. 그런 뜻에서 비유는 닫힌 언어이기도 하다. 비유의 이러한 특성이 그 의미를 탐색하고자 하는 해석자에게는 기쁨과 고통을 함께 준다.

이 부분에 대해서는 특히 다채로운 해석이 주어졌다. 다채로운 해석이 주어진 것은 자체의 내적 논리의 발견이 쉽지 않다는 반증이기도 하다. "겨울"이 "무지개"로 인식되는 논리, 그리고 "겨울"의 보조 관념인 "무지개"가 "강철"로 되었다는 한정어의 개입은 「절정」의 시적 논리와 의미를 훨씬 복잡하게 만들고 있다. 물론 이 비유의 해명은, 「절정」의 전체적 논리 구조와의 관련 아래에서 이루어져야 할 것이다. 그러나 이 비유의 논리가 해명되지 않고서는 「절정」의 전체적 논리, 혹은 의미는 존재할 수 없게 된다. 따라서 이 부분에 대한 해명은 앞부분에 대해서 이미 이루어진 이해와 서로 되비추면서 진행될 수밖에 없다. 이런 과정 속에서 전체에 대한 점진적인 생각과 그 구성 부분들에 대한 소급적인 이해 사이의 계속적인 상호 작용이 서로를 제약하면서 하나의 타당한 해석을 가능케 할 것이다.[7]

"겨울"이 "무지개"로 인식되는 것이 「절정」이 추구해 온 앎의 내용이라면, 그 의미가 무엇인지를 탐색하는 일은 가장 중요한 일이 된다. "겨울"이 「절정」의 핵심적인 이미지라는 사실은 다시 말할 필요가 없다. "겨울"은 이 시의 마지막 행에 와서야 그 모습을 나타내지만, 변주된 모습은 작품 전체에 두루 나타나 작품을 지배하는 주조를 이룬다. 작품 첫 머리에 등장하는 "매운 季節"은 "겨울"의 효과적인 대치어이며, "북방"이나 "서리빨 칼날진" 또한 "겨울"을 환기하는 언어이다. "겨울" 이미지는 작품의 첫 행과 끝 행 머리 부분에 자리함으로써 이 이미지가 「절정」의 실마리이자 마무리임을 예시한다. 이것은 동시에 이 시가 "겨울" 곧 현실에 대한 앎의 성취를 겨냥하고 있다는 사실도 암시한다. "매운 계절"이 좀더 구체적이고 명료한 "겨울"로 표현되는 것은 그 때문이다.

"겨울"의 이미지는 '삶의 위축, 생명의 소멸, 불모성' 등의 부정적이고 위협적인 상징성을 지닌다. 「절정」에서도 "겨울"의 이미지는 '맵다'라는 감각적 인상에 의해서 부정적 성격이 구현되며, "챗죽"에 비유됨으로써 폭압성과 위협성이 그 속성으로 규정된다. 곧 "겨울"은 자아의 삶을 위축시키고 소멸하려는 적대적이고 위협적인 상황, 현실, 혹은 세계라는 의미를 지닌다. 그 포악성은 자아를 "한발 재겨디딜 곳조차 없"는 한계상황 속으로 몰아 넣는 것에서 잘 드러난다. 이 악마적인 이미지의 "겨울"이

---

7) Hernadi, P., 『비평이란 무엇인가』, 최상규 옮김(정음사, 1984.), 18-19쪽 참조.

그러나 「절정」의 대단원에서는 마침내 황홀한 "무지개"로 인식된다. 무지개의 아름다움은 신비롭고 황홀하다. 그래서 "무지개"는 지극한 아름다움, 황홀함, 영광과 기쁨, 천상과 지상의 교량 등등의 상징적 의미를 갖는다.[8]

삶의 불모성을 뜻하는 "겨울"이 "황홀한 삶의 광영"을 의미하는 "무지개"로 반전되는 것은 놀랍다. 하나의 예상하지 못했던 결말이자 인식의 놀라운 역전이다. 이 역설적인 인식은 사색의 결과이다. 앞 행의 "눈깜아 생각"하는 행위는 마침내 세계에 대한 역설적인 규정을 낳고 있다. 이 갑작스러워 보이는 역설은 그러나 이미 그 자체의 논리를 예비하고 있었다는 점에서 돌발적인 것이 아니다. 예상하기 어려운 결말을 향하여 나아가는 플롯이 자체의 논리를 확보하기 위하여 꾸준한 준비를 게을리 하지 않듯이, 「절정」은 이러한 역설을 보이지 않게 예비하고 있었다. 앞서 말한 "매운 계절"의 '드러난 의미'와 '숨겨진 의미'의 긴장이 그러한 준비의 하나이다.

"매운 계절"은 "겨울"의 또 다른 이름이고 '시간'의 비유임을 지적했다. 그리고 이 시간은 한 시대의 시간, 곧 '역사적 시간'이지만, "계절",

---

8) 육사의 다른 시편들에도 '무지개'는 많이 나타난다. "무지개같이 恍惚한 삶의 光榮"(「鴉片」), "밤은 예ㅅ일을 무지개보다 곱게 짜내나니"(「江건너 간 노래」), "새벽하늘 어데 무지개서면/무지개 밟고 다시 끝없이 헤여지세"(「芭蕉」), "초ㅅ불 鄕愁에 찌르르 타면/ 運河는 밤마다 무지개 지네"(「獨白」) 등의 예가 그것이다. 이와 같이 육사의 시에서 '무지개'는 대체로 그 속성이 황홀하고 고운 것으로 드러난다. '무지개'가 그 속성으로 갖는 순간성이나 환상적 특질로 인한 부정적인 인식은 나타나지 않는다. 육사의 시편들에서 가끔 발견되는 '칠색 바다', 혹은 '일곱 바다'의 이미지도 '무지개'의 색깔과 관계된다고 생각한다. 특히 "무지개같이 황홀한 삶의 광영"은 「절정」의 마지막 줄을 해석하는 데 직접적인 도움을 준다.

곧 "겨울"이라는 자연적 '절기'에 비유됨으로써 역사적인 시간에 그치지 않고 '순환하는 시간'이 된다. 이 순환하는 시간은 인간의 원초적 시간 인식의 한 모습으로 신화 속에 잘 표현된다. 이것을 '신화적 시간'이라고 부를 수 있다. 신화적 시간은 시간의 역사적 성격을 앗아간다. 역사적 시간은 거듭될 수 없지만, 신화적 시간은 끝없이 반복하고 회귀하기 때문이다. 회귀하는 시간은 자연의 순환에서 잘 드러난다. 하루의 순환, 사계의 순환과 같은 자연 질서의 순환성은 인간적 삶의 순환성을 일깨운다. 봄이 가고 겨울이 지나 또 다시 봄이 오듯이, 인간의 삶 또한 죽음과 재생을 다양한 국면에서 시현한다. 신화적 시간은 자연과 인간적 삶의 동질성에 공감적인 원시적 심성과 사고에 특히 두드러지게 표현되며, 생물학적 차이를 무시한 생명의 연대성에 대한 믿음과 연결되어 있다.[9]

자연과 인간의 동질성에 기초한 '신화적 인식'은 인간의 삶 또한 순환하고 있는 것으로 이해한다. 순환하고 회귀하는 인간의 삶에서 역사적 의미가 탈각될 때, 남는 것은 삶의 보편적 형식, 곧 신화적 원형성이다. 그것은 삶의 진실한 한 뼈대이기도 하지만, 구체성과 현장성을 잃어버림으로써 하나의 박제가 될 염려가 있다. 그러나 무엇보다 신화적 세계 인식의 위험성은 세계에 대한 객관적이고 과학적인 검증을 억누르는 자체의 유혹에 있다. 이 유혹은 마침내 인간 경험의 특수성보다 보편성에 주목하게 만들거나 엄존하는 현실의 구체성을 약화시켜 버린다. 순환의 원리 속에서 파악되는 하나의 사태는 현존하는 엄연한 사실이라기보다 일과성의 한 현상으로 비쳐질 수 있기 때문이다. 겨울이 봄으로 가는

---

9) Cassirer, E., 『인간론』(최명관 옮김, 민중서관, 1960. 169-174쪽.)과 Eliade, M., 『종교형태론』(이은봉 옮김, 형설출판사, 1979. 331쪽.)의 "식물종으로부터의 인간 발생의 신화"와 그 이하 참조.

길목이라는 사실만 강조할 때, 겨울의 불모성은 은폐되고 현실은 증발해 버린다. 이럴 때 신화적 세계 인식은 현실의 고통을 무화하는 값싼 진통제가 되고, 소극적인 자기 위안이나 현실 도피를 합리화하는 심정적 처방이 된다.

그러나 신화적 세계 인식이 삶의 고통에 대한 환각 작용을 일삼는 것은 아니다. 환각은 그것을 요구하는 취약한 정신에게 닻을 내리는 법이다. 신화적 세계 인식은 인간적 삶이 역사적이면서 동시에 초역사적이라는 사실, 그리고 그것이 인간 특유의 것이면서 동시에 자연적인 것이라는 자각을 일깨운다. 신화는 인간의 삶이 전우주적 연대감 속에서 실현되는 보편적 생명 현상이라는 사실을 상징적으로 표현해 왔다. 신화적 세계 인식의 참된 구실은 오히려 자연의 이법을 인간의 삶에 투영함으로써 자연과 인간을 연결짓고, 인간의 삶에 대한 새로운 통찰을 가능케 하는 데 있다. 굳센 정신은 신화적 세계 인식을 환각을 위해서가 아니라 각성을 위한 방법으로 삼는다. 이럴 때 신화적 인식은, 생명의 자유로운 자기 전개를 억압하는 부당한 횡포에 맞서는 윤리적 바탕이 될 것이며, 엄습하는 억압을 감당하면서 그와 대결하는 힘을 제공할 것이다.

"계절"로 상징되는 「절정」의 시간은 역사적이면서 신화적이다. "계절"은 순환함으로써 「절정」의 상황이 최종적인 것이 아니라는 것을 암시한다. 이것은 절대적인 위기 상황 속에 빠져 있는 자아의 윤리적 소망과 확신을 다져 줄 것이다. "계절"의 순환은 "겨울"이 최종적인 것이 아니며, 마침내 "겨울"이 지속될 수 없음을 보여주기 때문이다. "겨울"이 봄의 전조이자 씨앗임을 신화적 인식은 보여 주고 있다. 그러므로 "겨울" 속에 있다는 것은 역설적으로 '이미' 봄의 영광 속에 있는 것이 된다. "겨울"이 "무지개"가 될 수 있는 까닭은 따라서 「절정」이 가질 수 있는 가능한 자기 논리이다.[10] 이러한 신화의 논리는 시적 화자를 절망에서 구출한다. 존재가 무화되는 상황 속에서 자아는 그 상황을 최종적인 것으로 받아들이지 않고 거기에서 오히려 역설적인 의미를 발견함으로써 승리한다. 이 때 "무지개"는 현존하는 부당한 세계의 지양된 모습으로서 당위적인 미래, 곧 "예언적 미래"[11]가 된다. 이 "예언적 미래"는 자아의 윤리적 확신과 소망을 내포하며, 그 가운데 비로소 존재한다. 이것은 육사의 다른 시편에서 "마침내 저바리지 못할 약속"(「꽃」)으로 표현된다.

이러한 상황 해석은 해석하는 자의 윤리적 신념을 그 토대로 한다. 부당한 세계의 횡포에 맞서 그 진상을 드러내면서 새로운 세계를 꿈꾸는 것은 강인한 윤리적 신념의 지지 속에서 가능하다. 고난 속에 있는 예언자와 같이, "마침내 저바리지 못할 약속"으로서 도래할 미래를 믿고 소망함으로써 비로소 "겨울" 속에서 "무지개"를 발견할 수 있을 것이다. "무지개"는 마땅히 있어야 할 세계, 와야 할 시간의 은유이다. 비극적 현실에서 당위적 미래를 선취하는 이 예언자적 태도가 「절정」의 숨겨진 구조를 이룬다. 이 예언자적 태도는 비장하다. 폭압적인 상황과 대결하면서 자아

---

10) 이러한 시적 논리는 육사 시에서 특히 식물적 상상력에 의존하고 있다. 「꽃」은 식물적 생생력의 상징을 통해 생명 의지의 영원성과 불굴성을 노래하는 하나의 예가 될 수 있다.

11) 카시러는, 종교적 예언자들의 생활 속에 잘 표현되어 있다는 점에서 이것을 예언적 미래라고 부른다. 이것은 미래에 대한 단순한 기대 이상의 것으로 인간 생활에 있어서 하나의 명령*imperative*이 되며, 이 명령은 인간의 여러 가지 직접적인 실제 요구를 훨씬 넘어서는 것이며, 그 최고의 형태에 있어서는 인간의 경험적인 생활의 제 한도를 넘는 곳에 미친다고 그는 말한다. 종교적 예언자들이 말한 미래는 하나의 경험적 사실이 아니라 하나의 윤리적 및 종교적 과제였으며 '새로운 하늘과 땅'에 대한 소망과 확신을 내포하는 것으로 약속이 되는 것이다. 인간에게 미래는 다만 하나의 심상에 지나지 않는 것이 아니라 하나의 이상이 된다고 그는 밝히고 있다. Cassirer, 앞의 책, 114-118 쪽 요약.

의 윤리적 확신을 지탱하는 것은 얼마나 엄숙하고도 비장한 일인가. 그러나 자아의 윤리적 신념 표명이 소박한 도덕주의의 천명에 머문다면, 그것은 낭만적 자기 주장에 지나지 않는다.

그러나 이 시의 참으로 탁월한 점은 이러한 낭만적 자기 주장에 빠지지 않는 데에 있다. 윤리적 확신에 바탕을 둔 당위적 세계의 선취를 견제하는 또 하나의 논리가 함께 하고 있기 때문이다. 그것은 냉엄한 현실의 논리이며, 이것이 이 시의 드러난 구조를 이루고 있다. 움직일 수 없는 폭압적인 현실이 현존하고 있음을 거듭 확인하고 있는 것이 그것이다. 네 연으로 이루어진 「절정」의 세 연이 이러한 냉엄한 현실의 논리, 역사적 상황을 확인하는 데 바쳐지고 있다는 것이 그것을 실증한다. 뿐만 아니라 마지막 행에서 다시 그것을 확인하고 있다. 곧 "무지개"가 "강철"로 되어 있다는 언명이 그것이다. 윤리적 확신과 소망이 낭만적 자기 구원과 소박한 도덕적 비전으로 전락하지 않도록 견제하는 것이 이 관형어구이다. "강철"은 비정하고 강압적인 현실의 견고성과 지속성을 상징한다. 강철의 물질적 성질이 전이됨으로써 이러한 상징성은 구현된다. 그와 함께 "강철"의 금속성은 '차거움, 비정함, 위협, 위해' 등의 느낌과 '생명의 부재, 생명의 파멸' 따위의 위협적 이미지를 환기한다. "강철"의 이러한 상징성은 이미 "서리빨 칼날"에서 암시된 바가 있다. 이것은 현존하고 있는 상황에 대한 냉철하고도 온당한 인식이며, 이러한 현실 인식은 부당한 세계에 맞서는 자아의 윤리적 소망과 확신을 한층 비장하고 숭고하게 만든다.

"겨울"이 그냥 "무지개"가 아니라 "강철"로 되었다는 전제는, "겨울"이 가진 상반적인 것의 공존[12]을 상징한다. 모순적인 것의 공존으로 제시

---

12) 한 사물 안의 반대의 공존은 신화적 표현에서 두루 발견된다. 兩性具有 인간의 신화가 그 대표적인 것이라 할 수 있다. 이 점은 칼 융의 심리학에서도

되는 "겨울"이라는 사태는 현실에 대한 시적 화자의 착잡한 인식을 드러
낸다. 그것은 참담한 절망도 아니고 섣부른 희망도 아니다. 그것은 현실과
신념의 긴장 관계에서 비롯하는, 사태에 대한 새로운 앎이다. 비극적 현실
과 예언적 미래가 하나의 사태에서 동시에 발견되는 이러한 앎은, 절망적
상황 속에서 그것과 날카롭게 대립하려는 정신이 사유를 통하여 획득한
것이다. 이 마지막 줄은 부당한 현실과 그에 맞서는 자아의 윤리적 확신이
그 어느 것도 일방적인 우위를 확보하지 않고 팽팽한 긴장을 유지하고
있음을 보여 준다. 이러한 두 개의 논리, 곧 자아의 윤리적 확신과 관련되
는 '신화의 논리'와 세계의 횡포에 입각한 '현실의 논리'는 서로를 부각시
키고 강화하는 구실을 한다. 참담한 현실은 그에 맞서는 자아의 신념과
의지를 돋보이게 하고, 자아의 윤리적 태도는 현실의 위압성과 부당성을
한층 절실하게 만든다. 이 두 개의 논리가 고도의 긴장 관계를 이루면서
극적으로 제시되어 있는 것이 「절정」의 마지막 줄이라고 할 수 있다.
또한 이 끝줄은 「절정」의 복잡한 구조의 집약이자, 「절정」이 도달한 최종
적인 현실 인식이다.

　「절정」이 보여주고 있는 이러한 긴장된 현실 인식은, 절망적인 상황에
서 사유를 통해 획득한 예지라고 할 수 있다. 이러한 예지가, 인간의 세계
개조 가능성에 대한 섣부른 낙관주의나 압도적인 세계에 대한 절망적
비전에서 「절정」을 구제한다. "강철"같은 상황에 대면하여 그 실체를
똑똑히 알려고 하지 않는 자에게는 이러한 예지가 깃들 수 없을 것이다.
사태에 대한 지적 탐구가 결여된 경우에는 절망의 깊은 나락 속으로 추락

거듭 확인된다. 융의 아니마*anima*, 아니무스*animus*는 공존하는 이질적인 정신,
곧 反性的*contrasexual* 인 요소이다. Jacobi, J., 『칼 융의 심리학』(이태동 옮김,
성문각, 1978.) 183쪽 참조.

하거나 저돌적인 자폭의 길로 들어서는 일이 있을 뿐, 「절정」이 보여주는
긴장되면서도 균형 잡힌 현실 인식은 가능하지 않을 것이다. 이러한 균형
잡힌 현실 인식이 현실에 대한 지속적인 응전을 가능케 할 것이다. 육사의
시가 나름의 가치를 지닌다면, 그것은 이러한 현실 인식의 건강성에 있다
고 할 것이고, 이런 점에 비추어 육사의 시와 생애가 올바로 이해될 수
있을 것이라고 생각한다.

(1989)

〈娥眉〉와 육사 시 해석의 몇 문제

1. 언어적 의미의 명료화

문학 비평, 혹은 문학 연구의 일차적 임무는 문학 작품의 언어적 의미를 명료히 하는 것이다.[1] 문학 작품은 언어적 구조물이며, 문학 비평은 이 언어적 대상을 다루며 출발점을 거기에서 마련한다. 작품 안의 얼개를 밝히고 그 문학적 의미를 밝히려고 하든, 작품과 작품 밖의 여러 사실들과의 관련을 탐구하든, 작품의 언어적 의미를 명료히 하지 않고서는 일이 순조로울 수 없기 때문이다. 작품에 대한 좀더 올바른 이해에 도달하기 위하여 그 언어에 대한 이해가 우선적으로 요구된다는 것은 다시 강조할 필요가 없다.

---

1) 허쉬는, 텍스트 전체의 언어적 의미와 관련된 것을 의미*meaning*라 부르고, 그와 달리 정신, 시대, 보다 넓은 문제, 이질적인 가치체계 등과 같은 보다 큰 컨텍스트에 관련된 의미를 의의*significance*라고 부른다. 그는 텍스트의 언어적 의미가 해석학의 특별한 관심사이고 의의는 문학 비평의 특별한 관심사라고 말한다. E. D. Hirsch, Jr., *The Aims of Interpretation*, Univ. of Chicago Press, 1976. 2-3쪽.

그러나 특정한 작품은 특정한 시간과 공간 속에서 특정한 사람에 의해서 축조되는 것이므로, 한 작품의 언어에 대한 이해란 생각만큼 단순한 문제는 아니다. 대상 작품이 그것을 다루는 사람과 시간적 문화적 격차를 크게 보이지 않을 때에는 문학 언어에 대한 이해가 비교적 손쉬울 것이다. 작가 개인적 문체상의 특질을 해명함으로써 작품 언어에 대한 이해가 이룩될 수 있기 때문이다. 고전 문학 연구에서 텍스트의 언어적 의미 해명에 많은 노력을 바친 것은 시간적 격차로 인해서 발생하는 언어적 장애가 그만큼 크다는 것을 보여 준다. 고전 문학만큼이나 큰 언어적 장애가 근현대 문학에 도사리고 있는 것은 아니다. 그러나 상대적인 차이는 있다고 하더라도 근현대 문학의 경우에도 작품 접근에 장애가 되는 언어적 요소들이 있음은 사실이고, 이것을 제거하기 위하여 많은 노력이 기울여져야 한다.2)

이육사의 시에 대한 연구는 상당히 축적되었고, 작품론 또한 많은 성과를 거둔 것이 사실이다. 그에 대한 초기의 연구는 대체로 그의 전기적 사실과 인간됨을 작품 속에서 확인하는 정도에 머물렀다고 할 수 있다. 그러나 70년대에 들어 와서 "신념의 탁월함"과 "시의 탁월함"을 구별하면서 출발한 연구사적 반성은 그 때까지의 연구에서 한 걸음 나아가는 계기가 되었다고 할 수 있다.3) 이후 육사의 시에 관한 연구는 다양한

---

2) 정주 방언에 대한 연구를 통하여 소월 시의 언어에 대한 이해를 높여준 이기문의 연구가 그 좋은 예가 된다. 이기문, 「소월 시의 언어에 대하여」, 『심상』 2월호, 심상사, 1983.
3) 김흥규는 육사 시에 대한 기존의 연구를 근본적으로 반성하면서 논의를 출발하고 있다. 그에 따르면, "신성화 내지 우상화의 압력", "시 해석의 도식성·경직성", "시 작품을 당대의 정치적 상황에 대한 <암호>처럼 해독하는 경향" 등이 기존의 연구들이 보여 준 문제점이다. 김흥규, 「육사의 시와 세계인식」, 『창작과 비평』 40호, 창작과비평사, 1976.

각도에서 다채로운 방법에 의해서 수행되었다.

그러나 육사의 문학 언어에 대한 연구는 여전히 별로 이루어지지 않았다. 육사의 창작 시기가 오늘과 큰 시간적 거리를 가지고 있지 않은 것이 하나의 원인이 되겠지만, 작품에 대한 세밀한 독서보다는 그의 인간됨에 대한 관심이 우선된 것도 한 원인이라고 할 수 있다. 실제 육사의 시를 꼼꼼히 읽어보면, 그냥 지나칠 수 없는 언어적 문제들이 많이 발견된다. 낱말의 뜻풀이를 새롭게 시도해야 할 것에서부터 좀더 복잡한 언어 분석이 요구되는 것에 이르기까지 많은 문제들이 관심 밖으로 밀려나 있는 것이 사실이다.[4] 언어 연구와 함께 심화되어야 할 과제는 원전 비평의 영역이라고 할 수 있다. 육사 시집은 광복후 1946년 서울출판사에서 발간된 이후 여러 차례 출판되었고 몇 차례의 정리 작업이 이루어졌으나, 원전과의 대조 작업이 생략됨으로써 서울출판사 판의 오류는 고쳐지지 않고 거듭되었다.

그 밖에도 육사 시 연구에는 해결되어야 할 많은 문제점들이 남아 있다. 1974년 『나라사랑』 특집호에 와서 육사의 시와 평문, 수필 등이 일부 새로 발굴되고 일단 정리되었지만,[5] 그의 작품을 발굴하고 정리하는 일

---

4) 육사 시에 대한 꼼꼼한 읽기를 시도한 예는 이승훈(「이 시를 나는 이렇게 읽는다」, 『문학사상』 2월호, 문학사상사, 1986.)에서 볼 수 있다. 이승훈은 여기에서 육사의 대표적인 시 20편을 대상으로 시어에 대한 친절하고도 세밀한 주석과 그를 통한 작품 이해의 본보기를 간략하게 보여주고 있다. 그러나 원전을 텍스트로 삼지 않아 일부 잘못이 있다. 그밖에 최미정(「이육사 시의 구조 고찰」, 『관악어문연구』 11집, 서울대 국어국문학과, 1986.)이 육사 시의 언어에 대한 고찰을 한 것이 있다. 이 이전의 것으로는 김종길(「육사의 시」, 『나라사랑』 16집, 정음사, 1974., 「이상화된 시간과 공간」, 『문학사상』 2월호, 문학사상사, 1986.)이 「광야」를 해석하면서 보여 준 탁월한 언어 분석이 있는데, 이것은 시의 언어 연구가 단순한 주석의 차원을 넘어 비평적 의의를 갖는다는 점을 분명히 해 준 것이었다.

은 여전히 중요한 과제이다. 또한 작가론을 가능하게 할 그의 생애, 특히 그의 독립운동 참여와 관련된 사실들을 실질적인 자료를 통하여 확인하고 그 구체적 활동도 밝혀야 할 것이다. 그가 일찍이 독립운동의 비밀 결사에 관여했다는 사실은 송상도宋相燾의 『기려수필騎驢隨筆』 등을 통하여 알려 진 바 있지만, 그의 구체적인 역할과 활동에 대해서는 17차례나 일제에 의해서 투옥되었다는 사실6) 외에는 크게 밝혀진 것이 없다. 일제 하의 상황에 미루어 그의 저항 활동을 알려 줄 구체적인 증빙 자료를 기대하기가 어려울지도 모르지만, 그의 생애에 관한 단순한 회고담이나 풍문의 차원을 넘어서야만 작가론이 가능해진다는 점은 분명하다.7) 따라

---

5) 육사 시의 발굴에서 김윤식(「소월 만해 육사론」, 『사상계』 8월호, 1966.), 강전섭(「육사의 시문습유」, 『한국언어문학』 8·9호, 한국언어문학회, 1971.), 김학동(「고월과 육사의 유작」, 『어문학』 26집, 한국어문학회, 1972.), 백순재(「육사의 유작 정리와 그 문제점」, 『문학사상』 1월호, 문학사상사, 1976.) 등의 업적을 들 수 있다. 그 외 다섯 차례의 유작 정리 과정을 통하여 기초 자료의 정리가 어느 정도 이루어졌다고 볼 수 있다. 유작 정리 과정은 대체로 시집을 통하여 이루어지는데, 그 처음이 『육사 시집』(1946, 서울출판사)이다. 그 후 범조사(1956), 이육사선생 기념비 건립위원회(1964), 형설출판사(1971) 등에서 발행한 시집, 그리고 『나라사랑』(1974) 등에서 이루어진다.
6) 이동영, 「이육사의 항일 운동과 생애」, 『광야에서 부르리라』, 문학세계사, 1981.
7) 육사에 대한 전기적 연구가 면밀하게 이루어져야 그의 작품을 정리하고 확정하는 일이 가능해 진다. 이활李活이라는 이름은 육사만이 사용한 것이 아니기 때문이다. 이활이라는 이름으로 발표된 글들에 대한 문체론적 접근과 함께 육사의 전기적 사실들에 대한 충분한 검토가 있어야만 이 문제가 해결될 수 있을 것이다. 백순재(앞의 글, 1976)는 육사와 이활이 동일인이 아닐 가능성을 제기하면서도 아직까지 그것을 확정할 만한 직접적인 증거가 없는 한 이활이라는 이름으로 발표된 글을 육사의 글로 받아들일 수밖에 없다고 했다. 김학동(『이육사 전집』, 새문사, 1986.) 또한 이 점을 문제로 생각하고 있으나, 이활의 이름으로 발표된 시, 평문 등을 일단 육사의 전집에 수록하고 있으며, 이러한 사정은 일반적이다.

서 육사 시의 지속적 발굴, 치밀한 원전 비평, 전기 연구, 언어에 대한 면밀한 고찰을 바탕으로 한 작품의 의미 탐구, 그리고 작품이 놓여 있는 좀더 큰 컨텍스트와의 상호 조명이 이루어져야 육사 시에 대한 이해가 한 단계 진전될 것이다.

2. 원전 확인의 필요성

육사의 대표적인 작품이라고 할 수는 없으나 그의 시를 읽을 때 발생하는 여러 가지 문제점을 부각시켜 줄 수 있는 하나의 보기로서 「娥眉」를 제시할 수 있다. <구름의 伯爵夫人>이라는 부제가 붙어 있는 이 작품은 구름에다 여인의 복잡한 안팎을 투영하고 있는데, 『문장』1941년 4월호에 실려 있다. 발표지에 실려 있는 대로 옮기면 다음과 같다. 시 앞머리의 숫자는 편의 상 필자가 붙인 것이다.

娥眉
—구름의 伯爵夫人

1 鄕愁에 철나면 눈섭이 기난이요
2 바다랑 바람이랑 그사이 태여났고
3 나라마다 어진 풍속에 자랐겠죠.

4 짓푸른 깁帳을 나서면 그몸매
5 하이얀 깃옷은 휘둘러 눈부시고
6 정영 「왈츠」라도 추실난 가봐요.

7 햇살같이 펼쳐진 부채는 감춰도

8 도톰한 손결야 驕笑를 가루어서
9 공주의 笏보다 개끗이 떨리오.

10 언제나 모듬에 지쳐서 돌아오면
11 꽃다발 향기조차 기억만 서러워라
12 찬저때 소리에다 옷끈을 흘여보내고.

13 촛불처럼 타오른 가슴속 思念은
14 진정 누구를 애끼시는 贖罪라오
15 발아래 가득히 황혼이 나우리치오

16 달빛은 서늘한 圓柱아래 듭시면
17 薔薇쩌 이고 薔薇쩌 흐트시고
18 아련히 가시는곳 거어된가 보이오.

이 시는 육사 시의 형태적 특징을 이루는 몇 가지 점을 잘 보여 준다. 우선 6연으로 이루어진 이 시는 각 연이 3행으로 이루어져 형태적 균정성을 보여준다. 이러한 "分聯意識의 整型性"은 "질서에의 의지와 운율적 감각, 호흡과 의미의 계획적인 단층을 마련함으로써 그 서술성을 규제하고 시적 긴장미를 유지하려는 노력"의 소산이지만 동시에 "지나친 균형과 질서에의 집착 때문에 시의 내면적 자유의 많은 부분을 상실"[8]하고 있는 것 또한 사실이다.

<아미>는 이러한 연구분으로 형태의 균정성을 확보하고 호흡과 의미의 단락을 균등하게 구성하는 데는 효과적이지만 매우 단조롭고 기계적

---

8) 조창환, 「육사론」, 『1977년 국어국문학연감(II 현대문학편)』, 국어국문학회 (편), 이우출판사, 1980. 384-386쪽.

인 형태를 가지게 된다. 육사 시가 보여주는 형태적 균정성에 대한 집착은 각 연의 동일한 행수와 함께 한 행을 이루는 율격적 도막의 등가성에서도 엿보인다. 곧 모든 행은 4개의 율격적 도막으로 구성되어 있어 전체적으로 4음보격을 형성하고 있으며, 마침표는 5연을 제외하고 모두 셋째 행의 끝부분에 자리를 하고 있다. 5연의 끝부분에 마침표가 없는 것이 변화라면 변화라고 할 수 있지만, 이 시의 형태적 정형성을 염두에 둔다면 오히려 마침표가 없는 것이 오식일 수 있다는 생각마저 든다. 이러한 형태적 정형성은 이 시의 각 연을 독립시켜 보면 시조의 형태 구조와 유사하다는 점에서 다시 확인된다. 다만 다른 점이 있다면, 시조가 종장의 둘째 도막이 다른 도막보다 음절수가 길어지는 데 비하여 이것은 그렇지 않다는 차이 정도이다. 물론 시조의 종장이 보여주는 특이한 미학적 의미구조를 여기서는 찾아 볼 수 없다는 점도 덧붙일 수 있다.

육사의 친필 원고가 제시되어 있지 않으므로 발표지에 실린 위의 작품을 일단 원본으로 간주할 수밖에 없는데, 이것과 그 뒤에 나온 육사 시집에 실린 것을 대조해 보면 많은 차이를 발견할 수 있다.9) 물론 대부분의 차이는 띄어쓰기, 철자법 등 시의 의미를 크게 변화시키지 않는 요소들이지만,10) 시의 의미를 변화시킨 것 또한 있음을 지나칠 수 없다. 그 예를

---

9) 발표지에 실린 작품과 그 후의 육사 시집 초판본의 차이를 비교 제시하고 있는 것으로 김학동(앞의 책, 1986.)의 대조표를 들 수 있다.

10) 대부분의 경우, 띄어쓰기를 현재의 규정에 따라 옮겨 놓는 것이 큰 문제점을 가지는 것이라 볼 수는 없으나, 이 시의 경우에는 원래대로 옮겨놓는 것이 옳다고 본다. 띄어쓰기는 시인의 율격의식을 잠재적으로 반영한다고 볼 수 있기 때문이다. 이 시의 경우, 그것을 구체적으로 보여 주는 것이 3행의 "추실난 가봐요"인데, 이것을 띄어쓴 것은 한 행의 율격 마디를 넷으로 맞추려는 육사의 정형적인 율격의식의 의식적 혹은 무의식적 반영이라고 보아야 할 것이다.

보이면 다음과 같다. 아래에서 제시하는 예의 앞머리 괄호 안의 숫자는
행을 나타낸다. 한편 비교를 위하여 선택된 판본은 (1) 위 원전, (2)『육사
시집』(1946년 서울출판사 발행 초판본), (3) 육사시집『광야』(1971년 형
설출판사 발행), (4) 이육사전집『광야에서 부르리라』(1981년 문학세계사
발행)인데, 원전은 뒷부분 괄호 안에 '원'으로 표시하고 다른 판본은 각각
해당하는 자리에 발행년도를 기입하여 판본을 나타낸다.

   (1) 눈섭이(원)—눈섶이(1946)(1971)(1981)
        기난이요(원)(1946)—기나니요(1971)—기난이요(1981)
   (2) 태여났고(원)(1946)—태어났고(1971)—태여 났고(1981)
   (3) 풍속에(원)—풍속(1946)(1971)(1981)
   (4) 깁帳을(원)(1946)(1981)—깁장(絹帳)을(1971)
   (5) 달라진 곳 없음.
   (6) 정영(원)—정녕(1946)(1971)(1981)
        「왈츠」라도(원)—왈쓰라도(1946)—왈츠라도(1971)—왈쓰라도
        (1981)
        추실난 가봐요(원)—추실란가봐요(1946)(1981)—추실란가 봐요
        (1971)
   (7) 햇살같이(원)—해ㅅ살같이(1946)(1981)—햇살같이(1971)
   (8) 손결아(원)—손결(1946)(1971)(1981)
   (9) 개끗이(원)—깨끗이(1946)(1971)(1981)
        떨리오(원)—떨리요(1946)(1971)(1981)
  (10) 달라진 곳 없음.
  (11) 서러워라(원)—새로워라(1946)(1971)(1981)
  (12) 찬저때(원)—찬젓때(1946)(1981)—찬젓대(1971)
        흘여보내고(원)—흘려보내고(1946)(1981)—흘려 보내고(1971)
  (13) a. 촛불처럼(원)—초ㅅ불처럼(1946)(1981)—촛불(1971)

　　　b. 타오른(원)—타오르는(1946)(1971)(1981)
(14) 달라진 곳 없음.
(15) 발아래(원)(1946)(1981)—발 아래(1971)
(16) 圓柱아래(원)(1946)(1981)—圓柱 아래(1971)
(17) 薔薇쩌 이고 薔薇쩌 흐트시고(원)—薔薇쩌 이고 薔薇쩌 흩으시
　　　고(1946)(1981)— 薔薇 쩌 이고 薔薇 쩌 흩으시고(1971)
(18) 거어딘가(원)—그 어딘가(1946)(1971)(1981)

위에서 제시된 것에 따르면, (5), (10), (14)행은 달라진 것이 없다. 시의
의미 변화를 수반하지 않는 범위 내에서 달라진 것들을 구체적으로 지적
한다면, (1), (6), (7), (9), (12), (13)a, (17), (18)행 등이다. 이것들은 대체로
맞춤법과 철자법 상의 변화를 보이기 때문에 원전의 의미를 훼손한다고
할 수 없고, 그 간의 표기법 상의 변화를 반영한다고 할 수 있다.

　그러나 (3), (8), (11), (13)b행의 변화는 위와는 달리 원전의 의미를 상당
한 부분 손상시키거나 바꾸어 버리는 잘못된 것이다. ‘—에’라는 조사를
생략해버린 3행의 변화는 "나라마다 어진 풍속에 자랐겠죠"의 뜻을 완전
히 바꾸어 버린다. 곧 "자라다"의 주체가 바뀌는 것이다. ‘—에’를 생략해
버림으로써 "풍속"이 "자라다"의 주체가 되어 버리기 때문이다. 1946년
서울출판사 판에서 비롯된 이러한 오류의 반복은 원전과의 대조과정을
빠뜨린 데서 온 것이다. 이 점은 8행에서 ‘—야’라는 조사의 탈락에서,
11행에서 원전의 "서러워라"를 "새로워라"로 잘못 옮긴 것에서, 그리고
13행 b에서 "타오른"을 "타오르는"으로 옮겨 놓은 데서 거듭 확인된다.
1946년의 서울출판사 판이 근본적인 잘못을 저지르고 그 이후의 판본은
원전 확인의 과정만 거치면 하지 않아도 될 잘못을 다시 저질렀다.

　"손결야"를 "손결"로 잘못 옮겨 놓은 것은 ‘—야’라는 조사가 함축하

고 있는 강조의 의미를 비롯한 미묘한 시적 뉘앙스를 배제시킨 결과를 낳았고, "타오른"을 "타오르는"으로 바꾸어 놓은 것은 시제의 변화를 가져 왔다. 이런 변화가 결코 바람직한 일은 아니나, 그 의미의 폭이 그렇게 크지 않다고 한다면, "풍속에"를 "풍속"으로, "서러워라"를 "새로워라"로 바꾸어 놓은 것은 그것들이 가지는 문법적, 정서적 의미의 격차가 큰 만큼 그 잘못이 크다고 할 수 있다. 또한 1971년 판에서는 인쇄의 잘못이 보이는데, 그것은 시의 전체 행의 수가 늘어난 것이다. 곧 15행과 16행 사이에 "그 옛적 사라센의 마지막 날엔"이라는 한 줄이 더해진 것이다. 이 행은 육사의 「芭蕉」(『春秋』, 1941. 12.)의 다섯 째 행이다. 같은 시집의 「파초」 부분을 보면 물론 이 부분은 빠져 있다. 이럴 경우 두 편의 작품이 원전과 달라지게 된다.

<아미> 한 작품을 대상으로 살펴 보아도 이러한 문제가 발견되는 것은 원전 확인의 필요성과 중요성을 분명히 확인시킨다. 실제로 육사 시의 경우, 원전과 비교해 보면 그 이후의 시집에 많은 오류가 있음을 발견할 수 있다. 이 점은 그러나 육사의 경우에만 한정되는 것이 아님은 물론이다. 박용철의 시집에 고월 이장희의 시가 8편 함께 실려 있는 것이나,[11] 판본에 따른 변화의 모습이 소월 시의 경우에 얼마나 다채로운 것인가 하는 것은 이미 구체적인 연구 성과로서 제시되어 있는 실정이다.[12] 따라서 육사 시 연구에서 원전과의 꼼꼼한 대비를 통한 접근이 이루어져야 작품론의 성과 또한 보장될 수 있다는 점은 여전히 강조할 만하다.

---

11) 손병희, 「<서있음>과 그 지양의 운동」, 『어문학』 43집, 한국어문학회, 1983.
12) 김종욱(『원본 소월 전집』(상하), 홍성사, 1982.)의 성과를 대표적으로 들 수 있다.

3. 주석의 문제

「아미」를 이해하기 위해서 다음으로 해결해야 할 문제는 언어의 뜻을
명료히 하는 일이다. 「아미」에는 말뜻이 분명치 않은 것들이 여러 개
있는 데 그것들의 의미를 밝혀야 이 시에 대한 올바른 접근이 가능해
진다. 이와 같이 불분명한 말에 대하여 그 뜻을 따져 밝히는 일을 흔히
주석, 주해라고 하여 해석의 기초적인 한 형태를 이룬다. 「아미」에도 語
釋을 필요로 하는 말들이 있는데, 곧 "기난이요"(1), "깁帳"(4), "가루어
서"(8), "찬저때"(12), "나우리치오"(15), "薔薇쩌 이고 薔薇쩌 흐트시
고"(17) 등을 들 수 있다. 이에 대한 이승훈의 주석은[13] 다음과 같이 요약
정리할 수 있다.

기난이요(1)　　　　: '길어진다'의 뜻. 이 시행은 향수 속에서 철이 들
　　　　　　　　　　면 눈썹이 길어진다는 뜻

깁帳(4)　　　　　　: 조어인 듯. <장>은 장막, 휘장, <깁>은 <깊>,
　　　　　　　　　　곧 <깊은>의 뜻인 것 같으나, 좀더 연구될 부분.
　　　　　　　　　　<깁장을 나서면>은 <깁장을 젖히고 나서면>
　　　　　　　　　　이라는 뜻으로, <짙푸른 깁帳>은 푸른 하늘을
　　　　　　　　　　의미함.

가루어서(8)　　　　: 나란히 함께 하다.

찬저때(12)　　　　　: 명확치 않음. <저때>는 <접때>의 경상도 방언이
　　　　　　　　　　지만, 외연적 의미에 대해서는 연구되길 바람.

나우리치오(15) : 원형—나울치다, 표준어—나울거리다, 큰 물결이 굽

---

13) 이승훈, 앞의 글, 205-206쪽.

이.쳐 흐르거나 움직이다, 춤추듯이 바람에 나부
끼다

薔薇 쩌(17)　　　: 원형─쩌다, 여러 가지 뜻이 있으나 여기서는 베
어내다의 뜻. 우거진 나뭇가지나 갈밭·대밭·삼
밭 같은 데에 베게 난 것을 성기게 베어내다의
뜻을 '쩌다'라는 말이 가지고 있음.

　이 주석으로 이 시에서 뜻이 분명하지 않던 부분들이 훨씬 명료해 진다.
그러나 이 주석만으로는 이 시가 지니고 있는 모호성이 완전히 사라지는
것이라고 할 수는 없다. 우선 위의 주석에서 "깁帳"과 "찬저때"는 해결되
지 않은 채로 남겨졌고, 나름대로 해결된 것으로 보이는 부분에 대해서도
다른 해석이 여전히 가능하기 때문이다.
　"깁帳"의 '깁'은 '비단'의 옛말이다. "깁 爲繒"『訓民正音 解例 合字
解』, "깁 견(絹)"『新增類合』14)에서 이 사실은 확인할 수 있다. 따라서
"깁"은 "깊은"의 뜻이 아니며, "깁帳"은 "비단 휘장, 혹은 비단 장막"을
뜻한다. 물론 "짓푸른 깁帳"은 하늘의 비유이다. 그 다음 행의 "하이얀
깃옷"은 구름의 외양(새털구름의 형상을 연상시킨다)을 빗대어 말한 것이
라고 할 수 있다.
　"찬저때"는 퉁소와 같이 입에 가로대고 부는 관악기를 두루 이르는
적(笛, 곧 젓대)을 뜻하는 것이 분명하다. 그러니까 "찬저때"는 '찬 젓대'
를 소리나는 대로 적은 것이며, 하나의 율격 마디임을 나타내기 위하여
두 단어를 붙여 쓴 것이라고 할 수 있다. 4음보격의 실현을 형태적으로
드러내 주는 이러한 붙여쓰기는 이 시에서 여러 군데 발견할 수 있음을
다시 말할 필요가 없다.15)

---

14) 유창돈, 『이조어사전』, 연세대학교 출판부, 1964.

"젓대" 앞의 관형어인 "찬"이 수식하는 것은 "젓대"가 아니라 그 다음에 오는 "소리"이다. 이 시행은 그러므로 <차가운 젓대 소리에다 옷끈을 흘려보내고>로 해석하는 것이 옳다. '차가운 소리'는 촉각과 청각이 어우러진 공감각적 표현이다. 차가움은 따뜻함과는 달리 '슬픔, 외로움, 쓸쓸함' 등과 같은 정서를 환기한다. 이것은 바로 그 앞 행의 끝부분 "서러워라"와 호응한다. 뒤에 나온 육사의 시집에서 이 부분이 "새로워라"로 바뀌어 있음을 앞에서 확인한 바가 있는데, 이럴 경우 두 행의 의미가 서로 어울리지 않음은 물론이다. "옷끈을 흘려보내고"는 구름의 의인화인 "백작부인"의 '차가운 젓대 소리'에 대한 정서적 감응(반응)을 표현한 것이라고 볼 수 있다. 이 시행이 의미하는 바를 명확한 산문적 표현으로 대치할 수는 없지만, '차가운 젓대 소리'에 대한 정서적 공감이나 이끌림을 나타낸다고 할 수 있을 것이다. 그것의 심리적 복잡성은 그 다음 연에서 좀더 구체화된다.

5연을 예외로 하고 모든 연이 끝 행의 마지막 부분에 마침표가 놓인다는 점은 앞에서 말한 바와 같다. 마침표가 놓인다는 것은 각 연의 호흡, 이미지, 의미의 큰 단층이 여기서 마련되면서 연 자체의 완결성이 준비되는 것을 뜻한다. 그래서 각 연의 3행 끝 부분은 "자랐겠죠, 추실난 가봐요, 떨리오, 나우리치오, 거어든가 보이오"와 같이 서술 종결형 어미로 끝이 난다. 그러나 독특하게 4연의 마지막 행 끝부분인 "옷끈을 흘려보내고"는 서술 종결형으로 끝마침을 하지 않는다.

잘 아는 바와 같이 '—고'는 문장을 마칠 때 쓰는 종결형 어미가 아니라

---

15) 이렇게 볼 때, 최소한 이 부분에 관한 한 1971년도 판이 가장 정확하게 표기한 것이라고 할 수 있다. 이 시집에서는 각각 "깁帳", "찬젓대"로 표기하고 있어 이 부분의 의미를 올바로 파악했음을 실증한다.

이어지는 문장이 있음을 표시하는 어미이다. 이 어미는 '이유, 진행, 지속, 반복' 등을 뜻하는 것으로 사용되며 뒤에 어떤 말이나 문장이 연결됨으로써 문법적 역할을 수행한다. 여기서는 이러한 문법적 기능의 일탈 현상을 보이는데, 그 뒤의 마침표를 보아서 알 수 있다. 이것은 의도적인 것으로 볼 수 있는데, 그것은 다음과 같은 효과를 기대한 것이 아닌가 생각된다. 곧 어미 '—고'에 의해서 획득되는 앞뒤 문장의 문법적 관계인 '접속'에 대한 심리적 단절, 즉 12행과 13행의 직접적이고 단조로운 연결에서 빚어지는 서술성의 방지를 위한 의도적인 단층 효과(이것은 연 구분에서 얻어지는 효과이면서 동시에 마침표에 의해서 한층 강화된다고 할 수 있다.), 동시에 한 연을 3행씩 그 자체로 완결시키려는 정형적 형태미의 축조를 위한 방법 등으로 볼 수 있다. 물론 이것은 언어의 일상적 문법을 의도적으로 교란시키면서 얻는 효과이다. 이렇게 본다면 육사의 시는 많은 논자들이 지적하는 바와 같이, 운율과 시적 형태에 대한 세심한 배려를 하고 있는 것으로 볼 수 있다.16)

4. 방언의 검토

"가루어서"(8)에 대해서도 다른 해석이 가능하다. "가루다"는 말은 경상 방언에서 '가리우다', '가리다'의 뜻이다. 이 지역에서는 '가리다'를 써야 할 곳에 '가루다'를 쓴다. 육사가 안동지역 출신이라는 점에 비추어 이 부분을 이 지역 방언으로 볼 수 있다.17) 이렇게 볼 때, 이 시의 "가루어

---

16) 운율에 대한 세심한 배려는 김종길(앞의 글, 1974.), 정한모(「육사 시의 특질과 시사적 의의」,『나라사랑』16집, 정음사, 1974.), 조창환(앞의 글) 등이 지적하고 있다.

서"는 '가리워서' 혹은 '가려서', '가리어'로 해석이 된다. 이것은 7행의 "감춰도"와 대응한다고 할 수 있다. 이렇게 읽는 것이 이 지역의 사람에게는 익숙하고 자연스러울 것 같으나, 그 앞뒤 문장과의 관계를 살피면 이 해석이 적절하지 않은 것처럼 보인다. "가루어서"가 나오는 3연은 2개의 문장이 3행으로 나뉘어져 하나의 연을 구성하고 있는데, 앞뒤 문장은 양보를 나타내는 연결형 어미 '—어도'에 의하여 하나의 복문을 이룬다. 즉 "햇살같이 펼쳐진 부채는 감춰도(7)/ 도톰한 손결야 驕笑[18]를 가루어서(8)/ 공주의 笏보다 개끗이 떨리오"(9)에서 7행이 한 문장이며, 8, 9행이 또 다른 한 문장이다. 설명의 편의를 위하여 두 개의 문장으로 분해한다면, 다음과 같이 될 것이다.

S_1 햇살같이 펼쳐진 부채는 감추다.
S_2 도톰한 손결야 驕笑를 가루어서 공주의 笏보다 개끗이 떨리오.

그러나 S_1은 다시 그 속에 문장을 포함하고 있어 거듭 분해할 수 있다.

S_1(1)부채가 햇살같이 펼쳐지다.
S_1(2)(누가) 부채는 감추다.

이 두 개의 문장을 관형절을 내포한 문장으로 변형시키면, '(누가) 햇살같이 펼쳐진 부채는 감추다'가 된다. 이 문장만으로는 '감추다'의 주체를 알 수 없지만, 전체의 시상에 비추어 보면 '감추다'의 주체는 '구름(백작

---

17) 김윤식(앞의 글)이 육사의 시 중 「노정기」와 「한 개의 별을 노래하자」에 나오는 "기오르면"과 "훗치자"를 예로 들면서 경상 방언의 문제를 지적한 바 있다.
18) '嬌笑'의 잘못으로 보이나 원전에 있는 대로 표기한다.

부인)’으로 볼 수 있다. 이 때 ‘감추다’의 목적어가 되는 ‘부채’ 뒤에 목적 격 조사 ‘—를’이 오지 않고 특수 조사 ‘—는’이 온 것은 감추는 대상이 ‘부채’에 특별히 한정됨을 강조하는 것이라고 할 수 있다.

S_2는 다시 다음과 같이 나누어진다.

　　S_2(1)도톰한 손결야 驕笑를 가루다.
　　S_2(2)도톰한 손결야 공주의 笏보다 개끗이 떨리오.

‘—야’는 ‘감탄, 강조’의 뜻을 내포하고 있는 특수한 토씨지만, 문장의 기능상 주격의 역할을 하고 있으므로 그 구실로 보면 ‘—이’로 바꿀 수 있다. 그러면 ‘도톰한 손결이 驕笑를 가루다’와 ‘도톰한 손결이 공주의 笏보다 개끗이 떨리오’와 같이 될 것이다. S_2(1)과 S_2(2)에서 덧붙여진 요소를 빼버리면 그 기본적인 문장 구성은 ‘손결야 驕笑를 가루다’, 그리고 ‘손결이 떨리오’와 같이 된다. 이 두 개의 문장은 부사형 전성 어미 ‘—어(서)’의 매개로 좀더 큰 한 문장이 된다. 곧 ‘손결이 驕笑를 가루어서 떨리오’가 되는 것이다.

S_2(1)과 S_2(2)가 그렇게 자연스러운 표현이라고 할 수는 없다. 손결은 손(등)의 살결인데, 이것은 이것의 상태(곱다, 부드럽다, 거칠다 등)를 나 타내는 말과 함께 쓰이지 손에 살이 붙어 있는 상태, 혹은 부피를 나타내 는 ‘도톰하다’, ‘두툼하다’와는 호응하지 않는다. 이럴 때는 물론 ‘손이 두툼하다’와 같이 표현한다. 그러나 손에 살이 예쁘게 약간 붙어 있는 모양을 그렇게 표현한 것으로 일단 받아들이고, 그 뒷말과의 연결관계를 분석해 볼 수도 있다.

이승훈의 주석에 따르면, ‘가루다’의 뜻이 ‘나란히 함께 하다’이므로 이 부분의 해석은 ‘손결이 驕笑를(혹은 ‘—와’) (나란히) 함께 하다’가

되는데, 이것은 여인의 예쁜 손결에서 교태롭고 요염한 웃음을 발견하는 시적 표현이라고 할 수 있으나, 그 다음 행에서 보이는 "깨끗이 떨리오"의 순결성, 심리적 긴장 등과 반드시 잘 어울린다고 할 수는 없다. 그러나 요염함과 순결함이라고 하는 충돌하는 것들의 얽힘과 공존이 빚어내는 여인의 내적 풍부성은 훨씬 더해진다. 만약 '가루다'를 '가리우다'의 경상 방언이라고 보면 '손결이 驕笑를 가리다(혹은 가리우다)'로 해석되어 손결은 여인의 교태롭고 요염한 웃음을 순화시켜 여인의 이미지를 순결하게 만든다. 이것은 그 다음 행의 "깨끗이 떨리오"와도 이미지의 호응 관계를 이룬다. 그러나 앞의 것처럼 한 여인의 내적 복잡성은 훨씬 덜해진다고 말할 수 있다.

S_2만을 대상으로 했을 때 위의 두 해석이 모두 가능하다. 이러한 두 가지 해석의 가능성을 모두 허용하는 데에서 시적 의미는 한층 풍성해진다고 할 수도 있다. 언어의 의미를 가능한 확정적으로 만들려는 산문과는 달리, 시적 언어는 의미의 폭과 깊이를 할 수 있는 한 확충하고 복잡하게 만들려고 한다는 것은 시적 언어의 일반적인 특질이다. 시적 모호성*ambiguity*은 의미의 불확정성을 비난하기 위한 것이 아니라 시적 언어가 가진 복잡한 의미의 내적 충전 상태를 적극적으로 지시하기 위한 것이다. 위의 해석에 따르면, 이 시행도 그런 의미에서의 모호성을 내포한다고 할 것이다.

그러나 S_1과 S_2 두 문장의 관계를 따져 보면, 위 두 가지 해석 중에 뒤의 것이 적절하지 않다는 것을 확인할 수 있다. S_1과 S_2는 양보의 뜻을 나타내는 연결형 어미 '—어도'에 의해서 이어지고 있기 때문이다. 이렇게 이어진 문장을 그 기본적인 구성 요소들만 추려서 문장을 만들면 '(구름 혹은 백작부인이) 부채는 감춰도(S_1) (구름, 혹은 백작부인의) 손결(이)

야 驕笑를 가루어서 떨리오'(S_2)가 된다. 위에서 말한 바와 같이, 감추는 대상 뒤에 목적격 조사를 붙이지 않고 '―는'이라는 특수 조사를 사용함으로써 숨기는 대상이 특별히 "부채"에 한정되어 강조된다. 그렇다면 그 다음 문장에서 다시 '가림'의 대상이 등장하는 것은 자연스럽다고 할 수 없다. 앞뒤 문장의 관계가 양보의 구문이므로, 두 문장은 서로 대립하는 의미구조를 형성하는 것이 좀더 자연스럽다. 따라서 앞 문장의 '감춤'과 동질적인 의미를 함축하는 '가림'의 뜻을 다음 문장이 나타낸다고 보기 어렵다. 이렇게 볼 때, "가루어서"가 '가리우다'의 방언인 '가루다'일 가능성은 적어진다.

5. 육사 시의 모호성

그 외에도 이 시에는 명확하지 않은 표현이 많이 있다. 이러한 것들은 성공적인 육사 시의 경우에는 잘 보이지 않는 것들이다. 육사의 대표작이라고 알려져 있는 「절정」, 「광야」, 「청포도」 등과 같은 작품에서는 시어에 대한 뜻풀이가 거의 필요 없을 정도이다. 이러한 작품들은 다양한 작품 해석을 가능하게 하는 내적 의미의 풍성함을 가지고 있어 그 의미의 광맥을 탐색하는 사람들에게 많은 흥미와 탐사의 기쁨을 안겨 준다고 할 수 있다. 그것을 시적 의미의 풍부함이라는 뜻으로서 앰비규이티라고 부른다면, 이 시에서는 그런 것과 함께 사전적인 의미의 모호한 표현 또한 함께 있음을 지적할 필요가 있다.

"鄕愁에 철나면 눈섭이 기난이요"(1)같은 시행의 의미가 '향수 속에서 철이 들면 눈썹이 길어진다'는 뜻이라면, '눈섭이 기난이요'가 뜻하고자 하는 의미가 무엇인지 막연하기만 하다. 이 시행 자체에서 그 의미가 밝혀지기 어렵다면 이 시의 다른 요소들과의 관계 속에서 그 뜻이 비록 상징적인 것이라 하더라도 탐색될 수 있어야 하는데 그 실마리를 찾기 힘들다. "향수에 철"나는 것과 '눈썹'이 길어지는 것 사이의 시적 상상의 논리, 혹은 유추의 논리가 어떻게 마련되는 것인지 얼른 납득이 되지 않기 때문이다. 물론 "향수"는 육사 시의 근저를 이루는 하나의 중요한 모티프임에는 틀림이 없으나 그것 자체가 "눈썹이 기난이요"와 어떻게 연결되어 의미를 생성하는지 분명하지 않다.

이 시행의 사전적인 뜻풀이 또한 그렇게 만만하지만은 않다. "鄕愁에 철나면" 과 "눈썹이 기난이요"는 '조건(원인)'과 '상태(결과)'의 관계인데, 그 관계를 밝혀줄 수 있는 자연적, 물리적, 생물학적 근거는 물론이거니와 심리적, 정서적, 문화적, 시적, 상징적 연관도 쉬 유추할 수 없다. 물론 이 시의 대상이라고 할 수 있는 구름의 '정처없이 떠돎'이라는 것과 고향을 떠난 자의 '떠돌이 의식'의 유사성이나, 제목에서 제시된 '아름다운 눈썹'과 "눈썹이 기난이요"와의 상호 조응은 그런 대로 연관을 짓자면 지을 수도 있다 그러나 '유랑성과 아름다움'이 어떤 내적 관련을 이 시 내부에 축조하고 있는지는 쉬 밝혀지지 않는다.

그럼에도 불구하고 "鄕愁에 철나면"은 서로 다른 해석을 가능하게 하는 미묘함을 갖고 있다. 하나의 가능한 해석은 앞에서 이미 인용했듯이, '향수 속에서 철이 들면' 정도로 해석하는 것이다. 이것은 향수를 경험하면서 철이 든다는 뜻으로 고향에 대한 그리움과 함께 정신적 성장을 이룬 것을 의미한다. 그 전제는 물론 고향에서 떠남이며, 고향을 떠난 자에게 일반적으로 고향은 존재의 충일과 온전함을 보장하고 회복시켜 주는 이상적인 공간의 상징이 되기 쉽다. 이럴 경우 향수는 존재의 결핍을 상징적으로 드러내며, 이러한 결핍은 인간과 삶, 그리고 세계에 대한 새로운 앎을 추구하는 계기가 될 수 있다. 그래서 사리를 분별할 수 있는 힘, 곧 철이 드는 것이라고 할수 있다.

이 부분에 대한 다른 해석도 근본적으로는 여기에서 크게 벗어나지 않을 것이나, 이와는 조금 다른 해석이 또한 가능하다. 곧 '향수에 대하여 철이 나면' 정도의 뜻으로 해석할 수도 있는데, 이럴 경우 어느 정도 향수를 극복한다는 뜻을 담게 된다. 향수가 존재의 결핍을 환기하는 것이라면, 이것 또한 결핍의 지양, 혹은 극복의 모습을 표현한다는 점에서 정신적 고양을 의미한다. 이러한 정신적 고양의 상태를 '철이 남'으로 표현한다면, 이 고양된 정신의 아름다움은 미의 상징적 대치물인 '아미'로서 그 객관적 상관물을 얻는다 할 수도 있다.

또 하나의 해석은 이 부분을 '향수 때문에 철이 나면'의 뜻으로 읽는 것인데, 이 경우의 의미는 첫 번째의 것과 거의 같은 것이 되지만, 철이 나는 원인이 되는 '향수'의 의미가 강화된다고 할 수 있다. 이와 같이 대체로 유사하지만 조금씩 그 뉘앙스가 다른 해석은 '―에'라는 토씨의 쓰임이 다채로운 데서 기인한다. 국어 사전을 뒤지는 수고를 겪지 않더라도 이 시의 다른 부분들이 이러한 용례를 제공하고 있다. 첫 번째 해석이 근거한 유사한 보기는 "어진 풍속에 자랐겠죠"(3)가 될 수 있고, 세 번째의 해석을 뒷받침하는 것으로는 "모듬에 지쳐"(10)가 그 예가 될 수 있다.[19]

그 외에 이 시의 표현 중 뜻하는 바가 명확하지 않은 것을 몇 개 더 들어본다면, 다음과 같은 것들이다. "바다랑 바람이랑 그사이 태여났고"(2)에서 "그사이"에서 그가 가리키는 것이 무엇인가("향수"인지, 아니

---

[19] 이러한 점에 비추어 육사 시에 대한 문체론적 접근은, 육사 시 이해를 위한 지금껏 개척되지 않은 하나의 유용한 방법이 될 것으로 보인다.

면 "눈섭이 기난이요"와 관계되는지, 혹은 다른 무엇인지)라든가, "달빛
은 서늘한 圓柱아래 듭시면"에서 "원주"는 그것 자체가 원관념인가, 아
니면 어떤 것에 대한 보조 관념인가, 만약 보조 관념이라면 그것의 원관념
은 무엇인가 따위의 문제이다. 이것들은 이 시 내부에 그것을 밝혀 줄
구체적 근거가 충분하지 않으므로 의미를 밝히기가 어렵다. 이것들은 시
의 의미를 불투명하게 만든다. 거듭 말하지만, 이런 표현은 육사의 성공한
시편들에서는 볼 수 없는 것들이다. 다양한 해석의 가능성을 여전히 남겨
두고 있는 육사의 시 「絶頂」의 마지막 행 "겨울은 강철로 된 무지갠가
보다"와 같은 부분이 보여주는 고도로 압축되고 다채로운 상상의 논리를
개발하게 만드는 시적 복합성과 위의 몇 가지 예는 분명히 구별되는 것이
라 아니 할 수 없다.

6. 마무리

지금까지 이 글이 다룬 문제는, 작품 이해를 올바르게 하기 위해서
기초 작업으로 이루어져야 될 것들에 관한 것이었다. 작품 연구는 반드시
원전을 토대를 해서 이루어져야 한다는 지극히 평범한 사실을 우선적으
로 확인하는 것으로부터 이 글은 시작하였다. 이 글에서 더 이상 제시하지
는 않았으나, 지금까지 그 뜻이 불분명한 것으로 알려진 육사의 詩語들
중에서 원전을 확인하면 그 의미가 밝혀지는 것들이 있다. 이것은 1946년
에 나온 서울출판사 발행의 『육사 시집』에 상당한 오류가 있다는 것을
뜻한다. 여기서는 그 구체적인 예를 「娥眉」라는 한 작품을 중심으로 살펴
보았지만, 이러한 오류가 이 작품에 한정되는 것이 아님은 물론이다. 그
전체상은 육사의 전 작품을 검토하면 확인될 수 있을 것이다.

아울러 뜻이 불분명한 언어를 해석하기 위하여 주도한 언어 분석이 이루어질 필요가 있다는 점을 몇 개의 예를 통하여 보았다. 시어에 대한 올바르고 치밀한 주석이야말로 해석자가 감당해야 할 일차적인 과업이다. 주석은 그러나 사전적 뜻풀이에 머물러서는 안 되며, 이상적으로는 그 이상의 것, 즉 문학어로서의 면모와 특질을 밝혀 줄 수 있는 데까지 나아가야 비평적 의의를 획득할 수 있다. 이 글에서는 "깁帳"과 "찬저때"에 대한 새로운 해석을 시도하고, 육사 시에서 방언 문제를 시적 문맥에 기초하여 따져 보았다. 이것은 육사의 시어를 방언과 연관시켜 이해해 볼 필요가 있다는 사실을 지적하기 위함이었다.

육사 시에 나타나는 모호한 표현을 간략히 지적한 것은, 이러한 불분명한 표현이 작품을 평가하는 하나의 기준이 될 수 있기 때문이다. 육사의 개별 작품들은 그 나름대로 작품으로서의 우열이 분명히 있는 것이며 그것을 판단해야 하는 것이 연구자의 임무이기도 하다. 육사의 절창으로 알려진 몇 작품들에 비하여, 여기에서 다룬 작품이 미학적으로 그에 미치지 못한다는 사실을 다시 말할 필요는 없다.

(1988)

이육사의 생애

1. 머리말

이육사는 망국의 길목인 을사늑약 체결 직전에 태어나 광복의 문턱을 넘지 못하고 순국하였으니, 그의 전 생애는 폭압적인 식민지 시대와 거의 일치한다. 일제 강점기에 독립운동에 가담하고 마침내 순국함으로써 문학과 행동의 통일을 보여준 그의 삶은 가치 있고 추앙할 만한 것임에 틀림없다.

그러나 문학론에서 무엇보다 중요한 것은 그가 시인이라는 사실을 잊지 않는 일이다. 그의 삶이 가치 있는 것이기는 하지만, 그것이 그를 탁월한 시인으로 만드는 필수 불가결한 요소는 아니다. 이육사 연구에서 일찍이 지적된 바 있는 "신념의 탁월함"과 "시적 탁월함"의 혼동, "신성화 내지는 우상화의 압력", "시 해석의 도식성·경직성", "시 작품을 당대의 정치적 상황에 대한 <암호>처럼 해독하는 경향"[1] 등은 여전히 경계해

---

1) 김흥규(1976), 「육사의 시와 세계인식」, 『창작과비평』 40호, 창작과비평사,

야 할 문제이다.

이육사는 「계절의 오행」에서 "왼갓 고독이나 비애를 맛볼지라도『시한편』만 부끄럽지 안케 쓰면 될 것", "다만 나에게는 행동의 연속만이 잇슬 짜름이오 행동은 말이 아니고 나에게는 시를 생각는다는 것도 행동이 되는 까닭"[2]이라고 했다. 그것은 그 스스로 시인으로서의 자의식을 분명히 한 발언이다. 이와 같이 이육사에게 행동은 단지 사회적 실천뿐만 아니라 예술적 실천까지를 포괄한다. 따라서 그의 생애와 문학을 아우르면서 그 양상을 밀도 있고 심도 있게 해명하는 것이 연구의 과제가 되어야 마땅하다.

그러나 나라 잃은 백성으로서 시를 쓰면서 나라를 되찾는 일에 투신한 이육사의 행적은 여전히 많은 부분이 밝혀지지 않고 있다. 무엇보다 그에 관한 자료가 충분히 확보되지 않은 탓이고, 그런 까닭에 육사의 글을 확정하는 문제에도 아직 논란의 여지가 있다. 육사의 구체적인 생애를 밝히기 위하여 지금으로서는 그에 관한 자료를 찾고 전기적 사실을 확인하는 일이 무엇보다 긴요하며, 그와 함께 그가 남긴 글을 발굴·확정하는 일 또한 면밀하게 수행해야 할 과제임이 분명하다.

그런 점을 전제하면서, 이 글은 이육사의 생애에 관한 몇 가지 기초적인 사실인 이름, 가계, 수학관계, 독립운동을 개관한다. 여기서는 이에 관해 이미 이루어진 연구를 정리하고 거기에 국사학의 최근 성과를 보태며, 작은 사실들이라도 다시 꼼꼼히 살피는 일을 한다. 무엇보다 막연하게 알려진 이육사의 독립운동에 관하여 좀더 구체적인 정보를 제공하는 일

233-234쪽.
2) 심원섭(1986), 『원본 이육사 전집』, 집문당, 219쪽. 이후 필요한 경우 이육사의 글은 이 책에서 따오고, 그 쪽수만 표시한다.

제의 자료를 살피는 것은 나름의 가치가 있을 것이다.

2. 이름과 관계된 논란

육사의 첫 이름은 원록(源祿)이며 두 번째 이름은 원삼(源三)이었으며, 활(活)이라는 이름을 스스로 지어 불렀다. 자는 태경(台卿)이며 아호로서 때로 육사(戮史)라고 쓴 적이 있다.[3] 그런데 문제가 된 것은 '이활'이라는 이름으로서, 그 사용시기에 관한 것과 동명이인의 존재 가능성에 관한 것을 들 수 있다.

사용시기 문제는 이명자가 제기[4]했는데, "活이 필명으로 사용된 연대가 또한 1933년경이라는 설이 있으나, 1926년 1월 『문예운동』誌에 詩 「前註」(「前詩」의 오기임 : 필자) 등을 發表할 때 처음 사용된 사실을 찾아 볼 수 있다."고 했다. 그러나 이 주장은, 김근수가 엮은 한국학자료총서 제1집 『한국잡지개관 및 호별총목차』(한국학연구소, 1988. 재판)(413쪽과 555쪽)에 따르면 옳지 않다. 『문예운동』제1권 1호(1926. 1. 1.)에 실린 「前詩」와 「優鬱이 불 탈 때」를 쓴 사람은 '이활'이 아니라 '이호(李浩)'이다.

또한 함께 지적한 「三翼十二房」(『대중공론』 제5호(2권 3호), 1930. 4. 1.)의 필자 또한 '이호(李浩)'이다. 두 사람의 '이호'가 같은 사람인지 아닌지는 확인할 수 없지만, '이호'라는 이름으로 활동한 사람이 카프의

---

3) 이동영(1981), 「이육사의 항일운동과 생애」, 『이육사전집 : 광야에서 부르리라』, 문학세계사, 244쪽.

4) 이명자(1975), 「본명조차 상실되었던 문학사상의 이육사」, 『문학사상』, 11월호(통권 38호), 364-365쪽.

'이호' 외에 다른 사람이 있을 것 같지 않다. '이호'는 '염군사'의 일원이 자 카프의 발기인이었으며, 『문예운동』은 카프의 준기관지였다. 『대중공 론』에 실린 「三翼十二房」은 작품을 보지 못해 말하기 힘들지만, '이호' 의 시적 경향은 이육사와 다르다. 이 점은 '이호'의 「行動의 詩에서」, 「逃避를 가는 꿈」, 「行動의 詩」(『개벽』 통권 72호, 1926. 8. 1.)와 「무명 전사를 위하여」(『대중공론』 1930년 9월 특집호)만 살펴보아도 뚜렷하다. 한자 '활'과 '호'는 모양이 비슷하여 식자공이나 독자가 식별에 쉬 혼란을 일으킬 수 있어 일제 경찰의 기록에도 '활'이 '호'로 되어 있는 경우가 있다.

그러나 정작 중요한 것은 '이활'이란 이름을 쓴 사람이 이육사 외에 더 있을 수 있다는 다음과 같은 주장5)이다.

> 그는 문학작품 이외의 평문 등에서 '李活'로 한 것들이 많은데, 이것
> 은 陸史만이 쓴 필명이 아니다. 이런 류의 평문 가운데 일부는 또 다른
> 사람이 있을 것이라는 가능성과 함께 여성문제를 다룬 논문 중 일부는
> 元山 출신의 여류 李活의 것이기 때문이다. 그러나 그 식별의 어려움이
> 있어 확실한 것만 제외하고 이 책에 모두 수록했으나, 이 가운데서 육사
> 의 것이 아닌 것은 앞으로 가려져야 할 것이다.

'이활'이란 이름으로 발표된 것 중에서 일부 동명이인의 글이 있을 가능성이 있다면, 육사의 글을 식별하고 확정하는 일이 우선적인 과제가 되어 마땅하다. 「말」을 제외한 시, 그리고 수필은 발표자가 '(이)육사'로 되어 있어 문제가 없으나, 평문은 '이활'로 된 것이 훨씬 많다. 따라서

---

5) 김학동(편)(1986), 『이육사전집』, 새문사, 7쪽. 백순재(1976) 또한 그 점을 『육
 사의 유작정리와 그 문제점』(『문학사상』1월호, 224쪽.)에서 말한 바 있다.

평문의 경우 필자를 확정하는 일이 중요하지 않을 수 없다.

그러나 지금으로서는 '이활'로 발표된 글이 육사의 것이 아니라고 말할 구체적인 증거가 없다. 오히려 육사의 중국체험과 사회활동에 비추어 볼 때, 이것을 육사의 글이라고 보는 것이 훨씬 더 설득력이 있을 듯하다. 또한 육사가 활동하던 당시 문단의 인식 또한 그런 것이라고 추정할 수 있으며,[6] 그의 백형의 편지에도 이육사를 '활'로 지칭한 것이 있다.[7] 그밖에 '이활'이 육사라는 것을 분명히 밝혀주는 것으로는 『별건곤』에 실린 「대구사회단체개관」(1930. 10.)과 『조선일보』에 실린 방문기 「신진작가 장혁주군 방문기-개조사입선 『아귀도』작가」(1932. 3. 29.)가 있다. 앞의 글에는 '이활'이라는 이름과 함께 '大邱 二六四'라고 적혀 있고, 뒤의 글에는 '대구에서 이활'이라는 필자명이 나와 있어 의심의 여지가 없다.[8]

3. 가계

육사는 1904년 4월 4일(음력) 경상북도 안동군 도산면 원촌리(현재 안

---

6) <조선문예가총람>(『문장』 제2권 1호, 1940. 1.)에는 육사의 본명이 '이활'로 되어 있어, 당시 문단에서 '이활'과 육사가 동일인으로 인식되었을 가능성에 그 근거를 둔다. 여기에서 육사는 "평론가 이원조의 백씨"로 소개되며, 육사에 대해 "시인, 소화 8년 <신조선>지에 <황혼>을 발표한 이외, 시작생활에 정진"과 같이 서술하고 있어, 「황혼」을 육사의 문단 진출작으로 간주하고 있다.
7) 주 36) 참조.
8) '이활'이라는 이름은 1930년에서 1936년 8월까지 주로 쓰이고, 1934년 10월 이후에는 '육사'와 함께 쓰인다. 그러나 1936년 이후로 '이활'은 1938년과 1939년에 단 한 번씩 쓰이고 필명이 '(이)육사'로 통일된다. 시, 소설, 그리고 수필과 문학에 관한 평문 등이 대체로 '(이)육사'로, 정치, 사회, 경제의 주제를 다룬 평문들이 '이활'이라는 이름으로 발표되었다는 점을 눈여겨 본다면, 육사의 글쓰기, 혹은 장르에 대한 자의식의 일단을 살필 수도 있을 것이다.

동시 도산면 원천리) 881번지에서 태어났다.9) 그의 아버지 이가호(亞隱 李家鎬)는 퇴계 이황의 13대 손이며, 그의 어머니 김해 허씨(善山 林隱 人)는 의병장 허형(凡山 許蘅)의 딸이다.

육사는 원기(源祺), 원록(源祿/活), 원일(源一), 원조(源朝), 원창(源昌), 원홍(源洪) 등 육 형제의 둘째였는데, 막내인 원홍은 19세에 미성으로 일찍 세상을 떴다고 한다. 그의 동생 이원조는 당대에 널리 알려진 비평가였으나, 해방 후 대한민국 정부수립 직전 월북한 까닭에 육사와 형제간이라는 사실이 세상에 크게 알려지지 않았다. 몇 년 전 이원조의 비평집이 그의 장조카인 부산대 이동영 교수에 의해서 책으로 출판되었다.

그의 할아버지 치헌공은 경술 국치에 이르러 거느린 비복들을 풀어준 다음 그 문서를 불태워 버렸다고 하며, 예안에 세워진 신교육기관인 보문의숙의 초대 숙장에 추대되었다고 한다.10) 그의 친외가에서는 많은 항일 투사가 나왔는데, 안동 일원에서 경술국치를 당하여 목숨을 끊은 이만도(李晚燾), 이만규(李晚煃), 이중언(李中彦) 등은 육사의 근족(近族)의 족조(族祖)였으며, 육사의 외조부 허형(凡山 許蘅)은 당대 사림의 중망이었을 뿐만 아니라 그 종반(從班)에 방산 허훈(舫山 許薰), 왕산 허위(旺山 許蔿), 성산 허노(性山 許魯) 등이 의병 및 항일에 열렬한 분이었다. 또한 석주 이상룡(石洲 李象龍—임시정부 국무령)과는 사가(査家)간이었다.11) 이와 같이 그의 친·외가의 가계에서 많은 항일투사가 나왔으니, 육사의 이러한 환경과 그의 문학 및 생애가 어떠한 대응관계에 있는지 밀도 있게 검토할 필요가 있을 것이다.12)

---

9) 이동영(1981), 앞의 글, 244쪽.
10) 위의 책, 249-250쪽.
11) 위의 책, 249쪽.

육사는 1921년(18세) 봄에 부친의 엄명으로 영천군 오동 안용락(永川
郡 梧洞 安庸洛)의 딸과 혼인을 했다. 슬하에 동윤(東胤, 아들)과 옥비
(沃肥, 딸)를 두었으나, 동윤은 어린 나이에 죽었다. 육사 사후 동생 이원
창의 3남 동박(東博)을 양자로 입적하였다.

4. 수학

육사는 어려서 가학으로 조부에게서 한학을 배웠다.13) 이어서 고향에
세워진 보문의숙, 영천의 백학학교(옛 白鶴書院), 대구의 교남학교14)에
서 수학했다고 하나 사실 여부가 확실하지 않다. 일제 조선총독부 경무국
의 기록에는 본적지의 공립보통학교를 졸업하고, 영천 백학학원, 일본의
동경정칙예비교(東京正則豫備校), 일본대학 문과 전문부, 그리고 북경
의 중국대학을 수학한 사실과 함께 병으로 일본대학 문과 전문부를 퇴
학15)한 것으로 나와 있다. 일제의 기록에 따르면, 공립학교를 졸업한 해가

12) 안동지역 개화 유림의 형성과 사회운동, 독립운동에 척족관계가 관여했다는
    조동걸의 다음과 같은 주장도 참고할 수 있다. "안동지방 개화 유림의 형성은
    유인식(동산)의 혁신적 활약에 의해서 혁명적으로 추진되어 김동삼(일송)을
    전위로 한 협동학교의 교육적 보급, 그리고 이상룡(석주)이 창설한 대한협회
    안동지회의 사회운동을 통하여 확대되어 갔다고 말할 수 있으며, 여기에는
    유림 전통의 척족관계가 관여됐다고 할 것이다." 조동걸, 「안동유림의 도만
    경위와 독립운동상의 성향」, 『대구사학』 제15 · 16집, 대구사학회, 412쪽.
13) 수필 「전조기(剪爪記)」에서 여섯 살 때 소학을 배웠다고 했으며, 그 후 십여
    세까지 집안 소년들과 함께 한학을 한 것으로 육사는 회고한다. 그 구체적인
    내용은 수필 「은하수(銀河水)」에 비교적 자세히 나온다.
14) 이동영은, "신교육 기관인 보문의숙에는 조부와 백형을 따라다녔을 뿐 나이
    로 보아 정규 학생은 아닌 것 같다."(앞의 글, 251쪽.)고 했다. 교남학교 수학설
    은 이동영과 김진화의 글에 나타나 있다. 김진화(1978), 『일제하 대구의 언론
    연구』, 화다출판사, 139쪽과 이동영, 앞의 글, 251쪽 참조.

1920년인데, 친·외가의 항일적인 성향이나 일제 공교육에 대한 반감을
고려할 때 사실 여부를 좀더 면밀하게 조사할 필요가 있다.

　육사의 집은 조부가 별세한(1916년)(13세) 이후 가세가 기울었다 한다.
1920년(17세) 육사의 집은 안동군 녹전면 신평동(속칭 듬벌이)으로 이사
를 하고, 육사 형제는 대구로 나와 형제들과 일년 여를 방황했으며, 이
때 아우 원일은 이명룡(杜雲 李命龍)과 함께 석재 서병오(石齋 徐丙五)
에게 서예를 배웠다 한다. 이 때 육사가 동행하여 그림공부에 관심을
갖게 되었다[16]고 하나, 그 이전에 이미 육사는 그림에 대해서 관심을
보인 바 있다.[17]

　다음 해인 1921년(18세) 봄에 육사는 혼인을 하고, 영천 화북면 백학학
교에 7, 8개월 다녔다는 설이 있다. 육사의 집이 녹전면에서 대구로 이사
한 것은 1923년(20세)이며, 옮긴 주소는 남산동 662번지이다. 그 해 육사
는 일본으로 건너 가 일년 여 체류[18]하며, 육사가 일본에서 학적을 두었다

---

15) 조선총독부 경무국, <군관학교사건의 진상>, 한홍구·이재화(편)(1988), 『한
　　국민족해방운동사자료총서』 3, 경원문화사, 125쪽. 여기에 따르면, 1920년
　　본적지 공립보통학교 졸업, 영천 백학학원, 동경정칙예비교, 일본대학 문과
　　전문부를 병으로 퇴학, 1926년 북경 중국대학 입학 1927년 중도 퇴학·귀국
　　으로 되어 있다. 퇴학의 원인이 된 병이 무엇인지는 알 수 없다.
16) 심원섭, 앞의 책, 409쪽 <연보> 참조. 이동영도 그런 뜻에서 "육사가 매화와
　　난초를 그렸다는 것은 우연한 바 아니다."라고 했다. 이동영, 앞의 글, 251쪽.
17) "나와 黎泉은 글씨를 쓰면 水山을 당치 못했고 印材는 장래에 水山에게
　　돌아갈 것이 뻔한 일이었다. 그래서 나는 글씨쓰길 斷念하고 畵家가 되려고
　　장방에 있는 唐畵를 모조리 내놓고 실로 熱心으로 그림을 배워본 일도 있었
　　다. 그러나 歲月은 十二歲의 少年으로 하여금 그 印材에 대한 戀戀한 마음을
　　팽게치게 하였으니 내가 배우던 中庸大學은 物理니 化學이니 하는 것으로
　　바꾸이고 하는 동안 그야말로 殺風景의 十年이 지나갔었다."(「戀印記」) 232
　　쪽.
18) 그 뒤에도 육사의 도일은 두세 번 있었다고 한다. 두 번째 도일이 1937년
　　가을이었으며, 그 때 기숙한 곳이 동경시 經堂町 <Friend House>였다고 한

면 1923년에서 1924년 전반기에 이르는 이 시기뿐이라고 이동영은 추정한다.[19] 이것이 옳다면, 육사는 이 때 동경정칙예비교와 일본대학 문과 전문부에서 수학했을 것이며, 일본대학은 고유명사로서 '일본대학'이 아니라 일본에 있는 대학을 가리키는 듯하다.

육사가 북경에 있는 중국 대학(이것 역시 중국의 대학이라는 뜻일 것이다.)에 들어간 것은 1926년(23세)이다. 야금술에 관한 독서체험을 회상하는 부분이 나오는 「계절의 오행」이라는 수필의 한 대목에서 당시 육사의 대학생활 일부를 엿볼 수 있다. 그러나 여기서도 역시 입학한 이듬해인 1927년(24세) 중도에 퇴학한 채 귀국한 것으로 일제의 기록[20]에 나타나 있으나, 중국에서 학업을 계속하지 못한 이유는 알 수 없다.

그런데 이 시기(1926-1927년)의 중국 체류 기간 동안 육사가 광동(廣東)의 중산대학(中山大學)에 재학하고 있었을 가능성을 제시한 견해도

다. 이동영, 앞의 글, 252쪽. 그런데 1937년 『창공』 창간호에 실린 육사의 「무희의 봄을 찾아서-박외선 양 방문기」(심원섭, 앞의 책, 256-261쪽.)를 검토하면, 육사가 동경에 간 것은 1937년 가을이 아니라 봄이며, 좀더 구체적으로 말하면 5월인 듯하다. 그런데 심원섭의 작품연보(416쪽)에 따르면, 『창공』의 발간일자가 4월로 되어 있어 앞으로 좀더 자세히 살필 필요가 있겠다.

19) 이동영, 앞의 글, 251-252쪽. 육사가 일본으로 가는 데 재정적인 도움을 준 사람은 김관제(金觀濟, 약업인), 김현경(金顯敬, 삼강병원장), 강신묵(姜信默, 경상북도 근무) 등이었다 한다. 강신묵, 조인식(曺寅植, 창녕 사람), 서흑파(徐黑坡, 선산 사람으로 무정부주의자), 이두석(李斗錫, 梅院 사람) 등은 육사와 친숙한 동배였다고 한다. 이동영은 육사의 일본대학 중퇴를 김정명(金正明)(편), 『조선독립운동(민족주의운동)』 권2, 524쪽에서 찾아 밝히고 있다.

20) 한홍구·이재화(편), 앞의 책, 125쪽. 육사가 북경대학 사회학과에서 수학했다는 설(이동영, 앞의 글, 252쪽.)이 있으나, 이것이 확인된 바는 없다. '北平中國大學'이란 기록을 고려할 때, 북경대학이 아니라 북경의 어느 대학일 가능성이 더 크다. '북평'은 북경의 다른 이름인데, 1928년 국부군이 북경에 입성하여 이름을 그렇게 고쳤다.(진단학회, 『한국사연표』, 을유문화사, 1977. 332쪽 참조.)

있다21). 그 근거는 1926년과 1927년에 광동의 중산대학에 재학한 한인 명단에 '이활(李活)'이라는 이름이 있기 때문이다. 여기에 따르면, '이활'은 1926년에는 의과의 예과 1년생이었는데 1927년에는 법과 4년생으로 기록22)되어 있을 뿐만 아니라, 1927년 4월 <유월한국혁명동지회(留粵韓國革命同志會)>에 참가했으며, 같은 달 중산대학에서 열린 <유월한국혁명동지회> 제2차 임시대회 집행위원으로 뽑혔다는 것이다.23) 그러나 광동에서 활약한 '이활'이 육사인지를 확증하기 위해서는 좀더 면밀한 검토가 필요하다.24)

---

21) 김희곤(1993), 「항일활동으로서의 육사 생애」, 이동영(편), 『일하 이원기 선생 순국 오십주년 추모논총』, 육우당기념회, 부산대학교출판부, 534-537쪽. 김희곤(1994), 「이육사와 의열단」, 『안동사학』 제 1집, 49-51쪽 참조. 김희곤은 육사가 1926년 북경에서 대학의 특별과정에 들면서 북경에서 활약하던 남형우 등과 의열투쟁방략을 모색하고 곧 이어 광동으로 간 것으로 추정한다.

22) 한상도(1994), 『한국독립운동과 중국군관학교』, 문학과지성사, 186-187쪽. 김희곤(1994), 앞의 글, 50쪽에서 재인용.

23) 집행위원 명단에 馬駿, 鄭有燐, 徐義俊, 李英俊, 蔡元凱, 金東州, 張志樂, 金元植 등 쟁쟁한 인물들이 있으며, 조직의 구성원들을 통해 볼 때 육사는 이 시기에 이념적인 면에서도 상당한 변화를 보여 자연스럽게 사회주의에 접근하고 있었다고 판단했다. 김희곤(1993), 앞의 글, 536-537쪽.

24) 육사는 1926년 가을을 북경에서 지냈으며, 북경의 어느 대학(그것이 특별과정이었든 정규과정이었든)에 다니고 있었다는 것은 그의 수필 「계절의 오행」에서 확인할 수 있다. 이 글에서 육사는 자신의 독서체험과 대학생활의 편린을 드러내고 있는데, 그 배경이 가을이다. 일제의 기록에 따르면, 육사가 대학에 적을 둔 시기는 1926년에서 1927년인데, 1927년 가을에는 이미 귀국(7월 혹은 8월)해 국내에 있었으므로 수필의 배경이 된 것은 1926년 가을로 추정할 수 있다.
그런데 다른 기록에 따르면, 육사는 1926년 7월 중국으로 가서 남형우와 배병현에게 암살단의 조직과 국내의 정황을 보고하고 9월에 귀국했으며, 11월에 다시 중국에 간 것으로 되어 있다. 이동영(편)(1993), <대구조선은행 폭탄사건 예심결정서>, 『한국독립유공지사열전』, 육우당기념회, 40-53쪽. 이러한 사정을 감안하면, 육사가 1926년에 광동 중산대학에 재학했을 가능성

어쨌든 일본과 중국에서 대학에 적을 두고 있었다는 것은 육사의 지식욕을 보여주는 동시에 당대 사회문화 현실을 이해하는 육사의 지적 배경과 통로를 밝혀준다. 육사의 글에 그의 일본체험이 거의 드러나지 않는데 비하여, 중국체험은 매우 구체적으로 그리고 풍부히 나타난다. 그의 평문과 수필은 중국의 정치, 사회, 문학, 그리고 국제 정세에 대한 육사 나름의 이해를 보여 주고 있다. 특히 노신(魯迅)의 소설과 서지마(徐志摩)의 시에 대한 번역, 중국문학사와 중국 현대시에 대한 이해는, 그의 중국체험이 그의 문학과 일정하고도 구체적인 관계를 가지고 있음을 시사한다.

일본과 중국에서 대학에 입학하지만 곧 학업을 중단했던 육사는 대학과정의 신교육을 온전히 받을 수는 없었다. 그러나 그의 글에 나타나는 인명이나 작품들을 근거로 한다면, 서구의 저작들에 대한 독서가 매우 폭넓게25) 지속된 것으로 보인다.

5. 독립운동

육사가 독립운동에 참가한 것은 일본을 다녀 온 뒤인 1925년(22세)경이다. 육사는 애국지사들과 대구 조양회관26)에서 열린 신문화강좌에 참여27)하는 한편 독립운동을 위한 비밀결사에 참가했다. 일제의 기록에

은 그만큼 크지 않을 수도 있다.
25) 참고로 그가 언급하고 있는 작가/사상가를 들면, 셰익스피어, 보들레르, 매슈 아놀드, 에밀 졸라, 발작크, 시 디 루이스, 펄벅, 앙드레 말로, 괴테, 노신, 하이네, 소로우, 알베르 보나르, 셰스토프 등등이다.
26) 옛 원화여고(대구) 자리에 있다가 오늘날 망우공원 안으로 옮겨져 광복회 건물로 쓰이고 있다.
27) 이동영, 앞의 글, 253쪽.

따르면, 육사가 비밀결사에 가담한 것은 1925년이다. 그 경과는 <대구조선은행 폭탄사건 예심결정서>에 비교적 상세히 나와 있다.[28]

여기에 따르면, 이 비밀결사를 주도한 이는 이정기(李定基)이다. 이정기는 1925년 정월(음력) 북경에 가 국민당 수령 정의부위원인 남형우(正義府委員 南亨右), 대한당 ××군정서(대한독립당 군정서?) 대표인 배병현(軍政署代表 裵炳鉉), 의열단 김창숙(義烈團 金昌淑)[29]을 만나 조선××(해방/독립)운동을 협의하고, 이에 필요한 자금을 국내에서 모집하기로 하되, 자금을 모집하는 방법은 과거와 달리 파괴와 암살 등과 같은 과격한 방법을 동원하기로 했다. 폭탄을 국내에 반입하기 어려워 이정기는 폭탄제조 기술을 남형우, 배병현으로부터 배우고, 권총 2자루와 탄환 96발을 받아 9월 귀국했다.

국내에 돌아 온 이정기는 남형우와의 협의사항을 육사 형제에게 알리고 몇 가지를 그들과 협의하게 된다. 그것은 (1) 종래의 자금모집운동의 실패를 생각하여 1차 자금모집에 착수할 것, (2) 불응자를 그대로 방치하지 않고 즉시 사살하여 일반 부호를 전율시켜 모집을 용이하게 할 것, (3) 이를 위해 암살단이 될 결사를 조직할 것 등이다. 육사 형제는 이에 동의하였고, 이에 따라 이정기는 육사 형제와 결사를 조직한 것으로 되어 있다.

그 다음 해인 1926년(23세) 7월 육사는 중국으로 가서 남형우와 배병현에게 암살단의 조직과 국내의 정황을 보고했으며, 9월에 귀국했다가 11

---

28) 이동영(편)(1993), 앞의 책, 40-53쪽. 이 사건에 관한 아래 서술은 모두 이에 따른다.
29) 김창숙은 의열단원이 아니며, 남형우, 배병현이 어떤 인물인지는 알 수 없다고 한다. 김희곤(1993), 앞의 글, 534쪽.

월에 다시 중국에 간 것으로 되어 있다. 재차 중국으로 출국할 즈음 육사는 서울에서 이경식(李京植)[30]과 조재만(曺在萬)에게 암살단의 내용을 알리고 입단을 권유하였으며, 이들은 공명하여 즉시 가입했다고 한다. 조재만이 육사와 함께 북경에 갔는지는 알 수 없으나, 이들은 북경에 함께 있었으며 남형우, 배병현을 만나 독립운동의 방략에 관해 협의한 것으로 기록되어 있다. 육사와 조재만이 귀국한 것은 다음 해인 1927년 (24세) 7월 혹은 8월이다.[31]

이정기와 육사 형제가 조직하고 가담한 결사는, 이와 같이 그 주된 목적이 국내에서 독립운동자금을 모집하기 위한 것이었다. 그러나 장진홍(張鎭弘) 의사의 <조선은행 대구지점 폭탄사건>이 1927년 10월 18일 일어났으며, 이에 연루되어 동지를 규합하고 활동계획을 세워 실천하는 단계에서 비밀결사는 일제에게 노출되고 말았다. 육사는 장진홍 의사 사건으로 혐의를 받아 형제들(원기, 원일, 원조)과 함께 피검된다. 안동 유교하(柳敎夏)의 힘을 입어 일주일만에 석방되었으나, 학생이었던 이원조만 빼고 사흘만에 삼 형제가 다시 투옥되었다.[32] 비밀결사가 노출되고, 육사는 사건의 주모자 혐의를 받아 모진 옥고를 치렀다 한다. 그러나 그 뒤 장진홍 의사가 체포되고, 이정기와 육사 형제를 비롯한 열 사람은

---

30) 그는 육사의 시신을 거둔 이병희(李丙禧)의 아버지이다. 이병희는 서울여상 1학년 재학 중 鍾淵紡績(주)에 들어가 노동운동을 벌이다 1936년 체포돼 서울 서대문형무소에서 2년 4개월의 옥고를 치렀다. 그 후 그녀는 북경 감옥에서 육사와 이웃한 감방에 4개월 반 가량 수감되어 있었으며, 육사가 옥사하기 5일전에 가석방되었다. 이육사기념사업회의 이병희 증언 녹취(1996. 10. 21.)와 <대구일보>(1996. 8. 16.)기사 참조.

31) 이것이 분명치 않은 것은 "피고 조재만은 소화 2년 7월 피고 이 원록과 동년 8월에 함께 귀선하였는데"와 같이 모호하기 때문이다.

32) 이동영, 앞의 글, 254쪽.

피검 이년 여 뒤인 1929(26세)년 12월 9일 대구지방법원에서 증거 불충분 으로 면소 판정을 받았다.33)

그 후 육사는 <중외일보>, <조선일보> 대구지국 기자로 활동했 다.34) 이 때 육사는 '이활'이라는 필명으로「말」(1930. 1. 3. <조선일 보>)과「대구사회단체개관」(1930. 10.『別乾坤』)을 발표함으로써 문필 활동을 시작한다. 그러나 그 전후에도 육사는 1929년 광주학생의거로 예비검속35)을 당하고, 광주학생의거 이후 반제국주의와 배일맹휴(排日 盟休) 운동의 진행과 더불어 대구 각처에서 학생들의 비밀결사조직에 대한 검거가 진행되던 1930년(27세) 11월 대구배일격문사건의 배후 조종 자로 대구서에 피검되어 6개월 간의 옥고를 치르게 된다.36)

---

33) 일제 조선총독부 경무국의 <군관학교사건의 진상>(한홍구·이재화(편), 앞 의 책, 125쪽.)에는 5월에 면소된 것으로 나와 있다.

34) 언론인으로서의 활동은 김진화(1978)의 앞의 책(139-143쪽)을 참조할 수 있다. 김진화는 육사가 언제부터 언제까지 대구에서 기자생활을 했는지는 정확히 알 수 없다고 하면서, 장진홍 의사 사건 후 무혐의로 석방된 이후부터 1933년 경까지로 그 시기를 추정하고 있다. 그에 따르면, 육사는 조선인 기자모임인 <칠조회(七鳥會)>회원이었고(109쪽), 이선장(李善長) 등과 함께 "해산상태 에 있는" <대구청년동맹>을 재조직하기도 했다(140, 150쪽).
  <대구청년동맹>은 육사의 글 <대구사회단체개관>에 따르면, 大邱靑年 會, 我求靑年同盟, 서울新友團, 靑年同盟, 無産靑年會 등이 합동하여 1927 년 7월 24일 창립한 단체로 회원이 약 130여 명으로 많은 활약을 했으나, 초대 집행위원장인 張赤宇가 제 4차 共靑年사건으로 투옥된 후로 이 글이 발표될 당시 침체상태에 있다고 했다.

35) 이동영, 앞의 글, 255쪽.

36) 위의 글, 255-256쪽. 육사의 백형인 이 원기가 이영우(李英雨)에게 보낸 편지 내용을 통해 이 사실을 알 수 있다고 했다. 한문으로 된 편지 중에서 관련 부분만을 국문으로 옮기면 다음과 같다. "(앞줄임) 아래로 형제는 격문 때문 에 혐의를 입어 이십일 전 대구(경찰)서에 피검되었습니다. (가운데 줄임) 活(육사 : 필자)도 그 속사정이 탐지되어 고통을 받는 것이 보통이 아니고 바야흐로 감방에 누어있다 하니, 생각컨대 그 위태함을 말하지 않아도 알

계속적인 옥고를 치르면서도 육사의 항일의지가 수그러들지 않았음을, 이 때를 전후해서 발표된 글 중「대구사회단체개관」을 보면 분명히 알 수 있다. 이 글에서 육사는 각종 사회단체 활동의 침체가 "'외래의 억압"과 "자체의 부진"에 기인한다고 말하고, 자체 부진을 극복하기 위하여 전위의 용기있는 자가 희생을 당하면 그 뒤를 이을 용기있는 자가 끊어지지 않아야 한다고 하면서 "새로운 용자(勇者)여, 어서 많이 나오라."라고 촉구하고 있다. 또한 "일시적 침체로서 영원한 소멸을 비관"할 수도 없으며, 동시에 "역사적 필연성"만을 믿고 강태공처럼 기다릴 수만은 더욱 없다고 하면서, "필사적 노력"으로 조직을 정비하여 국면을 타개할 것을 갈망하고 있는 것에서 그의 굳은 신념과 강인한 현실타개의 의지를 살필 수 있다.

그 뒤 몇 차례 중국을 왕래하다37) 마침내 1932년(29세) 4월38) 육사는

수 있을 것입니다. (뒤줄임)"

37) 심원섭은 1931년 봄 (1) 외숙 許珪의 독립자금 모금 관계로 만주에 갔다가 군관학교 학생 모집을 위해 귀국했으며 (2) 그 후 다시 이원조와 영천 출신 김모씨 등 3인과 함께 북경으로 가다가 만주사변이 터지자 3개월만에 귀국, 이후 육사는 봉천 김두봉에게 가 지냈다고 했다(411쪽). 한편, 이동영은 "1931년 봄에 조재만 등 네 사람(원조도 포함)을 데리고 북경으로 가다가 무슨 일이 발각되어 동행한 사람들은 3개월만에 돌아오고, 육사는 이 때 봉천까지 가서 金枓奉에게 가 있었다고 한다."(257쪽)고 했다.
이에 대해 김희곤은 시기적으로 (1)은 신빙성이 없다고 했다. 1930년 11월에 체포되어 6개월 동안 옥고를 치렀으니 시기적으로 맞지 않고, 아직 군사간부학교에 대한 계획조차 확정되지 않았던 시기였다는 것이다. 그래서 김희곤은, 육사가 "1931년 9월경에 북경으로 가다가 만주사변이 일어나자 3개월만에 귀국했다. 그는 다시 다음해 3월 29일자 조선일보에 취재기사를 게재한 뒤, 4월에 봉천에 갔다. 그리고 6월에는 상해에 있었다."고 했다.(앞의 글, 539-540쪽)
38) 한홍구·이재화(편), 앞의 책, 125쪽에는 3월 10일, 255쪽에는 4월로 서로 다르게 기록되어 있다.

중국 봉천으로 간다. 봉천에서는 김두봉(金枓奉)에게 가서 지냈다고 하며[39], 6월 초 상해에서 당시 중국 과학원 부주석이며 민국혁명의 원로이던 양행불(楊杏佛)의 장례식이 열린 만국빈의사(萬國殯儀社)에서 중국 근대문학의 아버지 노신(魯迅)을 우연히 만났다. 상해에서는 'M'이 동행했으며, 장례식에 동행했던 여반로(侶伴路)에 있는 서국(書局)의 편집원 'R'이 육사를 노신에게 소개했다. 육사의 「노신추도문」은 육사의 문학관과 그의 노신문학 이해를 살피는 데 도움이 될 수 있다.

그 후 육사는 10월 20일[40] 남경에서 항일 무력투쟁단체인 의열단이 한중합작으로 설립한 <조선혁명군사정치간부학교>(훈련반 제6대에 입대)[41]에 제 1기생으로 입교했다. 육사의 입교는 윤세위(尹世胄)의 권유로 이루어졌으며, 1기생은 육사의 처남 안병철(安炳喆) 등을 포함한 26명이었다.[42]

---

39) 이동영, 앞의 책, 257쪽. 일제의 자료에서는 봉천으로 들어가 북경과 천진을 배회한 것으로 되어 있다.(한홍구·이재화(편), 앞의 책, 125쪽.)

40) 한홍구·이재화(편), 앞의 책, 147쪽. 이동영은 10월 22일로 기록하고 있다. 이동영, 앞의 글, 252, 257쪽.

41) 정식 이름은 중국국민정부 군사위원회 간부훈련반 제 6대이다. 한상도(1992. 11.), 「재중 한인군관학교연구 : 김원봉 김구의 항일운동기반과 관련하여 (1919~1945)」, 건국대 박사학위논문, 213쪽, 김희곤, 앞의 글, 541쪽에서 재인용. "이처럼 정식 명칭이 중국국민정부 군사위원회 소속 훈련대로 쓰게 된 이유는 일본과의 마찰을 피하려는 데 있었다. 그리고 '조선혁명군사정치간부학교'라는 명칭은 황포군관학교의 원래 명칭인 '국민혁명군 중앙군사정치학교'에서 따온 것으로 보인다." 한시준(1993), 『한국광복군연구』, 일조각, 28, 30쪽, 김희곤, 앞의 글, 541쪽에서 재인용. 일제 기록에는 통칭 군관학교로 되어 있다.

42) 나중에 입학한 6명을 포함한 수이다. 한홍구·이재화(편), 앞의 책, 148쪽. 그러나 같은 책 42-43쪽에는 '不詳' 2명을 포함하여 28명의 명단이 실려 있다. 그런데 흥미로운 것은 1기생 명단에 李北滿이 등장한다는 사실이다. 그는 李自重, 金世玉, 金芝光이라는 이름도 사용했다. 본적이 평북 철산군 운

<조선혁명군사정치간부학교>는 조선의 독립과 만주의 탈환을 위한 한중 대일공동전선 결성의 한 성과이다. 군관학교 설립에 이르는 과정은 일제의 기록에 비교적 자세히 언급되어 있다[43]. 여기에 따르면, 의열단장 김원봉(金元鳳)은 1932년 5월 의열단 명의로 한중합작에 관한 건의를 중국측에 제출, 국민정부의 양해를 얻어 표면적으로는 국민정부 군사위원회 간부훈련반 제 6대(제6대는 통신대)로 칭하고, 이면적으로는 의열단 경영과 관련된 조선혁명간부학교를 조직하기에 이른다.

설립 목적은 (1) 조선의 절대독립, (2) 만주국의 탈환에 있으며, 그 목적 달성의 수단으로서 졸업생들을 광범하게 조선과 만주에 파견하여, (1) 일만요인의 암살, 중요기관의 파괴, (2) 조선내 노동자 농민층에 파고들어 장래의 혁명조직 준비공작, (3) 재만 반일 단체와 제휴하여 일본제국 타도, (4) 위조지폐를 남발하여 만주국의 경제를 혼란케 하며, (5) 물자는 테러행동으로 획득하도록 하고 각자 필요한 교양을 베푸는 것 등을 임무로 한다는 것이다.

<국민정부 군사위원회 간부훈련반 제6대(조선혁명군사정치간부학교)>는 남경 교외 탕산(湯山) 선수암(善壽庵)에 있었으며, 제1대에서 5대까지는 중국인을 수용하고 제6대는 조선내외로부터 모집한 한인 청년만으로 조직했다. 교육기간은 6개월이며, 교관 20여 명(중국인 3명) 외 근무병 3명 취사병 4명이 있는데 이들은 모두 국민정부 군인이었다. 비밀을 지키기 위해 반원 전부를 한 집에 수용하고, 교관 전부는 김원봉의

산면 동창동으로 나와 있고, 졸업 후 교관으로 있었다. 그가 '제삼전선'파의 일원으로서 카프 동경지부를 결성한 李北滿과 같은 사람인지 아닌지는 알 수 없다.
43) 아래 이에 관한 서술은 한홍구·이재화(편), 앞의 책, 141쪽 이하에 따른다.

집에서 합숙을 했다.

입학식은 1932년 10월 20일 남경 교외 탕산의 <조선혁명군사정치간부학교>에서 열렸으며, 교장(대장) 김원봉, 왕현지(王現之) 이하 교관 20명(한인), 입교생 20명, 중국인 남경중국일보 사장 강탁(姜鐸), 황포군관학교 동창회장 강모(姜某), 중국 군간부인 사장(師長) 등이 참석했다. 교장 김원봉은 개교 인사에서, (1) 학교의 설립이 전적으로 의열단이 이룬 혈전의 성과임을 말하고, (2) 일본제국주의의 동삼성 점령과 그로 인한 조선민족의 피해를 강조하고, (3) 한중민족의 제휴를 통한 동삼성 탈환과 조선 독립의 달성을 역설, 입교생들을 격려했다. 한편 중국측 내빈은, (1) 역사적인 한중 선린우호의 강조, (2) 일본제국주의 침략정책 비판, (3) 일본제국주의 침략정책에 대항, 실지 회복을 위한 공동항일전선 구축 등을 요지로 한 축사를 했다. 식장에는 장개석과 손문의 사진이 걸려 있고 중앙에는 태극기와 중국 국기가 교차되어 있었으며, 벽에는 조선독립, 동삼성 탈환, 타도 일본제국주의, 중한합작 만세, 중국혁명성공 만세, 조선혁명성공 만세, 간부훈련반 만세 등의 표어가 걸려 있었다.

육사는 1기생으로서 6개월의 훈련[44]을 받고 1933년(30세) 4월 20일

---

44) 훈련내용은 한홍구·이재화(편)의 앞의 책(151쪽 이하)에 자세히 기록되어 있다. 1기생은 아침 6시에 기상하여 오전에는 학과교육을, 오후에는 군사훈련을, 그리고 저녁식사 후에는 중국어 교육을 받고 밤 9시에 취침하는 것으로 일과가 짜였다. 교양과목/담임교관은 (1) 정치조(정치학/韓某(韓一來), 경제학/王現之, 사회학, 조직방법/金正友, 철학/金元鳳), (2) 군사조(步兵操典/申岳, 陣中要務令, 爆彈製造法, 測圖/李東華), 射擊敎範/金宗), (3) 실과(部隊敎鍊/신악, 이동화, 盧乙龍), 機關銃操法, 爆彈使用法, 實彈射擊/이동화)이며, 비밀공작과 폭동공작 등 각종 활동에 필요한 내용도 훈련에 포함되어 있다. 강만길은 강의내용을 검토하면서 "이 시기의 의열단은 노동계급 중심 혁명을 지향하면서도 그 통일전선의 대상을 계급적으로는 소시민계급과 중소지주층에까지, 그리고 이념적으로는 민족주의자에까지 확대하고 있었"다

졸업했다. 졸업생의 대다수는 본인의 희망에 따라 국내 연고지로 파견되었는데, 주된 사명은 향후 적극화될 의열단[45)의 국내활동을 위한 사전기반조성에 두게 된 셈이며, 구체적 활동지침 설정에 있어서도 활동단체는 온건단체를 표방하여 야학회 등 공개조직을 통한 민력향상과 결속력제고를 우선적으로 삼았으며, 일부 졸업생은 조직활동 강화를 위한 통신연락 활동에 배치되기도 했다.[46)

졸업생들에게 공통으로 부과된 사명은 "국내 노동자와 농민에 대해혁명의식 고취와 제 2기생 모집 파견"[47)이었다. 육사는 1933년 7월 14일윤세위에게서 금화 80원을 건네 받아 이것을 여비로 해서 상해 등을 거쳐귀국하는데, 문길환(文吉煥)과 함께 배편으로 안동현을 지나 곧장 신의주로 입성한 것은 9월 10일 이후이다.[48) 그 후 육사는 서울에 있었으며

고 했다. 강만길(1995. 7. 21.), 「조선혁명간부학교와 이활」, 『이육사기념세미나』, 27-28쪽, 서울 출판문화회관강당)

45) 김희곤은 조선혁명군사정치간부학교 입교생들이 대부분 의열단이 되었을 것으로 추정하면서, 육사도 의열단원이었다고 확신한다. 김희곤, 앞의 글, 544쪽. 그러나 강만길은 "졸업생들이 모두 의열단에 가입했다고 보는 것이 타당하지 않을까"하면서도 1933년 6월 말 경, 육사가 이 시기에 중국에 있었지만, 남경에서 열린 의열단 전체회의 참석자 명단에 '이활'이 없어 그의 의열단 가입 여부에 대한 판단을 유보하고 있다.(강만길, 앞의 글, 27-28쪽.)

46) 한상도, 앞의 학위 논문, 244쪽, 김희곤, 앞의 글, 544-545쪽에서 재인용.

47) 염인호(1991), 「의열단의 국내 대중운동(1929-1935)」, 『이원순 교수 정년기념 사학논총』, 378쪽, 김희곤, 앞의 글, 545쪽에서 재인용.

48) 귀국일자는 자료에 따라 다르다. 김정명(편)(1967), 『조선독립운동』 2, 동경, 原書房, 524쪽(김희곤, 앞의 글, 545쪽)이나 조선총독부 경무국 자료(한홍구·이재화(편), 앞의 책, 125쪽, 255쪽)에는 1933년 5월 14일 남경에서 출발하여 문길환과 함께 바닷길로 안동현을 거쳐 7월 14일 신의주에 들어 온 것으로 되어 있다. 한편 이동영은 "김정명의 『독립운동사』에 의하면, 육사는 1933년 7월 14일 상해를 거쳐 신의주로 귀국하였다는 일경의 조서가 인용되었"다고 하면서 육사의 수필 <연인기(戀印記)>를 근거로 귀국 시기가 7월이 아니라 10월일 것으로 추정했다. 수필 <연인기>에 따르면, 육사는 1933

제 2기생의 모집에 앞서 1934년(31세) 3월 20일 조선일보 대구 특파원[49]으로 채용되지만, 부임 전인 같은 달 22일[50] 경기도에서 피검[51]되었다. 그러나 육사는 제 1기생으로 훈련을 받았을 뿐 국내에서 아직 어떠한

년 9월 10일 상해에 있었다. 이동영, 앞의 책, 258-259쪽.

그런데 <조선일보>(1933년 9월 20일)의 <현상소설 예선당선자 근황>에 실린 '이활'의 글에 따르면, 그는 그간 몸을 정양하느라고 여행을 계속한 것으로 되어 있다. 그렇다면 이 글은 육사가 중국에서 쓴 것인지, 혹은 귀국 후에 쓴 것인지, 그리고 필자인 '이활'이 과연 육사인지 앞으로 좀더 면밀하게 살펴 볼 필요가 있다. 조선일보사의 현상소설 관계의 구체적 일정과 내용은 강창민(1987)을 참고할 수 있다. 강창민에 따르면, 조선일보의 현상소설 예선마감은 1933년 6월 30일이며, 예선 발표(<현상소설선후감>)는 1933년 8월 1일이었다. 예선 응모에는 원고량이 약 100매(200자 원고지 분량) 정도(1회 14자 130행 기준의 10회분과 줄거리 요약을 포함)가, 그리고 본심에는 나머지 1,300매 정도(140회 내외)의 분량이 요구됐다. '이활'이 <현상소설 예선당선자 근황>에서 80회 분량을 썼다고 했으니, 9월 20일 이후 연장된 마감일인 10월 30일까지 나머지 60회분 600매 전후를 썼다고 추정할 수 있겠다. 강창민, <육사 시 연구-시정신을 중심으로>, 연세대학교 대학원 박사학위 논문, 33쪽 참조.

49) 일제는 육사가 생활문제를 해결하기 위해 조선일보 기자가 되고자 했다고 기록(한홍구·이재화(편), 앞의 책, 255쪽.)하고 있고, 김희곤은 육사의 입교 전 경력이 기자였던 점이 고려되어 그에게 신문을 통한 활동이 주어진 듯하다(앞의 글, 545쪽)고 추정했다.

50) 한홍구·이재화(편)의 앞의 책에는 육사의 피체일자가 5월 20일(125쪽)과 3월 22일(255쪽)로 서로 다르다. 둘을 비교하면, 125쪽에서는 6월 23일 신병석방 기소유예의견으로 사건을 송치하고 8월 31일 기소유예처분을 한 것으로 기록되어 있는 반면, 255쪽에는 검거일자와 기소유예의견으로 송치한 사실만 나와 있다. 한편 이에 대해서, "이 때 육사가 서울 형무소에서 약 7개월 이상 미결수로 있다가 나왔는데 왜경의 고문이 혹독하여 몇 번씩 피옷을 받아내었으며, 뒷날 육사는 가장 모진 고초를 겪었다 말했다."한 주장(이동영, 앞의 글, 258쪽.)도 있으나, 구금기간은 그렇게 보기 어렵다. 거기에서는 육사의 피검일자를 5월 25일로 적고 있다.

51) 귀국한 1기생 중에서 육사의 처남인 안병철이 가장 먼저 자수했고, 그에 따라 1기생들이 연달아 체포되었으며, 육사의 피검도 그것이 가장 결정적인 원인 이었다 한다.(김희곤, 앞의 글, 546쪽.)

활동을 한 사실이 없고 개전의 정이 현저하다고 인정돼 석방되고 사건은 기소유예의견으로 송치된다.[52]

그 후에도 육사는 <대구청년동맹>을 재조직하는 등 항일의지를 꺽지 않았으나 철저한 감시와 거듭된 피검으로 활동에 크게 제약을 받았음이 틀림없다. 창작을 포함한 육사의 문단활동이 대체로 이 시기에 활발하다는 것도 이와 무관하지 않을 것이다. 그 후에도 육사는 중국에 다녀오기도 했으나,[53] 대체로 이후 십여 년간은 문인으로서 창작과 평문을 발표하는 데 몰두한 듯하다.

그 후 1943년(40세) 1월 1일 육사가 북경행을 밝혔을 때, 신석초(申石艸)는 "한창 정세가 험난하고 위급해지고 있는 판국에 그가 북경행[54]을

---

52) 한홍구·이재화(편), 앞의 글, 255쪽.

53) 이동영에 따르면, 1935년 경 육사는 만주에 가 같은 조선일보 기자였던 이선장(李善長)을 몽양 여운형(夢陽 呂運亨)과 일헌 허규(一軒 許珪)에게 소개하였으며, 귀국 길에 일주간 구류되었다. 그리고 이선장은 당시 육사가 조선청년동맹의 간부였을 것으로 생각했다고 한다(이동영, 앞의 글, 260쪽.).
한편 김진화는 1934년 육사가 북경에 가기 전 이선장을 찾아 와 "북경으로 가서 동지를 만나 보고 다시 중경으로 가서 어느 요인을 모시고 연안으로 간다. 나올 때는 무기를 가지고 나와야 하겠는데 그것을 만주에 있는 어느 농장에 두고 연락을 하겠다. 만주에는 일본군부가 많이 쓰는 한약재인 대황(大黃)과 백작약이 많다. 그것을 헐하게 사서 약을 반입하는 편에 숨겨서 반입시킨다. 자네가 약재반입의 방법을 연구해 달라."고 했다고 한다. 이에 따라 이씨는 만주의 한약무역의 거상인 김성달(金星達)과 언제든지 일에 착수할 수 있도록 했으나 육사는 돌아오지 못하고 북경에서 옥사했다고 했다.(김진화, 앞의 글, 142쪽) 그 밖에도 신석초와 이동영의 기록을 종합하면, 1942년 봄에도 육사는 중국에 간 것으로 보인다.(신석초, 「이육사의 추억」, 『현대문학』, 1962. 12., 241쪽 참조.)

54) 그 동기와 목적을 해명할 수 있는 자료가 지금까지 발견되지 않았다. 강만길은 여러 가지 정황으로 미루어 "조선혁명간부학교 출신들이 많았던 조선의용군의 북경 敵區에서의 활동과 관계가 있었던 것이 아닌가 생각해 볼 수 있다."고 했다. 또한 육사가 1930년대 후반기 "국내에 있으면서도 어떤 형태

한다는 것은 무언가 중대한 일이 있음을 직감케"[55] 했다고 술회하고 있다. 그러나 육사는 몇 달 뒤 7월 귀국, 안동 원촌까지 와 그의 모친과 맏형의 소상에 참석하였고, 풍산에서 일박을 하고 서울로 갔으나 그곳에서 동대문 경찰서 형사대와 헌병대에 의해 피검되었다. 육사는 20여 일 구금되었다가 북경으로 압송[56]되고, 그 다음 해인 1944년(41세/만 40세) 1월 16일 새벽 5시 끝내 조국의 해방을 보지 못한 채 북경에서 옥사[57]했다. 사후 2개월 여 후에야 육사의 사망 소식[58]을 접하고 동생 이원창이 유해를 인수, 서울 미아리 공동묘지에 안장했다. 그 후 1960년 봄 이장하여 육사의 묘소는 지금 안동시 도산면 원천리 생가 뒷산에 있다.

(1998)

로건 국외의 조선혁명간부학교 후신인 조선민족혁명당이나 조선독립동맹 및 그 군사조직인 조선의용군 쪽과 일정한 관계를 가지고 있었다고 볼 수 있다."고 했다. 강만길, 앞의 글, 32쪽 참조.

55) 신석초, 「이육사의 인물」, 외솔회(1974), 『나라사랑』16집, 107쪽.

56) 이동영, 앞의 글, 261쪽.

57) 옥사 부정론을 제기한 것은 이 명자의 앞의 글(364쪽)인데, 그 요지는 육사가 북경 감옥에서 사망 직전 친척집('中華民國 北京市 內區同 昌湖洞 1號')으로 옮겨져 거기에서 사망했다는 것이다. 이것은 호적에 기록된 것을 근거로 한 것이나, 최근 이병희의 증언(이육사기념사업회 초청, 1996. 10. 21., 안동문화회관)에 따르면, 육사가 옥사한 후 그녀가 시신을 거두어 장례(화장)를 치렀다.

58) 이명자에 따르면, 육사의 사망을 가족에게 통보한 이의 명의는 북경주재 일본 총영사 대리 田中三男이며, 통보일자는 4월 2일이다. 이명자(1976), 「새 자료를 통해 본 이육사의 생애」, 『문학사상』 1월호, 232쪽.

실존 혹은 절벽 위에 핀 꽃
— 김동리의 시

1. '우주참여'로서의 시

작가 연보에 따르면, 김동리가 문단에 등단한 것은 시 「白鷺」가 조선일보 신춘문예에 입선한 1934년이었다. 다음 해인 1935년 단편 「花郎의 後裔」가 중앙일보 신춘문예에 당선됨으로써 김동리는 소설가로서 등단하며 1936년 다시 동아일보 신춘문예에 단편 「山火」가 당선된다. 이후 독특한 작품세계의 구축과 왕성한 문필활동을 통해 김동리는 주목받는 작가의 한 사람이 되었다.

주지하는 바와 같이, 그가 일제 말기와 광복 이후 작가비평가로서 보인 활동은 남다른 것이었거니와, 시 창작에 대한 관심 또한 일시적인 것이 아니라 평생에 걸친 것이었다. 소설가로 등단하기 전인 "1929년에서 1933년 사이에 걸쳐 중외일보지(中外日報紙)와 「가톨릭청년」지(誌)에 발표한 몇 편의 시가와 수필"이 있다고 말한 바[1]도 있지만, 김동리의

---

1) 김동리, 「文學行脚記」, 『김동리대표작선집(6)』, 삼성출판사, 1970, 324쪽.

경우 시 창작의 지속성은 그가 십 오륙 세에서 고희에 이르기까지 틈틈이 시를 쓰고 발표해 왔다는 자신의 회고2)를 통해서도 확인할 수 있다.

김동리는 『바위』(일지사, 1973.)와 『패랭이꽃』(현대문학사, 1983.) 두 권의 개인 시집을 발간했는데, 이 두 시집에 실린 작품은 각각 60편과 51편이다. 『바위』는 십 오륙 세부터 예순까지의 시기에 써 온 시들을 묶은 것이어서, 이 시집에는 반세기에 가까운 김동리의 내면적 시간이 펼쳐져 있는 셈이고, 『패랭이꽃』은 『바위』 출간 이후 십년 간 써온 작품들로 꾸며졌으니 작가의 노년기 의식을 집중적으로 보여준다고 할 수 있을 것이다. 『패랭이꽃』이 『바위』 출간 이후 십년만에 출판되었다는 사실은, 시적 성취의 문제와는 별도로 한 작가가 노년에 보인 시와 시작에 대한 진지한 관심과 열의가 단순한 취미 이상의 것이었음을 짐작케 한다.

김동리는 시에 대한 나름의 견해를 표명한 바 있다. 그에 따르면, '詩는 祈禱'이다. 그가 '詩는 祈禱'라고 말할 때, 그것은 "무엇을 구한다는 뜻이 아니"라 "神과 <내>가 마주 앉는다는 뜻"이다. 그것은 "神과 <내>가 짝이 된다는 뜻"이며 "이 경우 第三者가 介入하거나 參與할 여지는 없다."고 단언한다.3) 따라서 김동리에게 시와 시작은 실존이 절대와 대좌하는 계기이자 그 행위로서 단순히 언어의 예술적 조직과 배열 이상의 것이다. 또한 "神은 社會의 像이 아니요 宇宙의 魂"인 까닭에 "詩의 가장 重要한 機能은 <宇宙의 魂>을 읊는 일"이며 "詩는 本質的으로 <宇宙參與>에 맞다."고 말한다.4)

---

2) 김동리 시집 『바위』와 『패랭이꽃』 후기 참조.

3) 김동리, 『바위』, 146쪽.

4) 그의 논리에 따르면, 소설은 그 중요한 기능이 "社會의 像을 그리는 데 가깝"고 따라서 소설은 "보다 더 <社會參與>에 適應"된다. 위의 책, 같은 곳.

　　김동리는 시가 "言語의 曲藝, 혹은 鍊金術만으로도 충분히 成立"되며 "言語는 그 自體 속에 生命 乃至 靈魂을 貯藏하고 있는 만큼 그것의 <曲藝> 또는 <鍊金術>도 이 <生命 乃至 靈魂>의 後光을 입게 되기 때문"에 "<言語의 曲藝>(또는 鍊金術)란 말을 소홀히 생각해서는 안 된다."고 말한다. 그러나 시의 본질이 "宇宙參與"이며 그 기능이 근본적으로 "宇宙의 魂"을 노래하는 데 있는 까닭에 그것을 벗어난 시는 김동리에게는 "第二意義的인 것"이 될 뿐이며, "言語의 曲藝(또는 鍊金術)에 依存하는 詩는 言語에 갇"혀 "第二意義的인 詩에 머물 可能性이 짙다."고 생각한다.5) 따라서 김동리는 소박한 개인 서정의 표현이나 언어의 예술적 조직 이상의, "宇宙를 고아내는" 시를 "참된 시"라고 다음의 「詩人」에서 말하고 있다.

　　　　온갖 것 생각하고 느낌에 겨운 이
　　　　시인 아닌 사람 있을까
　　　　죽음에 눈물 짓고
　　　　삶을 다시 가다듬는, 그리고
　　　　아아 부드러운 눈길 스칠 때
　　　　사랑을 노래하지 않는 이 있을까
　　　　파초잎을 두들기는 한밤의 빗소리
　　　　사랑은 멀리 두고 저녁녘의 함박눈
　　　　이를 모두 그 누가 시 아니라 하느뇨
　　　　말을 꼬부려 얽어 내는 마음의 무늬
　　　　이는 더욱 다듬어진 시
　　　　그러나 이 보다 宇宙를 고아내는

─────────────────

5) 위의 책, 144-145쪽.

> 그러한 참된 시는 흔치 않으리
>
> 「詩人」 전문

시에 대한 김동리의 이러한 발언 속에서 "높고 참된 意味에서의 「文學하는 것」"이 "어떤 究竟的인 生의 形式"6)이어야 한다는, 문학에 대한 그의 신념을 다시 확인할 수 있게 된다. 김동리에 따르면, "究竟的인 生의 形式"은 본능적이거나 직업적인 삶을 넘어선 "제 3단계의 생의 형식"이며 인간이 "無限無窮에의 意慾的 結實인 神明을 갖게 되는" 삶으로서 "自我 속에서 天地의 分身을 發見"하는 삶이다. 그것은, "우리와 天地 사이엔 떠날래야 떠날 수 없는 有機的 關聯이 있"으며 "이 「有機的 關聯」에 關한 限 우리들에게는 共通된 運命이 賦與되어 있다는 것을 發見하게 되는 것"으로 설명된다. "높고 참된 意味에 있어서의 「文學하는 것」"은 "어떤 究竟的인 生의 形式이 아니어서는 아니된다."고 김동리가 말할 때, "究竟的인 生의 形式"이란 다음과 같은 부연을 필요로 한다.

> 우리는 우리들에게 賦與된 우리의 共通된 運命을 發見하고 이것의 打開에 志向하지 않으면 안 된다. 우리가 이 事業을 遂行하지 않는 限 우리는 永遠히 天地의 破片에 끄칠 따름이요, 우리가 天地의 分身임을 體驗할 수는 없는 것이며, 이 體驗을 갖지 않는 限 우리의 生은 天地에 同化될 수 없기 때문이다. 그리고 우리는 우리에게 賦與된 이 共通된 運命을 發見하고 이것의 打開에 노력하는 것, 이것을 가르쳐 究竟的 삶이라 부르는 것이다. 웨 그러냐 하면 이것만이 우리의 삶을 完遂할 수 있는 길이기 때문이다.7)

---

6) 김동리, 「文學하는 것에 對한 私考-文學의 內容(思想性)的 基礎를 爲하여」, 『백민』, 1948년 3월호, 43쪽.

"自我 속에서 天地의 分身을 發見"하기나 "우리들에게 賦與된 우리의 共通된 運命을 發見하고 이것의 打開에 志向"하기, 곧 김동리가 "究竟的 삶"이라 부른 이 삶의 형식은 "우리가 天地의 分身임을 體驗"하는 삶이며 "우리의 生"이 "天地에 同化"하는 삶이다. 그것은 곧 시를 통해 "宇宙의 魂"에 접촉하고 "宇宙參與"를 체험하는 것과 다르지 않을 것이다. 따라서 김동리가, "우리가 詩 쓰고 小說 쓴다는 일이, 한개 職業的인 詩人, 小說家가 되어서는 안 된다."[8]고 말함으로써 문인이 장인 이상의 존재이며 문학하는 것이 직업 이상의 의미를 가져야 함을 강조하는 것은 차라리 당연한 일일 것이다.

2. 매혹의 자연

인간과 자연, 인간과 신의 관계는 김동리의 경우 지속적이고도 심각한 문학적 주제이다. 김동리에게 그것은 문학의 동기[9]를 이루는 것이자 그가 작가로서 일관되게 지녔던 관심이기 때문이다. "靑鹿派에 대하여"라는 부제를 달고 있는 「自然의 發見」이나 김동인론인 「自然主義의 究竟」, 그리고 이효석론인 「散文과 反散文」과 탁월한 김소월론의 하나인 「靑山과의 距離」 또한 근본적으로 인간과 자연(신)의 관계를 논지의 바

---

7) 위의 책, 44-45쪽.
8) 위의 책, 43쪽.
9) "그때(김동리가 청년시절 세계문학을 독파하기 시작할 때 : 인용자)도 나는 내가 장차 시인이나 극작가나 또는 평론가 중의 그 어느 한 가지를 목표로 삼고 있지는 않았었다. 나는 다만 그러한 몇 가지 문학적 양식(樣式)을 통하여 표현되고 있는 <인간>과 <신>과 <세계>에 대하여 취미와 관심을 갖고 있었을 뿐이다." 「文學의 動機-神과 인간과 세계에 대한 관심」, 『김동리대표작선집(6)』, 362쪽.

탕으로 삼고 있으며, "現代의 詩가 많이 言語의 曲藝(또는 錬金術)에 기울고 있는" 경향에 대해서도 근본적으로 "神과 人間에 대한 信念이 喪失된 證左"라고 김동리는 진단한다.[10]

　김동리가 김소월의 「진달래꽃」에서 통찰하는 것은 "人間과 靑山과의 距離"이며 이 거리는 "人間의 <自然> 혹은 <神>에 대한 鄕愁의 거리"[11]이다. 김동리가 "우리의 飛行機는 우리와 靑山과의 距離를 우리 祖上 적보다 조금도 더 短縮시키지는 못했다."고 말할 때, 그것은 "영원히 메워질 수 없는" "靑山과의 距離"가 인간의 운명임을 확인하는 것이자 일정한 성취를 이룩한 현대인과 현대문명에 대한 나름의 비판적 시각을 제시하는 셈이다.[12] 인간과 자연(신) 사이에 존재하는 이 거리, 인간과 자연의 불연속성, 그리고 그에 따른 인간의 영원한 결핍과 향수를 김동리가 김소월의 「山有花」에서 발견하는 것, 그것이야말로 김동리의 의식의 중심이 어디에 놓여 있는지를 말해주는 것이기도 하다. 비평이란 타인의 <언어화된 의식>을 통해서 자신의 의식을 드러내는 행위이기 때문이다.

　김동리는, "「山有花」의 기적적 완벽성"이 김소월의 오랜 희구에서 온 것이라고 말한다. 길바닥의 "조약돌에서 누구나가 다 <神>(天地)의 모습을 발견할 수 있는 것은 아니"며 오로지 "마음 속에 <神>의 萌芽를

---

10) 김동리, 『바위』, 145쪽.
11) 김동리, 「靑山과의 距離」, 『김소월』(신동욱편, 문학과지성사, 1981), 59-60쪽.
12) 김동리는 현대문명을 다음과 같이 비판한다. "현대문명이 현세주의 문명이기 때문에 내세(來世) 또는 죽음에 대한 여러 가지 문제들은 현대문명에서 소외되어 있는 것이다. 내세 또는 죽음에 대한 여러 가지 문제가 소외되어 있다는 말은 삶의 구경(究竟)에 대한 연구나 대비책이 없다는 것과도 같은 것이다. 삶의 끝이 어떻게 되느냐 하는 문제보다는, 어떻게 사는 것이 유익하고 편리하며 만족한가 하는 쪽으로 쏠려 있는 것이 현대문명인 것이다." 김동리, 「고독에 대하여」, 『고독과 인생』, 백만사, 1977, 32쪽.

갖고 그 모습의 발견을 희구하는 사람에게만" 그것이 가능하다고 김동리
는 믿기 때문이다. 그와 마찬가지로, "한 개인의 주체적 감정에서 출발하
는 강렬한 情恨"이 "일반적, 보편적 體系性을 띠게 될 때" "인간 전체의
<神>에 대한 歸依心이나 혹은 자연에 대한 향수의 세계로 통하게 되는
것"13)을 「山有花」에서 날카롭게 지적하는 것 또한 김동리의 의식이며,
그 의식이 집중하고 있는 주제는 개별적이고 유한한 것을 뛰어넘는 보편
적이고 절대적인 것, 그리고 인간과 자연(신) 사이에 존재하는 간격, 곧
"靑山과의 距離"이다. 이 주제가 드러내는 것은 절대에 대한 관심이자
인간과 자연(신)의 연속성에 대한 강렬한 욕망이며, 김동리의 표현에 따르
면 "天地의 分身임을 體驗"하고 "天地에 同化"하고자 하는 욕망이다.
　자연의 타자성을 해소하고 자연과의 동화를 체험하고자 하는 강렬한
열망은 김동리의 유년을 사로잡았던 자연의 매혹과 무관치 않을 것이
다.14) 아래의 「대추나무」는 자연에 대한 유년 시절의 도취를 표현하고
있는데, 이 때 자연은 시적 주체에게 타자로서 의식과 대립되어 있다기보
다 하나의 경이와 신비로서 자아의 몰입과 도취의 대상이다.

　　　산 너머 첩첩 산 너머 가면
　　　저녁 햇살 설핏한 다랑이 밭뙈기에
　　　대추나무 몇 그루가 전설처럼 서 있고
　　　나는 무엇인지 그것을 잃지 않으려고
　　　그 반짝거려 쌓는 대추나무 잎새만

---

13) 김동리, 「靑山과의 距離」, 앞의 책, 55-59쪽 참조.
14) 김동리는 시집 『패랭이꽃』의 제목을 "내 어린 날, 그렇게도 나를 못 견디게
　　유혹하던" "패랭이꽃에 대한 인사도 될 것 같"아 그렇게 했다고 시집 후기에
　　적기도 했다. 『패랭이꽃』, 120쪽.

바라보고 섰었는데 마침 대추나무
위를 날아가는 저녁 까마귀 소리에
온종일 내 몸에 밴 황토흙
냄새를 깨닫고, 나는 문득
어머니에게 꾸중 들을 일이 걱정되었다.

「대추나무」 전문

유년 시절 자연에 대한 김동리의 내적 체험을 엿보게 하는 이 시에서 보이듯, 김동리의 소년은 자연의 타자성을 모른다. 어머니의 꾸중으로 상징되는 일상 세계의 질서로부터 이탈되어 김동리의 소년은 "온종일 내 몸에 밴 황토흙/ 냄새"로 암시되는 자연에 몰입·동화하고 있다. 김동리의 소년이 "잃지 않으려"는 "그것"이 "무엇인지"는 분명히 규정할 수 없지만, 그것은 아마도 매혹적인 자연에 대한 황홀한 도취감과 자연과의 일체감일 듯하다.

특히 "그 반짝거려 쌓는 대추나무 잎새"에 몰두하고 있는 소년의 모습은 김동리의 시에서 두루 변주되는 것이어서 주목할 가치가 있는데, 그것은 발광성의 사물, 혹은 반사광으로 반짝이는 사물에 경사된 시인의 의식을 드러낸다. 이 심상은 추측컨대 생명의 신비와 환희, 존재의 비의와 아름다움 등과 관련된 듯하다. 나무를 바라보는 일을 김동리가 스스로 「四樂記」에서 정신적인 즐거움[15]이라고 말하고 있거니와, 다음과 같은 시편들에서는 푸르름, 혹은 녹음에 대한 그의 경사를 또한 확인할 수 있는데, 이 또한 생명의 신비, 혹은 존재의 비의에 대한 관심과 연관되는 듯하다. 특히 「黃池 가는 길」에서 그 점이 뚜렷하다.

---

15) 김동리, 『김동리대표작선집(6)』, 338쪽.

나무에 새잎 펴나면
그때부터 내 시간인 일요일 오전은
감나무 아래서
대추나무 바라보는 것으로
오롯이 다 바쳐지고 만다
이렇게 한평생 다 바친대도
세상에 왔던 내 보람
헛되지 않았다고 눈감을 밖에.

「보람」 전문

이른 여름의
천리 길 기차여행
창 밖을 아무리 내다보아도
푸른 들 푸른 숲 푸른 산 뿐인데
나무로 덮인 언덕과 골짜기란들
딱이 다르달 것도 없이
그저 그렇고 그렇게 푸를 뿐인데
어쩌자고 그 긴 긴 시간, 나는
그저 그 푸른 것에서 눈을 떼지 못할꼬.

「綠陰」 전문

그 짙푸른 것 저쪽에
무슨 소리
무슨 얼굴이
이승 일 저승 일 다 말해 들려 줄까
그저 그렇고 그렇게 짙푸르기만 한 속에
무슨 소리
무슨 손길이

극락이나 천당 문 가리켜 보여 줄까
그 짙푸른 속, 속에 숨겨진
아아, 숨겨진 문 있다면
그 문 한번 열어 주지 않을까
아아, 열어 주지 않을까.

「黃池 가는 길」 일부

또 다른 곳에서 김동리는 녹음이 주는 정신적 즐거움이 어떤 것인지를
좀더 구체적으로 말하고 있다.

나는 지금도 우리집 뜰에 심어진 여섯 그루의 은행나무의 왕성한 녹
음을 바라보며 명상에 잠긴다. 그것은 볼수록 아름답고 언제 보아도
황홀하고 끝없는 위안, 형언할 수 없는 그윽한 비밀을 일러줄 것 같지만,
필경은 언제 보아도 늘 마찬가지의 그러한 녹음에 지나지 않는다는 이것
이 작가의 눈에 비치는 은행나무일지 모르겠다.16)

발광성의 사물, 혹은 반사광으로 반짝이는 사물의 심상은 생명의 신비
와 환희, 혹은 존재의 비의와 아름다움 등과 관련되어 그 의미가 다채롭게
해석될 수 있겠지만, 거기에는 죽음 ─ 그 극단적인 타자에 대한 의식의
그림자가 깃들어 있다. 다음과 같은 경우, 그런 점이 좀더 분명하다.

산기슭 외딴집
오두막 한 채, 그 속에
늙은 홀아비 혼자 산다네

마을의 사람들은

---

16) 김동리,『고독과 인생』, 101쪽.

서로 부르고 손짓하며
번쩍이는 햇빛 아래
어울려 사는데
마을 밖의 들끝엔
개울이 흐르고
개울 건너 청산은
삶이 쉬는 곳

이승과 저승 사이
외딴집 한 채, 그 속에
늙은 홀아비 혼자 산다네.

「외딴집」 전문

저무는 그늘 속에 한 노인이 보인다
비쩍 마른 목에 잿빛 수염을 드리운 그는
지팡이를 짚은 채 벤치에 혼자 앉아
멀리 번쩍이는 강물을 보고 있다
그도 나처럼 저승에서 나들이나 온 것일까
넘나드는 바람결이라도 타고 왔을까

「遊園地에서」 일부

3. 죽음, 혹은 문학의 동기

스스로 "부모형제와 이웃 사람의 얼굴, 그리고/ 하늘의 별을 볼 적부터/ 죽음을 밥먹듯 생각하게 되었다."고 「自畵像」에서 말한 바 있지만, 김동리의 의식 한가운데에는 '죽음'이 집요하게 똬리를 틀고 있다. 그 죽음의

식은 마르지 않는 샘물처럼 그의 시에 두루 스미고 있어 김동리의 시
세계를 지배하고 관통하는 시적 상상력의 중심이 되고 있다. 특히『패랭
이꽃』은 그가 시집 제목을 "이승 속의 저승"이라고 붙이려 했을 만큼
죽음에 대한 김동리의 노년기 의식이 집중되어 있다. 첫 시집『바위』에서
도 죽음은 김동리의 의식을 사로잡고 있으며, 이는 그만큼 김동리가 실존
을 무엇보다 죽음에 직면해 있는 존재, 죽음의 도상에 있는 존재로 인식하
고 있었다는 증좌이기도 할 것이다.

> 지하도를 지나 다시 층계를 오를 때
> 나의 등 뒤에서 내 몸의 무게를
> 떠받쳐 주는 것도 또한 새까만 망각뿐
> 오오 새까만 얼굴이여
> 너는 내가 층계를 오를 때도
> 그리고 또 내가 층계를 내릴 때도
> 내 곁을 떠나지 않는 내 마음 속의 그림자
> 그렇다, 언제 어디서고 내가 가장 생각한 것은
> 너의 이름 오직 죽음뿐이었구나.

「光化門 地下道」 일부

위 시에 따르면, 죽음은 실존을 "떠받쳐 주는 것"이다. 죽음, 곧 삶의
끝이야말로 삶의 근거이자 버팀목이라는 이 역설적인 인식은 죽음을 생
생한 삶 자체로 만든다. 그러나 죽음은 "새까만 얼굴"로 표상되는 기억의
부재, 곧 구체적 삶의 증발이자 무인 까닭에 "내 마음 속의 그림자"일
수밖에 없음은 물론이다. 이 "마음 속의 그림자"는 의식 깊숙이 드리운
실존의 불안과 덧없음에 대한 감각을 환기하면서 의식의 표면 위에 다양
하고도 빈번하게 포착된다. 그리고 "나는 진정 이승에 있는 것일까/ 나는

진정 눈뜨고/ 살아 있는 것일까"(「밤중에」)를 자문하는 의식에게 죽음의
문제는 이제 이승 속에 스며 있는 "저승"의 이미지로 좀더 구체화되어
나타난다.

아차, 저승 색시 그 저녁 그 소리 함께
서쪽 하늘 창 열고 파란 얼굴 내밀어
살며시 한 조각 선뵈던 것 아니겠나.
「이승 속의 저승-다시 조각달 타령」 일부

들끝에서 산기슭 사이를
이승에서 저승 가르듯
호수 한 자락 펼쳐져 있네

호숫가의 나목숲
고스란히 호면 위에 거꾸로 서고
물살지을 새 한 마리 날지 않는다
호수에 비친 한 자락씩의
이승과 저승 속엔
오늘도 은성한 장이 서는데

장꾼들이 받아 든 막걸리 잔엔
그들이 차지한 만큼의 세상도 출렁이는데

호수 위에 거꾸로 선 세상 한 자락
저승 속에 비치인 이승 한 자락
「湖水」 전문

밤중에 일어나 뜰을 거니니
감나무 향나무 은행나무 잣나무
검은 그림자들이 우중우중
내 앞으로 다가서려고 한다

나는 걸음을 멈추고 얼굴을 젖혀
머리 위 먼 나라로 눈을 돌린다
별빛 먼지같이 뭉개진 하늘은
어려서 바라보던 어스름녘 대목장
저승에도 해가 저물면
대목장이 서는가.

「대목장이 서는가」 전문

　구체적인 죽음을 느끼면서도 김동리의 어조는 담담하다. 그것은 그가 어릴 적부터 "죽음을 밥먹듯 생각하게 되었다."고 회고했듯이, 일찍부터 죽음과 친숙했던 탓인지도 모른다. 그는 모든 것들이 낯선 까닭을 "이승을 비우고" "저승이고 또 다른 세상에, 내가/ 늘 나들이 가고 없었기 때문"(「비 오는 날 길 위에서」)이라고 말하기도 하고, <미래에 죽은 자>로서 "자기가 눈감고 이미 없을 세상"을 그려보기도 한다.

모든 것을 알려다
어느 것도 익히지 못한 채
오직 한 가지 참된 마음은
자기가 눈감고 이미 없을 세상에
비치어질 햇빛과
피어나는 꽃송이와

개구리 우는 밤의 어스름달과
그리고 모든 사람의
살아 있을 모습을 그려보는 일이다.

「自畵像」 일부

그러나 김동리가 어릴 적부터 "죽음을 밥먹듯 생각"하고 "이승을 비우고" "저승이고 또 다른 세상에" "늘 나들이"를 한 까닭이, 그리고 <미래에 죽은 자>의 눈길로 이승의 사람과 사물을 바라본 연유가 반드시 이승과 이승에서의 삶을 부정한 데에 있는 것은 아니다. 오히려 <미래에 죽은 자>의 눈길로 세상을 그려보는 일이란 권태롭고 한계에 찬 일상과 존재에 새로운 의미를 부여하고 그것을 증폭시키는 사건일 터이다. 이승의 실존과 삶은 죽음과 저승에 대한 의식 속에서, 그 절대의 무를 통하여 오히려 긴장된 자신의 본질에 좀더 다가설 것이기 때문이다. 따라서 김동리에게 "저승"은 오히려 "고향"처럼 "맘 속에 언제나" 지니고 있는 실존의 근원이며, 동시에 그 곳을 통하여 "이승으로 돌아" 오고 싶은 욕망을 내포한 삶의 긴장된 반환점이자 자연의 일부이기도 하다.

아아, 이렇게 고향에 다녀오듯
저승에서 이승으로 돌아올 순 없을까

내 맘속에 언제나 있는 건
오직 고향과 저승.

「歸去來行」 일부

이 삶의 끝, 죽음의 문제에 대한 집요한 관심은 김동리의 개인무의식과 관련되어 해명되어야 하겠지만, 김동리가 인간 존재의 유한성에 대한 예민한 감각과 끈질긴 관심을 일찍부터 지니고 있었음은 그에 대한 거듭된 발언에서 짐작할 수 있다. 김동리는 "죽음의 공포"가 문학의 동기였다는 사실을 밝히면서 또 다른 글에서는 "짜릿한 죽음의 유혹"이라는 "죽음"에 대한 모순된 감정을 고백하고 있는데, 이 때 "죽음"은 의식의 휴식상태이며 그런 뜻에서 "죽음"은 존재의 귀의처인 "자연"이기도 하다. 이 또한 "저승"이 "고향"과 나란히 놓일 수 있는 이유를 암시해주는 듯하다.

> 내가 문학을 하게 된 근본적인 동기도 한 마디로 털어 놓으면, 이 <죽음의 공포>에 있다. 나는 처음 문학이란 말이 있는 것도 몰랐고, 내가 문학을 한다고 생각해본 적도 없었다. 나는 다만 <죽음>의 공포에서 벗어나려고 발버둥쳤을 뿐이다.[17]

> 나는 꽤 오랜 동안을 그렇게 누워 있었다. 얼마나 아늑한지 몰랐다. 그대로 오래 오래 아주 잠들어 버렸으면 싶었다.
> 지금도 나는 나뭇잎이 수북이 쌓인 수풀 속을 걸으면 그때 겪던 그 짜릿한 죽음의 유혹을 새삼 느끼곤 한다.[18]

4. 초월의 욕망과 그 비극성

인간 존재의 한계에 대한 자각은 존재의 덧없음에 대한 감각과 함께 무한과 초월적인 존재, 곧 절대에 대한 관심과 향수를 촉발한다. 김동리의 시편들 일부가 「비틀걸음」에서처럼 일상사, 세속사에 대한 자기방기, 혹은 방심상태와 무관심을 드러내면서 자연에 몰입하고 있는 것은 그러한

---

17) 김동리, 「나의 힘-<살아가는 힘>에 주는 글」, 『김동리대표작선집(6)』, 363쪽.
18) 김동리, 「가을 斷想」, 『고독과 인생』, 203쪽.

까닭일 것이다.

꽃피는 눈보라치는 잦은 가락엔
인생도 차라리 한바탕 춤인데

술이 취한 겐지 아니 취한 겐지한 행길 위에
종이 조각이나 무꽁댕이 같은 것을 그대로 하며
어두운 시궁창 속에 물이 흘러내려도
아니 흘러내려도를 그대로 하는 나는
내가 여기 있는겐지 어쩌면
있지 아니한 겐지한 그런 것이다

달도 설움도 다 잊은 사람처럼
그런대로 나는 비틀거리며 간다.

「비틀걸음」 일부

나는 날마다 신문에 씌어지는
이러쿵저러쿵 얼룩덜룩한 세상에
나의 심장 하나를 떼어 주고
재재거리는 새떼 찌푸린 구름에도
또 하나 나의 다른 심장을 떼어 주고
모두 그저 그렇고 그렇다는 흐리멍덩한 얼굴로
지금 저기 후루룩 지는 목련꽃을 바라본다.

「木蓮」 일부

내 건너
수풀 너머 언덕 위에
살구꽃 복숭아꽃 개나리서껀

뽀얀 안개아지랭이 속에 엉겼네
살구꽃 복숭아꽃 개나리서껀
그 뒤엔 먼 산
먼 산 위엔
구름
나는 지금 구름을 보고 있네
그 밖에 다른 것은 없네
꽃과 나무와 산과 구름과
그것만 자꾸자꾸 보고 있네
그 밖엔 아무것도 없네.

「그 밖엔 아무것도 없네」 전문

김동리에게 자연은 신, 무한, 절대의 다른 이름이며 인간 존재의 유한
성과 세상의 무의미함은 그 앞에서 한층 뼈저리게 실감된다. 그래서 김
동리는 자신의 시 「고개마루에 서서」를 인용하면서 다음과 같이 말한다.

> 풍경은 왜 인생의 무상을 느끼게 하는가.
> 인생은 짧고 자연은 길기 때문이다. 그 가운데서도 풍경은 강조된
> 자연이기 때문이다. 자연의 아름답고 영원한 모습이 강조되어 있는 풍경
> 은 사람의 지나간 자취를 남김으로써 인생의 무상을 더욱 대조적으로
> 부각시키고 있기 때문이다.[19]

그러나 인생의 무상을 부각시키는 아름다움과 영원성의 표상으로서
의 "풍경", 곧 "강조된 자연"을 사람들은 왜 찾는가. 김동리는 "그것이
살아 있음을 스스로 느끼는 일"이기 때문이라고 말한다. 죽음이나 덧없
음에 대한 감각이야말로 역설적이지만 일상에 매몰된 존재망각의 상태

---

19) 김동리, 「綠陰 아래서」, 『고독과 인생』, 215쪽.

에서 존재를 각성시키는 계기이다. 그래서 김동리의 표현에 따르면, "풍경"(자연)은 "살아 있지만 죽어가고 있는" 자신을 비추어 보는 "거울"이다.

자연은 아름다움과 영원성의 표상이자 그가 돌아가 위안을 얻고자 하는 처소이다. 존재의 귀의처로서의 자연은 그러나 존재가 "아직 어느 나무 그늘 아래도 내 마음 쉴/ 의자 하나 놓여 있지 않"는 각박한 일상에서 "헐떡이며" 살아 가고 있을 때, 그 현존을 더욱 생생하게 느끼게 된다. 그럴 때 김동리의 "임"인 자연은 모성, 영원성, 절대, 정신의 높이를 표상하는 "그대의 영원한 눈길"이나 "靑山"으로 나타난다.

> 봅소서, 나를 지키는 그대의 맑은 눈동자
> 앉으나 서나 가나 머무나 언제 어디서고
> 나에게 떠남없는 그대의 영원한 눈길이여

「이렇게 나는 오늘도」 일부

> 하치않은 일에 내 죽음을 생각하고
> 때로는 돌에 채여 주저앉으면
> 청산은 나더러 일어나 가라고 한다
>
> 임이여 저 해 달을 사특에서 구하소서
> 따에 찬 먼지 티끌을 쓸어 주소서

「靑山」 일부

그러나 자연에 대한 김동리의 강렬한 그리움에는 좌절의 그림자가 깊게 어려 있다. "쉰 길 물속에서" "몸을 뒤"치는 "이무기"의 심상이 그런 점을 암시한다. 자연에 대한 향수가 근본적으로 유한성에 갇혀 있는 존재

의 자기초월적 욕망과 관련된다면, 김동리의 경우, 그 욕망은 늘 좌절의
가능성에 직면해 있다. "쉰 길 물속에서" "몸을 뒤"치는 "이무기"의 심상
이 초월의 욕망 그 자체라면, 다음에서 볼 수 있듯이 "바위"의 심상은
그 물질적 특성이 환기하는 존재의 무거움, 부동성, 고정성으로 인하여
초월적 욕망의 실현 불가능성을 암시한다.

사막이 바다에 다다라 목마른 길가
내 여기 하나 이름 모를 바위로 누웠나니
가고 싶은 고향은 푸른 하늘,
아아, 일어나지 못할 바위로다
천만년도 누워 앓는 가슴 속 거울이로다.
곁에는 보리수, 차고 맑은 샘
나그네는 목 축이고 피리 불기를,
<굳은 껍질 열면은 가슴은 거울
소리없는 가락도 어리이나니
못 들으랴 못 가랴, 어느 하늘 위라도>
아아, 일어났으면 일어났으면
일어나 훨훨 날아 갔으면
날으다 차라리 숨이 다하면
눈감고 바다 위로 떨어졌으면…….
가슴 속 거울에사 별빛도 어리이고
차디찬 은하도 굽이쳐 흐르지만
누가 알리, 천만년도 누워앓는 이 가슴
일어 못날 마련의 바위로다.
누가 부나 피리를, 소리없는 저 가락,
내 귀는 가 없는 허궁에 차고
아아, 일어났으면 일어났으면

차라리 강물되어 흘러갔으면…….

「바위」 전문

여의주를 얻지 못한 김동리의 "이무기"는 승천의 욕망으로 뒤채거나 때로는 "진수성찬 늘여 놓고" "낮잠"(「이무기는」)에 빠진다. "진수성찬 늘여 놓고" "낮잠"에 빠진 "이무기"는 존재가 일상에 매몰되어 자기초월의 욕망을 포기함으로써 자기망각, 의식의 가사상태에 이른 모습이다. 그것은 그것대로 갈등과 분열이 없는 일종의 안정상태이겠지만, "낮잠"은 오래 지속될 수 없는 것이어서 "늙은 이무기/ 또 한번 몸을 뒤"(「우뢰천둥」)치고 승천의 욕망은 다시 꿈틀거린다. "바위" 또한 "굳은 껍질"을 열지 못한 채 초월의 욕망으로 뒤채지만, 자신의 부동성으로 인하여 그 욕망은 "천만년도 누워 앓는" 질병이 되고 있다.

"이무기"와 "바위"는 질병의 상태에 이른 실존의 표상이며, 그 실존의 병은 "천만년도 누워 앓는" 가혹하고도 맹렬한 열도를 지니고 있다. 이 가열한 열도는 실존의 자기초월의 욕망이 성취 불가능성 앞에 전면적으로 노출되어 있기 때문이다. 성취 불가능하고 좌절하기 "마련"인 실존의 자기초월적인 욕망은 그러나 실존의 본질을 이루는 까닭에 실존의 운명은 참혹하고도 비극적인 것이다. 실존의 이 비극적인 운명은, "바위"의 일어서고 날아 승천하려는 욕망과 "일어 못날 마련"으로서의 제시된 "바위"의 숙명적 부동성(한계)의 첨예한 대립, 분열에서 확인되는 터이다.

5. 마무리

김동리의 <언어화된 의식>의 근저에는 죽음에 관한 의식이 도사리고 있다. 이 죽음의식은 김동리의 문학적 동기를 이루는 것이자 그의 시의 지속적 주제이며 의식의 중심이다. 이 죽음의식은 인간을 죽음에 직면해 있는 존재로서 파악하고 실존의 유한성과 덧없음을 강렬히 의식하며 인간과 자연(신)의 거리, 인간과 자연의 연속성에 대한 향수, 생명과 존재의 비의에 대한 관심을 지속적으로 분비한다.

김동리는 때로 역설적으로 존재를 "떠받쳐 주는 것"으로서 죽음을 인식하기도 하고, 「遊園地에서」의 다음 부분과 같이 담담한 어조로

> 이승은 어디 가나 낯선 얼굴뿐인 것을
> 가족도 친구도 없는 외로운 나그네
> 쓸쓸한 타관이다 이제 그만 돌아가지
> 번쩍이는 강물타고 다시 돌아가야지

라고 이승에 나들이 온 자의 태도로 말하기도 한다. 또한 자연과의 교감과 자연에 대한 도취를 표현함으로써 귀의처로서의 자연에 대한 향수를 드러내기도 한다. 그러나 김동리의 언어화된 의식이 일관되게 초점을 두고 있는 것은 무엇보다 실존의 비극성인 듯하다. 그것은, 이를테면

> 햇빛이여 나뭇잎새들이여
> 내 다시 몇 차례나 이승에 되돌아와
> 늬들과 만나 마주 선다면
> 내 설움 다했다고 일러 주려 하느뇨.

「太和江」 일부

와 같이 그의 "설움"이 본질적으로 해소 불가능한 것이기 때문이다. 따라서 눈물과 울음은 "오, 별이여/ 밤하늘에 하나 가득/ 뿌려진/ 나의

울음/ 나의 분신들이여."(「별」)처럼 그의 시편에 두루 스미고 번져 "아아, 나는 날아가 앉을/ 어느 나뭇가지 하나도 없는/ 한 마리 외로운 새"(「비내리는 저녁때」)와 같이 안주할 곳 없는 존재의 고독과 소외의 감정을 환기한다. 세계의 품에 안기지 못하고 세상의 표면을 떠도는 자의 현실은, <영원한 불만>으로서 스스로 자신의 본질을 만들어 가야 하는 실존의 운명을 암시하는 것이기도 하다. 그 끝에는 물론 죽음이 뱀처럼 똬리를 틀고 있지만, 이 실존의 상황과 운명을 김동리는 다음과 같이 비극적인 아름다움으로 영탄한다.

> 극락과 지옥이 신선한 과일 함께
> 식탁 위에 놓인 정오
>
> 아아 까마득히 쳐다보이는, 저 멀리
> 절벽 위에 핀 꽃이여.

(1996)

〈서있음〉과 그 지양의 운동
—고월 이장희의 시

1. 머리말

   고월 이장희는 대구의 부호이며 명문가의 12남 9녀 중 3남으로 태어나 (1900년) 29세라는 젊은 나이에 자살(1929년)로 삶을 마감했다. 그는 어려서 어머니를 여의고(5세 때) 성장한 후에는 자신의 부친과의 심각한 갈등 속에서 지낸 매우 불우한 시인으로 알려지고 있다. 그는 1924년 『金星』 3호(통권)에 「실바람 지나간 뒤」 등 4편의 시로 문단에 등단, 자살할 때까지의 6년 동안에 모두 40편의 시를 발표한다.[1] 그의 인간과

---

[1] 지금까지 알려진 것이 그러하다. 백기만이 펴낸 『상화와 고월』(대구: 청구출판사, 1951.)에 11편이 실려 있고, 근래 김학동 교수와 관계 서지 연구가들, 그리고 문학사상사 자료연구실의 작업에 의해 29편이 발굴되어 『문학사상』 통권 14, 56호에 각각 18편, 11편이 소개되었다. 그러나 백기만의 회고(『상화와 고월』 136-137쪽)에 따르면, 발표하지 않은 8편이 더 있으나 고월이 자살한 후 이상화의 집에 보관되었다가 일본경찰의 가택수색으로 압수당했다고 한다. 그리고 고월이 주로 활동한 『新民』과 같은 잡지가 아직 완전히 갖추어지지 않은 상태로선 고월의 작품이 더 발굴될 가능성을 배제할 수 없다.

생활이 『尙火와 古月』에 어느 정도 언급되어 있을 뿐, 그리고 "詩는 푸라치나線이라야 한다. 光彩 없고 彈力性 없고 刺戟性 없고 굵다란 鐵絲線은 詩가 아니다."[2] 라는 자신의 문학관을 보여주는 짤막한 말이 전하고 있을 뿐, 그 외에 자신이 쓴 자신에 관한 어떠한 글도 남기지 않고 있다. 혹은 발견되지 않고 있다.

고월에 관한 전기적 자료가 회고담을 제외하면 알려진 것이 거의 없다는 사실은, 한 시인에 관한 전기적 자료가 그와 그의 시를 이해하는 데 어떤 방식으로든 도움을 줄 수가 있다고 생각한다면 매우 안타까운 일일 수밖에 없다. 그러나 그러한 사실이 오히려 시인과 작품에 대한 불필요한 선입견을 배제할 수 있는 이점이 될 수도 있음을 또한 숨길 필요는 없다. 다만 서지학적 연구의 성과에서 보여지듯이, 작품 발굴과 아울러 실증적이고 치밀한 원전 연구가 고월의 경우에도 여전히 중요한 과제가 되고 있음을 간과할 수 없으며 그러한 작업이 지속적인 관심 속에서 엄밀하고도 체계적으로 이루어져야 한다는 점은 강조할 만하다.[3]

잘 알려진 바와 같이, 고월은 1920년대에 "감각적 경향을 대표하는 유일한 시인"으로서 "이러한 감각적 예민성은 거의 이장희의 독자적인 특성"[4]이다. 고월 시의 중요하고도 가치 있는 측면인 이러한 감각적 예민

---

2) 백기만(편), 앞의 책, 123쪽.
3) 『상화와 고월』에 실려 있는 작품들도 잘못 옮겨진 부분들이 있다. 이 글에서의 작품 인용은 따라서 김학동의 『한국근대시인연구(Ⅰ)』(일조각, 1974.) 중 고월에 관한 연구에서 주로 하고 거기에 나와 있지 않은 것은 『문학사상』에 소개된 것을 따르기로 한다. 한편 새로 발굴된 고월의 작품 중 「눈은 나리네」, 「하염없는 바람의 노래」, 「달밤 모래 우에서」, 「밤」, 「失題」, 「한 조각 하늘」, 「좁은 하늘」, 「너의 그림자」, 「어느밤」 등 9편이 『박용철 시집』(시문학사(편), 『박용철전집』 제1권, 동광당서점, 1939.)에 실려 있음을 필자가 확인했는데, 이러한 사실도 원전 연구의 중요성을 거듭 확인시켜준다.

성은 그러나 고월 시의 전체적인 면모를 충분하고도 만족할 만하게 설명해주기보다 오히려 그의 복잡 미묘한 시 세계에 대한 이해를 어느 하나로 제한하는 것처럼 보인다. 물론 그의 시가 대상의 감각적 표현이라는 당대의 시가 갖지 못한 성과를 얻고 있음은 틀림없는 사살이다. 그러나 그의 시가 그러한 진술이 적절히 포괄할 수 없는 다채로움과 복잡함을 또한 갖고 있다는 사실이 이 글을 쓰게 된 직접적인 동기가 된다. 따라서 이 글은 감각적 특성 이외에는 별다른 관심을 끌지 못했던 고월의 시 세계를 새로이 전체적으로 조명해 보려는 의도를 갖고 있으며, 그것은 작품들 사이의 내적 관련성을 토대로 하여 구체화될 것이다.

2. 대상에의 응시

시인이 대상에 대하여 취하는 자세를 시인 자신의 주관적 감정의 절제와 유로라는 서로 상반되는 태도에 의해서 나누어 볼 수 있다. 시인이 대상, 혹은 사물과 세계 인식에서 그것과의 일정한 <거리>를 확보하고 그것을 관찰·응시함으로써 시인 자신의 주관적이고 개인적인 감정을 철저히 통제하고 그 본질을 드러내려는 태도와, 그러한 <거리>를 확보하지 못함으로써 사적인 정서를 투사하고 직접적으로 유출시키는 것이 그것이다. 이러한 두 가지의 서로 대립적인 태도를 가장 잘 보여 주는 것으로 고전주의와 낭만주의를 생각할 수 있다. 특히 흄T. E. Hulme이 주장하는 고전주의적 태도를 그들의 시적 바탕으로 삼고 있는 이미지스트들은 주관적인 것을 배제하고 대상을 직접적으로 다룬다는 점에서 대

---

4) 조연현, 『한국현대문학사』(재판), 성문각, 1972. 271쪽.

상과의 거리를 확보하고 있으며 철저히 그것을 응시하는 자세를 보여주고 있다. 그들은 그러므로 낭만주의자들과 같이 막연한 흥분상태로 인하여 응시의 눈초리를 흐려버리는 법이 없다. 그들은 대상을 냉담하게 응시하고 관찰하여 그것을 좀더 구체적이고 시각적인 이미지들을 통하여 제시하려고 했던 시인들이었다.

그러나 인간성을 존중해마지 않는 낭만주의자들은 인간의 감정을 긍정함으로써 시에서의 그것의 발산을 당연시한다. 워어즈 워드Words Worth가 시를 "벅찬 감정의 자발적인 유로"라고 한 것은 이러한 태도를 잘 보여주고 있다. 이들의 시에는 당연히 주관적인 감정이 충만하게 되는데, 이러한 태도는 시인의 주관세계가 너무 개인적이거나 혹은 차갑게 단련되지 못한 경우에는 시를 단순한 감정토로에 떨어지게 할 위험성, 다시 말하면 시를 시인의 개인적인 감정세계에 가두어버릴 위험성을 배제할 수 없게 된다.

1920년대를 일별할 때, 주관적인 감정의 차가운 단련을 거치지 않은 데서 기인하는 이러한 취약성이 노출되고 있음을 볼 수 있는데, 이상화를 논하는 자리에서 김학동이 1920년대 초기에 문학의 감상과 낭만, 그리고 퇴폐와 병적 관능은 유독 이상화의 문학에만 국한된 현상이 아니라 <폐허>와 <백조>를 중심으로 한 거개의 시인 및 작가들의 문학 전반에 걸쳐 있었던 하나의 풍조였다고 한 것5)이나 정한모가 20년대의 분위기를 가장 잘 집약하고 있는 것이 <백조>이며 그것이 형성하고 있는 것은 "로망적 무드"라고 한 말6)도 개인적인 감정의 직접적인 유출의 과잉현상을 지적하고 있는 것으로 이해된다.

---

5) 김학동, 「이상화문학의 재구」, 『문학사상』 1973년 7월호, 336쪽.
6) 정한모, 「한국현대시사」, 『현대시학』 1974년 11월호, 155쪽.

고월의 특이성은 이러한 20년대 시의 일반적 취약성과 비교될 때 더욱
뚜렷해진다. 다음에 인용하는 박종화의 「黑房秘曲」은 여기서는 순전히
그러한 점을 좀더 선명하게 보여주기 위한 것이다.

> 인생의시절이란 길고긴醜陋!
> 未知의그나라란 聖潔의 동산!
>
> 성결의 나라로서 쫏긴이몸은
> 醜陋의 인생을 헤매이다가,
> 기맥힌醜陋에 다시쫏기여
> 쏘다시 未知의나라로 도라갈쑨이여이다.
> 가지고온것이란 熱情하나쑨,
> 차지러온것이란 眞理의그것쑨
> 쓸는情熱은 온몸을 살우건마는
> 아득한 眞理는 차즐바이업습니다.
> 스스로 미친이의 境域에쒸어
> 다시 未知로 갈쑨이외다.
>
> 읍니다 읍니다
> 저녁의 鍾이 울려옵니다
> 해는 쩌러지고 바람은이는데
> 거리로가는 모든兄弟야
> 당신의 갈곳은 어느데마을!
> 당신의 갈곳은 어데집!

박종화 「黑房秘曲」[7] 일부

---

7) 박종화, 『黑房秘曲』, 조서도서주식회사, 1924. 19-20쪽.

雲母가티 빗나는 서늘한 테―블
부드러운 얼음, 설탕, 牛乳.
피보다 무르녹은 쌀기를 담은 유리잔,
얄븐 옷은 입은 저윽히 고달핀 새악시는
길음한 속눈섭을 깔아매치며
간열핀 손에 들은 銀사실로
瑠璃盞의 살찐 쌀기를 부수노라면
淡紅色의 淸凉劑가 쏫물가티 흔들니다.
銀사실에 옴기인 쏫물은
새악시의 고요한 입살을 앵도보다 곱게도 물들인다.
새악시는 달콤한 쑴을 마시는 듯
그 얼골은 푸른 입사귀가티 빗나고,
코ㅅ마루의 水銀 가튼 쌈은 발서 사라젓다.
그것은 밝은 하늘을 비최인 적은 못 가운데서
거울가티 피어난 연꼿의 이슬을
휘염치는 白鳥가 삼키는 듯하다.

이장희 「夏日小景」 전문

　월탄의 「黑房秘曲」이 시인의 주관세계를 직접적으로 노출시키면서 삶과 세계에 대한 음울한 인식을 관념적으로 진술하고 있다면, 고월의 작품은 주관세계가 배제되어 있고 대상을 시각적으로 제시하고만 있다. 이러한 차이는 대상(혹은 삶과 세계)을 냉담하게 바라보는 데 필요한 <거리>를 확보하고 있는 것과 그렇지 못한 것에서 비롯된다. 고월의 경우, 그러한 <거리>를 나름대로 확보하고 있다고 할 것이다. 그것이 그로 하여금 자신의 개인적인 감정을 최대한 억제하면서 대상을 응시하고 관찰할 수 있도록 하였을 것이다. "얄븐 옷은 입은 저윽히 고달핀 새악시는" 는 "간열핀 손"과 같은 병적인 관능미를 보이다가 "얼골은 푸른 입사귀가티 빗나고" "앵도"보다 고운 입술을 가진 건강하고 발랄한 여인으로 미묘하게 변하고 있는 것을 놓치지 않고 묘사하고 있는 것에서 시인의 섬세한 눈길과 응시의 자세가 잘 보여지고 있다. 언어[8]의 구사도 정확하고 내용이 관념적이거나 불투명한 구석이 전혀 없다는 점과 특히 붉은색과 흰색의 선명한 대조가 바탕이 되는 시각적 이미지에 의해 제시되는 청신한 여름의 정경은 주목할 만하다.

    저긔 고요히 멈춘
    긔선의 굴둑에서
    가늘은 연긔가 흐른다.

    열븐 구름과
    낫겨운 해비츤
    자장가처럼 정다웁고나.

    실바람 물살지우는 바다 위로
    나직하게 VO―우는
    긔적소리가 들닌다.

    바다를 향하여 긔우러진 풀두던에서
    어느덧 나는
    휘파람 불기에도 피로하였다.

---

8) 김상일은 이 시를 인용하고 고월의 "언어에 대한 센스"를 지적하면서 그를 "본질적으로 근대시인"이었다고 한 바 있는데, 그에 의하면 20년대 시인들은 모티브나 테마의 전달도구로서 언어를 이용한 데에 비하여 고월의 언어에 대한 태도는 그러한 일상성을 거부하는 데 있었기 때문이다. 김상일, 「이장희」, 『현대문학』 통권 60호, 1959. 211쪽.

사물과 세계, 그리고 사태를 고월은 <보고 들음>으로써 감수한다. 감각을 통한 세계이해는 인간에게 공통된 현상이며 일차적인 경험이 되지만, 그러나 고월의 경우 그것을 관념화하지 않고 그것을 그것대로 제시하려고 한다. 감각에 의해 감수되는 세계를 관념화하지 않고 그것 자체로 제시하기 위하여 고월은 개인적 감정의 투사를 절제한다. 그는 그가 <보고 들은 것>을 가능한 한 자신의 주관에 의해 해석하고 관념화하기보다는 <보고 들을 수> 있도록 제시하려고 한다.

<보고 들은 것>을 <보고 들을 수> 있도록 제시하는 것, 다시 말하여 사물과 세계의 감각적 표현의 중요성은 그 직접성과 구체성에 있다. 시의 본질적 특성이 여타의 언어적 진술과는 달리 사물과 세계의 구체적이고 직접적인 이해에 있다면, 시에 의해 포착되는 사물과 세계는 관념에 의해 추상화될 것이 아니라 신선하고 생생한 모습 그대로 보여지고 감수되어야 할 것이다. 시에서 관념과 개인감정의 과잉현상은 사물과 세계와의 구체적이고 직접적인 만남을 오히려 막아버리고 시인의 관념과 감정에 의해 해석되거나 설명된 그것과의 만남을 만들뿐이다. 언어가 근원적으로 사물과 세계를 추상화할 수밖에 없는 것이라면, 그러한 언어에 의해 구축되는 시는 이 경우 이중의 추상화의 과정을 거침으로써 사물과 세계의 <있는 그대로>의 모습과는 거리가 더욱 멀어질 수밖에 없다. 고월 시의 감각적인 특성의 중요성은 이러한 점에서 이해되어야 한다. 고월의 시가 보여주는 감각적 표현은 사물과 세계를 감각을 통하여 좀더 직접적이고 구체적으로 감수하려는 것이며, 사물과 세계의 모습을 신선하고도 생생하게 보여 주려는 노력이기 때문이다.

꽃가루같이 부드러운 고양이의 털에
고운 봄의 향기가 어리우도다.

금방울과 같이 호동그란 고양이의 눈에
밋친 봄의 불길이 흐르도다

고요히 다물은 고양이의 입술에
폭은한 봄졸음이 떠돌아라.

날카롭게 쭉 뻗은 고양이의 수염에
푸른 봄의 生氣가 뛰놀아라.

「봄은 고양이로다」 전문

봄과 고양이가 놀랍고도 당돌하게 결합된 이 시의 제목은 얀 무카로프스키Jan Mukařovský가 시의 언어가 규범적인 언어Standard Language의 "의도적이고 체계적인 반란"9)이라고 규정한 것을 상기하게 한다. "봄은 고양이로다"는 물론 수사학적으로는 은유이며 통사론적으로 규범적이지만 의미론상(축어적으로는) 비문법적이다. 무생물적인(-animate 자질을 가진) "봄"과 구체적인 생물인(+animate) "고양이"가 같은 것으로 연결될 수 없기 때문이다. 그것은 '사람이 개를 물었다.'라는 문장이 통사론적으로는 완전한 문장이며 그러한 상황이 있을 수도 있겠지만 상식적이고 일반적인 이해에 배반되기 때문에 잘못된 문장이 되는 것과 같다.

시에서 그러나 이러한 <일탈>은 오히려 <의도적>이라는 점에서 주

---

9) Jan Mukařovský, "Standard language and Poetic language", Paul L. Garvin, *A Prague School Reader on Esthetics, Literary Structure, and Style*, Washington, Georgetown Univ. Press, 1964. 18쪽.

목된다. 왜 시인은 <봄은 꽃피는 계절이다.>와 같이 규범적으로, 그리고 상식적인 이해에 합치되는 방식으로 언어를 사용하지 않고 "봄은 고양이로다"라고 하여 규범적인 언어사용에서의 일탈을 의도적으로 자행하는가. 러시아 형식주의자들은 그에 대한 답변을 "낯설게 만들기*defamiliarization* "[10)]라는 용어를 통하여 해명한다. 그들에 의하면, "낯설게 만들기"란 친숙한 사물에 대한 우리의 자동화된 이해를 파괴하는 한 방법이자 예술의 가장 "근본적인 특성"이 된다.

사실 우리의 지각은 어떤 사물과 사태에 친숙해지면서 자동화되고, 자동화된 지각은 사물과 사태에 대한 관습적이고 상투적인 이해에 그치게 하거나 습관적인 행동을 촉발시킬 뿐이므로 처음 그 사물과 마주쳤을 때의 생생함과 구체성을 잃어버리게 된다. 그것은 곧 사물과 세계에 대한 이해를 도식화하고 상투화한다. <봄은 따뜻하다.>나 <봄은 꽃피는 계절이다.>와 같은 진술도 봄에 대한 상투적이고 자동화된 이해일 뿐이다. 시와 시의 언어는 그러므로 이렇게 상투화되고 자동화된 사물과 세계에 대한 지각과 이해를 가능하게 하는 일상의 관습적인 틀에 대한 반란을 꾀한다. 쉬클로프스키Victor ShkLovsky에 의하면, 그 한 방법으로서의 "낯설게 만들기"는 앞에서 말한 바와 같이 예술의 가장 근본적인 특성이된다. 그에 따르면 예술은 낯선 사물을 친숙하게 만든다는 종래의 널리알려진 생각은 잘못된 것이며, 예술은 오히려 친숙한 것을 낯설게 만들고쉽게 지각되는 것을 <어렵고도 천천히> 지각하게 하는 것이다. 그것은낯선 사태와 사물에 대하여 작용하는 감각의 예민성과 기민성을 활성화시킨다. 따라서 문학예술로서의 시는 친숙함과 일상의 때에 절어 있는

---

10) Victor ShkLovsky, "Art as Technique", Lee T., Lemon & Marion J. Reis, *Russian Formalist Criticism Four Essays,* London, Nebraska Univ. Press, 1965. 13-22쪽.

사물과 그에 대한 자동화된 지각과 이해를 거부하면서 그것에 대한 새로
운 이해와 지각을 가능하게 하는 방법이 될 수 있다.

　고월의 「봄은 고양이로다」는 봄이라는 사태를 상투적이고 자동화된
지각에 의해 보여주고 있는 것이 아니라, 고양이라는 사물의 털, 눈, 입술,
수염이라는 선택적 부분들과의 대비·결합을 통하여 그것을 새롭게 지각
하고 있음을 보여준다. "봄"과 "고양이"라는 각각의 친숙한 사태와 사물
에 대한 자동화된 우리의 지각은 관습적인 이해를 배반하고 있는 그것들
의 돌연한 결합에 놀라움과 충격을 경험하게 되면서 그것을 새로이 지각
하고 이해하기 위하여 새롭게 전열을 갖추고 집중적으로 작용한다. 그것
은 고양이와 대비되고 결합되어 드러나는 봄의 정서와 상태를 새롭게
감각하게 해주는 신선한 경험을 제공한다.[11] 이때 새로운 모습으로 드러
나는 사물과 사태는 많은 사람들에 의해 일상적으로 <보여진 것>이
아니라 시인이 순수한 지각에 의하여 <본 것>이며 사물과 사태의 <있
는 그대로>의 모습, 바로 그것이다. 시인이 순수한 지각에 의해서 <있는
그대로의> 사물과 세계를 본다는 것은 우리의 상투적인 이해에서 본질
적으로 자유로운 사물과 세계를 그 본래의 모습으로 환원시키는 것을
뜻하는데, 이때 그것을 가능하게 하는 것은 너무나 친숙하여 자동화된
지각을 일으키게 하는 사물과 세계에 대한 <거리>의 확보이다. 고월의
경우, 이러한 거리 확보는 주관세계의 절제나 사물과 세계에 대한 냉철한

---

11) 신비평가들이 <은유>를 일반적으로 수사학적 장치로 취급하기보다는 산문
　　적 진술이나 과학적 진술과는 판이하게 다른 인식의 한 양식, 정신적인 진리
　　를 깨닫고 표현하는 한 방법으로 취급(Alex Preminger(외), *Princeton Encyclopedia*
　　of Poetry and poetics, Princeton Univ. Press, 1974. 366쪽.)하는 것에서 알 수 있듯
　　이, 은유는 단순히 수사학적 차원에서 이해될 것이 아니라 과학적 인식이
　　보여줄 수 없는 것을 보여주는 인식의 한 양식으로 이해되어야 한다.

<응시>를 위한 전제가 되면서 동시에 사물과 세계를 <낯설게, 그리고 천천히> 지각하기 위한 방법론이 된다. 그리하여 오상순의 말과 같이, "봄은 한 마리 고양이 속에 완전히 살았고 고양이는 봄 속에 그 생을 審美的으로 最高度로 빈틈없이 完全히 發揮하고 完成했다."[12]

3. 〈서있음〉과 "잃어진 봄"

고월 시의 특징이 되고 있는 대상의 응시와 그 감각적 표현, 그리고 개인적 감정의 절제는 그의 <서있음>(혹은 방관자적 서있음)에서 비롯한다. 움직이지 않는 그의 <서있음>은 그로 하여금 사물을 관찰하고 응시할 수 있는 거리를 확보하게 하고 주관세계를 배제하게 한다. 그가 사물에 대하여 서 있을 거리를 확보하고 있기 때문에 그에게 사물과 세계는, 그가 그러한 거리를 유지하고 있는 한, 그것을 의식하는 주체와 구별되는 것으로서 단지 <거기 그렇게 있는 것>으로서의 객체이다. 두 발을 땅에 단단히 딛고 서서 사물을 바라보는 흔들리지 않는 자세는 사물을 응시하고 관찰하기에는 필요한 것이지만 그러나 거기에 따르는 주체와 객체 사이의 팽팽한 긴장이 파괴되어 버리거나 그것을 견디지 못하게 된다면 응시의 눈초리가 흐려질 수밖에 없으며 감정의 직접적인 유출의 적절한 통제를 기대할 수 없게 된다. 이러한 예를 고월의 시에서 또한 발견하게 되는 것은 고월이 그러한 긴장을 지속적으로 견지하지 못했다는 사실을 말해주는데, 이럴 경우 그의 시는 사물과 세계를 관념적으로 받아들이고 그것을 상투적으로 진술한다. 다음의 작품은 쫓기어 떠도는

---

12) 오상순, 「고월과 고양이」, 백기만(편), 앞의 책, 197쪽.

삶을 노래하고 있는데, 「봄은 고양이로다」에서 볼 수 있는 감각의 신선함
과 밀도, 언어의 절제와 주관세계와의 거리확보 등이 보이지 않는다.

어둔 밤 개인 하늘에
가이 없는 별빛이 흐를 때
시드른 넋을 휩싸안고
東으로 西로 헤매는 그는 누구?
오—흰옷 입은 사람이라오

쌀쌀한 바람부는 曠野로
눈물흘려 비틀걸음 치면서
悲運의 너의 몸이
어데를 가려는가

애달파라 人間이란 다 같은
搖籃에서 墓까지의 길손이언마는
쫓기어가는 가없는 이몸의
가려는 길이나 막지 말아다오

바람에 불리는 갈대잎같이
方向없이 떠나가는 너의 몸이
어느곳에서 이 생을 마치려나

激浪의 길을 떠나는 이여
시뻘건 肉의 몸뚱이는 죽어도
떠나온 네 魂만은 살아라
오—放浪의 魂아

「放浪의 혼」 전문

사물과 세계에 대한 <거리>의 확보와 그에 따른 긴장을 지속적으로 견지하지 못함으로써 빚어지는 파탄을 앞에서 지적하였는데, 이러한 점은 특히 시인의 구체적이고 실제적인 삶의 문제와 관련되어 두드러지게 나타난다. 그것을 고월의 <과거를 향한 서있음>이라고 부를 수 있는데, 고월에게 <과거>란 "잃어진 봄"(「봄하늘에 눈물이 돌다」)과 같이 상징적이고 함축적인 의미를 지닌 것으로 나타난다. 그러나 무엇보다도 시인을 굳게 묶어두고 있는 것은 <그리움>과 그 그리움의 <대상>이다. 현재는 그 <그리운 것의 부재>이며 따라서 그의 많은 시의 바탕을 이루는 정조는 지나가 버리고 지금은 없는 것에 대한 향수("옛 생각")와 회한, 그리고 그로 인한 쓸쓸함과 슬픔, 혹은 그것의 변주이다.

아즈랑이같이 아른대는/ 너의 그림자// 그리움에 홀로 여위여 간다.

(「너의 그림자」 일부)

지금은/ 그리운 옛날 생각만이, / 시들은 꽃, / 싸늘한 먼지, / 사그라진 촛불이/ 깃드린 제단(祭壇)을/ 고이고이 감돌면서/ 울음 섞어 속삭입니다.

(「실바람 지나간 뒤」 일부)

추억의 환상(幻想)의 신비(神秘)의 눈물을 지우더니라.

(「봄하늘에 눈물이 돌다」 일부)

야릇도 하여라./ 나의 가삼 속 깁히도 가란저/ 가늘게 고달핀 숨을 수이고 잇는/ 핼푸른 넷 생각은/ 다시금 꾸물거리며 늣겨울다.

(「憧憬」 일부)

검은 그 양자 그리웁고나./ 그도 날가티 이 저녁을 쓸쓸히 지내는가

(「저녁 2」 일부)

잠 못 이루는 나는/ 흰벽을 바라보며/ 옛 생각에 잠기나니.

(「적은 노래」 일부)

그는 가을바람에 우는/ 옛 생각의 그림자일러라.

(「연」 일부)

봄날/ 비오는 봄날/ 파랗게 여윈 손가락을/ 고요히 바라보고/ 남모르는
한숨을 짓는다.

(「불놀이」 일부)

멀니서 불으는 꿈노랜지/ 야릇한 소리는 끈임없이/ 고은 향긔에 녹아들
어/ 쓸쓸한 이 가삼에 사모치어라.

(「夕陽丘」 일부)

아아, 더러운 이 몸을 어이하랴./ 고요한 속에/ 뉘우침만이 타오르다,
/ 타오르다.

(「눈(雪)」 일부)

시인에게 이렇게 고착된 과거는 시인의 현재의 삶을 열어주거나 변화
시켜주는 역동적인 힘이 되지 못 하고 오히려 현재의 삶을 압도하여 시인
을 미화된 과거의 추억과 회한 속에 가두어 버린다. 고월은 현재를 살고
있는 것이 아니라 과거의 고정된 어느 시간을 향해 <서 있으며 거기에
머물고> 있다. 과거를 향해 서서 거기에 머물러 있는 것은, 자신의 지나
간 삶을 지나간 것으로 바라볼 수 있는 거리를 확보하거나 그것을 냉철하
게 응시할 수 있는 것을 방해했던 것으로 보인다. 과거를 향해 <서있음>
이 그로 하여금 삶과 세계를 다양하고도 미묘한 체험의 공간으로 바라보
게 하지 못하고 오히려 그것을 단순화하여 비탄과 슬픔만을 강조하고
그 속에 자신을 가두어 버리고 만 것으로 보인다. 그는 "잊을 수 없는",

"은실같이 고운 먼 시내를 바라 보기"만 하면서 "그리움에 홀로 여위어 가"고 있었을 뿐이었다.

4. 하늘에 대한 동경

"잊을 수 없는" "고운 먼 시내를 바라"보면서 "그리움에 홀로 여위어 가"는, 과거를 향한 고월의 <서있음>과 그로 인한 감상과 회한은, 고월이 과거를 단순히 지나가 버린 것으로만 받아들일 수 없음에도 지나가 버린 것으로 또한 아프게 인정하지 않을 수 없는 데서 비롯하며 그것이 그를 이중의 슬픔 속에 빠뜨린다. 고월에게 과거는 단지 <지나가 버린 것>에 그치는 것이 아니라 끊임없이 현재화하여 오히려 현재의 삶을 압도하고 현재의 삶이 그를 감상의 늪에 유폐시키고 있다. 그러나 그럼에도 불구하고 「실바람 지나간 뒤」의 2연에서와 같이, "그리운 옛날"과 그 부재인 현실의 대비를 통하여 보여지듯이, "그리운 옛날"인 과거는 화석화한 추억으로, 그리고 현실은 슬프지만 움직일 수 없는 것으로 받아들이게 되는데, 여기에는 체념과 한탄이 수반된다. 고월이 과거를 지나가 버린 것, 그리고 회복할 수 없는 것으로 명확히 인식하였기 때문에 과거에 대한 회한과 감상이 더욱 그를 지나간 삶 속에 묶어놓았는지도 모른다.

이러한 사실은 고월이 삶과 세계를 순환적 질서 속에서 이해하고 있지 않음을 말해준다. <오르막이 있으면 내리막이 있다.>든가 <세상은 돌고 돈다.>는 식의 진술은 순환적 질서 속에서 삶과 세계를 이해하고 있음을 소박하게 드러내고 있는 경우가 된다. 순환적 질서를 가장 모범적으로 시현하고 있는 자연현상에서 보듯이, 태양은 대지 위에 나타났다가 다시 대지로 돌아가며 그러나 다시 떠오른다. 계절의 변화, 달의 기울고 참도 그러하다. 순환적 질서 속에서 이해되는 삶은 고난이나 시련, 심지어 육신의 소멸인 죽음까지도 영원한 것이 아니라 일시적이고 잠정적인 것이며 따라서 보상받고 회복되는 것으로 이해된다. 따라서 달의 기움은 역설적으로 참을 마련하는 계기가 되며 겨울은 봄이 멀지 않음을 예고해 주는 것으로 이해된다. 고월은 그러나 그러한 신화적 세계인식에서 이미 떠나 있었고, 그것이 그에게는 이중의 슬픔을 주었을지도 모른다. 돌이킬 수 없는 과거임을 명확히 알고 있음에도 그것에서 자유로울 수 없는 자신을 본다는 것은 얼마나 큰 고통일 것인가. 그러나 지나간 것이 보상되거나 회복될 수 없다는 사실을 아프게 인식하고 있었다는 사실은 그에게 감당할 수 없는 고통을 주었겠지만, 그의 많은 시가 슬픔과 그리움의 변주임에도 불구하고 비교적 감정을 절제하여 지나친 감정토로에 빠지지 않게할 수 있었던 한 요인이 된 것으로 생각된다. 그렇게 생각하면 고월이 자신에게 보낸 차가운 시선을 느낄 수 있게 된다.

다음 작품들은 고월이 삶과 세계를 순환적 질서 속에서 이해하고 있지 않음을 잘 드러내고 있다. <밤>이 새로운 세계인 <아침>의 전조로 인식되는 것이 아니라 "희망의 목을 잘라 버려야 할" "새벽 돌아옴 없는 밤", 즉 영원한 질곡으로 이해된다는 점에서 그 비극적 세계인식이 두드러진다. 섣부른 "희망"은 어리석음에 다름 아니므로 "희망"이 철저히 배제된 삶에서, 역설적으로 삶에 대한 적극적인 의지를 반영하고 있는 듯한 "걸으라"는 단호한 명령은 오히려 가혹한 자기학대와 같이 삶을 더 비극적인 것으로 만들고 있는 것처럼 보인다. 과거에 대한 회한과 슬픔을 노래하고 있는 「失題」에서는 순환적 원리에 지배되고 있는 "달"에게서 기움만을 발견하고 강조함으로써 자신의 비극적 세계인식을 보인다.

마음아 너는 더 어질어지려마
너는 다만 헛되이……
아—진실로 헛되지 아니하냐

남국의 어리석은 풀잎은
속임수 많은 겨울날 하루 햇빛에 고개를 들거니

가문 하늘에 한조각 뜬 구름을 바랬고
팔을 벌려 불타오르는 나무가지같이.

오—밤ㅅ길의 이상한 나그네야
산기슭 외딴 집의 그믈어가는 촛불로
네 희망조차 헛되이 날뛰려느냐 아—
그 현명의 노끈으로 그 희망의 목을 잘라
걸으라 걸으라 무거운 짐 곤한 다리로
걸으라 걸으라 무거운 짐 곤한 다리로
걸으라 걸으라 불꺼진 숯을 가슴에 안아
새벽 돌아옴 없는 밤을 걸으라 걸으라 걸으라

「밤」 전문

저 달이 다시 이운다
둥그렀다 다시 이운다
서리품은 구름이 어른거리니
바수수 나뭇잎이 지레 듣는다
九月 十月 동지섯달
九月 十月 동지섯달
이렇게 헤이노라니

스르르 눈물이 눈에서 돈다

국화야 무슴 꽃이랴
열매 없으니
나비를 못 맞으니
찬바람의 향기는 살을 깊이 에일뿐
아! 젊은 몸 여름날은 누어지내고
제 철 꽃보다 단풍이 더욱 붉거니
봄새소리보다 귓도리 더욱 잦거니

「失 題」 전문

　이러한 반신화적인, 혹은 현실적인 세계인식을 바탕으로 과거를 회복될 수 없는 것으로 아프게 인식하는 고월은 과거를 향한 <서있음>에서 끝내 머물지 않고 그것을 극복하고 지양하려는 <운동>을 보여준다. 그러한 <운동>은 자신의 구체적인 삶인 과거와 일정한 거리를 유지하지 못함으로써 그 생생하고 아픈 모습을 방관자적 처지에서 형상화하지 못하고 감상과 회한 속에 그의 현재의 삶을 <닫힌 것>으로 만들어 버린 것에서 벗어나기 위한 변증법적인 움직임이 되어 고월의 시 세계를 좀더 역동적이고 복잡한 것으로 만들고 있다.

　그것은 「다시」에서와 같이, "어린" "고은" 마음이 "말라붙고 옹그라"진 비생명적인 현상인 "바위"와 같은 침묵과 의지의 세계, 혹은 무생물적인 무정(비정)의 세계를 지향함으로써 <과거>에의 감상에 대한 반동으로 나타난다. 또한 「봄 하늘에 눈물이 돌다」에서와 같이, 다른 한편으로는 <하늘에의 동경과 비상에의 욕망>으로 구체화되면서 그 변증법적 지양의 움직임을 보여준다.

　특히 「봄 하늘에 눈물이 돌다」는 그 마지막 연에서 "고달픈 혼"의 싱싱

한 비상에 대한 원망과 가능성을 보여주고 있을 뿐 아니라 이 시 전체가
하늘에 대한 동경과 비상의 꿈을 갖게 되는 내면적 정서의 움직임을 보여
주고 있기도 하다.

> 돌돌거리는 물조차 말라붙은
> 험상한 바위틈에 앉어
> 흐린 하늘을 바라보노라
> 벗은 가지를 보노라
> 피여오르는 연기를 보노라
>
> 헛되다는 말도 헛되여라
>
> 어린 마음아
> 고은 마음아
> 너도 이같이 말라붙고
> 옹그라져
> 이 험한 바위가 되렴아
> 너를 차마 사루다니
> 무언 다시 안사루냐

「다시」 전문

> 동경(憧憬)의 비둘기를 높이 날려라.
> 흰 구름 조으는 하늘 깊이에
> 마리아의 빛나는 가슴이 잠겨 있나니,
> 커다란 사랑을 느끼는 봄이 되어도
> 봄은 나를 버리고 곁길로 돌아가다.
> 밝은 웃음과 강한 빛깔이 거리에 찼건만,
> 나의 행복한 자랑은 미풍(微風)에 녹아 사라졌도다.

　　사람 세상을 등진 채 오랫동안 권태(倦怠)와 우울(憂鬱)과 참회(懺悔)
로된 무거운 보퉁이를 둘러메고,
　　가장이 넓은 검정모자(帽子)를 숙여쓰고,
　　때로 호젓한 어둔 골목을 헤매이다가 싸늘한 돌담에 기대이며,
　　창(窓)틈으로 흐르는 피아노 가락에 귀를 기울이고,
　　추억의 환상(幻想)의 신비(神秘)의 눈물을 지우더니라.

　　봄날 허무러진 사구(砂丘) 위에 앉아
　　은실같이 고운 먼 시내를 바라보다가,
　　물오른 풀잎을 깨물으며,
　　외로움 위로(慰勞)삼아 시(詩)를 읊기도 하더니만,
　　그마저도 을씨년스러워, 인제는 옛꿈이 되었노라.

　　아아 나의 고달픈 혼(魂)이어,
　　잃어진 봄이 다시 오랴 감은 눈을 뜨고,
　　동경(憧憬)의 비둘기를 높이 날려라.

「봄 하늘에 눈물이 돌다」 전문

　　어머니, 어머니라고
　　어린 마음으로 가만히 부르고 싶은
　　푸른 하늘에 다스한 봄이 흐르고,
　　또 흰 볕을 놓으며
　　불룩한 乳房이 달려 있어,
　　이슬맺힌 포도송이보다 더 아름다워라.
　　탐스러운 乳房을 볼찌어다.
　　아아, 乳房으로서 달콤한 젖이 방울지려 하노라.
　　이때야말로 哀求의 情이 눈물겨웁고,

주린 食慾이 입을 벌리도다.
이 無心한 食慾,
이 복스러운 乳房,
쓸쓸한 心靈이여, 쏜살같이 날라지어다.
푸른 하늘에 날라지어다.

「靑天의 乳房」 전문

앞에서 고월 시 세계의 특성으로 지적한 <서있음>과 거기에서 비롯하는 두 가지 서로 상반되는 특질—<대상의 응시와 그 감각적 표현>과 <감상과 회한>—이 대상파악과 자기 삶의 수용에서 철저한 수동성[13]을 고수하여 얻어진 것이라면, 고달픈 혼의 비상을 촉발하는 <하늘에 대한 동경>은 그 지양의 몸짓으로 볼 수 있어 주목할 만하다.

고월 시의 경우, "하늘"은 "마리아의 빛나는 가슴 잠겨 있"는 곳이거나 "어머니"라고 부르고 싶은 여성적이고 모성적인 것으로 드러나며 "고달픈 영혼"과 "쓸쓸한 심령"이 "쏜살같이 날라지어"야 할 곳으로서, 영혼과 심령을 구원할 수 있는 구체적 공간으로 나타나 있다. 그러한 하늘에 대한 동경과 비상의 욕망이 현실적인 어떤 억압과 구속에서의 해방을 전제로 하는 것이라면, 「봄 하늘에 눈물이 돌다」의 경우 "잃어진 봄"에 대한 회한과 집착, 그리고 그로 인한 감상의 지양으로 볼 수 있다.

그러나 고월의 경우, 그의 짧은 삶이 말해주고 있듯이, 그리고 그의 이러한 욕망을 보여주는 작품이 차라리 회귀한 예에 지나지 않는다는 사실이 보여 주듯이, <비상의 욕망과 운동>이 지속적이고 집중적으로

---

13) 김인환, 「주관의 명중성」, 『문학사상』, 1973년 7월호, 369쪽. 김인환은 이 글에서 고월이 쓸쓸한 삶을 운명과 같은 것으로 받아들인다는 점에서 객관세계에 대한 고월의 태도가 수동적인 것이었음을 지적하고 있다.

나타나 고착된 과거를 지양하려고 하는 단계적인 움직임을 보이고 있지는 않다. 오히려 그것들(<비상에의 욕망>과 <과거를 향한 서있음>)은 거의 같은 시기의 작품들 사이에서 동시적으로 존재함으로써 복합적인 갈등의 양상을 보이고 있다. 그러한 갈등은 어느 하나가 다른 하나를 순차적으로 극복 지양함으로써 해소되거나 해결되는 모습을 보이지 않고 뒤섞여 있어 오히려 고월의 내면을 더욱 어지럽히고 있었던 같다. 고월이 끝내 자신의 삶을 자살로써 끝냈다는 사실 역시 이 점을 시사하고 있는 듯 하다.

5. 맺음말

고월 시의 중요하고도 가치 있는 특질로 지목되는 <감각적 경향>은 고월 시의 전체적인 면모를 충분히 설명하고 있다기보다는 오히려 그의 시 세계에 대한 이해의 폭을 그쪽으로만 제한하고 있는 듯하다. 그의 시가 대상의 감각적 표현이라는 당대의 시가 갖지 못한 성과를 얻고 있음은 주지의 사실이나, 그러한 진술 뒤에 가려진 채로 남아 있는 그의 시가 가진 복합적이고 역동적인 모습은 주목되지 않았다. 그런 뜻에서 이 글은 고월 시의 역동적인 모습을 밝혀보려고 하였으며 그것은 고월의 시작품들 사이에 존재하는 내적 관련성을 토대로 하여 구체화되어 있는데 지금까지의 논술을 요약·정리하면 다음과 같다.

1. 고월 시의 가장 중요한 특성은 대상을 인식하고 자신의 삶을 수용하는 데서 보이는 <서있음>이다. 그의 서있음은 사물과 세계에 대하여 일정한 <거리>를 확보함으로써 그것과 그것을 인식하는 주체 사이의 팽팽한 긴장을 보여주면서 시인의 주관세계의 직접적인 노출을 적절히

통제할 수 있게 한다. 따라서 이때 그의 <서있음>은 사물과 세계 속으로 뛰어들지 않는 방관자적 처지에서 감정의 흔들림 없이 객체를 객체로 바라보는 차디찬 <대상 파악>의 방법론이 된다. 따라서 그렇게 파악되는 사물과 세계는, 「봄은 고양이로다」에서 탁월하게 보여진 바와 같이, 자동화된 지각에서 비롯되는 관념적이고 상투적인 이해의 굴레에서 벗어나 시인의 때묻지 않은 감각을 통하여 <낯설게> 그러나 본래의 모습으로 드러난다.

2. 그러나 이와 같은 <서있음>은 시인의 구체적이고 실제적인 삶의 문제와 관련될 때에 흔들리거나 허물어져 또 다른 모습을 하게 되는데, 그것을 <과거를 향한 서있음>이라고 부를 수 있다. 고월에게 과거는 "잃어진 봄"으로 함축되는데 그것이 그의 현재의 삶을 굳게 결박하고 그를 과거를 향해 서 있도록 하고 있다. 따라서 이럴 경우 고월은 자신의 삶의 문제를 차갑게 <응시>할 수 있는 <거리>를 확보하지 못 하고, 그가 보여준 바 있는 냉철한 대상인식과 거기에 따르는 긴장과 개인감정의 절제를 지속적으로 견지하지 못 한다. 이 때 그의 시는 지나가 버리고 없는 것에 대한 향수와 회한, 그리고 그로 인한 쓸쓸함과 슬픔, 혹은 그 변주가 된다.

3. 과거를 향한 <서있음>과 그로 인한 감상과 회한은 그러나 그 과거가 보상될 수도 회복될 수도 없다는 현실적인 인식에 의해 마침내 그것을 극복하고 지양하려는 <운동>으로 전환된다. 그것은 「다시」에서와 같이 침묵과 의지의 세계, 혹은 무정의 세계를 지향하는, 감상에 대한 반동으로 나타나기도 하고, 「봄 하늘에 눈물이 돌다」, 「靑天의 乳房」에서와 같이 <하늘에 대한 동경과 비상의 욕망>으로 구체화되기도 한다. 이 때 "하늘"은 "고달픈 영혼"과 "쓸쓸한 심령"을 구원할 수 있는 구체적인 공간으

로 드러난다.

그러나 고착된 과거를 향한 <서있음>과 그것을 지양하려는 이러한 <운동>이 같은 시기에 함께 나타남으로써, 고월 시에서 <서있음>과 <운동>은 서로 갈등하는 양상을 보이고 있다. 이러한 갈등은 어느 하나가 다른 하나를 순차적으로 지양함으로써 해소되거나 해결되는 모습을 보이지 않는다. 고월의 자살은 그러한 가능성을 스스로 막아버린 것으로 이해된다.

(1983)

존재의 불안, 의식의 통증
─이경록의 유고시집

1.

유족의 품을 떠나면, 한 개인의 구체적인 죽음은 일상적인 익명의 사건으로 전락하고 만다. 모든 특별한 죽음도 그와 무관한 타인에게는 세상에 널려 있는 수많은 죽음 중의 하나에 지나지 않기 때문이다. 그렇지 않은 경우라도, 한 개인의 구체적인 죽음은 점차 자신을 무효화하는 시간의 풍화작용, 망각의 강, 익명의 늪 속에서 마침내 스러지고 말 것이 아니겠는가.

이경록은 1948년 경북 월성에서 출생했다. 1973년 매일신문 신춘문예로 등단했으며, 등단 사 년 뒤인 1977년 백혈병으로 숨졌다. 그가 세상을 뜬 지 이태 뒤인 1979년 그의 동인들(<자유시>)이 추모 책자『이 식물원을 위하여』를 낸 바 있다. 그러나 익명의 죽음으로부터 그를 우리에게 돌려보낸 것은 1992년에 발간된 그의 유고 시집『그대 나를 위해 쉼표가 되어다오』(고려원)일 것이다.

요절한 시인의 죽음이란 우리에게 숨겨져 있는 신화 만들기의 욕망을 부추기고, 거기에 빠져들기를 무의식적으로 강요한다. 그것에 저항하기 위하여 나는 그의 책을 그의 죽음으로부터 어느 정도 격리시키고 싶었다. 신화 만들기의 충동, 돌발적이고 이례적인 죽음이 강제하는 과도한 독법으로부터 나를 지키는 일은 그러나 쉽지 않다.

2.

이경록의 자아는 시집 도처에서 흔들리고 있다. 이 흔들림은 그의 시에서 곧잘 "덜그럭거린다"고 표현된다. 생활과 이념, 정체와 운동, 의식의 수축과 팽창 사이에서 그의 존재는 "덜그럭거린다". 그것은 주체가 균열을 일으키는 소리이며, 그 속에는 존재의 피로, 의식의 통증이 스며 있다. 약간 목이 쉬고 산만한 듯도 하지만, 에로스와 타나토스의 충동이 마치 살과 뼈처럼 얽히고설키다 조금은 다성적인 울림을 빚어내는 그의 시집 속에서, 나는 어두운 70년대를 살다 요절한 한 문인 지식인의 내면풍경을 엿본다. 존재의 불안과 의식의 통증이 각인되어 있는 그의 내면풍경들은, 인간의 삶을 추악하게 만드는 사회적 억압과 스스로를 고문하는 의식존재의 불행한 의식에 뿌리를 두고 있다.

> 나는 말한다. 그리고 당신은 내 말을 듣는다. 그러므로 우리는 존재한다.(퐁쥬)

그렇다. 말은 실존의 근거이다. 따라서 말의 억압은 실존의 억압이며, 말이 거부되는 곳에서 주체의 실존은 부인된다. 이경록의 시 몇 편은 말의 죽음과 실존의 위기, 그리고 그에 따른 참담한 광기를 보여준다.

억압된 말은 소통의 욕망으로 부풀어 오른, 그러나 풍선처럼 속이 텅 빈 기호가 되어 "한밤내" "숙소"를 찾아 "식물성 시대"를 떠돌고 있다. 유령이 되어 떠도는 말은 "비명의 마음"들에 의해 수신이 거부되고, 거기에서 말은 실존을 지탱하는 형식이나 도구와는 무관한 불구의 사물로 전락한다. 말의 죽음을 수락한 인간세계는 곧 "식물원"이다.

소통의 부재와 인간의 식물적 생존은, 그것을 강제한 억압의 강도와 함께 자아/세계망각에 함몰된 실존의 위기를 예각화한다. 그의 시 곳곳에 널려 있는 "잠"은 외부 억압의 하중과 그에 따른 주체의 피로를 암시하고, 지친 의식의 자기소멸에의 충동을 환기한다. 의식 주체는 나는 잊고/죽고 싶다고 비명을 지르고 있는 것이다. 그 끝에 광기가 있다. "지랄 좀 하게 해 주세요. 너무 갑갑합니다. 아무 지랄이라도 좋으니, 좀 하게 해주세요. (줄임) 벗어났다는 느낌이라도 들게 해주세요."(「이 식물원을 위하여·4」)

말의 억압으로 빚어지는 이 광기에 이끌림이야말로 위기의 징후가 아닌가. 이 벼랑에서 존재는 환각이라는 지푸라기에 매달린다. 자신을 떠받치기에는 너무 연약한 환각에 대롱대롱 목을 매고 있는 존재의 참담함이라니. 그 속에서 존재는 말의 욕망("말을 해보고 싶다" : 나는 존재하고 싶다.)과 그 불가능성("말이 되지 않는다" : 나의 실존은 부인된다.)에 시달린다. 말―존재의 욕망은 감시 받고 있고, 그 감옥의 사회에서 "手話"의 시도마저 좌절되지만, 말하고/존재하고 싶다는 욕망을 끝내 잠재울 수는 없다. 진정성을 회복하려는 인간의 자기노력에 대한 시인의 신뢰를 다음에서 볼 수 있다.

우리 서로 합창합시다. 口話로

꽃을 피웁시다. 口話로
우리만의 暗喻를 위해서, 口話로
우리만의 결사를 지키기 위해서, 口話로

「이 식물원을 위하여·5」 일부

그의 사회적 실존은 분열되어 있다. 한편에서 나는 잠자고/잊고/죽고 싶다고 말하지만, 한편에서는 그것을 지양하는 목소리로 나는 잠깨고/말하고/존재하고 싶다고 말하기 때문이다. 그의 시민은 그러한 양극의 자장 가운데에서 "휘청"거린다.

"나는 또 약을 먹는다. 음주,/ 이제는 정복할 수 없는 건강, 그리고 제도,/ 휘청거리고, 얼굴을 휘두르고,/ 질척이는 공허에 젖어, 나는 돌아간다."(「어떤 구석기」). 그의 시민은 어디로 돌아가는가. 무력감에 젖어 그가 돌아가는 곳은 그가 떠나고자 했던 "그 깊은 가정의 곳곳"이다. 그곳은 "한잔의 커피"와 소비적인 언어로 전락한 대중매체가 널려 있는 안정된 생활공간이다. 그러나 또 한편으로 그는 "적에게 말려"들고 "사태의 핵을 뚫어보지 못하는" 자신을 반성하고, "변하지 않은 소수의 강경파./ 그들의 뿌리를 뽑고 구워내는 일이야./ 그리고 나는 다시 휘어잡고 다스리겠어./ 저 맹물만 남은 바다, 정신이 죽은 바다를……"(「소금」)과 같은 의지를 표명한다. 그 의지는 「폭우기」와 「남극탐험」에서 "눈속에 묻혀 있는 이 시대", 얼어붙은 세계를 초극하려는 의지로 나아가기도 한다. 시적 주체의 이러한 분열은 시대의 분열과 무관하지 않을 터이나, 아쉬운 것은 이 두 세계가 지양될 수 있는 시간을 돌발적인 죽음이 앗아갔다는 사실이다.

千의 팔과 다리가
나의 몸 속에서 일어선다. 라는

것은, 팔과 다리가
千의 나의 몸 속에서 일어선다. 라는

것이다. 또는 수확을 위해
떨그럭거리는 나의 경작의 마차.

쓰러지는 나무의, 쿵쿵거림이
나의 의식을 울린다. 라는
것은 무엇인가, 최초의 그 쓰러진 흔적이
비가 되어 솟구친다. 라는
것이며, 우기의, 갈아눕힌, 내 잠의 농지에 내려 쌓인다. 라는
것이다. 무엇일까, 내가 망상하고 있는 것은.

「포에지」 일부

　　주체의 분열 밑바닥에는 좌절의 상흔과 그에 따른 주체의 불안이 자리
하고 있는 듯하다. 위 시는 희망과 불안 사이에 걸려 있는 삶의 현실을
일깨운다. 창조/생성/기대의 몽상은 의식-존재의 상승과 팽창을, 퇴적/좌
절/상처의 몽상은 의식-존재의 하강과 위축으로 드러난다. 몰락의 예감이
"최초의 그 쓰러진 흔적"과 관계된다면, 그 해명은 개인사(개인 무의식)와
연관되어야 할 것이지만, 이 원초적 경험이 주체의 불안을 낳고, 그를
"검토하고, 언급하고, 서성거리"게 하며, 자기보호의 욕망을 저 밑바닥으
로부터 촉발시키고 있는 것이 아닐까.

바퀴를 달지,
바퀴를 달고 굴러가지, 내 방은,
四壁에 못을 박고,
철책으로 문을 달고,

밀폐된 잠 속을, 잠속의 복도를,
글러가지, 내 방은,

「방의 주어」 일부

그의 "방"은 비우호적인 외부로부터 자아를 보호해주는 절대적인 보호
자인 어머니이다. 그 속에서 주체는 불안과 배회를 그치고 포만감에 젖는
다. 더 이상 외부는 자아의 순결성을 침해하지 못할 것이며, 그를 짓누르
고 고문하지 못할 것이다. "방"은 억눌린 의식이 실존의 상흔을 치유하려
는 모태회귀의 꿈을 드러낸다. 바퀴의 욕망은 식물의 정체성과 대립되는
활동성을 표상하지만, 그것은 닫혀 있는 운동이며, 정지를 예비하고 있는
준비운동이다. 그래서 그는 "아내"의 "꿈속을 건너가다가, 가다가" 그
"잠 한 모서리로 잠"든다. 모태회귀의 욕망을 퇴행이라고 간단히 말할
수 없다. 이 때 "잠"은 의식의 혼수상태나 식물적 정체성을 넘어서는
의식의 자기운동을 내포하고 있기 때문이다. 오히려 그것은 압도적인 외
부로부터 자신의 순결성을 보호함으로써 자기치유를 모색하려는 수동적
인 꿈으로 읽힌다.

절대적 사랑의 이미지, 어머니에 대한 그리움은 어머니의 변형으로서
의 타자, 곧 연인에 대한 그리움으로도 나타난다. 그 그리움은 지친 사회
적 실존을 삶의 충동으로 충전시킨다. 사랑을 통하여 자신의 실존을 온몸
으로 확인하고자 하는 존재는 "숨쉴 때마다, 그대 내 육신의 구석구석까
지 찍어다오."(「사랑가·3」)라고 호소한다. 이제 "숙소"없는 말은 "팔백
리"를 건너 자신의 거처를 찾고 "내 심장의 피 덥히며 흐"르며(「사랑가·
1」), 식물적인 것으로 전락한 추악한 삶은 에로스의 충동으로 넘친다.
시적 주체는 오직 나는 사랑한다/사랑 받고 싶다고만 말함으로써 사랑하
는 타자 속에서 자신의 실존을 확보한다.

3.

"시간의 털"인 존재는 그러나 불안하다. 끊임없는 자기 장례의 집행(그 끔찍한 자유)을 선고받은 실존은 직무유기의 강박에 시달린다. 그가 "시간의 단면" 속에서 "굳어져 죽어 있는"(「시간」) 자신, 곧 정체되고 부패된 타성적 자아를 보는 것은 그 때문이다. "시간은 언제나 우리를 앞선다. 몇 천 톤씩이나 휘몰아쳐 와/ 어떤 때는 우리를 덮친다. 숨을 막는다."(「폭우기」)처럼 시간은 증폭되어 일시에 존재를 급습한다. 증폭된 시간은 감당할 수 없는 시간, 그 속에 내장된 사건의 중압과 그에 따른 주체의 당혹감을 나타낸다. "자신의 시대에서 벗어나"(「달팽이」) 있는 "달팽이"의 소외 또한 존재의 불안이 드러나는 양태이다. 특히 시간에 대한 이경록의 강박관념은 존재의 지체와 함께 인식론적 한계에 직면한 고통을 암시한다. 그가 "나는 정확한 시력과 청각/ 달려가는 빠른 속도에 묻어 있다."(「시간」)와 같이 감각의 민첩함에 대한 자신감을 드러냄에도 불구하고, 감당할 수 없는 외부의 긴박성("황급한 뉴스" 등)은 사태파악의 난감함 속으로 그를 빠뜨린다.

"잊었던 가벼운 속도"와 "빛나는 의식"의 인식을 말할 때, 그는 시간의 강박에서 벗어나 완만한 시간과 거기에서 이루어지는 존재의 안정과 가벼움을 노래한다. 그것은 잠시나마 그가 자신을 억압하는 현실과 일정한 거리를 확보하고, 자의식의 고문에서 벗어나 존재의 가벼움을 회복했음을 뜻한다.

내려다 보아

알겠네. 알겠네.
저 반짝이며 드러나는
오랜 돌들의, 그 순금의,
웃음소리 터지는 빛나는 사랑을 알겠네.
사랑 속의, 마른 이끼를 알겠네.
맑게 씻긴 햇살을 쏟아놓고
몰려가는 낮잠의 눈을,
잊었던 가벼운 속도를, 알겠네.

「종이 비행기」 일부

　그러나 시간은 죽음의 얼굴을 하고 다시 그를 덮친다. 존재의 안정과
가벼움을 얼어붙게 만드는 죽음―그 극단적인 타자와 그는 대면하고 있다.

　피가 빠진 몸은 홀로 꿈을 꾸다가 차게 굳어서 흑연이 됩니다. 鉛이
된 몸. 鉛의 꿈. 鉛이 눈물을 흘립니다. 내 피는 하늘에서 별이 됩니다.

「빈혈」 일부

　그의 문우들의 회고에 따르면, 이경록은 자신의 병을 단순히 빈혈정도
로 생각했었다 한다. 그러나 그는 이미 예민하게 자신의 "사후에/ 입과
귀가 있던 장소, 그 허공을"(「유리」) 느끼고 있다. 광물화되어 가는 자신
의 육체를 바라보는 그의 시선이 마치 타자의 그것처럼 절제되어 있는
것은, 피에서 분리되는 육체가 의식에게 낯설기 때문이기도 하겠지만,
역설적으로 그만큼 죽음과 친숙했기 때문이 아닐까. 피가 소모된 육체의
타자성은 "흑연"으로 나타나고, 그것을 실존의 보편적 운명 속에 용해하
는 의식은 죽음을 자신의 삶으로 수락한다. 육체에서 분리된 "피"가 광물
성("피"가 분리된 육체)의 가장 승화된 형태 "별"이 되는 것은 그래서
가능할 것이다.

나는 왔다. 세상의 끝엔 아무것도 없다고,

「死後」에서 그는 그렇게 노래부른다. 그는 자신의 구체적인 죽음을 앞에 두고, 미래에 죽은 자들인 우리를 향하여, 세계를 장례지내고 세계에 대한 만가를 부르고 있다. 우리가 지금 이렇게 생생하게 느끼는 "실크빛 연애, 언짧은 결혼"으로 가득 찬 이 세계에 대하여,

(1992)

몸 밝은 연꽃 말씀에 이르는 길
― 권국명의 초기 시

권국명 시인이 드디어 시집을 냈다. 시력 삼십 년이 넘은 권국명 시인이 낸 첫 시집『그리운 사랑이 돌아와 있으리라』(만인사, 1996.)을 대한다는 것은 기쁘지만 분명 "서느러운" 사건이 아닐 수 없다. 오늘날 시집 또한 상업주의에 찌든 다른 상품과 구별하기가 얼마나 어려워졌는지, 그리고 세상에 자신을 드러내려는 우리의 허영심이 얼마나 악착같은 것인지를 생각할 때, 그의 "게으른 무심함"이 문득 놀라울 뿐이다.

시인은 자신의 시를 "고통의 시"라고 말한다. 그가 새삼스럽게 "고통"을 말할 때, 거기에는 방법적인 것 이상의 어떤 심각성과 절실함의 내용이 배여 있다는 인상을 받는다. 게다가 "이 걸음으로 세상을 건너 가고 싶다."는 진술에서는 단순한 바람 이상의 서늘한 의지가 느껴진다.

그렇다면 과연 그의 언어화된 "고통"의 내용은 무엇이며, "세상을 건너" 가려는 그의 서늘한 보법은 어떤 것인가. 등단 이후 이십여 년(1964년

―1985년) 동안 쓴 시 중에서 "지향했던 의미세계가 같은 것만"을 가려 묶었다는 이 첫 시집이 그 일단을 보여 주리라. 시인이 자신의 "초기작들"이라고 규정한 이 시편들은, 발표 당시와 적지 않은 시간적 거리가 있는 지금까지 여전히 그 큰 울림과 지속적인 공감력을 잃지 않고 있다.

일찍이 한 탁월한 비평가가 "<無明考>를 그의 다른 시편들과 연결시켜 이해하지 못한 것이 서운하다."고 하면서 "곧 그의 <無明考> 全篇을 읽을 수 있기를 기대한다."(김현, 『월간문학』 1971, 6/7.)고 한 것도 그런 까닭이 아니겠는가. 시인은 "누가 내 고통의 시를 읽으려 하겠는가."라고 하지만, 다음과 같은 그의 초기 시의 세계를 기억하고 있는, 적지 않은 독자들이 지금껏 그의 시집을 기다려 오지 않았을까. 다음을 보라.

어느 날의 그 시대에는
어두운 늪가에 공룡들이 살았다고 하지만
나의 영혼의 깊은 어디에서도
두어 마리 공룡이 거닐고 있다.
그것들은 머리를 들고
허무한 암흑의 깊이 밖으로
쩌렁쩌렁 외마디 소리를 지르기도 하지만
울림은 보이지 않는 나의 두개골을 적시고
피의 幽暗한 물결 속을 떠내려 간다.

「無明考·11」 일부

권국명 시인의 시적 출발을 이루는 「無明考」 연작은 실존의 질병과 그 깊은 상흔의 기록이다. 자아의 안팎을 가득 채운 존재론적/인식론적 "어둠" 앞에서, 혹은 어둠으로서 자아는 "눈 먼 짐승"처럼 출구를 찾지 못한 채, 어둠을 앓는다. 그의 '젊은 시인'이 보여 준 이 "무명"의 세계는 존재의 어두운 심연을 환기하며 존재의 통증과 그것을 넘어서려는 의지까지도 두루 싸안는 "막막한 울음"의 세계이기도 하다. 이후 그의 시는 알몸의 실존과 그 몸부림, 그리고 그것을 견디고 마침내 지양하려는 의식의 고통스러운 자기전개 과정을 지속한다.

「파천무가」의 세계 또한 "너는 아파서/ 너는 가다가는 온 몸이 아파서,/(…)/ 바람 속에서나 꽃 속에서나/ 네 몸은 아파서 비틀거린다."(「巴天巫歌 · 1」)와 같이 극심한 아픔을 내장한 세계이다. 이 아픔은 타인에 대한 원초적인 욕망에 뿌리를 두고 있고, 여기서 야기되는 통증은 바로 "살갗이 없는/ 벗겨진 자"(롤랑 바르뜨)의 그것이다. 그러나 타인에 대한 욕망의 집요함이야말로 "죽음까지 파고드는"(조르주 바타이유) 것이 아니던가. 그래서 죽은 자들은 원혼이 되어 세상을 떠돌고, 이 "몸 없고 혼령만 남아" 떠도는 욕망을 위무하는 것은 무당의 몫이 된다. 그의 '시인'은 마침내 무당이 되어 원혼의 좌절된 욕망을 대신 살고 하소함으로써, 그것을 영원 속에 풀어놓고 순화시킨다.

그러나 "지근거리는" "피"가 가라앉기 위해서는 무엇보다 "덧없음"이 뜨거운 피를 삭여야 하고, "靑蓮香水의 바다 넘어/ 또 일곱 청산을 지"나야 한다. "그 피 다시 돌이 될 때까지 기다려야/ 거기 비로소 무엇 하나 남을 것이 있는 모양"(「無說吟 · 5」)이라는 어렴풋한 깨달음이 그 힘든 길 위에 함께 하고, 저 "무명"의 깊고도 격렬한 어둠도 그윽한 "水墨빛"으로 가라앉아야 한다. 그 때서야 "비로소 내가 앉을 연꽃 하나/ 커다랗게" 피고(「巴天巫歌 · 4), "임"의 얼굴도 비칠 것이다.

사랑이야
피삭은 뒤의 맑은 물로 고여

> 잠시 타는 백일홍으로도 피겠지만,
> 백일홍의 내 몸도 스러지고 나면
> 일만년이나 혹은 그 이상을 지난 다음에야
> 내 혼령 커다란 하늘 하나 열고,
> 공중 높이 그대 오시는 맑고 푸른 길
> 내 노래 삼아 찾아 나서겠네.
> 찾아 나서겠네.

「巴天巫歌 · 2」 일부

그러나 "이 피의 한 점 시름도 벗어 버리고/ 시름 뒤의 노래도 벗어 버리고/ 노래로는 못 가는 하늘,/ 창포 속 이슬 창포 속 이슬 같은 것으로/ 길을 열어/ 다만 푸르고 먼 사랑으로 여기 섰"(「志鬼의 말」)다고 해도, 이 "푸르고 먼 사랑"은 여전히 "어지러운 숨결"일 뿐이다. 거기에는 여전히 주체가 욕망하는 타자의 그림자가 어려 있는 탓이다. 이것이 해소되지 않을 때, 자아는 욕망의 덫에서 결코 자유로울 수 없다. 욕망은 또 다른 형태로 억압될 뿐이기 때문이다. 이것을 뛰어 넘는 세계란, 다음과 같이 하나의 아름다운 심상으로만 존재하는 것일지도 모른다.

> 말의 저 쪽에 있는
> 아득히 차서 출렁이는
> 크나큰 이슬 하나로.

「無說吟 · 1」 일부

언어의 피안이야말로 타자에 대한 억압된 욕망이 사라진 세계이다. 언어는 무의식, 혹은 욕망의 뿌리(口業)이기 때문이다. 욕망은 그 무엇에 대한 욕망인 한 타자를 지향하고, 타자를 지향하는 한 주체의 존재결핍과 욕망의 억압은 필연적이다. 그러나 언어의 피안은 그것을 모르는 세계이며, 타자를 욕망하지 않는 무욕의 세계이다. "아득히 차서 출렁이는/ 크나큰 이슬 하나"는 더 이상 욕망의 대상을 갖지 않게 된 존재충일의 세계를 표상한다. 거기에는 주체와 타자의 구별이 필요하지 않다. 주체 역시 "타자의 타자"(자끄 데리다)이며, 욕망의 대상이 존재하지 않는 곳에 욕망의 주체 또한 존재하지 않기 때문이다. 이 세계야말로 不一而不二의 세계가 아닐까.

시인이 표제시에서 보여주는 "몸 밝은 연꽃 말씀" 또한 그렇게 읽는다면, 그것 역시 시인이 오랜 정신적 역투 끝에 이르고자 하는, 그리고 "무명"의 뿌리라고 할 수 있는 고통스러운 욕망을 벗어버린 투명한 의식의 상징이 아닐까. 그 의식은 미래시제로 표시되지만, 하나의 예언처럼, 혹은 명령처럼 들린다. 어쨌든 이 "아득히 차서 출렁이는/ 크나큰 이슬 하나"와 "몸 밝은 연꽃 말씀"은 얼마나 황홀한 심상인가. 그러나 그것은 피를 삭히고 거르는 영원한 도정을 요구하는 까닭에 때로 너무나 아득하고 현기증이 난다.

(1996)

현대시와 〈재생〉 모티프

1. 머리말

이 글은 신화와 신화 이후의 문학적 유산에서 되풀이해서 나타나는 〈재생〉 모티프의 시현양상을 현대시를 중심으로 살핌과 아울러 그것이 함축하고 있는 본질적 의미를 조명하기 위한 것이다. 이러한 목적을 수행하기 위한 작업은 물론 개별적인 문학작품이 가지는 독특한 미학적인 구조나 독자적인 가치에 관심하기보다는 개별적인 작품들 사이에 존재하는 유사성과 일반성에 집착하는 원형비평가들의 태도를 일단 가치 있는 것으로 받아들이면서 출발한다.

주지하다시피, 원형비평은, 개별적인 작품들은 그것들이 제시하는 독자적인 미의 세계가 있음에도 불구하고 보편적인 어떤 요소를 시현하고 있으므로 〈전체의 문학*Literature as a whole*〉 속에서 이해되어야 함을 강조하고 있다. 원형비평가들은, 개별적인 작품들을 전체의 문학이라는 전망 아래서 바라볼 수 있도록 하는 보편적인 어떤 요소를 신화에서 발견

한다. 그들에 의하면 신화는 신화 이후의 모든 문학적 유산에 구조원리[1])
로 작용하며 모든 문학작품은 따라서 신화를 전위*displacement*[2])하고 있음
에 다름 아니다. 문학작품의 연구는 그런 까닭으로 그들에 의하면 신화와
의 관련 아래서 행해질 수밖에 없는 것이 된다. 더구나 이 글에서 다루고
있는 <재생> 모티프는 그 분포양상이 여러 신화에서 다양하고도 광범위
하게 나타날 뿐만 아니라 한국신화에서도 그 역할의 중요성이 지적되고
있는 것으로 믿기 때문에 신화와의 관련 아래서 작품을 이해한다는 것은
피할 수 없는 일이다.

그러나 그렇다고 해서 이 글이 본격적으로 신화를 다루고 있는 것은
아니다. 다만 한 연구자의 지적처럼 한국신화의 중요한 일면이 그 줄거리
의 결구에서 각종 통과제의에 대응한다면,[3]) 일단 <단군신화>를 통과제
의와 대응하는 대표적인 신화로 취급하여 통과제의와 신화가 공유하고
있는 <재생> 모티프가 현대시에 어떻게 나타나고 있는가를 밝히면서
그 의미를 고찰하는 데 필요한 한도 안에서만 언급할 것이다.

2. 〈재생〉 모티프의 시현양상

이 글에서 사용하는 <재생>의 개념은 육체적인 죽음에서 되살아남만

---

1) S. N. Grebstein, *Perspectives in Contemporary Criticism*, N.Y.: Harper & Row, 1968.
   312쪽.
2) N. Frye, *Anatomy of Criticism*, 3rd. ed. Princeton: Princeton Univ. Press, 1973.
   97쪽.
3) 김열규, 『신화·설화』, 춘추문고 13, 한국일보사, 1975. 22쪽. 김열규의 이러
   한 지적은 <再生>모티프가 한국신화에서 중요한 역할을 하고 있음을 의미
   하는 것으로 볼 수 있다. 왜냐하면 모든 통과제의는 <재생>모티프를 갖고
   있기 때문이다.

을 의미하는 것이 아니다. 융C. G. Jung에 의하면, 근본적으로 삶의 한 국면에서 다른 국면으로, 수면에서 깨어남으로, 무의식에서 의식적 앎으로 등과 같은 모든 이행*transition*은 재생의 한 종류를 의미한다.[4] 보드킨 M. Bodkin의 경우에도, 삶의 어떤 국면에서 다른 국면으로 옮겨감, 즉 좌절과 회복, 하강과 상승, 죽음과 부활, 휴식과 운동 등의 과정이 모두 재생의 패턴으로 드러난다.[5] 이러한 이행의 과정을 인간 심리현상의 투사로 파악하고 자신들이 규정한 재생의 개념이 대단히 폭넓게 적용된다는 점에서, 융이나 보드킨은 거의 일치하고 있다. 이 글에서도 <재생>을 삶의 다른 국면으로 옮겨가는 모든 이행을 뜻하는 폭넓은 개념으로 사용하지만, 그것은 반드시 자기갱신과 같은 긍정적인 차원으로의 이행을 의미하는 것으로 쓰이게 될 것이다.

2.1. 신화와 통과제의, 그리고 「재생」모티프

일찍이 캠브리지 대학에서 출발한 제의학파는 신화가 제의의 <구술적 상관물>임을 주장한다. 구체적으로 연출된 인간행위인 제의가 신화에 투영되어 있으며, 신화 이후의 모든 문학적 유산에도 그러한 흔적이 나타난다는 견해이다. 햄릿과 오르스테스를 하나로 엮으면서 그 비극적 플롯이 신년제의의 전후일관된 절차에 대응되고 있다는 사실을 보여준 F. 퍼거슨의 업적을 그 대표적인 것으로 볼 수 있다.[6]

앞에서 말한 바와 같이, 김열규에 의하면, 한국신화의 중요한 일면은

---

4) Jolande Jacobi, *Complex/Archetype/symbol in the psychology of C. G. Jung*, trans. Ralph Manheim, Princeton: Princeton Univ. Press, 1974. 178쪽.

5) Maud Bodkin, *Archetypal Patterns in poetry*, London: Oxford Univ. Press, 1934. 54쪽.

6) 김열규, 「우주적 인식과 신화적 의인성」, 문학사상 42호, 1976. 262쪽.

그것이 각종 통과제의에 대응하고 있다는 사실이다. 통과제의는 어떤 구체적인 행위를 보여주지만 연출되는 행위 이상의 어떤 관념을 보여줌으로써 상징적이라 할 수 있다. 그것은 우리 삶의 내부에서 낡은 것을 새로운 것으로 교체한다는, 즉 자기갱신이라는 상징적 의미를 보여준다. 그것은 새로운 세계로 이행하는 것을 뜻한다. 새로운 세계로 이행하기 위해서 낡은 것, 혹은 현재의 것은 멸각되어야 하며 그러한 자기파괴를 통해서야 비로소 새로운 존재로 태어날 수 있다. 그러므로 모든 통과제의에 기본적으로 존재하는 것이 <죽음과 재생>이다.[7] 모든 재생은 죽음에 의해 진행되며 그러나 그러한 죽음은 종국적인 것이 아니라 새로운 탄생의 씨앗이 된다는 관념을 통과제의는 보여준다.

주로 통과제의와 신화와의 관계를 검토하면서 통과제의에서 기본적으로 존재하는 재생 모티프가 우리 신화에 투영된 모습을 한 연구자는 지적하고 있다.[8] 즉 단군신화에서 보이는 웅녀의 입굴을 성년제의에 임한 단절격리 제전의 표현으로 보고 있는 점이 그것이다. 웅녀가 혼전여성임을 상기시키면서, 미성년에서 성년으로 전생(재생)하는 것을 상징하는 것으로서 그것을 이해한다. 따라서 범은 미성년에서 성년에로 옮겨가는 사회적인 이행에 실패함으로써 공동사회에서 버려진 존재임을 뜻한다는 것이다. 즉 단군신화에서 웅녀의 입굴은 <격리—시련(혹은 상징적 죽음)—재편입, 재수용(재생)>이라는 통과제의의 일반적인 절차에서 격리의 제전에, 백일 동안 일광을 금함과 쑥과 마늘로 상징되는 것은 상징적인

---

7) Mircea Elide, *Birth and Rebirth*, trans. Willard R. Trask, N.Y.: Harper & Row, 1965. 34쪽.
8) 김열규, 『한국의 신화』, 일조각, 1977. 57쪽. 단군신화에 대한 해석은 이 책을 따랐음.

죽음에, 사람(여성)으로 화하는 것은 재생의 절차에 각각 대응한다고 보는 것이다. 이렇게 통과제의의 절차에 대응하는 결구를 가진 신화는 단군신화 이외에도 많이 발견되는데,9) 취임을 위한 통과제의의 대표적인 것으로 생각되는 탈해왕과 유리왕의 신화가 그 좋은 예가 된다. 탈해가 토함산에 올라 돌무덤을 만들고 그 속에 일주일을 머문 후에 호공瓠公과 쟁송을 벌이는 것 속에서도 역시 재생의 모티프가 발견된다. 즉 돌무덤에 든다는 것은 죽음에 든다는 것이며 이러한 '유사죽음', 혹은 '상징적 죽음'을 통하여 묵은 것은 소멸되고 새로운 존재로 탄생하는 것이다. 또한 유리왕이, 동명왕이 일곱 모난 돌 위의 소나무 아래 감춰 둔 물건을 찾아 새로운 자격을 갖춘 인간으로 등장한다거나, 유리왕이 창틀을 타고 중천에 올라 그 신성을 보임으로써 태자로 봉책되는 것도 마찬가지이다.

결혼을 위한 통과제의는 <해모수신화>와 <콩쥐팥쥐>, 그리고 <지하굴의 금돼지>의 경우가 대표적인 것으로 보인다. 해모수가 유화와 결혼하기 위하여 변신술로써 혼사장애를 극복하는 것이나 <콩쥐팥쥐>에서 신부의 행방불명과 신 한 짝의 주인공 찾기라는 혼사장애를 극복하는 것도 그러한 관점에서 이해될 수 있다.

전설이나 동화에서 주인공이 지하세계를 순례하는 부분은 흔히 통과제의에 임하는 신참자가 겪어야 하는 제전적 죽음의 과정의 표현이며, 동명왕이 평소에 말을 타고 굴로 들어가선 지하를 통과하여 강 가운데 바위에 나타나 제사 지내다가 마침내 그 바위에서 길이 승천한 것도 통과제의와 관련하여 이해할 수 있다.

---

9) 이하에서 언급되는 국내 신화에 대한 견해는 김열규, 「통과의례와 부락제」, 이상일(외), 『한국사상의 원천』, 박영문고 80, 박영사, 1977. 221-250쪽까지의 내용을 요약·정리한 것임.

이와 같이 신화, 민담에 이르기까지 통과제의에서 보이는 절차가 투영되고 있으며 당연히 재생 모티프가 중요한 역할을 하고 있다는 사실은 융에 의해서도 확인되고 있다. 즉 "꿈과 신화, 모험담(Saga), 동화 등과의 가장 밀접한 일치성은 모든 그것들의 형태에 있어서 소위 「Nekyia」(冥府(지옥, 下界)에의 여행, 즉 死者의 땅으로 하강함을 뜻함.)라고 불리는 「暗夜海旅行」(night sea journey)[10] 형에 근거하고 있는 모든 통과제의, 혹은 갱생, 재생의 제 신비에 의하여 제공된다."[11]고 융은 말하고 있다.

신화와 제의가 대응된다는 것은 제의학파의 주장에서 살필 수가 있고, 신화와 꿈이 상호침투한다는 것은 융에 와서 주장된다.[12] 신화와 꿈의 이러한 상호침투에서 삶과 죽음, 그리고 재생이라는 과정은 신화와 꿈을 포함하고 있으며 신화와 꿈의 기저를 이루고 있는 과정의 거대하고도 드라마틱한 세 개의 마디를 형성한다.[13] 신화와 꿈, 그리고 제의는 이렇게 거대하고도 극적인 세 마디를 공유함으로써 프라이에 의해 신화론으로 통합된다. 언어적 전달의 형태에서 제의와 꿈이 결합되고 있는 것이 신화이며, 신화는 제의와 꿈을 설명해주며, 또한 그것들을 전달 가능한 것으로 만들어 준다[14]는 것이다. 그러나 이 글에서는 제의와 꿈이 공유하는 재생 모티프가 현대시에 나타나는 양상을 중심으로 살피며, 그 기원이나 상관성은 중요한 문제로 다루지 않는다.

---

10) 태양이나 태양신적인 영웅이 지하세계(죽음의 세계)를 여행하는 것 등을 뜻한다. 즉 태양이 일몰 때 바다 속으로 떨어져 지하세계를 거쳐 일출 시에 재생하듯이, 영웅들은 지하세계의 여행을 거쳐 재생한다.
11) Jolande Jacobi, 앞의 책, 179쪽.
12) 그러므로 융에게 있어서 "꿈은 개성화된 신화"이며 "신화는 비개성화된 꿈"이다.
13) Jolande Jacobi, 앞의 책, 179쪽.
14) N. Frye, 앞의 책, 106쪽.

2.2. 현대시와 「再生」모티프, 그리고 原型

　「마돈나」지금은밤도, 모든목거지에, 다니노라疲困하야돌아가려는도
다,
　아, 너도, 먼동이트기전으로, 水密桃의네가슴에, 이슬이맷도록달려오
너라.

　「마돈나」오렴으나, 네집에서눈으로遺傳하든眞珠는, 다두고몸만오느
라,
　빨리가자, 우리는밝음이오면, 어댄지도모르게숨는두별이어라.

　「마돈나」구석지고도어둔마음의거리에서,　나는두려워썰며기다리노
라,
　아, 어느덧첫닭이울고—뭇개가짓도다. 나의아씨여, 너도듯느냐.

　「마돈나」지난밤이새도록, 내손수닥가둔寢室로가자, 寢室로!
낡은달은쌔지려는데, 내귀가듯는발자욱—오, 너의것이냐?

　「마돈나」짧은심지를더우잡고 눈물도업시하소연하는내맘의燭불을봐
라,
　羊털가튼바람결에도窒息이되어, 얄푸른연긔로꺼지려는도다.

　「마돈나」오느라가자. 압산그름애가, 독갑이처럼, 발도업시이곳갓가이
오도다,
　아, 행여나, 누가볼는지—가슴이쒸누나,나의아씨여,너를부른다.

　「마돈나」날이새련다. 빨리오렴으나, 寺院의 쇠북이, 우리를비웃기전

에

　네손이내목을안어라, 우리도이밤과가티, 오랜나라로가고말자.

　「마돈나」뉘우침과두려움의외나무다리건너잇는寢室 열이도업느니!
　아, 바람이불도다, 그와가티가볍게오렴으나, 나의아씨여, 네가오느냐?

　「마돈나」가엽서라, 나는미치고말앗는가. 업는소리를내귀가들음은―,
　내몸에피란피―가슴의샘이, 말라버린 듯, 마음과목이타려는도다.

　「마돈나」언젤들안갈수잇스랴, 갈테면, 우리가가자, 쯔을려가지말고!
　너는내말을밋는「마리아」―내寢室 이復活 의洞窟 임을네야알년
만……

　「마돈나」밤이주는꿈, 우리가얽는꿈, 사람이안고궁그는목숨의꿈이다
르지안흐니,
　아, 어린애가슴처럼歲月 모르는나의寢室 로가자, 아름답고오랜거긔
로.

　「마돈나」별들의웃음도흐려지려하고, 어둔밤물결도자자지려는도다,
　아, 안개가살아지기전으로, 네가와야지, 나의아씨여, 너를부른다.

이상화「나의 寢室로」15) 전문

　이상화의 문제작으로 지목되는 이 작품의 중심 이미지는 "침실"로 드
러난다. 작품 전반부에 나타나는 "침실"은 "水密桃의네가슴", "몸", "네
손이내목을안어라" 등과 같이 성애적이고 관능적인 표현과 만나면서 에
로스의 현란한 관능을 보여준다. '침실'이 환기하는 에로스의 관능은, 숨

---

15)『白潮』3호(1923. 9.)에 따름.

막힐 듯한 정도의 긴박감을 조성하는 "마돈나"를 부르는 호흡과 1, 2, 3연에서 "밤"의 어두움이 점점 옅어지는 것이 암시하는 불안과 초조함에 힘입고 있다. "밤"의 이미지는 시적 화자의 초조함과 불안한 심정, 이런 것들과 은밀히 연결되면서 이 시 전체의 무드를 암시하고 있다.

그러나 "침실"의 이미지는 단순히 성애적인 것으로 머물지 않는다. 그것은 후반부에 오면 뚜렷이 드러난다. "뉘우침과두려움의외나무다리 건너잇는", 그리고 "언젠들안갈수"없는, 즉 격리되어 있으며 시련과 결단 을 거쳐 도달할 수 있는 "침실"은, 그러므로 거기로 들어간다는 것은 어떤 결단을 요하는 심각한 것이 된다. "침실"이 단순한 성애의 장소로 제공되어 있지 않고 고난과 시련을 통하여 도달할 수 있다는 것은 통과제 의에서 보이는 재생 모티프를 상기하게 한다. 10연의 "復活의洞窟"이라 는 표현은 "침실"이 재생의 장소가 되는 것을 보여준다.

여기에서 단군신화와 「나의 寢室로」가 가지는 동일한 모티프, 즉 재생 을 찾아 볼 수 있을 뿐만 아니라 웅녀가 들어간 <굴>과 이 작품에서의 "침실"의 이미지가 보여주는 상징적 의미의 유사성을 발견할 수 있다. 웅녀의 입굴이 보여주는 상징적 의미는 일상적인 현실에서의 격리이며 현재까지의 존재양식을 폐기한다는 것이다. 재생하기 위해서 현재의 상 태는 멸각되지 않으면 안되며 당연히 자기파괴가 뒤따른다. 그러므로 모 든 재생은 죽음에 의해 진행되며, 이 죽음은 삶의 모든 레벨과 영역에서 일어날 수 있으며 상징들을 통해서 표현된다.[16] "침실"로 들어감과 웅녀 의 입굴은 그러므로 단순히 침실이나 굴로 들어가는 행위 이상의 관념을 보여주는 것으로 이해되어야 한다. 위에서 말한 바와 같이, 그것은 현재의

---

16) Jolande Jacobi, 앞의 책, 176쪽.

존재양식의 폐기, 곧 상징적 죽음이다. 웅녀의 경우, 동물적 차원의 존재
양식을 무화하는 것이며 「나의 침실로」의 경우 성적으로 분리되고 조건
지워진 인간존재의 폐기이다. 그러나 이러한 상징적 죽음은 그것으로 끝
나지 않는다. 오히려 새롭고도 강화된, 혹은 영속적인 힘을 가진 존재로
다시 태어나는 것이다.

　동굴과 “침실”은 그러므로 단순한 죽음의 장소가 아니라 새로운 존재
의 탄생, 즉 재생을 마련하는 공간으로 드러난다. P. Saintyves는 <동굴>
을 <우주의 축도>로 보고 원초적인 신화에서 그것이 일종의 보편적
모태의 역할을 하고 있음을 지적하였다.[17] 우리 문학에서도 <동굴>이
이와 같이 생산의 집, 즉 모태로서의 상징성을 띠면서 다양하게 나타난다
는 사실이 검토되었다. 이에 따르면 “洞窟, 洞壑, 密室(집), 箱子, 壺子,
壺器, 螺殼, 棺墓, 腹腔, 알(卵), 種子…등의 이미지는 그 자체의 독자성
을 버리고 결국 「完全한 穴」이란 無意識的 價値”[18]를 지니게 된다.
김유신, 을지문덕, 홍길동 그 외 많은 신화적 인물들이 입굴 후에야 강화
된 모습으로 재생하게 되는 것도 이러한 관점에서 조명될 가능성이 있다.
　따라서 “침실”로 들어감은 재생을 가능하게 하는 공간, 즉 모태에로
회귀함*return to the womb*이 된다. 이러한 모태회귀는 심리적인 측면에선
의식의 심층에 자리하고 있는 무의식의 어둠 속으로 돌아감을 뜻한다.
거기에는 숨겨지고 억압된 상태이긴 하지만 언젠가 개방되기 위하여 우
리의 삶은 원초적인 모습 그대로 내밀한 뿌리를 내리고 있는 것이다.
“침실”은 그러므로 “어린애가슴처럼歲月모르는” “아름답고오랜” 곳이
된다. 이러한 모태회귀, 혹은 무의식의 어둠 속으로의 침몰은 전적으로

---

17) 황패강, 『한국서사문학연구』, 단국대출판부, 1972. 379-380쪽.
18) 위의 책, 380쪽.

부정적이거나 퇴행현상은 아니다. 무의식은 죽음의 입이기도 하지만 삶의 근원에 있는 창조적이며 영양가 있는 에너지의 보고이기도 하며,[19] 혹은 이와 같이 인간심리학적으로만 이해될 것이 아니라 우주론적인 것으로 이해되어야 하기 때문이다. 그것이 우주론적인 가치를 띠는 것은 첫 번째의 임신과 어머니로부터의 육체적 탄생이라는 과정을 반복하는 것이 아니라 밤과 어둠으로 상징된 실체적이고도 전우주론적인 양식에로의 일시적인 회귀이며 천지창조에 상응할 재생이 뒤따르기 때문이다.[20]

「나의 寢室로」의 경우, 어떠한 재생이 뒤따르는 것일까 하는 문제는 에로스의 성격과 무관하지 않다. 이 작품에서 "부활의 동굴"인 "침실"로 들어가는 수단이 에로스이기 때문이다. 따라서 여기서의 에로스는 새로운 생명을 위한 진지하고도 성스러운 것이다. 플라톤의 『향연』에서 볼 수 있듯이, 최초의 인간은 양성을 함께 가지고 있었다. 엘리아데에 의하면 양성을 구유한 많은 신들이 지금도 남아 있으며 이것은 극히 보편적인 현상으로 강조할 가치가 있는 특질이다. 이집트의 몇몇 고대의 신들이나, 오딘, 로키(Loki), 투이스토(Tuisto), 네르투스(Nerthus) 등과 같은 스칸디나비아의 신들, 그리고 고대 말까지 양성구유가 인정되고 있는 그리스의 신들이 그 좋은 예이다.[21] 이러한 신화와 대응하고 있는 것이 양성구유의 인간에 대한 신화와 제의인데 최초의 인간이 양성이었다는

---

19) Jolande Jacobi, 앞의 책, 183쪽.
20) M. Eliade, 앞의 책, 36쪽.
21) M. Eliade, *Patterns in Comparative Religion*, 이은봉 옮김, 형설출판사, 1979. 455-456쪽 요약. 양성구유신화의 진정한 의도는 생물학적 용어(양성)를 통하여 神 안의 반대의 공존, 우주론적 원리(즉 남성과 여성)의 공존을 표현하는 것이며 이러한 것은 신화적 사고가 이원성의 개념을 형이상학적 용어(존재-비존재), 또는 신학적 용어(명시-비명시)로 표현하기 전에 우선 생물학적으로 표현한 것이라고 엘리아데는 말한다.

것은 오스트레일리아, 오세아니아 등에서도 살아 있는 전통을 이루고 있으며, 이러한 양성구유는 완전성과 종합화의 표현의 하나로 볼 수 있다. 그러나 인간은 최초의 인간이 가졌던 완전성과 통일성을 상실하고 남성과 여성으로 분리되었다. 이렇게 분리되고 고착된 인간조건을 폐기하고 원초의 <통일화>로 돌아가려는 인간의 욕구는 제의와 제의적 오르기에 남아 있다.[22]

「나의 침실로」에서 "침실"이 "부활의 동굴"이 될 수 있는 것은 위와 같은 <통일화>로 돌아가려는 인간의 근원적인 욕구와 관련을 맺고 있다. 원초적인 완전성을 획득한 존재로서의 새로운 탄생을 「나의 침실로」는 기도하고 있다.

> 한 송이의 국화꽃을 피우기 위해
> 봄부터 소쩍새는
> 그렇게 울었나 보다
>
> 한 송이의 국화꽃을 피우기 위해
> 천둥은 먹구름 속에서
> 또 그렇게 울었나 보다
>
> 그립고 아쉬움에 가슴 조이던
> 머언먼 젊음의 뒤안길에서
> 인제는 돌아와 거울 앞에 선
> 내 누님같이 생긴 꽃이여
>
> 노오란 네 꽃잎이 피려고

---

22) 위의 책, 457-459쪽.

간밤엔 무서리가 저리 내리고
네게는 잠도 오지 않았나 보다.

서정주 「국화 옆에서」²³⁾

누님
눈물 겨웁습니다.

이, 우물물 같이 고이는 푸름 속에서
다수굿이 젖어 있는 붉고 흰 木花꽃은
누님
누님이 피우셨지요?

퉁기면 울릴 듯한 가을의 푸르름엔
바윗돌도 모다 바스라져 내리는데……

저, 痲藥과 같은 봄을 지내여서
저, 無知한 여름을 지내여서
질경이풀 지슴길을 오르내리며
허리 구부리고 피우셨지요.

서정주 「木花」²⁴⁾

「국화 옆에서」도 재생 모티프가 보인다. <꽃(국화)>과 그 보조관념으로 사용된 "누님"은 재생한 존재의 이미지로 제시되고 있다. "인제는 돌아 와 거울 앞에" 서서 자신을 응시하는 "누님"은 성숙한 정신의 상징이다. 그러나 그러한 상태가 되기 위해서는 반드시 시련이나 고난으로 표현

---

23) 『신한국문학전집』 16, 어문각, 1976. 245쪽. 이하 여기에서 인용하는 작품은 권수와 쪽수만 표시함.
24) 서정주, 『서정주문학전집』1(시집), 일지사, 1972. 274쪽.

되는 상징적 죽음의 과정이 있어야 함을 통과제의는 보여주고 있다. "머언 먼 젊음의 뒤안길"로 표현되는 어둡고 불안한 체험, 혹은 주변인적인 고독은 영혼의 성숙을 위한 정신의 '밤바다 여행'이며 그것을 통과하여 비로소 성숙한 정신으로 재생하는 것이다. "누님"이 이러한 '밤바다 여행'의 과정을 겪음으로써 비로소 탄생된 고양된 정신의 상징인 것과 마찬가지로 "국화꽃"도 동일한 상징적 의미를 지닌다. "천둥"과 "먹구름" 혹은 "무서리"로 상징되는 시련과 불안의 체험을 통하여 "국화꽃"이 탄생하기 때문이다. 시련과 고난이 그 자체로서 의미를 가지는 것이 아니라 새로운 삶을 가능하게 하는 계기로서 역설적으로 작용하고 있는 것이다. 이 작품은 "국화꽃"과 "누님"의 대비를 통하여 <고양된 생명>의 탄생과 아름다움을 찬양하고 있다.

「木花」도 통과제의적인 재생 모티프가 보인다. 「木花」는 인고와 시련을 감내하여 새로운 상태의 생명으로 거듭 난 재생의 이미지이다. "마약과 같은 봄", "무지한 여름"으로 상징되는 고난과 시련의 '밤바다 여행'을 통해 그것은 실현되고 있다.

> 모양에 갇힌 泡沫의 뫼여
> 내가 이 맑은 경(境)에 와
> 죄업의 티끌을 씻노니
> 적막은 푸른 너울처럼 감돌고
> 부풋한 아리따운 반영에
> 고혹하는 비밀의 힘은 살아 나누나.
> 몸과 영혼은 영원히
> 배반하는 모순의 짝이런가
> 씻어도 씻어도 흐려지는 관념형태여

물아, 흐르는 물아. 철철 흐르는 물아.
풀어진 네 몸은 행복도 하여라.
응고되지 않은 네 형체
번뇌도 시름도 없으리.
천 가닥 흩어지는 구슬 골짜기
네가 풀어져 흘러 山밖에 옌다.
언제나 새로운 근원
흐려지지 않는 純粹한 샘이여.

신석초 「바라춤」 일부 (권 16, 264쪽 이하)

성과 속, 영혼과 육체, 영원과 순간의 갈등은 이 시 전체를 지탱하고 있는 힘이다. 이러한 내면의 대립과 투쟁은 쉽사리 종식될 수 없으며 어느 한 쪽이 약화됨이 없이 끝까지 그것은 계속되고 있다. 인간적인 것과 신적인 것의 대립을 극복하고 영원하고 성스러운 것으로 자신을 고양하려는 몸부림은 입욕으로 이어진다. 물에 들어가는 것은 형태 이전으로 돌아감, 완전한 재생, 새로운 탄생으로 향하는 것을 상징한다. 왜냐하면 물에 들어감은 형태의 해소, 선재하고 있는 것의 무형태성으로의 회귀를 뜻하기 때문이다. 그러므로 물로부터 발생하는 것은 형태의 현현이라는 우주발생적 행위를 반복하는 것을 말한다. 따라서 물과의 접촉은 재생을 포함하고 있다고 엘리아데는 말한다.[25]

여기에서의 입욕은 인간적인 것, 육체적인 것의 소멸, 즉 자기 정화이다. 또한 그것을 통한 재생의 기도이다. 물은 따라서 정화와 재생을 상징한다.[26] 물에 들어간다는 것은 그런 의미에서 동굴에 들어간다는 것과 같은

---

25) M. Eliade, 앞의 책/이은봉 옮김, 209쪽.
26) Philip Wheelwright, *Metaphor and Reality*, Bloomington: Indiana Univ. Press, 1968.

것이며, 새로운 존재로 탄생하여 거기에서 나온다는 것과 다름이 없다. 물은 새로운 삶의 씨앗이며 "언제나 새로운 근원"이기 때문이다. "씻어도 씻어도 흐려지는 관념형태여"에서 보여지듯이, 인간적인 것을 폐기하고 재생하려는 시적 화자의 기도는 그러나 쉽사리 성취되지 않는다.

<재생> 모티프를 보여주고 있는 또 하나의 유형은 자연현상이 보이는 순환의 원리를 따르고 있다. 태양은 대지 위에 나타났다가 다시 대지로 돌아가며 그러나 다시 떠오른다. 사계의 순환이나 주기적인 재생을 시현하는 달도 마찬가지로 순환의 원리에 지배되고 있다. 그래서 많은 신화나 전설은 인간의 생명과 자연의 생명의 중심을 이러한 원리에 밀착시키고 있었다. 현대시에 있어서도 그 점은 여전히 나타난다.

> 풀, 구름, 비는/ 三位요 一體다/ 물이 구름되고, / 구름이 비 된다./ 그러나 그 實體는 「하나」이다./ 빗방울이 땅에 나려와서,/ 풀잎과 흙덩이를 톡톡 때린다./ 이렇게 循環하고/ 이렇게 때리는 것도/ 산 大能者의 造化로 되는 것이 아닌가.
>
> 남궁벽 「生命의 秘義」 일부(권 15, 136쪽)

> 이제 얼마 아니면 눈 앞에 다가설 夕陽, 그러나 나는 슬퍼하지 않으리라. 새가 날아가고, 구름이 돌아가고, 꽃은 시들고, 햇빛은 엷어가고…… 그러나 나는 그 슬픈 夕陽을 슬퍼하지 않으리라. 먼 山頂에 떨어지는 불타는 黃金 햇빛-바다 저쪽에 莊嚴히 열리는 보다 훌륭한 아침의 反映이다.
>
> 김달진 「午後의 思想」 일부(권 16, 50쪽)

> 꽃이 이울어 저버린 자리에는/ 보라 불어 오르는 그 자방을/ 한 꽃은

125쪽.

저도 꽃의 목숨은 끝이 없다./ 영원한 역사를 꽃에 담아 또 피고 또
피어/ 한 없이 같은 꽃을 피어도 다 새 꽃이다.

李光洙「꽃」 일부 (권 15, 26쪽)

　인용된 작품들은 모두가 순환의 원리를 보여주고 있다. 그러나 그것들
은 시적인 표현이라기보다는 따분한 산문적 진술에 그치고 있다. 시적인
효과는 보여주지 못하고 있다. 하여튼 이러한 순환의 원리는 다같이 재생
모티프를 가지고 있다. 죽음, 즉 존재의 소멸은 영원한 것이 아니라 잠정
적인 것이며, 일시적인 죽음의 세계에서의 체류는 새로운 삶을 마련하는
것으로 나타난다.

　生死路는/ 예 이샤메 저히고/ 나는 가느다/ 말스도 몯다 닏고 가느닛
고/ 어느 구술 이른 보롯매/ 이에 저에 뻐딜 닙다이/ ᄒᆞ든 가재 나고/
가논 곧 모드온져/ 아으 彌陁刹에 맛보올 내/ 道 닷가 기드리고다.

월명사 「祭亡妹歌」[27] 전문

　그러나 겨울이 지나고 나의 별에도 봄이 오면/ 무덤 우에 파란 잔디가
피어나듯이/ 내 이름자 묻힌 언덕 우에도/ 자랑처럼 풀이 무성할 게외다.

윤동주 「별헤는 밤」 일부(권 16, 327쪽.)

　「제망매가」에서 보이는 '죽음'은 상징적 죽음이 아니라 "가느다 말스
도 몯다 닏고" 떠날 수밖에 없는 두렵고도 실제적인 생명의 종말이다.
그것이 식물(낙엽)에 비유되고 있으며 그러한 식물적 현상, 자연현상에의
비유는 불교적 세계관을 근거로 하여 새로운 만남을 기대하고 있다. 식물
은 무한한 생명력을 상징하며 실제로 식물이 보여주는 <죽음과 재생>의
드라마는 식물로 하여금 끊임없이 재생하는 살아 있는 우주를 표상하게

---

27) 양주동, 『증정 고가연구』, 증정7판, 일조각, 1974. 540-560쪽.

한다.28) 「별헤는 밤」의 경우에도 영광스런 재생이 식물이 이미지로 제시
되어 있다.

> 얼음은 녹아 잿더밀 뚫고 초록이 소생한다. 돌아온 태양에선 아직
> 주검의 냄새가 나고 가시지 않은 검은 상흔은 축축한 비로, 오래 잠자던
> 흙속의 해골들은 기지갤 편다. 순간 새로운 균열이 지면 스미는 흙물,
> 불이 켜진 듯 뼛속에서 서걱이는 오뇌는 아지랭이, 지열 더불어 눈뜨는
> 초록의 자양이 된다. 이젠 조찰히 씻기운 저 눈부신 황금열매를 향해
> 자라는 시간이다. 얼음은 녹아 잿더밀 뚫고 초록이 소생한다. 새들이
> 지저귄다.
>
> 박희진 「墓地 Ⅵ」(권 35, 199쪽)

> 모란이 피기까지는
> 나는 아직 나의 봄을 기다리고 있을 테요.
> 모란이 뚝뚝 떨어져 버린 날
> 나는 비로소 봄을 여읜 설움에 잠길테요.
> 五月 어느날 그 하루 무덥던 날
> 떨어져 누운 꽃잎마저 시들어 버리고는
> 천지에 모란은 자취도 없어지고
> 뻗쳐 오르던 내 보람 서운케 무너졌느니
> 모란이 지고 말면 그 뿐, 내 한 해는 다 가고 말아
> 三百 예순 날 한양 섭섭해 우옵내다.
> 모란이 피기까지는
> 나는 아직 기다리고 있을 테요, 찬란한 슬픔의 봄을
>
> 김영랑 「모란이 피기까지는」 (권 15, 277쪽)

「묘지Ⅳ」는 앞의 여러 작품들이 보여주고 있는 것과 같이 자연현상의

---

28) M. Eliade, 앞의 책/이은봉 옮김, 292쪽.

주기적 순환에 따른 식물적 재생을 보여주고 있다. 「모란이 피기까지는」에서도 그것은 마찬가지이다. "나의 봄"으로 상징된 세계는 "모란"이 보여주고 있듯이 순환의 원리에 지배되고 있다. 그러나 "모란"을 통해서 드러나고 있는 시적 화자의 기대와 충만감은 순간적인 것으로 보이며 오히려 그 이후의 "설움"이 강조되어 있는 듯하다. 그런 의미에서 "슬픔의 봄"이 되지만 그러나 그것(설움)은 그것에서 그치는 것이 아니라 역설적으로 "모란"이 보여주는 식물적 재생에 대한 강렬한 기대로 전환됨으로써 "찬란한 슬픔의 봄"이 되는 것이다. <충만감>과 그것에 이어지는 <절망감>이라는 생의 비극적 순환원리를 "모란"을 통하여 통찰하면서 식물적 재생에 대한 기대를 통하여 그것을 극복하고 있는 것으로 보인다.

이상의 논술을 통하여 <재생> 모티프가 신화에서 현대시에 이르기까지 반복·회귀하고 있다는 사실을 발견할 수 있고, 원형*Archetype*의 기본 가정이 반복·회귀에 있다면 <재생> 모티프는 하나의 원형이 된다는 것을 확인할 수 있다.

원형은 일반적으로 복사품의 본이 되는 근원적인 형태나 어떤 류를 구성하고 있는 개개의 것들이 함께 가지고 있는 가장 본질적이고도 특징적인 요소를 보여주는 사물의 류에 대한 개념이다. 이를테면 '탁자'라는 플라톤적인 이데아는 수직으로 세워진 받침대가 지탱하는 평평하고도 수평적인 표면의 뜻을 내포한 것인데, 이것은 크기, 높이, 재료, 형태, 윤기 따위의 개별적인 차이들을 상관하지 않을 때는 언제나 모든 탁자들의 원형이다.29) 원형에 대한 이러한 견해는 플라톤의 이데아와 유사하다. 그래서 융이 말한 바와 같이 플라톤의 영구불변하는 이데아는 심리학적

---

29) Alex Preminger, et al. *Princeton Encyclopedia of Poetry and Poetics*, Princeton: Princeton Univ. Press, 1974. 48쪽.

인 원형의 철학적인 표현이라고 할 수 있다.[30]

융의 원형은 플라톤의 이데아와 같이 선험적인 것임에도 불구하고 그러나 그것은 플라톤의 경우와는 달리 형이상학적인 개념으로가 아니라 경험적으로 의식을 넘어선다는 집단무의식을 전제하는 개념이다. 이데아의 명확성에 반하여 원형은 다이너미즘*dynamism*이라는 유리함을 지니고 있다. 즉 융의 원형은 '살아 있는 기관'이며 '생성의 힘을 부여받고 있는 것'이다.[31]

이러한 원형은 집단무의식의 내용을 이룬다. 그러나 집단무의식의 내용을 이루는 원형은 결코 누구도 그 자체로서 직접적으로 조우할 수 없으며 오직 그것이 원형적 이미지 속에서, 어떤 상황 속에서 혹은 어떤 콤플렉스 속에서, 혹은 어떤 조짐 속에 났을 때 간접적으로 조우할 수 있다.[32] 따라서 융은 원형을 '원형자체, 혹은 지각될 수 없는 원형'과 '재현된, 혹은 이미 지각된 원형'으로 나눈다. 무의식의 내용물인 원형은 의식의 힘을 통하여 지각될 수 있는 원형이 되는 것이다.[33]

그러나 심리학의 전문용어인 원형은 문학론으로 수용되면서 문학작품의 한 요소를 의미하는 것으로 사용된다. 즉 그것은 대체로 인물, 심상, 설화적 형식, 관념 가운데 어느 하나가 된다.[34] 대체로 시에서는 세속적이며 특수하고 개별적이기보다는 원시적이고 일반적이며 보편적인 특성을 내포하는 관념, 인물, 행동, 대상, 관계, 사건, 배경 등을 뜻한다.[35]

---

30) Jolande Jacobi, 앞의 책, 50쪽.
31) 위의 책, 50쪽.
32) 위의 책, 75쪽.
33) Jolande Jacobi, *The Psychology of C. G. Jung*, 이태동 옮김, 성문각, 1978. 63-64쪽.
34) Alex Preminger, 앞의 책, 49쪽.
35) 위의 책, 48쪽.

이러한 원형이 가지는 의의는 분산된 문학적 경험을 통일하여 전체로 묶도록 도와주며, 따라서 개별적인 작품들을 한국문학 전체라는 질서 속에서 이해하는 새로운 전망을 구축 가능하게 한다. 나아가 한국의 현대시가 신화, 그리고 그 이후의 문학작품과 동시적 질서를 구성한다는 깨우침을 제공할 수도 있다. <재생> 모티프도 그러한 관점에서 이해되어야 할 것이다.

3. 열망의 형태와 집합인으로서의 시인

엄밀하고도 객관적인 과학적 인식 이전의 인식을 Kibéd는 선학적先學的 인식이라고 부른다. 이러한 선학적 인식은 만물, 즉 세계를 인간의 초상에 따라, 또 인간과의 유사에 따라 이해하였다. 만물은 인간화하며 또 그러므로 인간에게 이해된다. 인간은 간접적으로 자신을 이해하며 또 그러므로 만물이 인간의 특징을 지니는 한, 인간은 만물을 이해하게 된다. 인간은 생명 있는 존재요, 또 그러므로 죽은 만물을 이해할 수 없다. 따라서 인간과 산 접촉이 되기 위해서는 만물이 살아 있지 아니하면 아니 된다. 따라서 원시적 심성에 있어서 만물, 곧 자연은 유정화, 유생화되어 있다.36) 원시인의 자연스러운 경향으로 보여지는 비생명적 대상에게 생명과 의지, 그리고 정서를 부여하는 것, 즉 활물화시키는 것이 동시에 시의 가장 고귀한 임무라는 점에서 원시적 사고가 본질적으로 시적 사고였음을 강조한 최초의 저술가는 비코Giambattista Vico였다.37) 따라서 인

---

36) A. V. von Kibéd, 『인식론입문』(재판), 김용민 옮김, 형설출판사, 1975. 12-13 쪽.

37) Alex Preminger, 앞의 책, 539쪽. Terence Hawkes, *Structuralism and Semiotics*,

간은 온 세계에 말을 걸며 온 세계는 인간을 이해한다. 아울러 인간 역시 자연의 말을 이해하기도 한다. 그들은 동일한 생활공동과 함께 동시에 공동운명에 속한다.[38] 이와 같이 원시적 심성 앞에서 모든 비생명적 사물은 활물화하고 따라서 인간은 그것들과 공감하면서 자연과 인간의 동일성을 확신한다.

자연과 인간의 동일성에 대한 믿음은 원시적 사고가 본질적으로 은유적 사고였음을 보여준다. 동일성에 대한 믿음은 자연과 인간이라는 상이하고도 서로 구별되는 질서에 따르는 것들 사이에서 상사성을 발견하는 데서 비롯하는 것이며, 그것은 상이한 사물들 사이의 상사성, 즉 <비상사성 속의 상사성>의 발견이라는 은유의 원리에 따르고 있는 것이다.[39]

원시적 심성이 가지고 있었던 이러한 자연과 인간의 동일성에 대한 믿음은 논리적인 귀결의 결과가 아니라 공감적인 차원에서 얻어지는 것임을 카시러E. Cassirer는 다음과 같이 말한다.

원시적 심성의 특색을 이루는 것은 그 논리가 아니라 그 일차적 감정이다. 원시인은 지적 호기심을 만족시키기 위하여 사물을 분류하려 드는 박물학자의 눈을 가지고 자연을 보지 않는다. 자연에 나아감에 있어 그는 한갓 실용적인 혹은 기술적인 관심을 가지고 나아가지 않는다.

London: The Chaucer Press, 1977, 12쪽 참조.
38) A. V. von Kibéd, 앞의 책. 12-13쪽.
39) 은유는 그러므로 "신비평이 그것을 일반적으로 수사학적 장치로 취급하기보다는 산문적 진술이나 과학적 진술과는 판이하게 다른 인식의 한 양식, 정신적인 진리를 깨닫고 표현하는 한 방법으로 취급"하는 것에서 볼 수 있듯이 단순히 수사학적 차원에서 이해될 것이 아니라 인식의 한 양식으로 이해되어야 한다. Alex Preminger, 앞의 책, 490쪽 이하 참조.

> 자연은 그에게 있어 인식의 대상만도 아니요, 또 그 여러 가지 직접적인 실제의 요구의 터전도 아니다. (가운데 줄임) 그의 자연관은 단순히 이론적이기만 한 것도 아니요, 또 단순히 실천적이기만 한 것도 아니다. 그것은 공감적이다.[40]

자연과 인간의 동일성에 대한 믿음은 생명현상에 대한 사고에서도 마찬가지로 드러난다. 카시러가 밝히고 있듯이, 원시적 심성에서 생명관은 유·종·속이라는 생물학적 차이를 무시하고 있으며 식물, 동물, 인간의 생명현상은 서로에게 고립·단절되어 있는 것이 아니라 서로 다른 생명이 연속적 전체라고 하는 <생명의 연대성>에 대한 깊은 확신을 갖고 있었다. 이러한 믿음은 동시성의 질서에서만 있은 것이 아니라 계기적인 질서 속에서도 그대로 존재했다. 인간의 모든 세대는 하나의 특유하고 단절 없는 연대를 형성하고 기왕의 여러 생의 단계는 환생에 의해 보존된다.[41] 이러한 원시적인 생명관은 엘리아데에 의해서도 지적되고 있으며[42] 신화, 민담은 물론 현대시에서도 두루 나타나고 있다.

> 누나라고 불러보랴/ 오오 불설어워/ 시샘에 몸이 죽은 우리 누나는/ 죽어서 접동새가 되었습니다.//
> 아홉이나 남아 되는 오랍동생을/ 죽어서도 못 잊어 차마 못 잊어/ 夜三更 남다 자는 밤이 깊으면 /이 山 저 山 옮아가며 슬피 웁니다.
>
> 김소월 「접동새」 일부(권 15, 210쪽)

> 그러다가 딸 셋이 모두 죽었지,/ 그렇지 그렇지 모두 죽고 말고.//

---

40) Ernst Cassirer, *An Essay on Man*, 최명관 옮김(재판), 민중서관, 1960. 170-171쪽.
41) 위의 책, 169-174쪽.
42) M. Eliade, 앞의 책/이은봉 옮김, 331쪽. 「식물종으로부터 인간발생의 신화」, 그리고 그 이하에서 신화, 전설, 민담의 구체적인 예를 통해 검토하고 있음.

그래서 맏딸은 초롱꽃 되고/ 둘째딸 세째딸은 쌍나비 되어 초롱꽃
찾아 간다지/ 그렇지 그렇지 그렇고 말고.

김동환 「딸 삼형제」 일부 (권 15, 192쪽)

　　은유적 인식을 토대로 자연과 공감적 차원에서 동일성에 대한 강렬한
믿음을 보여주고 있는 원시적 심성은 당연히 인간의 삶도 자연이 보여주
는 <죽음과 그것에서의 주기적인 재생>이라는 순환의 원리에 지배되는
것으로 이해한다. 상호 충돌적이고 공존할 수 없는 모순개념으로서의 삶
과 죽음은 <화해>하면서 영원히 순환하는 것으로서 이해되며 따라서
인간은 자연과 같이 끝없는 자기갱신을 이룩하는 것이다. 이러한 자기갱
신, 재생에의 확신은 자연의 순환에 따른 인간 자신들의 성숙과 변화와
같은 실제적인 체험을 통하여 확인되었을 것이다. 이렇게 하여 원시적
심성에서 <재생>은 단순한 환상이 아니라 믿음이 되며, 리얼리티의 공
간으로 존재하는 것이다.

　　그러나 과학적 인식은 원초적 심성이 지녔던 자연과 인간의 동일성을
폐기하게 한다. 모든 사물은 오로지 저 자신과만 동일하며 따라서 다른
사물과 동일할 수 없다는 결론에 이르는 과학적 인식은 사물들을 결합하
는 것이 아니라 분리하며 그것들의 상사성에 관심하는 것이 아니라 상이
성을 강조한다. 이제 인간과 자연을 맺어주던 <은유의 매듭>은 끊어지
고 인간과 자연은 분리되고 단절되었으며 사물과 사물, 타이프라이터 소
리와 요리냄새, 그리고 연애와 스피노자를 읽는 경험과 같은 인간의 제
경험들 사이의 연관성은 파괴되었다.

　　그러나 동일성 상실은 동일성 회복에의 강렬한 열망으로 변하고 프라
이의 말과 같이 문학 그 자체는 우리 정신과 객관적 세계를 연결하는
하나의 방법으로 언어를 사용한다. 그것은 은유이며 은유는 인간의 마음

과 그 밖의 현상을 결합하고, 마침내는 <동일화>가 되고 싶어하는 욕구
의 표현이다.43) 그러므로 동일성의 상실과 회복을 말하는 이야기는 모든
문학의 기본적 구상framework이 된다.44)

프라이의 견해처럼, 시가 "언어적 가설verbal hypothesis로서 작품의 목적
과 열망의 제 형태들에 대한 비전을 표현하는 기능을 가진"45)다면, 지금
까지의 분석과 서술을 통해 지적할 수 있는 것은 <재생> 모티프가 근원
적으로 자연과 인간의 동일성 회복에 대한 열망에서 비롯하며, 이것은
자연의 순환원리에 귀의함으로써 삶과 죽음, 낡은 것과 새로운 것이라는
상호 충돌적인 것을 화해시켜 자연이 시현하고 있는 끝없는 자기갱신을
성취하려는 갈망으로 구체화된다는 사실이다. 재생은 이러한 정신적 갈
망이 구축한 "상징적 미래"라고 볼 수 있다. 불확정성의 요소를 포함하고
있는 인간의 삶을 본질적으로 미래에 대한 "불안과 희망" 사이의 삶으로
규정하고 있는 카시러가 밝히고 있듯이, "상징적 미래"는 미래에 대한
단순한 기대 이상의 것으로 인간생활에서 하나의 "명령imperative"이 된다.
또한 이 "명령"은 인간의 여러 가지 직접적인 실제 요구를 훨씬 넘어서는
것이며 그 최고의 형태에 있어서는 인간의 경험적인 생활의 제 한도를
넘는 곳에 미치는 것이다.46)

---

43) N. Frye, *The Educated Imagination*, 김상일 옮김, 을유문고 63, 을유문화사, 1971.
31-33쪽.
44) 위의 책, 59쪽.
45) N. Frye, 앞의 책. 106쪽.
46) "상징적 미래"가 종교적 예언자들의 생활에서 잘 표현되어 있기 때문에 카시
러는 이것을 "예언적 미래"라고 부른다. 종교적 예언자들이 말한 미래는 하
나의 경험적 사실이 아니라 하나의 윤리적 및 종교적 과제였으며 "새로운
하늘과 땅"에 대한 소망과 확신을 내포하는 것으로 약속이 되는 것이다. 인간
에게 미래는 다만 하나의 심상에 지나지 않는 것이 아니라 하나의 이상이

<再生> 모티프가 보편적이고 범인류적인 사실이란 점을 감안하면 자기갱신에의 갈망은 인류의 원형적인 열망임에 틀림이 없다. 그것은 실존주의자들의 명제와 같이 인간이야말로 "끊임없이 스스로의 존재를 비로소 이룩해 나가야만 하는"[47] 자기갱신의 의지와 갈망을 지닌 존재이기 때문이다.

신화와 통과제의, 그리고 현대시가 보여주는 <재생> 모티프는, 인간의 원형적 열망으로서 무의식의 심층에서 집요하게 살아 움직이고 있는 인간의 근원적인 욕구를 시인이 통찰하고, 거기에 "상징적 형태"[48]를 부여한 것이다. 따라서 시인은 인간의 근원적인 정신적 갈망을 통찰하는 자이며 원초적인 인간이 지녔던 비전을 회복한 자이다. 그는 그것에다 "상징적 형태"를 부여하여 인류의 무의식의 심층을 자극함으로써 인류의 근원적인 정신적 갈망에 부응한다. 시인은 그러므로 개인적인 콤플렉스를 승화시키는 개인에 그치는 것이 아니라 통찰력과 상상력을 통하여 인간의 보편적인 체험과 갈망을 표현하는 집합인*Collective man*[49]이 된다.

된다고 카시러는 밝히고 있다. E. Cassirer, 앞의 책, 114-118쪽 참조.

47) Hans Joachim Störig, *Kleine Weltgeschichte Der Philosophie*, 하권, 임석진 옮김, 분도출판사, 1978. 443쪽.

48) 이때 상징적 형태란 시적인 형태를 의미한다. 시적 형태, 즉 상징적 형태는 상징적 기억에 의존하는데, 상징적 기억이란 분리되어 있는 과거경험의 소여 사실들을 뽑아내는 것에 그치지 않고 그것들의 재구성, 재수습을 의미한다. 카시러는 이러한 상징적 기억들을 통하여 분산되고 고립된 경험들에게 시적 형식, 즉 상징적 형식을 부여함으로써 생의 진실이 밝혀진다는 고전적인 예를 괴테가 그의 자서전의 제목을 『시와 진실』로 붙인 것에서 알 수 있다고 했다. E. Cassirer, 앞의 책, 110-112쪽.

49) 이 용어는 융이 사용하고 있는데, 그는 에머슨, 휘트먼과 그 밖의 낭만주의 비평가가 19세기 시인에게 과했던 것과 같은 고양된 역할로 예술가를 복귀시킨다. W. L. Guerin, *A Handbook of Critical Approaches to Literature*, 정재완 외 옮김, 청록출판사, 1978. 137쪽.

4. 맺음말

이 글은 개별적인 작품들은 그것이 제시하는 독자적인 미의 세계가 있음에도 불구하고 반복·회귀하고 있는 원형적인 어떤 요소를 시현하고 있으므로 <전체의 문학>이라는 질서 속에서 이해되어야 한다는 믿음을 근저에 깔고 있다. 현대시를 신화와의 관련 속에서 이해하려는 것도 그러한 태도의 소산이며, 그것은 <재생> 모티프 분석을 통해 <재생> 모티프가 하나의 원형이 되고 있음을 확인함으로써 구체화되고 있다.

그러나 주지하다시피, 문학작품에 대한 이러한 접근은 다음과 같이 몇 가지 문제점을 안고 있음을 숨길 수 없다. 그것은, 비교인류학과 심층심리학이라는 두 학적체계가 신화와 제의, 그리고 꿈에 그들의 관심을 집중하면서 이룩한 성과에 지나치게 기댐으로써 자칫하면 문학작품을 이 두 학문의 자료로 전락시켜 버릴 위험성이 있다는 사실이다. 또한 작품들 사이의 유사성과 일반성을 지나치게 강조함으로써 개개의 작품이 제시하고 있는 구조와 미학을 소홀히 다룰 수 있다는 점이다. 그러므로 이 글에서는 이러한 위험성을 경계하면서 위의 두 학적체계가 이룩한 성과를 문학론의 한계 내에서 원용하려고 노력했다.

지금까지 이 글에서 논술된 것을 요약하면 다음과 같다.

1. 신화에서 보이는 <재생> 모티프는, 신화가 그 이후의 모든 문학적 유산의 구조원리가 된다는 프라이의 주장에서 간취되듯이 한국현대시에서도 반복·회귀하여 원형적 요소가 되고 있음을 일차적으로 고찰하였다.

2. 원형의 기본가정이 반복·회귀에 있다면 <재생> 모티프는, 이 글

에서 행해진 분석을 토대로 할 때 하나의 원형적 요소가 되며, 이러한 원형이 가지는 의의는 개개의 작품들에 대한 문학적 경험을 통일하여 개별적으로 고립되어 존재하는 작품들을 한국문학 전체라는 질서 속에서 이해할 수 있는 새로운 전망을 구축하여 준다는 사실이다.

3. <재생> 모티프는 원시적 심성이 가지고 있던 자연과 인간의 동일성을 회복하려는 열망을 보여주고 있는 것으로 이해되며, 이러한 열망은 자연이 시현하고 있는 끝없는 자기갱신을 성취하려는 욕망에서 비롯하고 재생은 이러한 정신적 갈망이 구축한 "상징적 미래"가 된다.

4. 시인은 인간의 보편적이고 원형적인 정신적 갈망을 통찰하는 자이며, 그는 그것에다 "상징적 형태"를 부여하여 인류의 무의식의 심층을 자극함으로써 인류의 정신적 갈망에 부응한다. 시인은 그러므로 개인적인 콤플렉스를 승화하는 개인에 그치는 것이 아니라 보편적인 체험과 갈망을 표현하는 집합인이 되는 것이다.

(1982)

안동지역 현대시 분석

1. 머리말

지방화 시대라고 말하지만, 서울 집중화 현상은 한층 심화되고 있다. 중앙집권적 행정체제와 자본과 경제력의 집중은 인구 분산과 국토의 균형 개발이라는 당면한 정책 목표를 한갓 구호로 전락시키고 있다. 삶의 질과 관계되는 문화와 교육에서도 그 점은 마찬가지다. 오늘날 지역 문화는 위축되고 그 독자성을 상실하고 있으며, 각종 교육활동 또한 획일화된 목적 수행에 봉사하고 있을 뿐이다. 중앙집권체제의 오랜 역사와, 거기에서 비롯하는 문화적 관습과 더불어 급속한 산업화와 도시화, 그리고 중앙 중심적인 대중적 문화매체의 엄청난 지배력이 사태를 악화시키고 있음은 두말할 나위가 없다.

안동이 전통 문화가 비교적 잘 보존된 지역이라고 흔히 말한다. 그러나 당대 문화의 침체를 겪고 있는 지방 중소도시의 보편적 운명에서 안동도 예외가 될 수는 없다. 다른 지역과 마찬가지로 안동지역 역시 당대 문화

활동을 촉진할 수 있는 다양한 현실적 기반은 매우 취약하다. 기형적이고 불균형한 성장 정책의 결과인 지역 경제의 영세성과 낙후성, 그리고 지역 인구의 정체 현상과 지역 예술 저널리즘의 부재, 문화 촉매 기관의 결여 등은 지역 문화의 빈혈 상태를 지속시키고 있다. 시각 예술과 무대 예술을 위한 변변한 전시장이나 공연장을 제대로 갖추지 못한 것은 그 점을 웅변한다.

문학은 그나마 형편이 나은 편이다. 문학 창작 활동은 다른 예술처럼 공간적 제약과 재정적 부담이 크다고 할 수 없기 때문이다. 문학 창작 활동을 제약하는 가장 중요한 요인은 문학 저널리즘의 부재다. 문학 저널리즘은 서울에 집중되어 있고, 이것이 지역 문인들의 소외를 조장하거나 중앙 종속화를 은연중 부추긴다. 발표 지면을 확보하기 힘들 때 창작 의욕은 감퇴되기 쉽고, 제 때 적절한 비평을 받지 못한 작가가 무의미한 자기 탐닉이나 자기 복제의 유혹에 빠질 가능성이 클 것은 자명하다. 등단의 공인된 절차를 밟은 많은 지역 문인들의 활동이 부진을 면치 못하며, 끝내 잊혀진 작가가 되는 데에는 개인의 재능 외에 이와 같은 문학 사회학적 문제들도 한 몫을 하고 있다. 각 지역의 동인 활동은 문학 이념의 차원보다 이러한 현실에 촉발된 측면이 더 강한 것인지도 모른다. 따라서 지역 문학의 활발한 개화를 위해서는 독자적이고도 전국적 수준의 지역 문학 저널리즘을 형성해야 하고, 이를 위한 재정적 지원과 문화 정책 개발을 국가적 차원에서 시도해야 할 것이다.

이 글은 안동 지역의 당대 문학을 분석의 대상으로 삼는다. 분석과 평가의 대상에서 소외된 지역 문인들과 그들의 작품에 대한 관심을 우선 이 지역에서 가져야 한다는 당위적 요청에 따른 것이기도 하지만, 지역 문학의 구체적 실상을 파악하기 위한 노력을 시도한다는 뜻이 더욱 크다.

시(자유시와 시조)에 국한하는 것은 안동의 문예 창작이 그 쪽에 집중되어 있기 때문이다. 이것은 안동 문인들의 장르적 분포와 무관할 수 없으나, 다른 복잡한 문제들이 얽혀 있음은 분명하다. 희곡 창작이 부진하고 소설가의 수가 시인의 수에 비하여 상대적으로 적은 것은 안동 지역의 특수성과는 비교적 거리가 먼 전국적 현상이기 때문이다. 그럼에도 이 지역의 희곡 창작 부재는 연극 공연의 희귀성과 무관할 리 없으며, 문학저널리즘의 부재가 비평의 부재를 초래한다는 사실 역시 간과할 수는 없다.

시인의 압도적 분포가 의미하는 문학 안팎의 문제는 따로 분석할 가치가 있지만, 이 글의 관심을 넘어서는 과제이다. 여기서는 안동 지역에서 활동하고 있는 시인들의 작업이 시집이나 동인지를 통해서 집약된 경우만을 다루고, 그것도 1990년 한 해 동안에 출간된 것만을 대상으로 한다. 그러나 분석 대상의 제한이 곧 지역 문학에 대한 전반적 이해를 크게 왜곡하는 것으로 이어지지는 않을 것이다. 왜냐하면 시문학 외에는 집약된 성과를 최근 별달리 낸 것이 없기 때문이다. 시문학의 경우, 시집과 동인지를 함께 다룸으로써 지역 문인들의 활동을 어느 정도 포괄할 것이다. 분석 대상이 되는 시집과 동인지는 다음과 같다.

　　주 영 욱, 『마른 풀』, 도서출판 그루, 1990.
　　정 영 상, 『슬픈 눈』, 제3문학사, 1990.
　　임 병 호, 『누가 에덴으로 가자 하는가, 사상공단』, 도서출판 글방, 1990.
　　오늘동인, 『오늘은 내일이 되어』, 영남사, 1990.
　　글밭동인, 『글밭』 (12집), 영남사, 1990.

2. 세 권의 시집, 그들의 시 세계

1990년대 전후 안동지역에서 두드러진 활동을 보여 준 것은 시문학, 특히 자유시 쪽이다. 안동 지역의 시인 수가 자유시와 시조를 합하여 십여 명 남짓하다는 사실을 생각하면, 1990년 한 해에 창작 시집 세 권이 출간된 것은 우선 양적인 면에서 이 지역의 문학적 사건이라고 이를 만하다. 최근에 출간된 이 세 권의 시집은 공통적으로 불화의 정서를 그 근저로 하고 있다. 이 행복하지 못한 감정은 개인적인 것과 사회적인 것으로 짐짓 구별할 수 있으나, 대체로 그것들이 서로 얽혀 있는 것이 모든 시의 실상이다.

주영욱의 시가 이 불화의 정서를 한층 내부적인 시선과 간접적인 드러냄의 방식에 의지한다면, 임병호와 정영상의 시는 그와 대립된다고 굳이 말할 수 있다. 이 점은 정영상과 임병호의 시들이 서로 자기 개성을 갖고 있으면서도 공통적으로 하나의 역사적 징표가 되려는 욕구를 가진 것과도 관련된다. 이 세 시인은 마땅히 관심 구조의 상이함이나 현실 인식과 세계관의 차이를 드러낸다. 주영욱이 연약한 생명 의지의 비극성에 집중한다면, 정영상은 교사 해직으로 상징되는 현실의 부당함을 고발하고, 임병호는 왜소화한 인간의 황량한 삶을 쓸쓸히 그려낸다. 임병호와 주영욱이 훼손된 세계의 실상을 비애에 찬 시선으로 묘사하고 있다면, 정영상은 폭압적인 현실에 대결하여 그것을 바꾸려는 의지로 충만하다. 주영욱이 세계와의 불화를 감내하는 수동성의 세계를 아름답게 묘파한다면, 임병호는 "삶의 밭"을 갖지 못한 뿌리 없는 노동자의 삶을 착잡하게, 그리고 육화된 비관으로 드러내며, 정영상은 그른 현실과 겨루는 투쟁적 자아의 도덕적 우월감을 견지한다. 임병호와 주영욱이 세계의 훼손과 그 안에서 이루어지는 황폐한 삶에 주목한다면, 정영상은 잘못된 세계의 개조에 분투하는 자아와 그 당위성에 주력한다. 이 세 시인의 시에 대하여 다음과 같이 좀더 구체적으로 말할 수 있다.

2.1. 주영욱과 아름다운 수동성

시집『마른풀』(도서출판 그루, 1990.)을 중심으로 살피면, 주영욱의 시 중심에는 존재 결핍과 그로 인한 비애의 정서가 자리하고 있다. 그의 통증은 그 뿌리가 어디에 있든, 그의 시선을 자신의 내부로 집중케 하고 내적 반성으로 이끈다. 그의 시는 바깥 세계의 역사적 구체성을 포기하는 대신(이 말은 현실을 드러내는 방식을 말하는 것이지 결코 거기에서 도피하고 있다는 말 이 아니다.), 언어의 그물로 직조된 비애의 세계를 창출한다. 그의 시는 시대적 부호가 되기를 욕망하지는 않지만, 세계의 압도성과 폭력성을 정경묘사를 통해 간접적으로 드러냄으로써 삶의 훼손과 존재의 결핍을 형상화한다.

그의 시가 주목하는 것은 결핍의 세계다. 그것은 동시에 소멸과 불안정의 세계다. 풀잎은 시들고 (「마른 풀」) 나뭇잎들은 떨어지며 (「가을날 · 1」) "어린 꽃망울이/ 차츰 어둠 속에 빗속에/ 흔들" (「서녘 구름 · 2」)리는 것은 그 때문이다. 그 세계는 "부서지는 풀잎의 신경"과 "절망과 흐느낌"으로 가득 차 있다. 존재의 스러짐에 그는 예민하고 그에 대한 통증은 "산과 강을 울"릴 (「마른 풀」) 정도로 우주적이고 공감적이다.

그의 시에 겨울 이미지가 압도적이라는 사실은 그가 존재의 결핍에 집착하고 있음을 암시한다. 겨울은 결핍의 세계이며, 그것을 한층 강화하는 것은 어둠이다. 어둠은 존재를 가리고 마침내 소멸시킨다. 그것은 세계의 위협, 그리고 세계의 불모성과 암흑성, 혹은 전망의 불투명성을 한꺼번에 함축한다. 겨울 속에서 존재는 잠들지 못하고 추위에 떨고 있다. 때로는 단독자로서 고독에 휩싸인다. 겨울은 스러지는 존재의 다채로운 이미지, 그리고 거듭되는 슬픔의 감정과 함께 그의 비극적 비전, 혹은 세계 인식을 선명하게 드러낸다.

풀, 혹은 수목은 주영욱이 애용하는 이미지다. 그의 시에서 식물적 이미지군은 생명의 연약성, 존재의 유한성, 그리고 삶의 수동성을 폭넓게 상징함으로써 비애의 세계를 적절히 창조한다. 그러나 식물의 이미지는 수동적이지만 지속적이고도 강인한 생명력을 아울러 암시한다. 주영욱의 식물들이 세계의 압도적인 힘을 역설적으로 드러내지만, 그와 함께 아픔을 감내하면서 스스로를 추스르는 존재의 안간힘을 동시에 환기한다는 점은 중요하다. 압도적인 세계에 맞서는 연약한 생명 의지의 비극성. 그것은 주영욱의 시가 보여 주는 아름다운 슬픔의 세계이다.

식물의 이미지들은 삶에 대한 시인의 태도를 은밀히 보여 주는데, 아마도 주영욱은 세계에 대한 응전을 자기 수습이라는 방법으로 수행하고 있는 듯 하다. 그는 무의식적으로 자아의 세계 개조 가능성보다는 오히려 세계의 견고함을 한층 확실한 것으로 받아들이고 있는 듯이 보인다. <풀의 노래-풀잎>에서 "불 지펴라, 풀잎이여"라는 간절한 명령에도 불구하고 "마침내 피를 뒤집어 쓴/풀잎이 죽는" 것은 자아의 의지를 넘어서 있는, 세계의 압도성을 보여주는 것이자 그의 세계 인식을 상징적으로 드러내는 하나의 예가 될 것이다.

그러나 이러한 세계 인식을 패배주의적이라고 부르는 것은 섣부를 뿐만 아니라 올바르지도 않다. 주영욱이 세계의 일방적인 의지를 고스란히 용인하지는 않기 때문이다. 그가 세계의 견고함을 누구보다 분명히 알고 있다는 점은 확실하다. 그의 자아는 세계를 자신의 의지에 따라 바꿀 수 있다고 믿을 정도로 낭만적이지 않다. 그는 견고한 세계에 무모하게 맞서지도 않지만, 그것으로부터 도피하거나 부당한 세계를 용납하지도 않는다. 억압적인 세계의 정당성을 부정하는 것이 그의 윤리적 성실성이라면, 세계와 자아의 불균형을 현실로 아프게 인정하는 것은 그의 정직성이라 할 것이다. 그는 결코 허세를 부리지 않는다. 그의 자아는 영웅적이지 않지만, 그러나 바로 그 점이 그의 시에 리얼리티를 부여한다.

　주영욱은 현실을 바르게 인식하려고 노력하고 현실의 고통을 감내하려고 애쓴다. 제 몫의 고통을 지는 행위는 인간의 품위이고 인간의 순결을 지키는 행위이다. "이 춥고 암담한 겨울/ 사람들은 비겁하게 빗장을 걸고/ 지난 여름 무성했던/ 사랑을 이야기한다."(「겨울새」)에서 "비겁하게"라는 말에 유의할 필요가 있다. 겨울의 추위를 추억의 화롯불로 녹이는 것은 현실의 엄정함을 망각하는 행위로서 제 몫의 짐을 회피하는 비겁성으로 그는 인식한다. 고통스럽지만 겨울은 감내해야 할 현실이라고 그는 믿고 있다. 존재의 터전인 이 땅은 "눈물의 땅"(「풀의 노래-풀뿌리」)이며 "어둠의 밤"(「서녘 구름」)이지만, 그것을 견디는 것은 삶의 진정성에 다가가는 일이고, 어린 날의 순결한 "기도"를 실천하는 일이다.

　이 순결함에 대한 욕구와 의지는 "눈 속에 손 부비며 선 나무들", "순결의 희디 흰/ 눈꽃 피"우는 나무(「눈 내리는 날」)로 표상된다. 순결한 눈꽃은 험한 현실을 감내한 나무만이 피울 수 있는 고통의 꽃이다. 그 꽃은 "숨죽여" 울면서 제 몫의 고통을 견디는 자의 것이다. 고통에 압도되지 않고 고통을 스스로 지고 견딤으로써 이룩되는 이 세계는, 삶의 수동성이 확보할 수 있는 아름다움이다. 주영욱의 시세계는 한 마디로 이러한 아름다운 수동성의 세계라고 할 수 있다.

아름다운 수동성을 가능케 하는 그의 시적 미덕은 감정의 절제이다. 그의 절제는 감정의 직접적인 토로를 적절히 제어함으로써, 그의 시가 유치한 센티멘탈리즘에 떨어지는 것을 방지한다. 이러한 태도를 방관자의 시선쯤으로 오해할 수도 있으나, 그것은 옳지 않다. 감정의 절제로 획득되는 이 거리야말로 삶의 실상을 날카롭게 관찰할 수 있는 거리이자, 사적 체험을 보편적인 정서적 공감으로 치환할 수 있는 미적 장치이다. 어줍잖은 감정의 탐닉이나 섣부른 흥분이야말로 당위적 명제만을 거칠게 그리고 앵무새처럼 되뇌이게 할뿐이다. 정당한 현실 인식이 결여된 기교는 공허하지만, 주장과 인식의 올바름이 곧 시의 성공을 담보한다는 생각은 성급한 형식 낙관론일 뿐이다. 그런 점에서 나는 그의 시적 방법에 여전히 기대를 걸어도 좋다는 생각을 하고 있다. 정경 묘사로 대치된 비애의 세계를 보여 주는 그의 시 일부를 덧붙인다.

어둠 내리며
풀잎이 죽는다.
흰 반점이 드문드문 널린
저녁 무렵의 들판
누군가 발소리도 조심스럽게
풀잎의 귀를 일으켜 사라지고
들판에 넘치는 어둠의 유혈
풀잎에 숨어 우는 벌레들 울음 소리
들판이 젖어 있다.

「풀의 노래·1—풀잎」 일부

2.2. 정영상, 부당한 현실과 도덕적 순결성

정영상의 시집『슬픈 눈』(제3문학사, 1990.)의 바탕을 이루고 있는 통증과 분노는 부당한 현실에서 온다. 대규모 교사 해직 사태의 밑바탕에는 구조적 모순(이른바 민족모순과 계급모순)이 자리하고 있다고 그는 믿는 것 같다. 그래서 해직 교사의 현실과 함께 분단과 노동자의 문제도 그의 시적 주제를 이룬다. 그의 통증은 이같이 밖으로부터 주어진 거대한 힘에 연유하며 구체적 현실과 밀착되어 있다. 그의 시는, 그런 점에서 시대적 표지가 되려는 욕망을 갖고 있다.

현실에 대한 그의 정서적 태도는 다채롭지만 그 주조는 분노와 저항이다. "칠판과 교실을", 그리고 "출석부와 교무수첩을" "빼앗아" 간 현실에 대한 분노는 거듭 토로되고 투쟁 의지의 표명 또한 되풀이 된다. 그의 시는 현실이라는 거대한 악과 싸우고자 하는 자의 의지와 고통과 쓸쓸함으로 가득 차 있다. 그는, "건강을 잃는다는 건/ 적들에 대한 이적 행위"(「맨밥을 먹는다-투병·2」)라고까지 말한다. 나아가 시적 화자를 "바위를 치는" "생계란"에 빗댐으로써 이른바 역사적 전진에 복무하며 파멸하는 자아의 위대성을 형상화한다(「절규·3-나는 계란이다」).

여기에서 자아의 투쟁적 열정은 하나의 정신적 도취상태, 혹은 열광에까지 이르고 있다. "저 파렴치한 적/ 흉악무도한 적들에게/ 언제라도 던져질 각오가 되어 있는/ 장렬하게 죽을 준비가 되어 있는/ 나는 계란이다."(「절규·3」)라고 말할 때, 그리고 "나의 목표는 내 몸이 무기가 되는 것/ 칼이든 총이든 폭탄이든 하여간 그 무슨 무기든/ 무기가 되어 분단의 벽을 없애는 것/ 조국 통일을 가로막는 모든 무리들을 요절내는 것."(「목표」)이라고 말할 때, 또한 "보라, 독재자의 살점 속에 파편으로 박히는/

민중의 꽃./ 저 화염병을 보라/ 한반도에서 가장 확실한 사상을 보라.”(「봄은 화염병으로부터 온다」)고 흥분된 어조로 말할 때, 거기서 투사의 정신적 도취를 본다. 그러나 동시에 “부끄러워하라/ 너희는 누구 어디/ 나처럼/ 온몸이 박살나도록/ 으깨져 본 적이 있는가”라고 물을 때, 그 속에 뒤섞인 자아의 우월감과 자기 도취를 어떻게 받아들여야 할지 난감해진다.

그런 뜻에서, 나로서는 시집 후기에 실려 있는 시에서 오히려 그의 도덕적 순결성을 절실하게 느낀다. 도덕적 순결성이야말로 현실을 개혁하고자 하는 이에게 현실을 비판할 수 있는 힘을 제공하는 가장 튼튼한 내적 무장이 아니고 무엇인가. 여기에서 그는 역사의 진전에 헌신해야 한다는 신념에 얼마나 자신이 성실한가를 반성하고 있다. 이 성실성이야말로 그의 도덕적 순결성에 신뢰감을 주는 덕목이다. 그는 이 시를 그의 “현재적 위치”를 드러내는 것으로서, “확실한 당파성”을 가지지 못한 것으로 스스로 평가하고 있지만, 나로서는 이 시에서 오히려 그의 시인을 본다. 당파성이란 운동가에게는 효과적 무기가 될지 모르나, 시인에게는 또 하나의 부당한 족쇄가 될 공산이 크기 때문이다. 이 시의 전문은 이렇다.

나는
정말 스스로 바닥에 떨어졌을까
길바닥의 잡초처럼
사정없이 짓밟힐 각오가 되었을까
떳떳이 바닥에 떨어져
온몸에 피를 흘리며 뭉개질 각오가 되었을까
스스로 바닥이 되어
평생 바닥으로 함께 살며

다시는 바닥에서 올라오지 않을 각오가 되었을까
화염병처럼 깨지는
바닥의 형제들을 배반하지 않고
피투성이가 되어
평생을 신음 속에 살며
아아 그래도 바닥이 좋아
이렇게 말하며
죽어도 좋다는 각오가 되었을까
나는.

　오늘날 알게 모르게 유포된, 역사의 진보에 대한 신념(사회주의와 자본주의 모두)이야말로 어이없는 낙관주의이며 사기라고 베르나르 앙리-레비는 말하고 있다. 그에 대하여 나는 근본적으로 동의한다. 그러나 이것은 이데올로기화한 낙관주의적 역사 이론에 대한 적극적 부정일 뿐, 허무주의가 아니다. 그것은 역사의 진전을 하나의 방법으로서 상정할 수 있다는 뜻이며, 역사의 진전에 어떤 식으로든 관여하려는 도덕적 순결성을 부정하는 것은 아니다. 만약 허무주의에 빠진다면, 우리는 있을 수 있는 현실의 악을 어떻게 부정하고 그에 대결할 것인가. 따라서 역사의 진보, 그리고 완결된 진보로서 유토피아는 언제나 부당한 현실을 비판하기 위한 하나의 방법으로서 상정되고 하나의 여정으로서만 존재할 것이다. 그 허망할 수도 있는 꿈에 입술을 축이며 먼 길을 재촉해야 하는 것이 인간의 비극적 현실이다. 이 점을 생각할 때, 그리고 동시에 모든 낙관주의적 역사 이론이 간과하고 있는 "역사의 교활성"과 "반인격성"에 대한 베르자예프의 경고를 생각할 때, 역사에 대한 정영상의 태도는 어떻게 이해되고 평가될 수 있을 것인가.

나는 화염병을 "민중의 꽃"이나 "한반도에서 가장 확실한 사상"이라고는 생각지 않는다. 그리고 여타의 인간 행위와 비교할 때, 시가 사회변혁의 무기로서 썩 훌륭한 것이라고도 생각지 않는다. 비록 시가 세계 개조의 힘을 가진다 하더라도, 그것은 힘찬 웅변과 화려한 수사에 힘입은 신념의 일방적 토로에 의해서가 아니라, 깊은 정서적 공감을 확보하는 인식과 형상의 통일을 통해서만 획득될 것이다. 개성적이고 예각화된 현실 인식과 그것을 시로서 형상화하는 예술적 의장에 의해서만 가능하다는 뜻이다. 갈 길이 바쁘다고 시가 예술성을 포기해서는 안 되는 까닭이 거기에 있다. 그런 점에서 인식과 형상의 통일에 성공한 시는 직접적인 정치행위 이상의 정치적 유효성을 갖는다. 그것은 정서적 공감을 통하여 존재의 밑뿌리로부터 인간을 변화시키기 때문이다. 따라서 시가 세계 개조의 무기가 될 수 있다면, 정치적 구호나 선언문이 됨으로써가 아니라, 구체적이고 일상적인 체험을 정서적 공감으로 치환하는 정치하고 밀도 있는 언어 조직이 됨으로써 가능할 것이다. 오히려 다음과 같은 시가 해직 교사의 현실에 대한 정치적 구호 이상의 설득력과 힘을 갖는다는 나는 느낀다.

> 체육시간이라 급한 김에 그만 누가 수도꼭지 잠그는 걸 잊어버리고 뛰어 나갔을까 안동 복주여중에서 수돗물 떨어지는 소리 죽령 너머 단양의 내 방까지 들려 온다.
>
> 「幻聽-해직 한 달」 전문

2.3. 임병호, 노동자의 삶과 육화된 비관

표제에서 알 수 있듯이, 임병호의 시집 『누가 에덴으로 가자 하는가, 사상공단』(도서출판 글방, 1990.)에 실린 시편들은 주로 공단 노동자들의 삶을 다루고 있다. 80년대에 노동문학은 이론과 창작에서 급격한 성장을 보았거니와, 노동계급의 사회적 자기 인식은 이제 독자적인 성장을 하고 있다. 다만 이것이 곧 노동문학의 질적 성장을 그대로 보증하는 것은 아니라는 점은 지적할 만하다. 노동문학의 의식과잉이 오히려 문학의 빈곤을 조장하는 측면 또한 지나칠 수 없기 때문이다. 그러나 임병호의 시들은 그러한 염려와는 무관한 자리에 있다. 그의 시는 이른바 역사의 본질적 운동방향 속에서 파악되고 선취해야 하는 노동계급의 역사적 위치와 미래를 형상화한다는 강령적 이론의 강박에서 해방되어 있다. 이 점은 유행하는 이론에 의해서 노동계급과 역사 발전 방향에 대한 인식의 결여로 비난받을 수도 있겠지만, 오히려 그 점이 그의 시에 일정한 품격을 부여한다. 그것을 나는 비관의 육화라고 부르겠다.

　임병호의 시적 테마는 노동자와 그들의 왜소화한 삶이다. 그 극도의 왜소화는 "한뼘"으로 제시된다. "희망", "행복", "방", "빵", 그리고 "사람"까지 모두가 그에게는 "한뼘"(「구인벽보」)으로 축소되고, 그것은 위축된 삶을 효과적으로 환기한다. 임병호가 제시하는 "한뼘"의 인간은 일찍이 산업사회의 불구적인 인간과 삶을 독특하게 드러낸 바 있는 조세희의 '난장이'를 생각케 한다. 이 시집의 일관된 관심인 노동자는 그러나 조직된 그것이 아니다. 노동자의 조직은 최소한의 안정이 생활과 노동 조건에서 가능해야 하기 때문이다. 설혹 그것이 가능하다 하더라도 "두어 달을 일하고" "제 값을 찾아 옮겨 다녀야 하는/ 노동을 하며/ 노동을 인정하지 않는 이들"인 임병호의 노동자들에게는 "노조와 노조비는 낭비뿐인 일"(「실태조사단」)이다. 그의 노동자들은 "술집을 날아다니며 삶을 바꾸어" 가는 "공단 철새"(「공단 철새」)들이다. 임병호는 이런 점에서 노동계급의 순결성만을 일방적으로 강조하거나, 그들의 의식과 현실을 관념적으로 선취 또는 과장하지 않는다.

　임병호의 노동자에게 취업은 "주민등록도 이력도" "신원증명도 재산보증도" 필요 없는 "참으로 손쉬운 일"(「취업」)일 뿐이며, 그만큼 그들의 노동 현장은 임시 거처 이상의 의미를 갖지 않는다. 그러므로 그들은 폐업에도 "조그맣게 술렁 거렸을 뿐" "분개하고는" "농성하지 않는다"(「폐업」). 분개하지만 농성하지 않는 까닭은 무엇인가. 시인은, 자신들의 노동을 제공한 곳이 "삶의 밭이 아니라고 모두가/ 믿고 있기 때문"(「폐업」)이라고 말하고 있다. 그것은 그들이 대면하고 있는 자본의 불안정성과도 한편으로 무관하지 않은 듯하다. 그의 노동자들에게서 자본가에 대한 증오를 발견할 수 없다는 것이 그 점을 짐작케 한다. 그러나 더욱 중요한 이유는, 추측컨대, 훼손된 세계의 회복 가능성을 거의 믿지 않기 때문인 듯하다. 그것은 일종의 체념과도 통하는 육화된 비관이다. 그것은 쓸쓸함, 혹은 비애의 정서를 야기한다. 그러므로 그의 노동자들은 농성을 통하여 폐업에 항의하지 않는다. 그들은 찌든 삶에 조직적으로 대항하지 않고, 철새처럼 공단을 떠돌며 생존을 위해 "절망하지 않으려고 이를 악무는"(「안전사고」) 노력을 계속할 따름이다. 그러한 안간힘이 그들을 체념의 심연에서 구제하며, 그들의 남루한 생존을 간신히 지탱해 준다. 동시에 그런 노력이야말로 압도적인 비관 가운데서도 "고철로 삼천리쯤 떠돌다" "빼어난 몸으로 다시 태어"나기를 바라며, "생명은 고통 위에서 아름답지 않은가."(「주물공장」)라고 삶을 긍정할 수 있는 시선을 내부에 간직할 수 있도록 한다. 불모지의 생명 의지가 가장 생동감 있게 제시된 것은 "얕은 물 오염 속에서도 솟구치려는 습성"의 "은빛 물고기"(「물 웅덩이의 속」)의 이미지를 통해서이다.

　그의 시에는 "삶의 밭"을 갖지 못한 부유하는 노동자들로 넘친다. "수도 하나 변소 하나 일곱 세대의/ 좀 나은 방 한칸"을 사글세로 얻어 신혼을 차린 "김군"(「신혼 살림방」)은 그 가운데 하나일 뿐이다. 그러나 그의 노동자들은 열악한 삶의 조건 속에서도 삶에 대한 고통스러운 사랑, 혹은 비애섞인 의지를 보여 준다. 그들은 "누구에게나 당당"(「놓아 김군」)하고, "이만하면 성공한게 아니냐며" "조그마한 옷장에 기대서서 노래"(「최반장」)를 하거나 "이곳이 마음 편한 곳"(「하중사」)이라고 말한다. 헐벗은 삶에 대한 도식적이고 관념적인 이해는 그들의 삶에서 이러한 자기 위무와 사소한 일상의 즐거움을 사상시킴으로써 삶의 실상을 왜곡할 것이다. 임병호의 미덕은 그것을 빠뜨리지 않고 그려내는 데 있다. 그것은 아마도 그의 시가 이데올로기의 도식에서 출발한 것이 아니기 때문일 것이며, 그만큼 그의 시선이 "공단 철새"들의 삶에 밀착되어 있기 때문일 것이다.

임병호의 시는, 노동자의 일그러진 삶의 기원과 사회적 근저에 대하여 거의 말하지 않는다. 왜 그럴까. 그는 노동자의 왜소화한 삶의 실상을 개인적 차원에서 그려내는 데 몰두하고 있다. 그것은 구조결정론의 압도적 지배 아래 있는 오늘날 그 나름의 덕목이 될 수도 있으나, 척박한 삶의 사회적 근거를 통찰하지 않는 한, 노동자의 삶에 대한 인식의 깊이를 획득하기 어렵다. 이와는 달리, 그는 노동자의 일그러진 삶과 황량한 세계의 치유 가능성에 대하여는 한 번쯤(?) 말하고 있다. 그것은 자기 치유이다. "노동자가 어떠한 의미도 갖지 못할 때/ 노동은 결국 고통만으로 남는다고/ 우리가 우리를 설득할 수 있을 때" "어둠의 자욱들이 벗겨지지 않을까"(「실태조사단」)라고 그는 말하고 있기 때문이다. 노동자가 스스로 자신의 노동에 대하여 의미를 부여하려고 노력할 때, 노동을 고통의 질곡에서 해방시킬 수 있다는 것이다. 노동자가 자신의 존재 이유와 노동의 가치에 대하여 의미를 증여하려는 노력. 그것은 노동자의 사회적, 실존적 자기 각성일 터이지만, 그 구체적 내용은 알 길이 없다. 다만 노동과 노동자의 소외 문제가 개인적 자기구제 차원 이상의 문제성을 갖는다는 점만은 지적해 둘 필요가 있다.

3. 〈오늘〉 동인과 〈글밭〉 동인

오늘날 동인 활동이 하나의 친목 활동처럼 이루어지고 있다는 혐의가 나름의 근거가 없는 것은 아니지만, 그것은 그리 큰 시비거리라고 할 수 없다. 그것이 문인들의 창작 의욕을 조금이라도 부추길 수 있다면, 그 존재 의의를 애써 평가 절하할 필요까지야 없기 때문이다.

안동의 대표적인 동인은 시조 부문의 <오늘>과 자유시 부문의 <글밭>이다. <오늘> 동인은 문단의 등단 절차를 거치고 있지만, <글밭> 동인은 그것에 별다른 의미를 부여하지 않고 있는 듯하다. 문인으로 인정받기 위해서 일정한 등단 절차를 거쳐야 하는 것은 우리 근대문학이 확립되는 과정에서 생겨난 하나의 관례였다. 그러나 이것은 80년대에 들어와서 사실상 사문화되었다 해도 지나친 말이 아니다. 등단 절차를 거치지 않더라도 작품을 평가하여 기성 문인으로 대접하는 문학매체들이 많이 생겼기 때문이다. 등단 여부보다 작품을 문제 삼는다는 것은 나름대로 진전된 상황이라고 생각한다.

시조 작품에 대하여 말하는 것은 주제넘은 일이 될 것이지만, 주변적인 것에 대하여 몇 가지 말하고자 한다. 시조 동인의 이름을 <오늘>이라고 한 것은 인상적이었다. 시조를 생명력이 다한 과거의 양식, 그것도 중세 봉건시대 유한계급의 귀족적이고 도락적인 미의식과 세계관을 보여주는 반동적인 양식이라고 말한 이들도 한때 있었다. 그 때 최남선은 시조야말로 우리의 정서와 영혼에 가장 밀착된 국민문학이며, "조선심의 방사성과 조선어의 섬유조직이 가장 압착된 상태에서 표현된 <공든 탑>"이라는 주장을 폈다. 그러나 그들은 주장만 했지 시조를 당대의 문학 양식으로 재창조하지는 못했다. 그 과제는 가람 이병기에 와서야 어느 정도 가능해진다. 그는 시조를 시로 인식하였고, 시조에 현대적 내용을 담았다. <오늘> 동인의 이름을 인상깊게 받아들인 것은 아마 그런 문학사적 내용들 때문이었을 것이다.

<오늘> 동인 모두가 그러한 과제가 주는 부담을 절실히 느끼고 있겠지만, 『오늘은 내일이 되어』(오늘동인, 영남사, 1990.)를 중심으로 살피면, 뚜렷이 그리고 직접적으로 그것을 토로하고 있는 경우는 조영일이다. "전통적 시조 형식의 한계와 시대적 갈등과 모순에 반응하는 노력이 고통스럽게도 아직은 제자리걸음이다."라는 고백은 경청할 만하다. 자유시를 쓰는 사람들은 겪지 않아도 될 이 낭패감은 생각 외로 심각한 문제이다. 시조의 형식적 구속을 깨뜨리면 이미 시조가 아닐 것이고, 그것을 존중하자니 복잡해진 현대인의 경험을 효과적으로 수용하는 데 일정한 한계가 따를 수밖에 없다. 이 문제를 의식한 시조 시인들이 다양한 형식적 실험을 시도해 왔고 지금도 계속하고 있다. 복고주의에 빠지지 않고 시조를 현대적으로 재창조한다는 것은 말처럼 결코 쉬운 일이 아니다. 이 과제를 성공적으로 수행하는 시인이야말로 훌륭한 시조 시인일 것이다.

시조 형식을, 행가름을 통해 약간 변형시키고 있는 조영일의 「사월 이후」는 시대적 갈등을 시조로써 무난히 드러내고 있다. 이것은 초장과 종장을 두 행으로 가르고, 중장은 한 행으로 처리하여 그 정서와 호흡을 적절히 배치, 조절하고 있다는 느낌을 준다. 시조의 미학적 구조를 주목할 때, 가장 섬세한 관심을 보여야 할 곳이 종장이다. 시조 형식에 대한 미학

적 구조 분석이 종장에 집중된 것은 그 때문이다. 종장은 형식적 특이성과
율격의 변화를 통해 시조의 내부 공간을 확충하면서 동시에 완결한다.
시조 시인들이 이 점을 예민하게 느끼지 않을 리 없다. <오늘> 동인
중에서 특히 이 점에 대하여 권오신, 권혁모, 강인순, 이동백 등이 섬세한
배려를 하고 있는 것 같다. 권오신과 권혁모는 몇 편의 시조에서 종장을
세 행으로 가름으로써 적절한 휴지를 확보하고 형식적 특질에서 오는
미감을 의도적으로 강화하고 있다. "가을날/ 구절초 핀 길을/ 중얼중얼
가고 있다." (권오신 「구절초」)나 "간이역/ 불빛 같은 것/ 잠시 내려 쉬어
갈." (권혁모 「수달래」) 등이 그렇다. 강인순과 이동백은 다양한 형식을
시도하면서도 종장의 미학적 특성을 두 행으로 나누어 배치함으로써 효
과를 살리려고 하는 듯하다. 한층 구체적 분석과 평가는 시조 이론가들에
게 미루겠다.

정광영은 시조가 자연에 대한 전통적 서정을 담는 데 제한되지 않고
현대적 감각까지 충분히 수용할 수 있다는 것을 보여 준다. 사물화한
정신과 그 통증을 아주 예민하게 포착하여 감각적으로 드러내는 그의
다음 시조는 좋은 예가 될 것이다.

두드려도
두드려도
내 영혼은 쇠소리뿐

피어나던 꽃잎도
자꾸만 찢겨지고

비둘기 총알 박힌 날개가

파닥이고 있었다.

『글밭』12집(글밭동인, 영남사, 1990.)에서 인상적인 것은 김지섭의 시편들과 권영하의 영입이다. 권영하의 언어 구사력은 「광주 회고록」에서 비교적 잘 드러나고, 「삼척탄전, 막장에서」와 「사랑 학습」에서 상상력의 힘을 느낄 수 있다. 설명에 대한 욕구를 절제하고 때묻기 쉬운 현실 인식을 예각화하여 효과적으로 변용할 수 있다면, 시적 호소력이 강화될 것이라는 생각이 든다.

김지섭의 시 다섯 편은 아마추어리즘을 단연 넘어선 일정한 수준과 품격을 유지하고 있다. 그의 시는 풍성한 암시와 함축의 공간을 확보하고 있다. 그것은, 시가 설명이 아니며 사적 감정의 직설적 토로는 더욱 아니라는 완강한 시의 규범과 기품을 다시 확인케 한다. 다듬어지지 않은 열정과 큰 목소리만으로도 시인이 될 수 있는 오늘날, 그의 시적 미덕은 귀한 것이다.

그는 들뜨지 않고 인간의 내면과 세계의 면목을 명상 속에서 꿈꾸고 사유한다. 그것을 가능케 하는 한 요소를 종교적 경건성이라고 막연히 추측한다. 그것이 사물과 세계에 대한 내밀한 감각을 일깨우고 그 특유의 상상력을 활성화시킨다. 그러므로 그는 황혼의 시간에 "생각에 잠긴 사물들/ 조용히 두 손 모으"고 "온갖 物象들의 머리에/ 따스한 손을 얹는"(「황혼」) 어둠을 통해 안식의 무드를 효과적으로 만들어 낸다. 그의 시선은 지적이며, 그의 지적 성격은 관념적 테마까지도 이미지의 상호 환기에 의해 적절히 형상화할 수 있게 한다. 그 점에서 그는 안동의 시적 풍부성을 새로운 방향에서 이룩할 수 있을 것이다. 그의 다섯 작품 중에

서 「황혼」, 「안토니오 코레아의 알비 마을」, 「그런 밤」에 특히 마음이
끌리지만, 여기서는 「황혼」만을 인용한다.

돌아가야 하느니

끝 없이 떠다니는 바람의 혼백마저
잠시 풀잎 위에 눕는
황혼은
오래 세월 떠돌던 사람들
기나긴 流浪을 끝내는 시각

떠나온 것들 돌아가는
이런 황혼에는
생각에 잠긴 사물들
조용히 두 손 모으고,
노을이라도 神들의 그림처럼 피어 오르면
사람들의 눈빛은
한결 뽈스러워진다.

그 때 어둠은 저만큼
엄숙한 판관처럼 검은 제복을 걸치고
느린 걸음으로 다가오고
이윽고 거대한 어둠의 나라 使者가
침묵의 侍從들을 거느리고 와
온갖 物象들의 머리에
따스한 손을 얹는다.

「황혼」 전문

4. 맺음말

안동의 시문학은 비교적 활기 있는 편이다. 다른 장르의 부진에 비하면 창작의 양적 수준이 단연 두드러질 뿐만 아니라, 당대의 문학적 경향과 일정하게 대응하고 있다. 또한 이 지역 시인들의 문학 세계도 나름의 개성을 지니고 있다고 할 수 있다. 그러나 지역의 문화적 특성이 그들의 문학적 개성 속에 어떻게 변용되고 문학의 제재나 그 처리에 어떻게 작용하고 있는지는 뚜렷하게 확인할 수 없다. 그만큼 그들의 문학이 탈지역적이라는 뜻도 된다. 그것은 물론 장점이 될 수도 있다. 지역적 특성을 뚜렷이 하는 것만이 능사가 아니기 때문이다. 그러나 지역문화의 독자성과 정체성의 위기가 점증하는 오늘날, 지역 문인들이 지역적 제반 특성을 상상력의 공간 속으로 편입시키려는 노력을 밀도 있게 수행해야 할 것이라는 점은 분명하다.

지역 문학의 풍요와 질적 향상을 위해서는 무엇보다 지역 중심의 문학 전문지가 발간되어야 한다는 점은 거듭 강조할 필요가 있다. 필진과 재정 확보의 어려움이 있는 것은 사실이나, 그것을 극복할 수 있는 방법을 고안해야 한다. 지역중심의 문학 전문지 발간과 관련하여 여러 가지 방안이 검토될 수 있는데, 가장 편의적인 것은 각 지역 문인협회 지부 기관지를 문학 전문지로 전환, 육성하는 방법이다. 이것은 재정적 부담을 어느 정도 해결할 수 있다는 장점이 있다. 다른 방법은 새로운 지역 문학지를 창간하는 일이 될 것인데, 물론 재정적 부담이 클 것이다. 지역 사정에 따라 다르겠으나, 안동의 경우는 앞의 방법이 훨씬 현실적인 방안이 될 것이다. 재정적 부담을 최소화할 수 있는 방법이 그것뿐이라고 생각되기 때문이다.

　지역 문인들의 창작과 비평을 새롭게 할 수 있는 장치로서 지역 문학지 발간을 제안한다. 창작 활동이 개인적 노력에 거의 전적으로 의존하는 것은 틀림없는 사실이나, 그 계기를 마련하는 일 또한 가볍게 생각할 것이 아니다. 지역 문학지가 발간될 때, 이와 같은 외적 계기를 만들 수 있을 뿐만 아니라 중앙 매체에 대한 의존적 태도를 어느 정도 교정할 수 있다. 지역 문학지가 요청되는 가장 중요한 이유는 역시 지면 확보를 통해 지역 문인들의 창작과 비평의 활성화를 도모한다는 것이다. 지역 문학지를 통해 각 지역 문학 간의 대화와 교류가 이루어지고, 지역 문학의 독자성 확보를 위한 공동의 노력이 집중될 수 있다는 점은 오히려 부차적인 성과가 될 것이다. 지역 문학이 끝내 중앙주의에 길든 주변 문학의 운명에서 벗어나려면, 지역 문학지의 발간을 통한 활발한 창작과 자기 점검, 그리고 창작의 양적 풍요와 질적 향상을 이룩해야 할 것이다.

(1990)

권세홍과 자유의 길

1.

　권세홍의 시 「歲寒圖」(手話동인시집,『촛불은 온몸으로 어둠을 떠다 밀고』, 시와시학사, 1993.)와 「벼랑」(의성문학회,『義城文學』 제8집, 1994.)을 읽는다. 모든 글읽기가 마침내 글을 쓴 타인을 읽는 일이라면, 타인으로서의 '그/그녀'는 자신의 언어를 통해 존재하는 까닭에 사실 상 글읽기는 언어화된 타인의 의식과 세계를 읽는 일이다. 그러나 그것은 동시에 읽는 자신을 읽는 일이기도 하다. 글읽기를 통해 누구나 타인과 때로 공감하고 때로 그에 저항하는 자신을 보기 때문이다. 따라서 글읽기는 의식의 동화이자 대결이며 자신의 경험을 타인의 그것과 비교하거나 반성하는 운동이다. 이 운동은 결코 일방적인 사건이 아니라 두 의식주체의 동화와 분리를 오가는 즐거운/괴로운 움직임이다. 이 움직임 속에서 읽는 자는 자신의 내부에 눈길을 주고 있는 '자신의 타자'를 의식한다. 책읽기 속에서 자신의 분열과 그 틈으로 스며드는 타인과 뒤섞이고 그것

에 길항하는 생생한 또 하나의 의식/육체를 느낄 때, 책읽기는 분명 하나
의 환희/고통이다.

"무모한 아름다움"이라니. 생활인으로서, 신앙인으로서 늘 단정하고
온유하기만 한 권세홍이 「歲寒圖」에서 "무모한 아름다움"을 말할 때,
문득 나는 놀란다. "무모한"이라는 말이 그의 생활적 자아와는 어울리지
않기 때문일까. 아니면 "무모"와 "아름다움"의 강제적인 결합 때문일까.
두 가지 모두가 이유가 될 것이다. 그러나 거기에 그의 詩人이 있는 것이
아닐까. 그의 시인은 그 간결하면서도 일견 상호충돌적인 것으로 보이는
말을 결합하고 통일시킴으로써 자신의 언어화된 의식을 드러낸다. 그것
은 비극적 세계인식과 생명의 비극적 의지, 혹은 의미이다.

「歲寒圖」의 목소리는 첫 연에서부터 뜻밖에 단호하고도 비장하다. 그
것은 우호적이지 않은 외부, 상황에 대한 대결의지를 부추기는 명령이다.
"懷疑"마저 "감추고" "일어서라"는 명령은 매우 전투적이고 심지어 맹목
적인 열정으로까지 느껴진다. "한발 재겨디딜 곳조차 없다"고 상황의 압
도성을 묘파한 이육사의 「絶頂」이 그 절체절명의 상황 속에서 오히려
사유의 계기를 얻고 있다는 점을 상기할 때 그렇다. 『歲寒圖』의 목소리
는 그러나 한편으로는 그 좌절 가능성, 혹은 필연성을 예감이라 하는
듯, 오히려 호소한다고 고쳐 말할 수도 있다.

바람 찬 날
한 그루 소나무로 일어서라
懷疑의 마른 이파리들
겨드랑 아래 감추고
무모한 아름다움으로
바람 속에 서라

"懷疑의 마른 이파리"를 감추고 "바람 속에 서"는 "소나무"에 대해서 시인은 말하고 있지만, 반복된 "(일어)서라"는 명령이 "소나무"를 배경으로 밀어버리고 "일어서"는 행위를 전경화*foregrounding*한다. 그 "(일어)서"는 행위는 찬 "바람"과 대결하려는 의지이며, 외부에 맞서 자신을 관철하려는 의지를 환기한다. 생명을 위협하는 세계의 횡포에 맞서려는 의지는 영웅적이지만, 그것은 또한 압도적인 세계 앞에서는 "무모한" 짓일 수 있다. 그래서 시인은 "무모한 아름다움"이라고 직설적으로 말한다. "(일어)서"는 행위의 끝에 "쓰러짐"이 예감되기 때문일 것이다. 좌절의 가능성, 혹은 그 필연성을 예감하고 있다는 점에서 예정된 패배를 무릅쓰는 <일어섬>은 비극적이고, 그래서 세계초극의 의지는 더욱 영웅적이고 비장하기까지 하다. 그러나 그 <쓰러짐>이 패배가 아님을, 아니 오히려 하나의 승리임을 마지막 연에서 시인은 말한다.

> 믿었던 땅에 서릿발 깊이 내리고
> 마침내 나무는 쓰러져
> 그 무모하고 아름다운 넋
> 한 소절 노래로
> 바람 속에 다시 선다

"바람"이 어찌 아름다운 영혼의 목소리인 "노래"를 쓰러뜨리고 무화시킬 수 있으랴. 상황과 대결하고 그것을 초극하려는 정신의 상징으로서의 "노래"는 자신의 육체를 버리고 오히려 "바람"속에 자신을 세우고 실어 세상 곳곳에 닿을 것이다. "노래"의 이 가벼운 수직적 상승과 수평적 확산이야말로 "무모하고 아름다운 넋"의 초월성이 아니겠는가. 그래서 "노래"는 세상 곳곳에 퍼져 억압적인 외부에 대항하여 자신의 순결성,

진정성을 지탱하는 데 안간힘을 쏟고 있는 모든 존재자들을 위무할 것이다. "노래"를 초극의지의 심미적 승화라고 본다면, 이 시는 시인의 예술론이 될 수도 있을 것이다.

제목이 말하듯, 권세홍의 「歲寒圖」는 완당 김정희가 그린 같은 제목의 그림을 쉬 연상시킨다. 완당의 그림이 이 시의 밑그림인지도 모른다. 완당의 「歲寒圖」가 보여주는 앙상한 나무들은 세찬 바람에 육체를 덜어버린 채 꼿꼿하게 서고자 하는 응결된 정신의 표상처럼 보인다. 그와 유사한 이미지를 나는 강원도 횡계에서 본 일이 있다. 덕장에 매달린 채 혹한에 떨면서 거의 자학에 가깝도록 자신의 結晶을 진행시키고 있는 명태의 떼. 거기에서 나는 肉體의 脫獄의 기도하며 정신의 혹독한 단련과 가벼운 상승을 꿈꾸는 겨울나무들의 이미지를 겹쳐 본 적도 있다. 그 때 눈을 맞으면서 겨울나무들은 이따금씩 푸드덕 푸드덕 날개를 털고 있었다.

권세홍은, 쓰러지는 것은 "소나무"의 육신일 뿐 "넋"이 아니라고 말하는 듯하다. 아니 좀더 정확히 말하면 "마침내 쓰러"짐으로써 "다시" 영원히 설 수 있는 "넋"을 말하고자 한다. 그는 거대한 벽 앞에서, 혹은 그것을 통해서 새로운 출구를 발견한다. 한계에서 새로운 가능성을 보는 역설적으로 사유하기. 그 명수를 시인이라고 부른다. 시의 언어야말로 본질적으로 모순의 언어, 역설의 언어가 아닌가. 이 시에 또 하나의 역설이 있다. 자신이야말로 자신의 가장 큰 적이라는 발언이 그것이다. 그의 역설들이 유난히 참신하다고 말하려는 게 아니다. 그가 그렇게 세상사를 보고 있다는 것을 확인할 따름이지만, 상황 초극적인 의지의 표상인 "소나무"의 둔중한 물질성이 가볍고 부드러운 "노래"로 전화하는 상상의 논리는 아름답다.

권세홍은 이 시에서 억압적인 세계를 거역하고 거기에 반란을 일으키는 의지의 비극적인 아름다움을 쓰러짐과 일어섬의 긴장관계를 통해 보여주고 있다. 거기에서 자유의 실현과 그 의미에 관한 시인의 대답을 읽는다. 그러나 그의 시를 훨씬 복잡미묘하게 만드는 것은, "무모한 아름다움"에 대한 직설법이 아니라 여러 겹으로 겹쳐진 대립과 분열이다. "소나무"로 상징된 존재는 외적으로 자신의 상황과 대립, 분열의 상태에 있을 뿐만 아니라 내적으로 "육신"과 "넋"으로 그렇게 되어 있다. 이 안팎으로 겹쳐 벌어진 존재의 틈을 그의 시인이 보고 있다. 그것을 일어섬/쓰러짐의 긴장구조로, 그리고 존재의 "갈라터진 등"이란 선명한 시각적 이미지로 제시하고, 한편으로는 더 직접적으로(혹은 친절하게) "가장 큰 적은/ 너 스스로의 육신"이라고 발언한다. 이 겹친 대립, 분열이 존재의 진실이라면, 그 포착이 이 시의 비극성을 보장하고 있는 것이 아닐까.

권세홍에게 가장 큰 싸움, 진정한 싸움은 자기와의 그것이다. 그것은 일종의 극기주의라고 할 수 있다. 거기에서 육체를 가진 존재의 한계성에 대한 자각을 감지할 수 있고, 고전적 정신의 일단을 본다. 그는 "가장 큰 적은/ 너 스스로의 육신"이라고 노골적으로 말하기도 하고, 육체적 존재의 한계를 뛰어넘는 정신의 초월성을 "노래"의 이미지로 형상화한다. "노래"는 자기초극을 통해 상황을 뛰어넘는, 세계에 대한 승리의 상징이 아니겠는가. 결국 그는 억압적인 세계에 대결하는 방법을 근본적으로 자기극복에서, 자기분열의 치유에서 찾는 듯하다. 그것은 가혹한 세계에서 정신의 자기단련을 통해 세계에 순치되지 않으려는 순결한 의지이기도 하다. 그것을 소극성, 수동성이라고 부를 수도 있겠지만, 그 순정한 의지는 화려한 겉치레의 과대광고를 오히려 되돌아보게 만드는 힘이 있다. 자신의 내부를 성찰하는 시선에 자신의 감각과 사유를 집중하고, 내밀하게 뒤채는 초월의 욕망에 언어적 형태를 부여하려는 노력을 '외설적'인 것으로 단죄하는 시대에는 더욱 그렇다.

2.

「벼랑」은 열두 줄에 불과한, 그리고 단 세 문장으로 구성된 길지 않은
시이지만, 나는 그것을 길게, 그리고 무겁게 읽는다. 무겁게 읽는 까닭은
무엇인가. 그가 "자유"라는 말을 두 번이나 직접적으로 하고 있기 때문이
다. 사르트르에게서처럼 실존(인간)이 본질적으로 '자유'라면, 그 '자유'
는 결코 가벼울 리 없는 축복이며 동시에 저주이다. '자유'는 끝없는 초월
의 감행이자 동시에 그 부담이며 책임이기 때문이다. 나는 이 '자유'라는
말에 곧잘 압도당하여 주눅이 들고 때로는 고무되어 흥분한다. 그러나
권세홍은 그의 다른 시편에서와 마찬가지로 흥분하지도 않고 정색을 하
지도 않는다. 그는 여전히 침착하고 안정되어 있고 또 섣부르게 엄숙주의
에 빠져들거나 과장된 포즈를 짓지도 않는다. 그것이 그의 교양이고 절제
력이고 미덕이다.

> 더 이상
> 데리고 오를 길이 없는 곳
> 벼랑은 허릴 꺾었다
> 벼랑 냄새를 맡고서도
> 솔허리에 노는 바람은
> 따뜻하고 자유롭다
> 암벽을 기어오르듯 벼랑 중간쯤
> 정자 한 채 서서
> 스스로 허무는 담장 안에서

옛 주인이 그랬듯
더 나아갈 끝이 없어 비로소 자유로운
저 벼랑을 내려다보고 섰다.

"벼랑"은 의식의 절정이다. "벼랑"은 땅의 상승의지가 자신의 극한에 이른 것인 동시에 그 극한에 이르는 순간 멈추어버린, 아니 더 적확히 말하여 자신의 한계를 경험하는 꼭지점이다. 그래서 거기는 "더 이상/데리고 오를 길이 없는 곳"이다. 오르는 행위는 상승과 초월의 욕망을, 그리고 "길"의 이미지는 탐색과 모색, 추구의 욕망을 암시한다. "길"이야말로 지금, 여기, 이것이 아닌 어떤 것을 지향하는 꿈틀대는 기호이며 부정과 초월의 욕망이 각인되어 있는, 살아 있는 하나의 표지이기 때문이다. 그 "길"의 부재, 불가능성이야말로 부정과 초월을 꿈꾸는 의식존재의 한계성을 암시하는 것이 아니고 무엇인가. "허릴 꺾"은 "벼랑"은 그래서 초월성과 한계성이라는 상반적인 것의 동시적 공존을 한 몸에 지닌다. 따라서 의식존재 내부에 뿌리 깊이 자리를 튼 "벼랑 냄새"로 환기되는 모순적인 것의 공존에 대한 날카로운 후각이야말로 사물과 더불어 감각적으로 사유하는 시인의 시선과 사유의 깊이를 말해준다.

"벼랑"이라는 공간은 동시에 위기의 시간이기도 하다. 그 가파른 지점에서 의식은 순간적으로 실족하기 십상이기 때문이다. 따라서 "벼랑 냄새"에는 이 모든 의식의 흔적들이 뒤섞여 있다. 초월과 상승, 탐색과 추구, 한계와 위기를 경험하는 의식의 그 무겁고 역동적인 여로에 스미는 다양한 냄새가 교차하고 혼합되어 있다. 그러나 이 시의 문맥 상 더 짙은 냄새는 아무래도 첫 문장의 주어와 술어(주체와 행위)가 간결하게 요약되어 있는 "벼랑은 허릴 꺾었다"는 좌절의 경험과 한계의 자각일 것이다.

그것은 그 다음 문장(둘째 문장)과의 대립적인 관계에서 더욱 분명해진다.

둘째 문장의 주어는 "바람"이다. 「歲寒圖」에서와는 사뭇 다른 "바람"의 이미지가 흥미롭다. "바람"은 실존적 상처의 냄새인 "벼랑 냄새를 맡고서도" "따뜻하고 자유롭"기만 하다. "바람"은 결핍을 모르며 의식의 환희/통증을 알지 못하기 때문이다. 이 달관과 자유자재의 "바람"에는 동전의 양면처럼, 혹은 뫼비우스의 띠처럼 인간 존재의 안팎을 이루는 초월성과 한계성, 그 분열의 좌절감과 상처의 흔적이 없다. 아니 그것을 넘어서 있다고 해야 좋을지 모른다. 하여튼 "허릴 꺾은" "벼랑"과 "따뜻하고 자유로"운 "바람"은 서로 대립되어 서로를 되비추면서 스스로의 존재를 주장한다.

끊임없이 부정과 초월을 감행함으로써 자신의 근거를 확보해야 하는 실존의 멍에, 그것을 '주체성'이라고 부르고 '자유'라고 말한다면, "바람"은 그런 운명에서부터 시초부터 <이미> 떠나 있다. <이미>라고 굳이 말하는 것은 "바람"이 "벼랑"과는 다른 방식으로 존재한다는 것을 강조하기 위함이다. "바람"에겐 초월을 촉발하는 결핍이 존재하지 않으며, 그런 까닭에 결핍의 보충에서 오는 충일도 있을 수 없다. 그것은 사물적 존재이며 그 자체로 자족적이다.

"벼랑"이 단순한 풍경묘사를 넘어 의식존재를 표상한다면, 그와 대비되어 "바람"은 의식존재와 대립되는 사물, 혹은 자연의 의미로 추상된다. 따라서 첫 문장과 두 번째 문장에서 "벼랑"과 "바람", 곧 공간적 延長과 그 不在, 유한성과 무한성, 실존과 사물(자연)의 대립을 읽을 수 있다. 그 대립을 구조화하는 "벼랑"과 "바람"의 이미지가 되씹을수록 맛이 깊고 새롭다.

첫 문장과 둘째 문장이 「벼랑」의 전반부를 이루고, 마지막 문장인 셋째 문장이 이 시의 후반부를 이룬다. 전반부가 여섯 줄, 후반부가 여섯 줄이다. 후반부의 중심 이미지는 "정자"이다. "정자"란 무엇인가. "정자"가 자연의 일부가 되어버린 자연화된 인위성이라면, "정자"에서 조망된 자연은 인간의 시각적 고려에 따라 이끌려 들어 온 자연, 곧 인공화된 자연이다. "정자"에는 자연성과 인위성이 서로 스며 겹친다. 동시에 "정자"는 그 자체가 자연의 일부, 곧 풍경이면서 풍경을 대상화하는 공간이다. 달리 말하면 "정자"는 대상이면서 대상을 바라보는 의식의 계기, 자리, 주체이다. "정자"에는 그래서 주체와 대상이 또 한 번 서로 스미고 겹친다. 이 복합성. 존재를 에워싸고 있는 다양한 의미들의 스밈과 겹침. 주체이자 대상이며 자연이자 인공인 이 "정자" 이미지의 복합성이야말로, 그리고 그에 대한 깨달음이야말로 "담장"을 "스스로 허무는" 행위를 가능케 하지 않겠는가.

"담장"이란 무엇인가. 안팎을 가리고 구획짓는 경계가 아닌가. 그것은 인식 주체와 인식의 대상을 명확히 가르고 자연과 문명, 사물과 인간을 분명히 나누어 놓는다. 그러나 그것이야말로 하나의 추상적인 관념에 지나지 않음을 예민한 시인은 직관한다. "담장"에 의해서 똑똑히 구별된 것들이 서로에게 애초부터 <이미> 스며 있다는 것을 날카롭게 통찰하고 있다면, 동시에 시작과 끝이 따로 없다는 것, 또는 그 구별이 무의미하다는 것, 나아가 시작/끝, 상승/추락 등 모든 대립항들은 그 경계가 허물어질 것이며, 마침내 끝이 시작이며 추락이 상승이고 자유의 좌초가 자유의 실현이라는 역설이 가능하지 않겠는가. 그래서 "벼랑"은 "더 나아갈 끝이 없어 비로소 자유"롭고, "옛 주인이 그랬듯" "스스로 허무는 담장 안에서" "정자"는 그 역설의 "벼랑"을 보고 있다.

"벼랑"의 역설은 "허릴 꺾"음으로써, 곧 '자유'의 한계, 초월의지의 좌초를 통해서 '새로운' 자유를 획득한다는 것이다. 즉 사르트르적인 '자유'가 좌초함으로써 그 '자유'의 짐, 부담으로부터 벗어나고 '자유'에 '처형'되는 실존의 조건에서 해방되는 것이다. 그럴 때 "더 나아갈 끝이 없어" 끝없이 더 나아가야(부단히 초월을 감행해야) 하는 운명('주체성', '자유')에서 "벼랑"은 "비로소 자유로"울 것이 아닌가. 의식의 좌초가 의식의 해방을, 존재의 한계가 존재의 초월을 가능케 하는 것이다. 이제 "벼랑"은 의식존재의 질병이기도 한 '자유'의 멍에로부터 해방된 '새로운' 자유의 표상으로 변모하고, "정자"는 "벼랑"의 "중간쯤"에 "서서" 그것을 "내려다보"고 있다.

"더 나아갈 끝이 없는", 곧 '자유'의 극한까지 가 본 의식이 경험하고 성취하는 어떤 것이라고 시인이 말하고 있는, 그 '새로운' 자유란 과연 무엇일까. 주체성으로서 자기부정, 자기초월의 실존적 욕망이 끝나는 자리, 그것은 어디이며 무엇일까. 無, 의식의 절멸, 혹은 죽음—그 극단적인 타자일까. 그 자리에서 실존은 그 무거운 '자유'의 짐에서 해방되어 "바람"처럼 자족적인 존재가 되는 것인가. "바람"의 자족성은 자연의 자족성이며, 그것은 '불행한 의식'으로서 인간이 무의식적으로 꿈꾸는 타나토스적 충동인가. 아니면 실존이 본질적으로 '주체성'이며 '자유'임이 하나의 아름다운/고통스러운 (강박)관념이며 인간에 대한 또 하나의 근대적인 환상이었음을 깨닫는 데서 오는 '새로운' 자유의 지점인가. 그것을 나는 막연히 추측해 볼 수 있을 뿐이므로 그 어느 것도 쉬 단정적으로 말할 수 없다.

다만 이렇게 읽을 때, 나는 "정자"가 서 있는 자리, 곧 "벼랑"의 "중간쯤"을, 그리고 "내려다보"는 그 '관조'의 視點을 주목한다. 그것이야말로 하나의 의식으로서 권세홍이 서 있는 자리라고 생각하기 때문이다. 그곳은 치열하고 부단한, 그래서 위태롭고 불안한 자기초월의 욕망과 한계를 상징하는 "벼랑"의 "중간쯤"이며, 축복이자 저주인 '자유'의 火傷이 각 인된 "벼랑"을 "내려다보"는 지점이다. 그곳은 아마도 자연과 인공, 사물과 의식(인간), "바람"과 "벼랑", 하늘과 땅의 중간쯤이 될지도 모른다. 이 지점, 이 시점을 무엇이라고 불러야 할 것인가. 응답은 시인의 몫이기도 하지만, 그가 서 있고, 혹은 서고자 하는 자리는 그의 표현에 따르면 "옛 주인"의 입지점이라는 사실에 주의할 필요가 있지 않을까. "옛 주인" 이란 산업사회의 현대인과는 다른 삶의 방식, 세계인식의 틀을 가졌던 어떤 고전적 정신의 인간을 말하는 것이 아니겠는가. 그 고전적 정신의 인간이 서 있던 바로 그 지점, 그 시점을 인간의 참다운 존재론적 위치, 인식론적 태도로 파악하고 있다면, 그 고전적 정신의 핵심적 내용과 방법 은 무엇인가.

그러나 지루한 동어반복이 될 공산이 큰 이 글읽기를 여기에서 일단 멈추자. 다행스럽게도 지금까지 그의 시를 제대로 읽은 것이라면, 고전적 정신의 구체적인 모습은 앞으로 권세홍이 자신의 더욱 예각화된 언어의 사유를 통해 보여줄 것이므로. 그리고 그도 중간"쯤"이라고 조금은 유보적인 태도를 지금으로서는 보이고 있으니까.

(1994)

조영일과 반성적 비애

　시인은 자신을 반성함으로써 세계를 반성한다. 반성이란 무엇인가. 그것은 사태를 돌이켜 보는 근원적인 행위이다. 그것은 사유의 대상 그 자체로 돌아가 대상 자체와 더불어 사유하는 행위이며, 앎과 깨달음에 이르는 하나의 도정이다. 비판의식이 반성이라는 행위 속에 담겨 있는 것이라면, 시인의 자기반성이란 곧 세계를 성찰하고 비판하는 행위에 다름 아닐 것이다. 따라서 시인은 자기비판을 통하여 세계를 비판한다고 바꾸어 쓸 수 있다. 시인은 자신이 이미 세계의 일부이며 세계의 훼손으로 자신과 자신의 삶이 함께 손상되었음을 알고 있기 때문에, 시인의 자기비판은 곧 세계의 비판이 된다. 문제의 뿌리를 자신의 밖에서 발견하는, 그래서 자신들을 반성의 치외법권지대로 대피시킨 사람들이나, 일상의 포로가 되어 자신에 대한 되돌아보기를 망각한 타성적인 존재들과, 시인은 그런 점에서 구별된다.

시집 『바람길』(동학사, 1992.)에 실린 조영일의 시조 텍스트들 또한 시인이 자기반성을 통하여 세계를 반성한다는 점을 뚜렷이 보여준다. 그의 시의 일관된 주제는 삶의 반성이며, 따라서 시는 곧 삶에 대한 반성이라는 명제가 그의 경우 결코 부당하지 않을 듯하다. 삶이라는 말이 모호하다면, 인간 안팎의 여러 경험에 대한 성찰이라고 풀어쓸 수도 있다. 성찰의 구체적인 내용은 현실의 불구성, 잘못된 삶의 현실, 인간과 세계의 불투명성, 욕망의 분별없음, 존재의 덧없음 등과 같이 다양한 주제에 걸쳐 있다.

> 살다가 보면 문득 사는 것
> 이게 아니다.

라고 그가 「이렇게 밖에는」에서 말할 때, 그의 반성은 곧 부당한 현실에 대한 반성이 된다. 좀더 구체적으로 말한다면, "눈물로 세운/ 산동네"를 헐어버리는 현실의 부당성을 되돌아본다는 뜻이다. 그러나 이것은 "산동네"를 헐어버리는 구체적 사건만을 지시하는 데 그치지 않고, 잘못된 인간의 현실을 두루 폭넓게 환기하여 인간의 삶 그 자체에 대한 반성으로 이끈다. 그래서 「이렇게 밖에는」이라는 말 속에 함축되어 있는, 현실에 대한 시인의 좌절감과 낭패감, 그리고 안타까움이 한층 근본적인 것으로 느껴진다.

구체적 현실에 대한 되돌아보기와 일깨우기를 주제로 하는 조영일의 시편들은 위의 경우 외에도 많이 있다. 정치적 현실과 관련되는 「병실에서」, 실향의 문제(분단문제)를 다룬 「南氏記」와 「池上士」, 노동의 문제를 다룬 「제2공단에서」, 도덕적 위기의 문제를 다룬 「가정파괴범」, 자연재해를 다룬 「1988년 여름」 등은 우리 현실의 다양한 문제들을 시적

제재로 삼고 있는 예들이 될 것이다. 이 점은 시조의 제재확장이라고
말할 수도 있다.

　그러나 현실반성의 시편들이 시적 긴장을 잃지 않으면서 공감대를 형
성하는 것은, 그것이 소재주의의 테두리를 넘어선 가운데 적절한 상관물
을 통해 그 의미를 암시할 때이다. 이를테면, 현실의 불모성이나 척박함이
"추위"와 "얼음"과 같은 것으로 대치되거나 「마른 강」 등으로 상징되는
것 따위이다. 이런 시편들에서 삶의 자리인 현실에 대한 시인의 인식-반
성이 좀더 밀도 있게 형상화된다고 할 수 있다. 그 때의 현실인식은 아주
비관적이다.

　　　드디어 남은 시간은 견고한
　　　추위뿐이다.

「겨울일기」 일부

　"영하의 기온 아래로/ 일체가 마감"되었다는 것을 그 앞에 제시한 위의
서술은, 자칫 사태와 경험의 과장이라는 혐의를 품을 정도로 도저한 비관
을 보여준다. "드디어"라는 부사와, 줄을 의도적으로 바꾸어 제시한 "추
위"의 "견고"함에 주목할 때, 현실에 대한 시인의 비관적 비전을 새삼
확인하지 않을 수 없다. "추위"의 "견고"함이 곧 부당한 세계-현실의 완강
함이 아니겠는가. 그럴 때, 시인이

　　　발내릴 자리도 없는 삶이 두렵구나.

「안개」 일부

　라고 말하는 것은 당연한 일이다. 조영일은 우리가 때때로 잊고 있는
삶의 위기와 위태로움을 그렇게 환기시킨다. 동시에 그가 우리에게 일깨

우는 것은 존재의 불안과 비애이며, 그 밑바닥에는 기대와는 어긋나버린 삶의 실상에 대한 반성과 좌절감이 자리하고 있다. "수척한 삶", "힘에 부치는 뉘우침", "가파른 서른 나이의 오금이 저려온다"(「근황」)는 언급은 자신의 삶에 대한 부정적 규정, 반성과 자책, 그리고 위기감의 표현이다. 이러한 좌절감은 "젖은 저희들끼리/ 푸른 눈 감지 못하고"(「비」)와 같이, 개인의 차원을 넘어서 집단적인 한(恨)으로 나아가기도 한다. 존재의 긴장과 비애를 그는 다음과 같이 말한다.

발이 떨려라
젖은 땅위를 가면

힘없이 쓰러져 누운
습기 찬 물……

「비」 일부

그러나 그렇다고 해서 그를 비관적 정한주의자라고 단정하는 것은 성급한 일이다. 세계-현실의 척박성, 존재의 위기와 비애에도 불구하고, 그는 "하늘을 가리는 슬픔/ 풀잎이 딛고 선다."고 말하기 때문이다. 생명의지의 강인함에 대한 낙관적 신뢰를 또한 거기에서 볼 수 있다. 삶과 삶이 이루어지는 자리에 대한 비관적 인식과, 쓰러짐의 상흔을 딛고 험한 세상에서 일어서는 강인한 생명의지에 대한 낙관적 기대는 그의 시에서 서로 얽혀 스미고 있다. 이러한 대립적인 것의 교차는 그의 시적 인식의 깊이와 폭을 넓히며, 그 점에서 시선의 원숙성을 느낄 수 있을 듯하다.

부당한 현실의 완강함과 함께 존재 자체 또한 불안과 비애의 한 뿌리가 된다. 존재 자체의 본질에서 기인하는 불안과 비애는, 조영일의 시에 따르면, 존재의 덧없음과 욕망의 분별없음에서 온다. 인간과 삶의 불투명성을 환기하는 동시에 그것을 조장하는 욕망의 분별없음을 일깨우는 맹목의 이미지는 「靑盲」에서 직접적으로 드러나고, 존재의 덧없음은 「길」에서 효과적으로 형상화된다.

> 잡은 손 한 끝에 떠는
> 탐욕을 어쩌지 못해
> 무모한 함정의 자리
> 옮겨 앉지 못한다.

「靑盲」 일부

> 황홀한 꽃을 피우고
> 깨어나는
> 불같은 허무

「길」 일부

삶은 그 자체가 무거운 짐일 수 있다. 산다는 것은 때로 "벌거숭이 몸으로" "겨울"을 "견디"는(「上西門>) 것일 수도 있고, "밤마다" "홀로" "목숨의 둘레"를 깁는(「잠 3」) 행위일 수도 있다. 하지만 그 모두가 마침내 "흔적없는 목숨의 길"(「가을斷章 1」)이기도 하다. 생존, 혹은 실존의 생생한 고뇌조차 "흔적없"이 무화(無化)하는 과정에 지나지 않는다면, 그것 자체가 존재의 비애를 불러일으키지 않겠는가.

조영일의 경우, 존재의 비애는 여러 가지 근거를 가지고 있다. 훼손된 세계와 존재의 결핍, 그에 따른 좌절감과 자기 존재의 잉여성, "무모한 함정"이 되어버린 욕망, 그로부터 빚어지는 무명(無明), 존재의 덧없음에

대한 인식-반성 등이 그것이다. 그의 비애가 이런 것에 대한 반성으로부
터 비롯하고 존재하는 까닭에 그의 시는 근본적으로 내성적(內省的)이다.
그래서 그는 이렇게 말한다.

> 몸안이 들여다 보이는 따스한 햇살아래
> 조그만 손 펼쳐 만져보는 삶의 자취
> 힘주면 파랗게 얽힌 핏줄이 솟아 오른다.
>
> 「낮의 近景」 전문

그러나 앞서 말한 바와 같이, 자신의 내부를 향한 시선은 그곳에만
머물지 않고, 내부를 경유하여 외부로 나아간다. 곧 내성의 시선은 세계반
성을 위한 하나의 방법이 된다.

> 알몸의 등때를 밀어도
> 眞實은 피가 날뿐
> 쓰리고 아픈 손길의
> 자리만
> 부어 오른다.
>
> 「浴湯」 일부

인간과 세계를 돌이켜 보는 반성의 어려움을 그는 그렇게 말한다. 제어
할 수 없는 "함정의 자리"인 욕망에 찌들어 인간은 어떻게 무명의 세계를
헤치고 진리의 빛을 볼 수 있을 것인가. 반성에도 불구하고 밝은 빛 속에
자신이 있지 않다는 자각은 정직한 것이다. 그래서 그는 불교적 세계에
깊숙이 자신의 존재를 의탁함으로써 그 구원의 가능성을 꿈꾸고 있는
것일지도 모른다.

> 몇 겁(劫)을 얻고 나면 물처럼 피도 맑으랴
> 투명한 가을날 오후 윤이나는 이승의 길
> 立木들 사룬 잎새로 등(燈)높이 매단다.

「散調 10」

　　그러나 그가 늘 존재의 비애에 함몰해 있는 것은 아니다. 실존적 통증
으로부터 벗어나 존재의 안정과 가벼움을 회복하기도 하고 실존 자체가
내뿜는 "광택"을 발견하기도 한다. 그 때 그는 순명(順命)의 자세를 취하
거나 휴식 속에서 생명의 아름다움을 받아들인다.

> 가을볕 흐르는 가장자리로 잎이 지고
> 저리 멀어만 가는 하늘빛 짙은 날은
> 뜰가에 나와 앉아서 남은 햇살을 줍는다.

「가을날」 일부

> 어린놈 손끝에 묻어나는 결 고운 맥박
> 목숨의 짙은 광택이 눈부시게 빛난다.

「餘日」 일부

　　그렇다고 시인이 달관했다고 말하는 것은 아니다. 그의 시집 도처에
흩어져 있는 시편들—그것들은 어느 정도 시차를 가지고 있는 듯하다.—
속에 일관하는 정서는 여전히 비애라고 할 수 있기 때문이다. 많은 시편들
에 광범하게 나타나는 어둠이나 울음, 그리고 그것을 변주하고 있는 이미
지군과 그 강렬성은, 그가 세계의 부당성과 인간 현실의 비극성에 대한
관심을 쉽사리 포기하지 않을 것임을 시사한다. 그것은 인간의 삶을 수치

스러운 것으로 만들고, 인간을 잉여존재로 만드는 자신의 안팎 모든 것에 대한 반성을 지속한다는 것을 말하는 것이 아니겠는가. 그의 시적 정서를 굳이 반성적 비애라고 요약하는 것은, 그 점을 지적하기 위함이다.

조영일의 반성적 비애는 수동적이고 여성적이다. 그는 불만스러운 세계와 대응할 때, "바람 불어 가는 곳으로 몸을" 푸는 동양적 세계대응의 방법, 혹은 지혜에 의지하고 있는 듯하다. 그러나 그것이 현실수락의 의미로 곡해되어서는 안 될 것이다. 그는 부당한 현실을 인정하지 않을 뿐만 아니라, 거기에 "반감"을 느끼고 있다. "반감"이 담고 있는 메시지는 비교적 분명하다. 자유의 억압에 대한 비판, 그리고 불행한 역사의 현장을 지키는 "키작은나무들"에 대한 신뢰이다. 견딘다는 것 자체가 곧 부당한 세계와 싸우는 한 방법이라는 것을 여기서 그는 암시하고 있는 셈이다.

그의 시 세계가 비애를 주조로 하고 있다면, 그것은 그가 현실과 통합되어 있지 않다는 것을 의미한다. 그는 그를 둘러싸고 있는 것으로부터 분리되어 있으며, 그것과 대립하고 있다는 뜻이다. 그것은 어쩌다 분노로 드러나기도 하지만, 대체로 비애와 한으로 착색되어 있다. 그가 비애를 부추기는 현실을 초월하고자 희망하는 것은 당연한 일이다. 그러나 그는 현실 초월이 그렇게 쉽사리 이루어지리라고 생각지 않는다.

하늘은 멀어 차가운 귓가 묵묵히 젖는 어둠 지우느니
「바람길 2」 일부

비상하는 "새"가 초월의 표상이라면, "하늘"은 현실적 구속에서의 해방이 이루어지는 공간일 것이다. 그러나 "하늘"은 시인에게 "멀"게 인식된다. 초월의 가능성이 약화된다는 뜻이다. 그것은 무엇 때문인가. 그의 시에 "차거운"이라는 비정하고 부정적인 촉각이 빈번하게 등장한다는 점, 화사한 봄햇살은 언제나 "흙먼지"와 함께 있다는 점, 아니 "흙먼지"가 강조되고 전경화(前景化)되어 있다는 점을 상기할 필요가 있다. 현실이 완강하고 "견고"하기 때문에 거기에서 벗어난다는 것이 그만큼 어렵다는 것을 그는 알고 있다. 그런 점에서 그는 초월 가능성에 대한 섣부른 낙관주의를 경계하고 있다고 말해도 좋을 것이다.

끝으로 조영일의 의식과 시세계를 비교적 잘 요약하고 있는 「사월 이후」 전문을 덧붙인다. 이 작품은 존재의 잉여성과 수치감, 현실인식, 그리고 존재-생명의 충일에 대한 희망을 내포하는 그의 반성적 태도를 잘 보여주고 있다고 믿기 때문이다. 아울러 이 작품을 통해서 그의 시적 현주소와 함께 앞으로의 지향을 막연하게나마 예감해 볼 수도 있을 것이다.

> 하늘 부끄러운
> 피여 달아 올라라
> 눈물 반 섞여 흐르는 사월의 흙바람 속
> 덧없이 살아 남아서
> 진달래 꽃 따문다

「사월 이후」 전문

(1992)

안동지역 문학활동의 역사와 동향

1. 머리말

안동지역 문학활동을 사적으로 개관하고 오늘의 동향을 간략히 살피고자 하는 것이 이 글의 목적이다. 신문학(매우 편의적인 용어이지만) 태동 이후 안동 및 주변지역 출신 문인으로 이육사, 이원조, 오일도, 조지훈 등이 있었으나, 그들의 문학(활동)은 생활 근거지와 발표 매체, 그리고 문단사적 성격 상 지역 문학(활동)의 범주를 벗어나는 것이다. 또한 이육사 형제가 문단에서 활동하기 이전인 1920년에 나도향이 안동지역에 체류한 적도 있다. 나도향은 뒷날 안동지역을 배경으로 삼은 중편소설『청춘』을 발간하지만, 그가 안동에서 문학과 관련된 어떤 활동을 했는지는 분명치 않다. 비록 그들의 문학활동이 이 지역과 전혀 무관할 수는 없겠으나, 영역과 대상이 비교적 지역적으로 한정되는 지역 문학활동과는 뚜렷이 구별된다.

문학활동은 창작 주체의 작품 생산 및 그와 관련된 주변적인 활동을 모두 아우르는 개념이다. 따라서 문학활동은 그 범위가 아주 광범하여 문학적 이념을 실현하거나 발표 지면을 확보하기 위한 동인 활동은 물론이거니와, 잠재적인 문학 생산과 소비욕구를 자극하는 창작 발표회(시낭송회 따위), 창작 지도, 문학 강연, 문예 백일장 등 문학과 관련된 다채로운 활동을 두루 싸안을 것이다. 창작 행위의 주변을 이루는 이러한 문학활동들이 창작에 얼마나 기능적으로 작용하는지는 정확히 파악할 수 없으나, 지역의 문학적 취향과 문화적 풍토(잠재적 창작 주체와 수용자에게 끼치는 일정한 영향 및 유통과정 상의 여러 문제까지를 포함하여)에 어떤 식으로든 관여한다는 점에서 소홀히 취급할 일은 아니다.

그 복잡성 때문에 문학활동 일반에 대한 체계적 분석도 쉬 가능하지 않지만, 한 지역에 국한된 분석에는 거기에다 또 다른 어려움이 더해진다. 곧 오랜 중앙중심주의와 비뚤어진 문화구조의 결과인 지역 문학활동의 정체와 지역문학의 창조성 결핍, 그리고 관련 자료의 빈곤이라는 문제가 그것이다. 안동지역의 경우에도 그 점은 마찬가지인데, 이 지역의 신문화 수용 및 문학활동의 수준을 짐작케 하는 자료를 찾기가 어려워 광복 이전 신문학활동의 유무조차 현재로서는 가늠키 어려운 실정이다.

광복 직후의 문학활동에 대한 자료도 거의 눈에 띄지 않는다. 이 사실이 지역문학활동의 부재를 뜻하는 것인지 자료발굴의 필요성을 환기하는 것인지는 쉬 단정할 수 없다. 김원길은 1945년 안동에서 발간한 김기한의 개인 시집을 발굴하여 보고(『안동문학』 12집, 1989.)하기도 했다. 그에 따르면, 김기한은 자신의 시집 말미에 자신의 출판물을 광고하고 있는데, 그것을 통해서 그가 이미 장편소설과 소년 소녀 동화·동시집을 출간했다는 것을 알 수 있다. 그러나 지금으로서는 광복 직후에서 1960년대 이전까지의 자료는 찾기가 힘들고 그 활동내용이 풍성하리라 기대하기도 어려운 것이 사실이다. 따라서 지역의 문학활동사를 구체적으로 살피기 위해서는, 신문학 초창기에서부터 광복 이전 기간 동안의 관계 자료를 찾아내는 일이 지금으로서는 무엇보다 시급한 일이 아닐 수 없다.

물질적인 증거를 통하여 확인할 수 있는 안동지역 문학활동의 역사는 올려 잡아도 지금으로부터 한 세대 안팎에 지나지 않는다. 그나마 일부 자료는 구하기 어렵고, 그 내용도 풍성하다 할 수 없다. 이런 현상은 탐욕스러운 중앙중심주의가 지역의 문화 창조력을 압도하고, 각 지역을 문화적 변방으로 전락시킨 결과라고도 할 수 있다. 이런 사정을 감안한다면, 지역의 문학활동을 제대로 살피기 위해서는 한층 거시적인 검토와 미시적인 분석이 동시에 필요할 것이다. 그러나 이 글은 그러한 요구를 감당할 수 없고, 다만 지역의 독자적인 발표매체를 형성한 1960년대 후반 이후의 지역 문학활동을 개관하는 데 그칠 것이다. 발표매체 형성에 중요한 의미를 부여하고, 그것을 중심으로 지역 문학활동사를 살피는 것은, (1) 그 이전의 문학활동에 대한 각종 증거를 확보할 수 없다는 점, (2) 근대문학의 성격이 본질적으로 문학저널리즘과 깊은 연관을 맺고 있다는 점, (3) 지역문학의 활로와 창조력의 향상이 그와 밀접한 관련을 가질 수 있다는 점 등의 이유 때문이다.

2. 안동지역 문학활동의 사적 개관

이 글에서는 지역문학의 요건을 문제삼거나 지역 문학작품 자체를 다루지는 않으나, 지역 문학의 개념을 <지역 문인들이 지역의 매체를 통하여 발표한 창작문학>으로 전제하고 있으며, 지역 문학활동 또한 창작활동과 그를 뒷받침하기 위한 조직활동으로 제한하고 있다. <지역 현실의

문학적 반영>이라는 것을 지역문학의 요건으로 제시하지 않는 것은, 그러한 잣대가 규범적일 뿐만 아니라 그 내포 또한 매우 모호하기 때문이다. 따라서 이 글에서는 문학활동의 역사를 개인적, 작품적 국면에서 접근하지 않고 집단적, 발표매체 차원에서 개괄한다. 문인 조직(문예활동 조직)의 결성과 자체적 발표매체의 형성을 문학활동의 구체적인 양상으로 파악한다는 뜻이다.

안동지역 문학활동의 전사를 이루는 것으로, 습작기의 문학적 열정을 표출한 <맥향>이라는 고등학생들의 문학 조직활동을 들 수 있다. <맥향>은 안동에서 교편을 잡던 시인 박종우와 소설가 성학원의 지도를 받던 신세훈, 김용진 등이 1958년에 결성하였다(권정생, 「안동의 시단 기상도」, 『풀과 별』(1974. 8.), 54쪽, 그리고 권오신, 「한국문인협회 안동지부 20년의 발자취」, 『안동문학』(문협 안동지부, 영남사, 1991), 204쪽 참조.). <맥향>은 비록 청소년의 문학활동 조직에 지나지 않았으나, 동인 중 몇 사람이 뒷날 직업 문인으로 성장(신세훈, 김성영 등)할 뿐만 아니라, 일부(신승박, 변호섭, 조병국, 김성영, 임명삼 등)는 <글밭> 동인을 결성한다는 점에서, <맥향>이 "안동의 문학사로 봐서 큰 의의를 지니고 있는 것"이라는 권정생의 평가가 부당하지는 않다. 학생 문학조직인 <맥향>의 영향은 1974년 시내 고교생들이 <맥향문학동인회>를 결성하고, 동일한 제명의 동인지를 발간한 것에서 확인할 수 있다.

안동지역 문학활동의 본격적인 출발기는 1960년대 후반으로 잡을 수 있다. 이 시기에 <안동문학회>, <카오스>, <글밭> 동인이 조직된다. <안동문학회>와 <카오스>에 대한 언급은 권오신의 글에서, <글밭동인회>의 결성 연도(1969년)는 권정생의 글에서 찾아 볼 수 있다. <안동문학회>와 <카오스>의 인적 구성, 활동 상황, 동인지 발간 여부는 확인하지 못했으나, <글밭동인회>에 관해서는 동인지『글밭』1권 2호(1969년 가을)를 통해 대체적인 사정을 알 수 있는데, 편집 후기에서 <글밭동인회>가 고친 이름임을 밝히고 있다. 그들은 동인 결성 당시 <청포도동인회>로 출발했으나, 동인지『글밭』을 내면서 <글밭동인회>로 개칭했다.

<글밭동인회> 결성과 동인지『글밭』창간 연도인 1969년을 안동지역문학활동의 본격적인 시발로 잡는 것은 이후 그들의 지속적인 활동이 이루어지고, 일부 회원들이 직업 문인으로 성장하기 때문이다. 또한 폐쇄적이고 자족적인 동인활동에 머무르지 않고 얼마 동안 지역의 문학활동을 부추기는 역할을 담당한다는 점에서도 그렇다. <글밭동인회>가 중심이 되어 1971년 <한국문인협회 안동지부> 결성이 구체화되고 실현된다는 점을 그 한 예로 들 수 있다(문협 안동지부,『안동문학』창간호(1972), 127쪽 연혁 참조.).

당시 지역 문인들의 내면풍경, 그리고 문학에 대한 태도를 다음과 같은 선언적인 글 속에서 엿볼 수 있는데, 무엇보다『안동문학』창간사는 지역문학 개척의 사명감과 소외된 문인의 처지를 인상적으로 드러내고 있으며, 그것은 오늘날까지 유효한 듯하다.

> 실로 기묘한 역사적 순간에 입각하여 등대를 잃어버린 암야의 항해처럼 불안과 초조 속을 헤매는 것이 20세기 인류의 정신적 고행이라고 하지 않을 수 없다.
> 그 누가 용감하게 이 불안과 고통에서 이를 부정하고 극복하고 전진할 수 있는 새로운 질서와 정신대열을 정리할 수 있을까?
> 문학은 인간정신의 가장 고급 소산물이다. 문학이야말로, 문학을 전공하는 문학가야말로 새로운 차원의 인류생활을 위하여 강력한 목적의식과

윤리관을 확립하지 않고는 건설적인 현실부정과 새로운 질서와 가치척도
를 발견할 수 없을 것이다.

『글밭』 1권 2호(1969), 〈머릿글〉 일부

　아무도 우리를 반겨하지 않는다. 그리고 아무 미워하는 이도 없다.
때문에 우리는 이토록 처절한 고독을 느낀다. 가난한 사람끼리 모이면
서로 스스럼없이 눈물겨웁 듯, 서로를 걱정하며 또 손 꼭 잡아주는 전통
속에서 이 책을 펴낸다. 이런 일이 잘된 것이든 못된 것이든 간에, 우리딴엔
그야말로 한 톨 씩의 영혼을 쪼아내어 지어낸 것이기에 눈치없는 대로
우선 보람부터 갖는다.
　이것을 계기로 우리는 튼튼히 속살을 올려야 하고, 그러나 누가 보아도
투명하게 맑은 속살을 찌워야 하겠다고 서로 다짐해본다.
　앞으로 <安東文學>을 오래도록 펴내어서 이 불모의 땅에 신문학의
꽃을 피워야 할 무거운 짐을 우리들이 지고 있다.

『안동문학』 창간호(1972), 〈창간사〉 전문

　<글밭동인회>와 <한국문인협회 안동지부>가 결성되는 이 시기는
한층 지속적이고 전문적인 문학적 관심과 형상화의 노력을 추구하는 문
인 지망생들이 자신들의 문학적 표현 욕구를 감당할 창작의 조직과 매체
를 형성하고, 문단의 공인된 절차를 통하여 등단을 시도하는 때이다. 창작
주체의 조직과 발표매체의 형성은 창작 의욕을 부추기고 창작의 활성화
를 가져온다는 점에서뿐만 아니라, 지역 문학의 근대적 기반을 마련한다
는 점에서 한층 중요한 의미를 지닌다고 할 수 있다. 1970년대 전후는
지역의 예비 문인들이 자신들의 창작 거점을 마련하고 본격적인 활동을
시작했다는 점, 그리고 이 때를 전후하여 이오덕, 김시백, 김주영, 권정생,
박시교, 김현, 김성영, 김원길 등의 문단 진출이 이루어져 지역 문인들이
자신의 가능성을 스스로 타진하고 확인한 점 등은 하나의 성과라고 할

수 있다.

당시 창작 인구의 빈곤은 <글밭동인회>나 <문협 안동지부>가 안동 시군 지역과 인근의 영주, 봉화, 예천 등지의 인물들까지를 회원으로 두루 포섭하고 있는 점에서 엿볼 수 있다. 당시 안동과 인근 지역의 문인을 포괄하는 문협 안동지부의 인적 구성(『안동문학』 창간호)을 연령별로 보면, 초청 회원을 포함한 20명 중 20대가 10명으로 가장 많고, 30대가 6명, 40대가 4명이어서 출발기의 문학적 환경을 짐작할 수 있다. 곧 창작 주체들에게 지도력을 발휘할 선배 세대의 부재를 확인할 수 있고, 이것은 곧 그들이 문학적 불모지에서 문학적 열정만으로 스스로의 문학적 가능성과 문인으로서의 미래를 개척해야 한다는 것을 뜻하는 것이었다. 장르별 분포는 시 7명, 시조 2명, 소설 6명, 아동문학 2명, 수필 3명(1명 중복), 평론 1명으로 되어 있다. 시인(혹은 지망생)의 압도적 우세는 비평가의 빈곤과 함께 지금까지 변하지 않은 현상이나, 오늘날과는 달리 소설가(혹은 지망생)가 많다는 것은 흥미로운 일이다.

<글밭동인회>와 <문협 안동지부>가 구심점이 되어 지역 문학활동을 근 이십 년 주도해 온 것이 사실이다. <문협 안동지부>는 초창기 매주 시회를 여는 등 창작의 활성화를 위한 자기 점검과 노력을 보여주었으나 점차 이 조직이 갖는 친교적인 성격이 강화되어 공식적이고 형식적인 문인 단체로 변모한 듯하고, 『안동문학』은 기관지적/회원지적 특성을 더하지 않을 수 없었던 것으로 보인다.

<글밭동인회>는 그 성격상 자신들의 문학적 이념과 성격을 한층 뚜렷이 할 수 있는 조직이었으나, 기간에 비하여 독자적인 성과를 충분히 축적했다고 하기는 어렵다. 이것은 지역 문학인구의 빈곤, 재정적 곤란, 소속 문인들의 잦은 이동 등의 다양한 요인들로 인하여 자기 조직을 유지

하고 자신들의 발표 매체를 지속적으로 발전시켜 나가기가 쉽지 않았던 안팎의 조건과 무관하지 않을 것이다. 그러나 오늘날 각 지역의 문화적 상황을 고려한다면, <글밭> 동인의 장기간 존속 자체가 갖는 뜻이 적지 않을 것이다.

『안동문학』과 『글밭』이 서울지역 중심의 전국적 발표 매체에서 소외된 지역 문인들의 거의 유일한 작품 발표의 무대였다는 점, 회원 및 동인들이 자신들의 조직과 활동의 밑바탕에 서울지역(혹은 중앙)에 대한 대타의식을 가지고 있었다는 점은 중요한 사실이다. 무엇보다 지역 문인의 이러한 대타의식은 문학적 자기실현이라는 개인적 차원을 넘어서는 문제로서, 장차 지역문학의 새로운 지평을 예고하는 것이 될 수도 있는 일이기 때문이다. 그 밖에 시화전, 문학 강연, 문학창작 지도, 시 낭송회 등 그들의 주변적 문학활동 또한 지역민들의 문학적 요구에 부응하려는 노력이란 점에서 나름의 평가가 필요한 부분이다.

3. 1990년대 초 안동지역의 문학활동

1980년대 말(1989년)에 와서 시조 시인들의 동인 <오늘>이 결성되고 진보적인 문학 단체 <참꽃문학회>가 조직된다. <글밭>이 만들어진 지 이십 년이 지난 후이다. 그 동안에 있었던 한국 문단의 폭넓고도 다채로운 실험을 상기한다면, 표면상으로 지역 문학활동은 별다른 변화를 모색하지 않은 듯이 보인다. 지역 문인들이 개인 작품집을 발간하고 지역문예조직이 나름의 활동을 시도하지 않은 것은 아니나, 기간에 비하여 변화의 폭이나 문학적 성취가 컸다고 하기 어렵다. 다만 80년대 전후 시, 소설, 수필 등 창작의 다양한 영역을 포괄한 <말동인회>의 활동이 시문학에 치중된 지역 문학활동의 편식증을 어느 정도 완화할 수 있는 가능성을 보여주었다는 점은 기억할 필요가 있다. 이들의 활동은『말』5호(1984. 7.)로 일단 중단된 듯하다.

시조 시인들의 동인 결성이나 진보적인 문학 단체의 출현은 새로운 변화의 조짐이라고 할 수 있다. 특히 진보적인 문학 단체 <참꽃문학회>의 조직은 지역 문학활동의 새로운 영역을 개척할 가능성을 시사한다는 점, 젊은 세대에게 강한 호소력을 발휘한다는 점, 그리고 새로운 지역문학 활동 세력의 등장이라는 점에서 관심을 가질 필요가 있다.

그 동안 창작층이 어느 정도 두터워져 행정 구역별로 문학 조직이 분화되고 안동 지역에 거주하는 문인들로만 <문인협회 안동지부>가 존속하게 된다. <문협 안동지부>는 인적 구성이 여전히 이십 명 남짓이며, 이십대 신진세력의 공동화 현상을 보이고 있다. 이는 그 동안 <글밭>동인들이 탈퇴하고 이십대 문학 지망생들이 대부분 <참꽃문학회>에 가담한 까닭이다. <문협 안동지부>는 그 성격상 뚜렷이 표방할 공동의 어떤 문학적 이념이 존재하지 않는다. 초창기와 비교해 보면, 회원들이 대폭 교체되고 회원들의 연령층은 조금 높아졌다. 그 까닭은 물론 문인들의 이주 때문이다.

김주영, 이오덕, 김성영 등 이 지역에서 활동했던 문인들의 이후 활동이 두드러진 것은 흥미롭다. 김주영과 김성영은 각각『안동문학』과『글밭』창간에 중요한 몫을 한 것으로 보인다. 이오덕은 이 지역에서 어린이의 글을 통하여 한국의 농촌현실을 발견하며, 그것을 독서계에 제출하여 주목을 받은 일이 있다. 초창기 지역 문학활동에 관여한 인물로서 권정생이 이 곳을 지키면서 창작에서 꾸준한 성과를 얻고 있으며, 김원길, 주영욱, 강인순 등이 그 동안 개인 시집을 발간했다. 지금까지『안동문학』은

14집까지 발간되었고, 시조 시인이 양적으로 증가한 반면 소설과 평론 분야의 침체는 여전하다.

<글밭> 동인들은 동인 활동에 치중하고 있다. 1986년 속간한 『글밭』을 12집까지 간행했고 동인의 수는 이십 명 안팎이다. 동인 중에 지역적 이동이 있는 경우에도 동인으로서의 결속관계를 유지하고 있다는 점이 지역지적 성격을 얼마간 완화하고 있지만, 지역 간의 문학적 교섭이라는 측면에서 오히려 바람직한 일일 수 있다. 이십 년 간 지속되어 온 동인활동이 동인들에게 어떻게 작용하고 있는지, 그리고 지역 문학활동에 끼치는 영향이 무엇인지 구체적으로 밝혀내기는 쉽지 않다. 문단 진출 등 문단의 절차와 관행에 비교적 초연한 태도를 견지하는 인상을 받을 수도 있는 <글밭> 동인은 여전히 안동의 대표적이고 가장 장수한 문학활동 단체의 본보기임에 틀림이 없다. 이제 <글밭> 동인에게는 그 연륜에 걸맞게 동인의 성격과 이념을 구체적 창작을 통하여 한층 명료히 해야 할 시기에 이르렀다는 판단이 제시될수도 있을 것이다. 임병호의 시집 출간(1990년)은 가장 최근의 성과이다.

증가한 시조 시인들은 인근 지역의 시조 시인들과 함께 동인을 결성한다. 그들이 동인의 이름을 <오늘>이라고 한 데서 문학과 현실과의 관계를 한층 밀도 있게 인식하려는 태도를 규지할 수 있다. 그들이 자유시와 구별되는 시조의 독자성을 확보하고 그와 함께 복잡한 현대인의 삶을 어떻게 형상화하는가 하는 문제는 시조 시학의 근본문제이자 시조 창작 과정에서 모색해야 할 중요한 과제가 될 것이다. 동인지가 두 권 발간된 지금으로서는 그 흔적을 구체적으로 파악하기 어려우며, 시조 시인의 증가와 수적 우세가 안동의 지역적 특수성을 반영하는 것인지 여부도 역시 판단하기 어렵다. 이 지역 시조 시인의 양적 풍요는 다각도로 검토할만한

주제가 될 것이다.

<참꽃문학회>는 1989년 결성된, 안동 지역에서 가장 진보적인 문학 써클이다. <오월문학제>를 처음 연 1985년 이후를 <참꽃문학회>의 전사로 볼 수 있을 것이다. <참꽃문학회>는 사회변혁을 위한 문화운동 조직의 성격이 뚜렷하며, 그런 점에서 조직 결성의 자기 이유를 가장 분명히 가지고 있다고 할 수 있다. 그 동안 시전, 시 낭송회, 강연회 등을 지속적으로 열고 있다는 점 또한 조직의 필요성과 그 목적을 확인시킨다.

1991년 가을 창간된 『참꽃문학』에 따르면, <참꽃문학회>의 창립 배경은 "문예대중화운동"과 "지역운동의 요구"의 상호작용에 따른 것이며, "지역 대중이 주체가 되는 문예", "보수 반동 관제 문예로부터의 지역 대중의 확보"를 지향한다. 이 시기 진보적 문학 단체의 등장은 지역적 현상이라기보다 전국적 현상이며, 그 배경과 기원, 그리고 한국적 형태와 역사에 대한 탐구는 한층 거시적이고 복잡한 문맥에서 검토되어야 할 중요한 문제이다. 진보적 문학 단체의 등장 그 자체에서 기성 문학에 대한 불신과 불만, 그리고 문학과 이념의 혈연적 삼투현상을 거듭 확인할 수 있다. 동시에 한국 사회의 첨예한 대립과 증폭된 갈등의 면모 또한 문학론을 통하여 실감할 수 있다.

"자기지역·자기현장의 대중이 문예의 주체"가 된다는 것은 이념적으로 바람직한 일일 것이다. 대중이 문예 창작과 수용에서 소외되거나 객체적 처지에 떨어진 것은 일종의 근대적 질병이라고 할 수 있기 때문이다. 그러나 그것이 곧 다양한 계층의 언어로 사고하고 그것을 표현할 창작의 자유를 억압하거나, 작가의 장인정신을 폄하하고 감각의 단련과 문학의 세련을 부정하는 구실이 될 수는 없으며, 동시에 대중만이 문예창작과 수용의 절대적/이상적 척도라는 강박관념을 정당화시킬 수도 없다. 또한 특정 계급의 순결성을 일방적으로 강조하고 여타 계급의 퇴폐성과 반동성을 교조적 도식으로 매도하는 것은 문학이 지향하는 진실의 추구를 외면하는 일이 될 수 있다. 이념의 결핍과 과잉은 다같이, 진실에 접근하려는 문학적 추구를 방해할 뿐이라는 점은 자명하다. 문학 바깥이 문학을 압도할 때 문학은 소멸하며, 남는 것은 이데올로기의 형해일 뿐이라는 것도 다시 말할 필요가 없다.

안동지역에서 <참꽃문학회>의 등장은 기성 문인들에게 어떤 식, 그리고 어느 정도로든 나름의 대타의식을 형성케 할 것이다. <참꽃문학회>의 "보수반동관제문예"에 대한 강렬한 대타의식/적대의식과 함께 기성 문인들의 대타의식이 감정적 차원에서 맴돌지 않고 세계인식의 확대와 창작방법의 탐구 및 창작의 실제에서 생산적으로 작용할 수 있다면, <참꽃문학회>의 등장은 지역문학을 진전시키는 계기가 될 수 있을 것이다.

이른바 현실변혁의 무기로서의 예술이 "고도의 정치성과 예술성의 접목"을 통해서 가능하다는 사실을 <참꽃문학회>는 자각하고 있는 듯하다. 그것은 문학을 포기하지 않는다는 말이기도 하다. 그러나 그럴 경우, 당면한 "문제점의 핵심"이 "조직운영의 미숙"과 "구성인자에 대한 부정확한 인식"에 있다는 자기진단은 문학운동 차원에서는 정당할지 모르나, "정치성과 예술성"을 구체적 작품으로서 구현하는 문제에 대한 답으로서는 충분하다고 할 수 없다. 탁월한 작품은 조직이 약속해 줄 수 있는 문제가 아니기 때문이다. <참꽃문학회>가 이 지역의 문학단체로서는 <조직>이 문제될 수 있는 유일한 문학단체라는 사실은, 이 단체가 조직의 내적 필연성을 스스로 확보하고 있다는 것을 뜻하는 동시에 문학운동에 대한 그 관심의 경사를 짐작케 하는 것이기도 하다.

4. 안동지역 문학활동의 당면 과제

지역주민 자치제가 시행되고, 지방화 시대라는 구호가 지역의 타율성
과 낙후성을 은폐하고 있는 오늘날, 지역문학이란 무엇이며, 그 실상과
당면 과제는 무엇인가 하는 질문에 대한 답변이 이제부터라도 준비되어
야 할 것이다. 이를 위해 각 지역문학의 현실을 올바르게 파악하는 일이
무엇보다 우선적인 과제이며, 지역문학의 주변문학적 위상을 극복하기
위해 지역 문인의 자기 노력과 함께 문예 정책적 지원이 필요하다는 점을
지적할 필요가 있다. 그것은 장차 한국문학의 창조성 고양이 지역문학의
활력과 성장에 바탕을 두어야 한다는 당위적인 요청 때문이다.

지역문학의 정당한 자기확립과 자기발전을 위하여 다음 몇 가지들이
당면 과제로 제시될 수 있다. 이것은 안동지역 문학(활동)을 근거로 하고
있지만, 현 지역문학(활동)에서 제기될 수 있는 일반적인 문제들이라고
할 수 있다.

(1) 문예정책적인 측면에서 지역 문학활동을 위한 전문적이고 체계적
인 기획과 행정 지원이 요구된다. 지역 문인들의 창작활동에 대한 집중적
인 지원, 지역 문학저널리즘의 발간을 위한 출판 지원, 지역 문인들의
창작집 발간 지원 등의 사업을 문예진흥기금의 확충을 통하여 한층 강화
해야 한다. 지원방식 또한 개인 중심으로 전환해야 하며, 단체 지원의
경우에도 개인의 창작활동을 촉진하는 방향으로 이루어져야 한다. 이를
위한 섬세하고도 효율적인 정책 개발을 꾸준히 시도해야 하며, 그 최종적
인 목표를 중앙중심주의에 바탕을 둔 비뚤어진 문화구조를 해체하는 데
두어야 한다.

　(2) 지역 문학저널리즘의 형성이 무엇보다 필요하다. 지역 문인들의 경제적 형편이나 지역의 여러 사정을 고려하면, 지역 문인들의 자력만으로 문학매체를 형성, 운영, 발전시킨다는 것은 거의 실현 불가능한 숙제이다. 그 필요성이나 실효성에 대한 무관심과 회의 또한 적지 않은 실정이지만, 무엇보다 재정 문제가 가장 큰 걸림돌이 될 수 있는 까닭에 지역 문예지 창간과 운영을 적극 지원하기 위한 정책 개발이 정부 차원(문예진흥원)에서 이루어져야 한다.

　지역 문학저널리즘의 필요성은 새삼 강조할 필요가 있다. 지역 문학매체 형성이 곧 창작의 활성화를 보장하고 지역문학의 침체를 해결하는 만병통치약이 될 수는 없지만, 그를 위한 가장 필요하고도 유효한 장치가 될 것은 의심할 수 없다. 다만 지역 문학매체가 최소한 계간지 형식은 되어야 하며, 개방적으로 운영된다는 것을 전제했을 때 그러하다. 동인지나 단체의 기관지는 그 성격상 열린 체제로 운영되기 어렵고, 잦은 발행에 따른 경비 부담을 감당하기 힘들 것이다. 연간지는 창작 의욕을 부추기거나 즉각적인 반응/비평의 생산에 기여하기 어렵다. 나름의 훈련과 절차를 거친 지역 문인들이 점차 창작활동에서 활력을 잃고 있는 현상의 배후에는 문학저널리즘으로부터의 소외라는 요인도 있다. 그런 점에서 중앙(서울지역)의 문학저널리즘 독점은 결국 지역 문인과 지역 문학을 주변적인 것으로 전락시키는 데 한 몫을 하고 있다는 진단이 가능할 수 있다.

　지역 문학매체를 형성하는 일은 창작과 비평의 활성화, 지역 문단의 형성, 각 지역문학 사이의 교류, 지역문학의 자폐적 성향 극복, 한국문학 구성 인자로서의 정당한 자기정립, 그리고 한국문학의 내적 풍부성의 확보를 위해서 반드시 필요하다. 지역 문학저널리즘의 형성과 발전이 지역 문인, 지역문학, 지역문화, 나아가 한국문학 전체의 새로운 지평을 여는 하나의 통로가 될 수 있다는 점을 거듭 인식해야 한다. 발표 기회를 갖지 못할 경우 침체의 늪에 빠질 염려가 있으며, 적절한 비평의 대상이 되지 못할 경우 자기 만족과 자기 복제의 위험스러운 욕망에 침몰할 가능성은 높아진다. 그것은 창작자 개인의 위기에 그치는 것이 아니라, 지역의 문화적 창조력을 왜곡시키거나 퇴화시킨다는 점에서 한층 큰 문맥에서 위험스러운 일이 될 수 있다.

(3) 창조력 향상을 위한 지역 문인들의 자기 노력이 요구된다. 제도적이고 환경적인 제 요인의 영향을 결코 가벼이 다룰 수 없으나, 창작 주체의 끝없는 자기 넘어서기 노력은 한층 중요한 문제라고 할 수 있다. 진지한 문학은 호사가의 여기에 머물 수 없으며, 문인이라고 자처하는 한 자기노력은 직업윤리 상으로도 요구되기 때문이다. 동시에 지역 문인, 그리고 지역문학에 대한 평가는 최종적으로 문학 작품의 성취도와 창조성의 확대라는 측면에서 이루어질 것이라는 점, 지역문학이 변두리문학을 넘어서는 일 또한 한국문학의 미적, 창조적 공간의 확대와 심화에 기여할 때 가능하다는 점을 생각할 때 더욱 그러하다. 미적, 창조적 공간의 확대는 오로지 문인 자신들의 고유한 몫이며, 그런 까닭에 그것은 그들의 은밀한 꿈이자 무거운 짐이기도 하다.

(4) 장르별 창작 인구의 균형이 요구된다. 시문학 창작 인구가 소설과 비평에 비하여 절대 우위에 있는 것이 전국적 현상이기는 하나, 안동지역의 경우 소설과 희곡 창작, 그리고 비평 활동은 거의 불모에 가깝다. 장르별 창작인구의 불균형을 조정하기 위하여, 소설과 비평분야의 잠재적 창작 주체들을 발굴하고 그들의 표현욕구를 북돋울 수 있는 방안이 모색되어야 할 것이다.

(5) 지역문학(활동)이 지역적 삶의 현실을 예술적으로 형상화하고 아울

러 한국적 보편성에 이를 수 있어야 한다. 삶의 대량 동시성화*Mass Synchronized*와 획일성이 현대 산업사회의 한 특성이기는 하나, 특수한 지역적 삶의 밀도를 획득하는 일은 지역문학이 개척하고 감당해야 할 부분이기 때문이다.

(1991)

나도향과 안동

1. 나도향을 생각하는 연유

우리 문학이 근대에 들어 와서 큰 전환을 이룩한 것은 누구나 아는 일이다. 한문학이 쇠퇴하고 국문문학이 주류를 이루게 되었으며, 서구의 근대 문학양식을 받아들여 시(서정), 소설(서사), 희곡(극)이라는 갈래를 확립했다. 이와 함께 문학은 하나의 전문적인 영역으로 자리를 잡게 되고, 창작의 주역을 일본 유학파가 한동안 담당하게 되었다.

이전에는 시를 짓고 문장을 가다듬는 일이 글을 배운 사람이라면 누구나 할 수 있는 하나의 교양이기도 했다. 그러나 근대문학 이후에는 교양인이라고 해서 누구나 문인 행세를 할 수는 없게 되었다. 과거에는 진선미를 추구하는 인간의 활동(학문, 도덕, 예술)이 전체적이고 통합적인 것이었지만, 근대 이후 그것들은 자신의 독자성과 전문성을 바탕으로 분화되기에 이르렀기 때문이다.

이육사는 이러한 문학사적 전환을 거쳐 확립된 근대문학을 풍성히 하

고 알차게 만든 대표적인 안동지역 출신 문인이다. 육사가 옥사(1944년)
한 지 이미 반세기가 지났지만, 그의「청포도」,「광야」,「절정」등과 같은
시편들은 여전히 애송되고 있다. 그는 일제 강점기에 시와 행동이 어떻게
한 개인 속에서 탁월하게 통일될 수 있는가를 보여준 희귀한 존재이기도
하다.

이육사의 동생 이원조 또한 1930년대 문단에서 널리 알려진 비평가였
지만 광복 후 월북한 탓으로 고향인 안동에서조차 그의 존재를 아는 이가
드물었다. 이원조의 지명도는『문장』(통권13호, 1940년 1월, 239쪽)지의
<조선문예가총람>에서 육사를 이원조의 백씨로 소개한 것을 보면 짐작
이 간다. 광복 후 육사의 시를 모아 최초로『육사시집』(서울출판사, 1946
년)을 펴낸이도 이원조였다. 이육사는 시인으로서 뿐만 아니라 일제 강점
기에 독립운동에 관여한 지사로서 추앙을 받고 있으나, 이원조는 비교적
최근에 와서야 비로소 사람들에게 알려지게 되었다.

안동지역은 예로부터 퇴계 이황을 비롯하여 수많은 명현거유를 배출한
고장이다. 사람들이 안동을 문향이라고 일컫는 것도 그러한 연유일 것이
다. 그러나 문인으로서 근대문학사에 이름이 올라 있는 인물로는 이육사
와 이원조 형제 정도를 꼽을 수 있을 뿐이다. 현재 활동 중인 수많은
문인, 학자들의 수와 그들의 역량이 문향이라는 이 지역의 문화적 토양을
새삼 확인시키고 있지만, 이 지역 출신으로서 근대문학이 뿌리를 내리고
자리를 잡던 시절에 문학활동을 한 인물이 이육사 형제를 제외하면 거의
없다는 것은 뜻밖이다.

육사 형제의 문학활동 또한 이 지역을 떠나서 이루어진 것으로 안동지
역에서 이루어진 근대적인 문학활동의 흔적은 찾기가 쉽지 않다. 지금으
로서는 안동지역에서 근대적인 문학의 태동과 성장을 위하여 어떤 노력

이 있었는지 분명히 알기는 어렵다. 대부분의 다른 지역과 마찬가지로 광복 이전까지는 안동에서 근대적인 문학활동이 본격적으로 이루어지기가 매우 어려웠을 듯하다. 그 까닭은 여러 가지가 있을 수 있으나, 근대문화 수용의 통로인 교육기관과 저널리즘이 발달한 서울을 중심으로 새로운 문학활동이 이루어질 수밖에 없었던 탓이 무엇보다 클 것이다.

따라서 근대문학이 확립되는 1920년대 전후부터 광복 이전까지 안동에서 이루어진 문학활동과 그 주역들에 관한 자료나 그와 관련된 사실들을 찾는 일은 비록 그 수확이 사소한 것에 그칠지라도 장차 지역문학사의 서술을 위해서는 매우 중요한 일이 될 수 있다. 그러나 앞서 말한 대로 당시 안동지역에서 전문적인 개인이나 창작집단이 활동을 한 구체적인 기록이 지금으로서는 발견된 것이 없다. 그렇다고 당시 서울이나 다른 지역의 인물들이 안동지역과 관련된 어떤 문학활동의 흔적을 남긴 것마저도 전혀 없다고 속단할 필요는 없을 것이다.

그 점을 분명히 보여주는 것이 바로 나도향이다. 그는 안동을 배경으로 하는 소설을 한 편 남긴 적이 있기 때문이다. 그 소설이 바로 『청춘』이라는 작품인데, 1926년 단행본으로 출판되었다. 그런데 나도향이 『청춘』의 배경을 안동으로 삼은 까닭은 무엇일까. 순전히 소설의 구조 상 그럴 필요가 있었던 것일까. 아니면 그야말로 우연적인 것일까. 작품을 살펴보면 반드시 안동이라는 지역을 『청춘』의 공간적 배경으로 해야 할 까닭을 찾아내기 어렵다. 그렇다고 우발적으로 그렇게 되었다고 하기에는 석연치 않다. 소설 속에 나오는 안동과 인근 지역에 대한 서술이 실제 사실과 어긋나지 않아 최소한 나도향이 이 지역에 대해 잘 알고 있거나 이 곳에서 생활을 한 적이 있다는 것을 추측케 하기 때문이다.

앞에서 말한 대로 근대적인 문학활동이 이루어지기에는 결코 비옥하다고 할 수 없는 당시의 안동지역을 생각할 때, 나도향이 이 지역을 무대로 하는 소설을 한 편 남겼다는 것은 그 자체가 매우 흥미롭다. 나도향이 어떤 식으로든 안동과 관련이 있다고 짐작을 할 수 있기 때문이다. 나도향은 이상화, 현진건 등과 함께 <백조> 동인으로 참여했으니 문단활동으로만 본다면 나이가 비슷한 이육사보다는 앞세대에 속한다. <백조>야말로 한국 근대문학의 출발을 알리는 잡지이고, 이 시기에 지역출신 문인으로서 두드러진 활동을 한 인물은 없다. 영양 출신인 오일도나 이병각 등도 모두 그 다음 세대에 속한다.

자신의 소설 『청춘』의 공간을 안동으로 정했던 나도향은 과연 안동과 어떤 인연이 있는 것일까. 그가 안동을 다녀갔거나 안동에서 살았다면 그 자체도 흥미로운 일이 되겠지만, 과연 안동에서 그가 무슨 일을 하였으며 어떤 이유로 안동에 오게 된 것인지 궁금하지 않을 수 없다. 이 의문을 풀기 위해 먼저 『청춘』이 어떤 소설인지를 살펴보자.

2. 안동이 무대가 된 『청춘』과 애정의 풍속도

『청춘』은 젊은 남녀의 사랑과 그 파국을 그리고 있는데, 배경은 낙동강변과 영호루 주변이 중심이 된다. 그러나 배경을 살피지 않더라도 그 무대가 안동임을 바로 알려주기 위해서인지 『청춘』은 바로 "안동이다."라는 서술로부터 시작한다. 그래서 소설을 펼치자마자 독자들은 이 이야기가 안동에서 일어나는 사건이라는 것을 곧바로 알 수 있게 된다.

이 소설의 주인공은 유일복이라는 청년(나도향은 소설 속에서 "소년"이라고 적고 있다. 그의 나이는 작가의 표현대로라면 "방년 이십"이다.)이다. 그는 의성군 출신으로 "작년"(작품 안의 시간임)에 대구에서 상업학교

를 마쳤으며 대구은행 안동지점에서 은행원으로 근무한다. 그의 숙소는
서문 밖 법상동이고 교회에 다니는 것으로 되어 있다. 그 줄거리를 간추리
면 대충 다음과 같이 될 것이다.

유일복은 일요일 봄날 낙동강변에서 버들피리를 만들다가 칼에 손을
벤다. 그가 상처를 싸매기 위해 찾아가는 곳이 영호루 밑에 있는 주막이
다. 거기서 유일복은 그곳 주모의 딸인 엄양순을 만나게 되는데, 양순의
미모는 경북 제일의 미인이라는 소문이 날 정도이다. 이 일이 계기가
되어 둘은 곧바로 사랑의 열정에 사로잡히게 된다.

사실 유일복은 자신이 근무하는 은행 지배인의 딸인 정희와 정혼한
사이지만 그녀에 대해 애정을 느끼지 못한다. 정희는 지난 해 대구 여자학
원을 제2호로 졸업한 18세의 여성으로, 양가 부모들의 약속에 따라 유일복
을 남편으로 생각하지만 유일복의 냉랭한 태도에 상심하여 강에 투신하려
고 한다.

정희는 여승에게 구출되어 그를 따라 의성 고운사에 머물게 되지만
여전히 유일복을 잊지 못한다. 마침 고운사에 와 있던 유일복의 절친한
친구 김우일은 우연히 정희를 만나게 되고 그간의 사정을 알게 된다.

한편 안동읍내에서는 정희의 자살 사건이 화제가 되고, 정희가 죽은
것으로 생각한 유일복은 한 순간 죄책감에 시달린다. 그럼에도 유일복은
중매를 통해 양순과의 사랑을 이루고자 하지만 양순의 어머니가 반대하여
그 욕망은 좌절된다. 서로 신분이 다르고 빚을 갚기 위해 딸을 일직에
사는 늙은 장돌뱅이에게 시집 보내기로 했다는 것이 반대 이유이다.

이 비인간적인 행위에 유일복은 분개하고 양순에게 함께 도망을 가자
고 제의한다. 함께 도망하기를 바랐던 양순은 그러나 죽은 정희의 사랑
을 가로챌 수 없다면서 차라리 유일복에게 자신을 죽여주기를 요구한다.
그 과정에서 유일복은 양순의 오빠 엄영록과 싸우다가 양순의 가족과
양순을 살해하고 자신도 깊은 부상을 입은 채 친구가 있는 고운사에
가서 죽게 된다.

『청춘』의 줄거리는 대충 위와 같은데, 주인공의 고향이 의성이고 절친한 친구가 마침 고운사에 와 있는 것으로 설정된 작품 탓인지 소설 속의 공간은 의성 고운사 주변까지 확대된다. 간추린 줄거리에서 보듯이, 남녀의 우연한 만남에 따른 즉각적인 애정이 발단이 되어, 이 소설의 결말은 주인공이 애인과 애인의 가족을 살해하고 주인공 자신도 죽게 되는 걷잡을 수 없는 사태에 이르고 있다. 그러나 강에 투신하는 정희가 과연 그럴 만한 애정을 지녔는지를 작품 내용만으로는 짐작하기 어렵고, 함께 도망을 가자고 했다가 갑자기 죽은 이(정희)의 사랑을 빼앗을 수 없다고 차라리 죽여주기를 바라는 양순의 심리도 얼른 납득이 가지 않는다.

물론 『청춘』이 보여주는 애정과 도덕의 풍속도는 지금과는 사뭇 다른 측면이 있어 매우 흥미롭기도 하고 한편으로는 그 시대에 대한 우리의 지식을 재확인시켜주기도 한다. 채 스무 살이 되지 않은 『청춘』의 주인공들에게 혼인이 절박하고 현실적인 문제가 되어 있는 것은 당시의 조혼 풍속을 다시 확인하게 한다. 오늘날의 청소년들에게도 애정의 문제는 자신들의 중요한 현실 중에 하나이겠으나, 이들에게 부과된 사회적, 개인적 과업이 작중 인물들과는 많이 달라져 애정과 결혼에 대한 이들의 의식 또한 그만큼 큰 변화를 겪지 않을 수 없었을 것이다.

이광수가 『무정』(1917년)을 통해 자유연애론을 들고 나왔지만, 『청춘』에서는 당사자들의 내면적 현실에 바탕을 둔 자유연애라는 새로운 풍속과 집안 사이의 문제로 인식된 전통적인 혼인의 관습이 여전히 갈등을 일으키고 있다. 정희는 관습적인 형태의 혼인 방식을 아무 의심 없이 받아들이고, 거기에 따라 유일복을 미리 '남편'으로 생각하고 애정을 느끼고 있다. 반면에 유일복은 부모의 약속보다 개인의 내면에서 우러나오는 자신의 애정에 충실하고자 한다. 정혼자가 자살했다는 사실 때문에 죄책감을 느끼지만, 마침내 유일복이 양순과 결혼하고자 하는 것도 그 때문이다.

정희의 경우는 애정이 싹이 되어 결혼이라는 열매를 맺는 것이 아니라 결혼의 약속이라는 사회적 관습에 의하여 애정의 싹이 자라고 있다. 자살을 시도했다 승려에게 구출된 뒤에도 정희는 "저의 피와 저의 생명은 그를 위해서 있습니다. 저는 그를 위하여 그의 제단(祭壇) 위에 저의 흠 없는 사랑을 바치려 합니다."고 말한다. 다소 과장된 측면이 있다 할지라도 이런 감정과 의지가 단순히 사회적으로 요구받은 것일 뿐 자신의 내면적 현실에 기초한 것이 아니라고 섣불리 단정할 수만은 없다.

또한 자유연애에 의한 혼인만이 좀더 인간적이고 합리적이며 바람직한 형태라고 생각하는 것은 서구체험 이후 생성된 하나의 고정관념이나 편견일지도 모른다. 혼인의 형태는 결국 사회문화적으로 규정되는 것이므로 사회의 구조나 역사, 문화의 형태가 다르면 결혼의 형태 또한 다를 수밖에 없는 것이며, 그 어느 하나가 반드시 우월하거나 이상적인 형태라고 단정할 수 없기 때문이다. 결국 결혼의 형태 또한 당대 풍속이나 문화일 뿐이며 그 문맥을 떠나 어느 하나를 이상이나 전범으로 간주할 수는 없다.

한편 유일복과 양순은 한눈에 서로에게 반하고, 마침내 관련자들이 모두 죽게 되는 파국으로까지 치닫는 상태로 그들의 애정은 순식간에 증폭한다. 그럴 수도 있겠지만, 그럴 만하다고 독자가 믿을 만큼 그 과정에 대한 밀도 있는 서술이 있는 것은 아니다. 따라서 여기에는 연애에 대한, 혹은 낭만적인 사랑에 대한 환상이 깔려 있는 듯하다. 다른 사람으로 대체될 수 없는 오직 그 한 사람에게서만 충족될 수 있으며, 신분이나 지위 등 애정 바깥의 모든 상황과 요인들을 뛰어넘을 수 있는 강력하고 격렬하며 절대적인 애정에 대한 막연한 관념 말이다. 거기에다 빚 때문에 양순이가 팔려 가는 비인간적인 현실이 이들의 애정을 더욱 자극한다고 할 수 있다.

이에 비하여 양순의 어머니가 유일복을 사위로 맞을 수 없다고 생각한 결정적인 이유는 나름대로는 퍽 도덕적인 것이었다. 양순의 어머니가 빚과 신분적인 차이 때문에 딸을 채권자에게 시집 보내기로 했다는 것은, 좀더 따져보면 일종의 핑계에 지나지 않는다. 유일복이 빚을 갚아 주겠다고 했고 스스로 상사람 노릇을 하겠다고 했으니 빚과 신분적인 차이도 표면적으로는 문제가 될 것이 없겠기 때문이다. 결국 양순의 어머니는 남(정희)을 죽게 한 남자에게 딸을 맡길 수 없다고 생각한 것이다. 그래서 유일복에게 딸을 시집 보낼 수 없다는 것을 양순의 어머니는 다음과 같이 말하는데, 그 바닥에는 나름의 그리고 당대의 일정한 도덕적 판단이 자리하고 있는 셈이다.

홍, 물에빠진 귀신은 사라지지도 않고 언제든지 등 뒤에 따라다닌답니다. 그런 이에게 딸을 줘요!

네, 네. 그것은 아무리 나이 젊고 얌전하고 재주 있는 당신이라도 남의 목숨을 끊게 한 어른에게는 드릴 수가 없단 말예요.

이 점에서는 양순도 마찬가지이다. 양순은 유일복에게 마음이 끌려 그와 함께 도망을 가고자 하지만 마침내 그것을 단념한다. 그 이유 또한 유일복의 사랑을 얻지 못해 자살한 정희의 사랑을 자신이 차지할 수 없다는 것이다. 그것을 양순은 인간적인 도리라고 생각하고 있다. 과연 애정의 현실이 이럴 수 있는 것인지 의문이 들기도 한다. 결국 애정과 윤리의 틈바구니에서 양순은 괴로워 하다가 유일복에게 자신을 죽여달라고 요청한다. 자기를 스스로 소멸시키려는 양순의 이와 같은 욕망은, 그것이 현실감이 있는 것이든 그렇지 않든, 그리고 그것이 슬기로운 선택이든 그렇지 않든 간에 애정과 도리 사이에서 겪는 양순의 고통을 극화시킨다.

하여튼 유일복, 정희, 양순 등『청춘』의 중심 인물들은 애정이 장애에 부딪히자 결국 자신을 죽음으로 몰고 감으로써 자학적인 방법으로 애정의 가치를 절대화하고 있는 셈이다. 애정의 현실이 그런 것이고 애정의 가치가 그럴 만한 것인지는 누구도 쉬 말할 수 없겠지만, 그렇게 되어야만 하는 사정이 소설 속에서 실감나게 그려졌다고 말할 수 없기 때문에 독자들의 공감을 얻기는 어렵다.

이렇게 본다면,『청춘』에 나타난 애정의 풍속도는 그 의식과 서술의 밀도에서 퍽 소박하고 미숙한 상태에 머물러 있는 셈이다. 이것은『청춘』을 쓸 당시 나도향의 의식과 작가적 역량, 그리고 동시에 나도향의 의식이 파악한 당대의 풍속적인 양상과도 관련이 될 것이다. 다만 주인공이 죽기 직전에 "환영은 언제든지 환영"이라고 말하는 것은, 낭만적이고 막연하기만 한 사랑에 대한 환상을 거부하고 좀더 현실적인 세계로 나아가려는 작가 자신의 의식과 소설세계를 시사하고 있는 듯하여 눈여겨본다.

3.『청춘』에 나타난 안동 풍경

나도향이『청춘』을 언제 쓴 것인지는 정확히 알 수 없지만, 사실『청춘』은 일정한 수준에 이른 작품이라고 볼 수 없다.『청춘』은 감상적이고 낭만적인 성향과 막연하고 관념적인 태도, 그리고 작위적인 구성 등에 비추어 볼 때 습작기의 미숙성을 여전히 떨치지 못하고 있는 작품이다.

다만 나도향이 작가로 출발하는 20년대 초에 발표한 「추억」, 「젊은이의 시절」, 「별을 안거든 우지나 말걸」 등에 비하면 서사적 구성과 문체의 안정을 다소 이룩한 듯하다.

그런데 『청춘』에서 나도향은 안동을 어떻게 서술하고 있는가. 그리고 그것은 당시의 안동 풍경과 일정하게 대응하는가. 또한 안동을 무대로 삼게 된 것은 어떤 연유인가 등이 여전히 궁금하지 않을 수 없다. 이 궁금증을 풀기 위해서는 우선 『청춘』에 나타난 안동에 관한 구체적인 서술을 보지 않을 수 없다.

나도향은 『청춘』의 첫머리에서 안동을 다음과 같이 전체적인 시야에서 조감하고 있다.

> 안동(安東)이다. 태백(太白)의 영산(靈山)이 고개를 흔들고 꼬리를 쳐 굼실굼실 기어 내리다가 머리를 쳐들은 영남산(嶺南山)이 푸른 하늘 바깥에 떨어진 듯하고, 동으로는 일월산(日月山)이 이리 기고 저리 뒤쳐 무협산(巫峽山)에 공중을 바라보는 곳에 허공중천이 끊긴 듯한데, 남에는 동대(東臺)의 줄기 갈라산(葛蘿山)이 펴다 남은 병풍을 드리운 듯하다.
>
> 유유히 흐르는 물이 동에서 남으로 남에서 동으로 구부렸다 펼쳤다 영남과 무협을 반 가름하여 흐르니 낙동강(洛東江) 웃물이요, 주왕산(周王山) 검은 바위를 귀찮다는 듯이 뒤흔들며 갈라 앞을 스쳐낙동강과 합수(合水)치니 남강(南江)이다.(가운데 줄임)
>
> 서쪽으로 고개를 돌리자. 태화산(太華山) 중록(中麓)에 말없이 앉아 있는 서악(西岳) 옛 절 처마 끝에는 채색 아지랭이 바람에 나풀대고 옥동(玉洞) 한절 [大寺] 쓸쓸히 비인 집에는 휘—한바람이 한문(閑門)을 스치는데 녹슬은 종소리가 목쉬었다.
>
> 노래에 부르기를 성주(城主)의 본향(本鄕)이 어디메냐고 읍(邑)에서

서북으로 시오리를 가면은 바람에 불리고 비에 씻긴 미륵(彌勒) 하나가
연자원(燕子院) 옛 터전을 지킬 뿐이다.
　낙양촌(洛陽村)의 꿈 같은 오계(午鷄)의 울음 소리 강물을 건너 귓속
에 사라지고, 새파란 밭 둔덕에 나어린 새악시의 끓는 가슴 타는 마음을
짜내고 빨아 내는 피리 소리는 어느 밭 두덩에서 들리는지 마는지.

인용된 부분은 안동의 지리적 조건과 부합하는 듯하다. 그뿐만 아니라
영호루는 지금도 실재하고 옥동의 절이나 영호루 근처 주막이 옛날에
있었다고 확인해주는 이도 있다. 지금은 제비원으로 불리는 곳을 나도향
은 연자원으로, 그리고 그 곳에 지금도 있는 이천동 석불을 미륵으로
서술하고 있다. 또한 "노래에 부르기를 성주(城主)의 본향(本鄕)이 어디
메냐" 라고 나도향이 서술하고 있는 것은 바로 성주신에 관한 본풀이(무
가)의 일부이다. 그리고 "낙양촌(洛陽村)" 역시 실재했을 뿐만 아니라
통속 민요의 노랫말 중 "낙양성 십리 허에 슬슬 기는 저 포수야" 라는
대목의 낙양이 흔히 짐작하듯이 중국 하남성의 낙양이 아니라 바로 안동
의 낙양촌이라고 말하는 이도 있다. 이런 몇 가지 사실들은 안동과 안동
주변 지역에 대한 나도향의 서술이 정확하다는 것을 말해 준다. 이 점에
비추어 나도향이 안동에 대해 어느 정도의 지식을 가지고 있었다는 것을
믿지 않을 수 없다.

안동을 무대로 하고 있지만, 『청춘』에는 안동에 관한 서술이 많다고
할 수 없고 안동에 대한 나도향의 인상이 어떠했는지를 구체적으로 알
수 있는 내용도 거의 없다. 다만 다음과 같은 부분을 통해서 본다면 안동
에 대한 인상이 그렇게 밝다고 할 수는 없다. 물론 배경 묘사는 소설의
주제와 무관하지 않으므로 그 자체를 안동에 대한 나도향의 순수한 의식
의 반영으로 볼 수는 없겠으나, 여기에 따르면 안동은 이미 쇠락하여

쓸쓸함이 감돌고 옛날의 화려했던 시절을 추억하고 있는 모습으로 서술
된다.

옛말을 할 듯한 입 없는 영호루(瑛湖樓)는 기름을 흘리는 듯한 정적
고요한 공기를 꿰뚫어 구름 바깥에 솟아 있어 낙강(洛江)이 돌고 남강이
뻗치는 곳에 푸른 비단 같은 물줄기를 허리에 감았으니, 늙은 창녀(娼女)
의 기름 때 묻은 창백한 얼굴같이 옛날의 그윽한 핑크색 정사(情史)를
눈물 흐르는 추회(追懷)의 웃음으로 듣는 듯할 뿐이다.

그는 그 주막집에서 집으로 향하여 돌아오려다가 또다시 영호루에
올라갔다. 고개를 돌리면 이름만 가진 영가(永嘉) 구읍의 쇠잔한 자취가
한가히 족재(簇在)하고 내다보면 자기의 그리운 고향으로 통한 구름살
같은 넓은 길이 낙동강의 허리를 갈라 남으로 통하였다.

안동과 주변지역에 대한 그 밖의 서술(지명 따위)들을 눈에 띄는 대로
인용하면 다음과 같다.

신세동(新世洞)에서 빙그르 서남으로 돌아가는 제방 위에는 머리를
모자에 가리고 웃옷을 한 팔에 걸은 방년 이십의 소년은 얼굴이 향내가
나는 듯이 불그레하게 타오르고,(뒤 줄임)

쓰리고 아픔을 견디다 못하여 상을 찌푸리고 사람의 집을 찾아간다는
곳이 영호루 높은 집 옆으로 돌아 초가라 삼 간을 해정히 짓고서 오는
이 가는 이에게 한 잔 술 한 그릇 밥을 팔아 가면서 그날 그날을 지내가는
주막집이었다.

그는 가기 싫은 다리를 힘없이 끌어 서문(西門) 밖 법상동(法尙洞)
자기 여관을 찾아 들었다.

그가 법상동 예배당에 들어갈 때에는 그 전에 한 번도 당해 보지
못하던 갑갑함을 당하였으며 지루함을 당하였다.

사박사박하는 가루 모래가 바람에 불려 사박사박할 때 동으로 왕태산
(王汰山) 저쪽의 새벽빛이 서편 암흑과 어우러져 밝아 온다.

여승에게는 그 무슨 의미인 줄 알아듣지 못한 듯이 다만 묵묵히 앉아
있을 때 저쪽 갈라산 앞에서 삐걱삐걱 새로이 밝아 오는 새벽 기운을
흔들며 낙동강 하류로 흘러가는 뗏목 젖는 소리가 들려 온다.

일복은 동진의 집 문을 나섰다. 그리고 큰길 거리로 나섰을 때 등에
나무를 진 촌사람들과 지게에 물건을 듬뿍 진 장돌뱅이들이 서문을 통해서
읍을 향하여 들어오는 것을 보았다.

웬일인지 얼굴이 시커멓고 상투꼬랭이에 땀내나는 옷을 입은 촌사람
장돌뱅이들이 만나는 족족 반가와 손목을 붙잡고 인사를 하고 싶었다.

이 편지를 받아 든 일복은 의성 편을 바라보았다. 몽몽한 구름과 한없
는 천애(天涯)가 다만 저쪽에 고운(孤雲)이 있다는 추상(抽像)만 주고
산이 막힌 그쪽에는 산모퉁이 위로 두어 마리 소리개가 소라진을 치고
있다.

주인공이 의성 출신으로 설정된 탓인지 『청춘』에서는 영호루 근처에
서 고운사로 가는 길, 그리고 고운사에 대한 서술은 비교적 자세하다.
아마 나도향은 고운사엘 자주 다녔거나 거기로 가는 길이나 주변 지역에
대해 잘 알고 있었던 듯하다. 이 점을 생각하면, 나도향이 고운사와 어떤

특별한 관계를 가졌던 것이 아닌지 궁금해진다. 소설의 끝부분에서 유일복이 양순과 양순의 가족을 살해하고 자신도 중상을 입은 채 친구가 있는 고운사로 가게 되는데, 그 구체적인 모습은 다음과 같다.

『고운사로 가야지! 우일에게로!』
한달음에 송(松)고개를 지나 다랫들 [日坪] 에 다다랐을 때 그는 다시 엎으러졌다. 그는 개울의 물을 마셔 정신을 차린 후에 노루고개를 넘었다.
토각골을 지날 때는 아무리 흥분된 그일지라도 요귀의 토굴을 지나는 것같이 머리끝이 으쓱하여지지 않을 수가 없었다. 도적 많고 제일 무서웁기로 유명한 토각골을 지난 그는 토지동(兎枝洞)을 지나갈 제 먼 동리에서 닭이 울기를 시작하였다. 다시 톡갓재를 지날 때에 그는 그 곳이 안동과 의성이 북남(北南)으로 경계되는 곳인 줄을 알고서, 자기 고향 의성을 바라보았다. (가운데 줄임) 그가 다시 힘을 다하여 매기골에 왔을 때에는 멀리서 개가 짖는다. 그는 다시 지동골을 지나 고운사 어귀까지 와서, 안동서 여기가 삽십 리, 겨우 세 시간에 왔다.

의성이라 고운사다. 울울창창한 대삼림(大森林)이 제철형(蹄鐵形)으로 등을 껴안아 고개를 돌려 치어다보며는 높이 뜬 솔개가 그 중턱에서 배회한다. 절옆으로 흐르는 잔잔한 시내 소리는 숲 속에서 울려나오는 자규(子規)의 소리와 이리저리 얼키어 한아(閒雅)한 정조에다 새긴 듯한 무늬를 놓아 놓는다. 가운루(駕雲樓) 옛집이 구름을 꿰뚫지는 못하였으나 천여 재 시일을 구슬 꿰듯 하였고, 최 고운(崔孤雲) 선생의 목소리는 들을 수 없으나 그의 발자취를 고를 수 있는 듯하다.

『청춘』은 안동과 주변지역을 소설의 배경으로 하고 있지만, 이 배경이 작품에서는 장식적인 기능 이상을 하는 것으로 보이지는 않는다. 그렇다고 해서 당대 안동의 풍속도나 풍물지로서 흥미를 끌만한 풍부한 세부를 제공하고 있는 것도 아니다. 인용한 부분에서 보듯이, 낙동강변과 영호루 주변 풍경, 그리고 고운사와 고운사 가는 길에 대한 서술은 비교적 자세한 편이다. 그러나 그 밖에는 몇 개의 동네 이름이나 산 이름 등이 제시될 뿐 지역적 특성을 드러내는 서술을 작품 안에서 보기 어렵다. 지역적 특성을 가장 분명하게 드러내는 것이 지역의 언어라면, 나도향은 이 점에 대해서도 별다른 관심을 보이지 않고 있다. 기껏 모기를 "모구"라고 하는 주모의 말이나 "『동생네, 이리 오소 술이나 한 잔 자시소』 사투리 섞어 동무를 부른다."고 작가가 적고 있는 것에서 간신히 지역어의 흔적을 찾아 볼 수 있을 따름이다. 나도향이『청춘』의 무대를 안동과 주변 지역으로 설정한 이상 그에 걸맞게 지역적 특성을 소설의 미학적인 요소로 활용했다면 하는 아쉬움을 느끼지 않을 수 없다.

4. 나도향의 성장환경과 문학활동

나도향은 우리에게 잘 알려진 작가이다. 그를 잘 모르는 사람이라도 그의 소설「벙어리 삼룡이」는 기억할지 모른다.「벙어리 삼룡이」는 영화나 텔레비전의 극으로도 만들어졌으니 한 번쯤 보았을 것이기 때문이다. 최근 영화로 만들어진「뽕」또한 그의 작품을 각색한 것이니, 비록 그는 스물 넷(1902-1926)의 젊은 나이로 요절을 했으나 그의 작품은 여전히 살아 우리 곁에 있는 셈이다.

나도향은 문단활동을 기껏 사오 년밖에 하지 않았다 그러나 그는 그동안 스무 편이 넘는 장단편을 발표했으니 왕성하게 창작활동을 한 편이다. 나도향은 처음에는 유치하고 감상적인 작품들을 내놓았지만 곧「벙어리 삼룡이」나「뽕」과 같은 나름대로 짜임새 있고 현실감 있는 작품을 쓰는 것으로 나아갔다.

우리가 「벙어리 삼룡이」의 작가로 막연히 알고 있는 나도향은 과연 어떤 인물인가. 나도향의 일생에 대해서는 「새 자료로 본 도향의 생애」(『문학사상』 1973년 6월호, 문학사상사 자료조사연구실편)라는 글이 기왕의 여러 오류를 바로 잡아 정리했다. 나도향의 일생에 관한 아래의 내용은 거기에서 필요한 부분을 따 정리한 것이다.

나도향은 1902년 3월 30일(음력) 서울 청파동에서 태어나 1926년 8월 26일 요절했다. 젊은 나이에 그를 죽음으로 몰고 간 것은 폐질환이었다. 그의 본명은 경손(慶孫)인데, 당대 장안의 명의였던 그의 할아버지 나병규(羅炳奎)가 환갑을 맞던 해 맏손자를 보게 되자 그와 의형제를 맺었던 철원 출신의 독립운동가 조종대(趙鍾大)가 선사한 이름이라 한다. 나도향은 이 이름을 불만스럽게 여긴 듯하고 「도향(稻香)」과 「빈(彬)」이라는 호와 필명을 주로 사용했다.

나도향의 조부 나병규는 평북 성천에서 태어나 청년기에 고향을 떠나 방랑생활을 하다가 철원에서 장년기의 일부를 보냈다가 서울로 거처를 옮겨 명한의로서, 독립운동 후원자로서 명성을 얻었다. 그는 늦게 결혼하여 41세에 외아들을 얻었고, 외아들 성연(聖淵)을 15세에 결혼시켜 첫 손녀에 이어 첫 손자를 보게 되는데 이가 곧 도향이다. 나병규는 상처하여 1908년 새로 젊은 아내를 얻었는데 아들보다 나이가 적었다고 한다.

나도향의 아버지 성연은 부친의 권유에 따라 양의가 되기 위해 당시 설립된 경성의전에 입학해 학업을 마치고 일본 동경제대 의학부 외과를 졸업하였으나 개업하여 의사로 지내기를 거부하고 은둔자로서 독서에 열중했다고 한다. 그는 학생 시절에도 신문학과 사상, 그리고 창작에 관심이 많았다고 한다. 자연히 분가한 후에도 가족들의 생계를 그의 부친에게 기대야 했을 것이다. 그가 의사로서 개업을 하게 된 것은 부친이 철원애국단사건에 연루되어 함흥감옥소에 수감되었다가 나와 병사한 1924년 전후의 일이다.

이런 가정환경 속에서 나도향은 당시 기독교 청년회관 안에 설치되었던 공옥(攻玉)보통학교를 거쳐 배재고보(1914~1918)를 졸업하고 경성의전에 입학(1918)할 때까지 표면상으로는 평탄한 과정을 밟는다. 배재고보 시절 나도향은 학보(協成會報) 편집에 가담하기도 하고 경성의전 시절에는 의학 공부보다 문학창작에 더 심취한 듯하다. 결국 도향은 조부의 장농에서 노자를 훔쳐 일본으로 도망을 하는데, 그날이 마침 고종의 인산날인 1919년 3월 1일이었다 한다. 그는 일본에서 본격적인 문학수업을 위해 와세다대학 영문과에 진학할 뜻을 가지고 있었으나 결국 몇 달만에 환국하고 만다. 조부의 경제적인 지원이 없이 일본에 체류한다는 것이 불가능했기 때문일 것이다.

나도향이 적극적으로 문학활동을 시작한 것은 1921년인 듯하다. 그 해 나도향은 현진건, 홍사용, 이상화, 박영희, 박종화 등과 교제하며 <白潮> 동인으로 참여하기 때문이다. 그 후 「추억」(1921), 「젊은이의 마음」 (1922), 「별을 안거든 우지나 말걸」(1922) 등을 발표하고 동아일보에 장편 「환희(幻戱)」를 연재하여 하루아침에 유명하게 되지만, 이 시기는 여전히 습작기에 해당한다고 할 것이다.

이후 나도향은 조선도서에 입사했다가 1924년 4월부터 시대일보 사회부 기자생활을 약 1년쯤 하게 된다. 이 때의 모습이 김동환의 글에 나와 있는데, 나도향이 문약하여 기자로는 적절치 않은 것으로 되어 있다. 나도향의 사망 일주기를 맞아 『현대평론』(1927년 8월호 호외, 문예편 30쪽)이라는 잡지에서 추모특집을 마련하였는데, 다음은 거기에 실린 김동환의 글 「신문기자 나빈군」 중 일부이다.

> 그 뒤 약 일년 유여를 두고 나는 직업적 인연으로 날마다 그와 대하였
> 다. 그런데 도향은 조혼 기자다. 치밀하고 기민한 재화·종횡으로 나타나
> 늘 시대지 사회면을 빗나게 꾸미었다……그러나 어대로 보든지 날과 가
> 치 명기자는 아니엇스니 첫재 신문재료에 그러케 흥미를 늣기지 아니하
> 는 것과 관변요인을 만나기를 스려하는 것과 성격이 다소 정적인 것과
> 문약한 것이 제일선에 나서 사자분투하는 명기자로는 허할수 업섯다.

1925년에 이르러 나도향은 일반적으로 사실주의 작품으로 평가받는
「여이발사」, 「행랑자식」, 「뽕」, 「물레방아」 등을 발표한다. 그 해 도향은
다시 일본으로 건너가며 도일의 목적 역시 문과 수업인 듯하다. 이번에도
도향은 몸과 마음이 지친 상태로 몇 달 후에 "거지꼴"로 귀국하게 되고
그 후 병석에 누어 지내다 세상을 뜬다. 다음의 인용은 초라한 모습으로
집에 돌아 온 나도향의 모습을 그의 동생 나명식(羅明植)이 증언한 것(위
『문학사상』 311쪽)이다.

> 마당에는 거지가 소리없이 들어와 있었다. 어린 나도 놀랐다. 그 거지
> 는 딱딱한 밀집모자에다 검은색 일본옷을 입었으며, 게다짝을 끌고, 비
> 를 맞으며 온 모양이다. 그 얼굴은 핏기가 하나도 없는 초라한 거지
> 모습 그대로였다.

나도향이 일본에서 겪은 생활의 참담함과 폐병, 그리고 짝사랑은 이태
준의 「도향 생각 몇 가지」와 염상섭의 「병중의 도향」 등의 글에서 실감할
수 있다. 이태준의 회고에 따르면 그들(나도향, 김지원, 이태준)은 굶주림
에서 벗어나지 못했던 것 같다. 스스로 자신들을 "공기만 먹고 살아 보려

던 세 엉터리"로 표현한 것이나 "한번 얻어먹은 것이 있으면 그것이 내려
갈까봐 몇 끼가 지나도록 사팔뜨기 눈을 흘겨뜨고 그린 듯이 누어사는"
친구의 모습을 회고한 것에서 그 점을 알 수 있다. 이 때 나도향은 폐병
때문에 크게 고생을 하고 있었고 최모라는 여성을 짝사랑하고 있었다.
　이태준은 나도향이 "어쩌다 돈푼이나 생기면 신분에 넘치는 양과자를
사들고" 이 여성을 찾아갔다고 했다. 그녀가 "지은 밥으로 저녁 식탁을
같이 하게 되는 날이면 도향은 노상 흥이 겨워서 자기는 먹기를 잊고"
그녀를 "주부로, 자기를 주인으로" 마음 속으로 꾸며보는 듯했다고 회고
했다. 그러나 상대방은 나도향의 애정을 받아들이지 않았고 나도향은 이
때의 간절하고 애타는 마음을 「버들」이라는 시조에 담고 있다. 그 중
한 수는 이렇다.

　　　내 맘을 말로 못하고 버들피리 혀를 내어
　　　허공중천에 힘껏 내어 불었더니
　　　피리도 제 가슴 타는지 우는듯 우는듯

　김동인에 따르면, 나도향의 외모가 남에게 호감을 줄 만한 것은 아니었
던 것 같다. 김동인은 "메리야스 양복에 시커먼 얼굴, 부리부리한 눈이
마치 고등계 형사같이 험상궂게 생겨서 꽤 불쾌했다."고 말한 바 있다.
그에 비하여 김여수는 "검으데데하고 둥글넙적한 사람 좋아보이는 얼굴"
로 그의 외모를 적고 있다. 또한 "그 쾌활한 웃음, 그리고 그의 활발한
장난"을 통하여 나도향을 "호남자"로 생각했고 학창시절 "상급에 있는
그를 저으기 사모하는 마음까지" 갖게 되었다고 썼다. 김기진은 나도향이
"명민한 두뇌의 소유자"로서 "조숙"했다고 하고, 염상섭은 "그의 작품이
로맨틱하고 센티멘탈한 데 비하면 퍽 쌀쌀하고 맑은 사람이었고 고독한

사람이었다."고 회고한다. 그러나 이 모두가 주관적이고 단편적인 인상과 기억에 바탕을 두고 있어 나도향의 내면을 제대로 전한다고 할 수는 없을 것이다.

5. 나도향과 안동의 관계

『청춘』을 통해서 살펴보았듯이, 나도향은 안동과 안동 인근에 있는 의성 고운사에 대해서 비교적 상세히 알고 있다. 이 점만으로도 나도향이 안동에서 일정한 기간 동안 체류했다는 것을 짐작할 수 있다. 그런데다 대부분의 나도향 연보 또한 그의 안동 체류를 확인해주고 있다. 이들에 따르면 나도향이 안동에 온 것은, 그가 처음으로 일본에 갔다가 귀국한 이듬해인 1920년(18세)이다. 그러나 그가 안동에 체류한 기간과 안동에 오게 된 경위는 밝혀져 있지 않다.

대부분의 문학사전과 작가 연보에는 나도향이 안동에서 1년 동안 교원 생활을 했다고 기록하고 있다. 특히 한 문학사전(문덕수 편,『세계문예대사전』, 성문각, 1975, 350쪽.)은 나도향이『청춘』을 안동에서 썼으며 그 제재는 안동 체류 시절 사귄 일본인 여교사와의 연애체험이라고 덧붙이고 있다.

그러나『청춘』을 언제 어디서 썼는지는 분명치 않다. 앞서 말한 대로 『청춘』의 구성과 문체가 처음 발표한 작품들(1921년)보다는 다소 안정되어 있다는 점에서 그 이후 작이라고만 짐작할 수 있을 뿐이다. 만약 나도향이 안동에 체류하던 1920년에『청춘』을 썼다면, 그가 처음 발표한 작품들은 그보다 전에 쓴 것들이라고 보아야 한다.『청춘』은 그 무대가 안동이라는 점 외에는 그것을 나도향이 안동에서 썼다고 단정할 만한 다른 근거가 뚜렷하지 않다. 뿐만 아니라 창작과 발표의 순서는 작품에 따라 다를 수도 있어 그 시기를 확정하는 것은 쉽지 않은 일이다.

나도향이 안동에서 일본인 여교사와 연애한 체험이 『청춘』의 제재라는 것도 작품 현실과는 무관한 주장이다. 『청춘』의 그 어디에도 이민족 간의 애정문제를 암시하는 구석은 드러나지 않는다. 나도향이 안동에 있을 때 그의 연인으로 "마츠모도"라는 일본인 여교사가 있었다는 설이 있지만, 그 실상을 지금으로서는 자세히 알기가 어렵다. 당시부터 있었던 공립학교를 몇 군데 찾아 가 보았으나 1920년대의 교원 명단을 보존하고 있는 곳이 없었다.

나도향이 일정 기간 안동에 있었던 것은 사실이지만, 그 시기와 체류기간은 여전히 정확히는 알 수 없다. 그가 어떤 계기로 안동에 오게 되었는지, 그리고 그가 안동에서 "보통학교 교원"으로 근무했다고 하지만 그가 어느 학교에서 얼마 동안이나 학생들을 가르쳤는지도 분명히 말하기 어렵다. 이진구(李鎭九)의 조사(「인륜·도덕향 안동의 교육전통에 대한 약술」, 『상지문화』 16, 안동상지전문대학, 1987.)에 따르면, 당시 안동에는 공립 보통학교로서 안동공립보통학교, 예안공립보통학교, 도산공립보통학교, 안동심상소학교 등이 있었고 사설교육기관은 그보다 훨씬 많은 수의 학교가 있었다.

나도향이 안동에서 교원 생활을 했다는 것은 작가 연보에도 나타나지만, 이것을 확인해주는 안동 지역의 자료로서 서정인(徐正寅)이란 분이 수집·정리한 「안동지역근세학술연원」(이 자료는 이진구가 보관하고 있다.)이라는 것이 있다. 이 자료는 보통학교가 설치되기 전에 있었던 지역 사설교육기관 열 네 개에 대해 학교의 소재지, 창설자, 재정지원자(단체)에 대해 그야말로 간략히(한 줄씩) 기록한 것이다. 1982년 6월이라고 작성 일자를 밝힌 이 자료는 전체 분량이 편지지 네 장에 지나지 않지만, 나도향이 교원으로 종사한 학교를 추적하는 데 도움을 주고 있어 매우 소중하다. 이 자료의 <화산학원> 비고란에는 "나도향(문인)"이 "교사로 종사" 했다고 분명히 적혀 있다. 기록한 분이 자신의 기억과 졸업생들의 증언을 참고하여 작성한 것으로 보이는데, 이미 작고하여 고인이 되었으니 좀더 자세한 것은 알 길이 없어 아쉽다.

이 자료에 따르면, <화산학원>은 해남군수를 역임한 권현섭(權賢燮)이라는 이가 개인 자산으로 세우고 운영한 학교이다. 그러나 이진구가 조사한 바가 옳다면, <화산학원>은 1926년에서 1941년까지 존속했으므로 나도향이 여기에서 교원 생활을 했을 가능성은 거의 없다. 이 시기는 나도향이 이미 병중에 있거나 사망한 이후가 되기 때문이다. 다만 <화산학원>의 전신인 <보광학교>(1918-1926)에 근무했다면 시기적으로 그럴 가능성은 있다.

이렇게 본다면, 안동을 무대로 한 나도향의 중편소설 『청춘』에 의성 고운사가 하나의 중요한 배경으로 등장한다는 사실도 우연한 일이 아니다. <보광학교>는 고운사에서 운영했던 학교(서정인의 기록에 따름.)이고, 마침 『청춘』에서는 앞서 인용한 대로 고운사와 그 주변지역이 비교적 자세하게 서술되고 있기 때문이다.

서정인의 기록은 안동에서 나도향이 교원으로 종사했던 학교를 찾는 데 직접적인 도움을 준다는 점에서 매우 유익한 자료이다. 그러나 아쉬운 것은 이 기록내용이 의심할 수 없는 사실임을 확증해 줄 증인들이나 고운사 쪽의 기록을 찾기 어렵다는 점이다. 고운사에 문의해 보았으나 보광학교에 대한 기록이 보존되어 있지 않을 뿐만 아니라 그 발굴 가능성에 대해서도 회의적이었다. 일제의 불교 정책이 우리의 불교를 변질시키고 교계를 황폐화시켰으며, 그 과정에서 내부적인 분열과 대립으로 사찰의 각종 기록물이 제대로 보존될 수 없었다는 것이다.

나도향이 고운사에서 운영한 학교의 교원으로 근무했다는 것과는 다른 또 하나의 설이 있다. 곧 나도향이 임청각에서 고성 이씨 문중 자제들의 신교육을 한동안 담당했다는 이야기가 그것이다. 이는 고성 이씨의 후손 한 분이 그렇게 전해들었다고 필자에게 일러 준 것이다. 실제 고성 이씨 문중에서 설립하고 재정을 지원한 <동흥학술강습회(소)>가 임청각에 있었지만, 그 설립시기와 존속기간은 정확히 알 수 없다. 당시의 교육환경에 비추어 한 사람의 교원이 여러 곳에 출강했을 가능성이 있다면, 나도향은 보광학교와 동흥학술강습소, 혹은 또 다른 학교에서 학생들을 가르쳤을지도 모른다.

나도향이 교원으로서 안동에 일정한 기간 체류한 것은 여러 가지 정황으로 보아 사실임에 틀림이 없다. 그러나 정작 그 시기, 기간, 교원으로서 종사한 학교 등은 여전히 확증하기 힘든 문제이다. 더구나 그가 어떤 계기로 이곳에 오게 되었는지에 대해서는 아직 그 어떤 실마리도 찾을 수가 없다. 나아가 1920년 나도향이 18세의 문학청년으로서 이곳에 와서 일정한 기간 거주했다면, 그가 지역의 문학청년들, 그리고 근대문학에 관심을 가진 지역사람들과 어떤 관계를 맺었는지, 그리고 그것이 지역문학의 성장에 어떤 역할을 했는지도 여전히 궁금한 문제가 아닐 수 없다.

문학공부를 위해 몰래 일본으로 건너갔을 정도로 문학에 대한 열정이 강렬했던 나도향이고 보면, 그가 안동에 와서 교원으로서 어린 학생들과 지역 청년들에게 어떤 영향을 미치고 문학에 관한 관심을 불러일으켰을지도 모를 일이다. 그리고 하나의 풍문으로만 떠도는 "마츠모도"라는 일본인 여교사는 어떤 인물이며 그와 나도향의 관계는 어떠한 것이었는지,

또 그것은 나도향의 문학적 생애에 어떤 흔적을 남겼는지 그 실상 또한 궁금한 일이다.

안동과 관계된 나도향의 문학과 생활의 흔적은 그 모두가 아직 수수께 끼로 남아 있을 뿐이다. 안동 체험에 관한 나도향 자신의 글은 유감스럽게도 눈에 띄지 않고, 당시 그와 관계를 맺은 분들의 증언을 찾기란 말처럼 쉽지가 않기 때문이다. 따라서 안동과 얽혀 있는 나도향의 수수께끼는 여전히 풀기 어려운 문제로 남아 있다. 그러나 그렇기 때문에 이 문제에 관심을 가지고 있는 사람이 있다면, 그는 이에 관한 것이라면 아무리 사소한 사실이라도 앞으로 그냥 지나칠 수 없을 것이다.

(1995)

한국 현대시 연구

인쇄일 초판 1쇄   2003년 07월 22일
         2쇄   2015년 06월 15일
발행일 초판 1쇄   2003년 08월 08일
         2쇄   2015년 06월 25일
지은이 손병희
발행인 정찬용
발행처 국학자료원
등록일 1987.12.21, 제17-270호

서울시 강동구 성내동 447-11현영빌딩 2층
Tel : 442-4623~4 Fax : 442-4625
www. kookhak.co.kr
E- mail : kookhak2001@hanmail.net
ISBN 978-89-541-0092-2 [93810]
가 격 19,000원

*저자와의 협의하에 인지는 생략합니다.